MARIA
Chapdelaine
Après la résignation

Catalogage avant publication de Bibliothèque et Archives nationales
du Québec et Bibliothèque et Archives Canada

Laberge, Rosette
Maria Chapdelaine : Après la résignation
ISBN 978-2-89585-164-6
I. Titre.
PS8623.A24M37 2011   C843'.6   C2011-941093-1
PS9623.A24M37 2011

Image de la couverture : *Au temps de la moisson*, par Jules Bastien-Lepage

Les Éditeurs réunis bénéficient du soutien financier de la SODEC
et du Programme de crédit d'impôt du gouvernement du Québec.

Nous remercions le Conseil des Arts du Canada
de l'aide accordée à notre programme de publication.

Nous reconnaissons l'aide financière du gouvernement du Canada
par l'entremise du Fonds du livre du Canada pour nos activités d'édition.

Édition :
LES ÉDITEURS RÉUNIS
www.lesediteursreunis.com

Distribution au Canada :
PROLOGUE
www.prologue.ca

Distribution en Europe :
DNM
www.librairieduquebec.fr

*Suivez Les Éditeurs réunis
et les activités de Rosette Labergesur Facebook.*

Pour communiquer avec l'auteure : rosette.laberge@cgocable.ca

Imprimé au Canada

Dépôt légal : 2011
Bibliothèque et Archives nationales du Québec
Bibliothèque nationale du Canada
Bibliothèque nationale de France

ROSETTE LABERGE

MARIA
Chapdelaine
Après la résignation

LES ÉDITEURS RÉUNIS

À Nicolas, pour sa force de caractère hors du commun.
« Merci d'être dans ma vie ! »

Chapitre 1

Péribonka, août 1909

— Pourquoi les bleuets sont bleus ? demande Alma-Rose à Maria, en tirant sur sa manche.

Un faible sourire sur les lèvres, Maria regarde sa petite sœur. Depuis la mort de leur mère, la fillette la suit partout, même à la bécosse. Jusque-là plutôt sauvage et solitaire, Maria a dû faire bien des efforts pour s'habituer à cette nouvelle réalité et, surtout, pour réconforter l'enfant. Elle ne le lui a jamais dit, elle ne dit pas ces choses-là, mais elle l'aime plus que tout au monde, tellement qu'elle donnerait sa vie pour sa cadette. Dans les semaines qui ont suivi le départ de leur mère, les deux sœurs ont passé des soirées entières serrées l'une contre l'autre à pleurer en silence. De sa chaise berçante, leur père les entendait gémir doucement de l'autre côté de la demi-cloison qui sépare l'endroit où elles dorment de l'unique pièce de la maison. Il aurait voulu les consoler, mais il en était incapable. La perte de sa Laure a laissé un si grand vide en lui que cela lui prend tout son courage pour se maintenir à flot. S'il avait pu, il aurait tout de suite vendu la terre et serait parti ailleurs, là où la voix enjouée de sa bien-aimée ne résonnerait plus à ses oreilles, là où plus aucun souvenir ne reviendrait s'imposer à lui alors qu'il fait tout pour oublier ce bonheur qui a fui sa vie à jamais.

N'ayant pas obtenu de réponse de Maria après plusieurs secondes, Alma-Rose revient à la charge en secouant le bras de la jeune femme avec énergie :

— Maria, je te parle ! Pourquoi les bleuets sont bleus ?

Maria dépose son plat un peu plus loin et prend le temps de s'asseoir à côté de l'enfant.

— Tu en as de ces questions! lance-t-elle en haussant les épaules. Je ne sais pas pourquoi les bleuets sont bleus. Peut-être est-ce parce que c'était la seule couleur qui restait au bon Dieu quand est venu le temps de les peinturer.

— Tu penses? s'exclame la fillette en regardant sa sœur d'un air incrédule.

— Il faudrait en parler à papa quand nous rentrerons à la maison. Je suis certaine qu'il saura, lui.

— Mais alors, pourquoi les fraises sont rouges? Et le ciel, bleu? Et les grenouilles, vertes? Et…

Quand Alma-Rose commence avec ses questions, elle n'en finit plus. C'est le seul moment où Maria ressent une vague d'impatience l'envahir. Elle se sent si impuissante face à tout cela, si dépourvue, car chaque fois sa petite sœur lui rappelle qu'elle ne sait pas grand-chose. Il serait plus juste de dire qu'elle ne sait rien. Tout ce qu'elle connaît, c'est la forêt qui encercle la maison familiale, les souches qui poussent année après année dans les champs, la chute qui gronde, la vie aux chantiers, les soirées au coin du feu, les visites assidues d'Eutrope et celles des rares visiteurs qui se risquent de l'autre côté de la rivière. Au plus profond d'elle-même, elle rêve d'apprendre à lire et à écrire. Elle pourrait ainsi répondre aux questions de sa sœur en lisant tous les livres qui lui tomberaient sous la main. Mais les rêves ne se réalisent jamais. La vie le lui a prouvé à plus d'une reprise. Elle lui a d'abord enlevé son beau coureur des bois, François, mort gelé en plein cœur de décembre alors qu'il venait lui rendre visite. Le jour où elle a appris la mort de son soupirant, elle s'était promis de fuir ce maudit pays qui venait de lui prendre ce qu'elle avait de plus précieux. Au moment où elle s'apprêtait à suivre Lorenzo, son deuxième prétendant, jusqu'en Nouvelle-Angleterre, sa mère est décédée. Là-bas, elle aurait pu recommencer sa vie. Lorenzo n'avait rien en commun avec François, mais la vie qu'il lui offrait avait ses avantages. Elle aurait pu apprendre à lire et à écrire, mais surtout elle aurait vécu entourée de gens plutôt que d'arbres, comme sa mère l'a souhaité durant toute sa vie. Mais Maria ne pouvait pas abandonner les siens au moment où ils avaient le plus besoin d'elle. Elle est restée pour reprendre les rênes. Sitôt le corps de sa mère sorti de la maison, elle a mis son tablier et, sur la pointe des pieds, elle s'est regardée dans le petit miroir cassé placé juste au-dessus de la pompe en songeant : « Au nom des voix qui m'ont parlé hier, je promets de faire tout en mon pouvoir pour aider les miens. »

Certes, elle ne s'en est pas vantée, mais lors de la soirée funéraire de sa mère, trois voix ont résonné dans sa conscience : celle de la nature, celle de ses ancêtres et celle du Québec. Une voix mi-chant de femme, mi-sermon de prêtre, lui a soufflé à l'oreille son devoir d'obéissance aux commandements de la terre. Pour honorer la mémoire de sa mère, elle devait faire une croix sur la Nouvelle-Angleterre et sur Lorenzo. La dernière fois qu'elle est allée à la grand-messe avec son père, elle a demandé au curé d'écrire une lettre à Lorenzo pour lui éviter de se déplacer inutilement jusqu'à Péribonka. C'est alors qu'Eutrope a saisi sa chance et lui a fait la grande demande, à mots plus que voilés. Il ne pouvait tomber mieux. Maria devait rester, et lui était là, à moins de deux milles de la maison familiale. Eutrope, le plus proche voisin, fera donc son entrée dans la famille Chapdelaine dans moins d'un an. Elle ne l'aime pas, mais elle ne le déteste pas non plus. Au fond, son futur mari lui est indifférent et, pourtant, ce n'est pas faute d'avoir essayé de s'intéresser à lui. Eutrope est un homme bon, mais sans aucune fantaisie. Elle n'est pas mal en sa compagnie, mais elle ne cherche pas à se retrouver seule avec lui. La présence constante de sa petite sœur lui facilite la tâche plus souvent qu'autrement. Quand Alma-Rose est avec eux, Maria n'a pas à chercher des sujets de conversation. La fillette prend tellement de place que la jeune femme peut rester en retrait de sa propre vie des heures durant. Maria ignore si elle pourra aimer Eutrope un jour. Elle en doute fortement, mais au fond cela a-t-il vraiment de l'importance ? Elle a choisi d'offrir sa vie aux siens et elle le fera, peu importe les sacrifices que cela lui demandera, même celui d'être mariée à un homme pour qui elle ne ressent pas l'ombre d'un amour naissant. Avec lui, elle aura des enfants et elle vivra une vie bien rangée au beau milieu des sapins et des épinettes avec, pour plus proches et seuls voisins, sa famille.

Maria connaît suffisamment sa petite sœur pour savoir que celle-ci ne lâchera pas si facilement le morceau. Quand Alma-Rose veut savoir quelque chose, elle pose sa question jusqu'à ce que quelqu'un lui donne une réponse satisfaisante. Ne pouvant lui fournir une meilleure explication, Maria éloigne davantage son pot de bleuets et se jette sur la fillette pour faire diversion. La seconde d'après, elle la chatouille sur les côtés. De nature ricaneuse, l'enfant rit aux éclats. Elle rit tellement fort que Télesphore, le plus jeune des garçons, accourt pour voir ce qui se passe. Quand il voit les deux filles étendues de tout leur long sur le roc, il vient vite les rejoindre et se met à les chatouiller à son tour. Il y met tellement d'ardeur qu'elles ont peine à reprendre leur souffle. Bien qu'âgé de seulement douze ans, Télesphore ne connaît ni sa force ni le moment de mettre fin à un jeu. Il a beau entendre ses sœurs respirer avec difficulté, il continue pour la simple et unique raison que cela l'amuse. Quand leur mère était là, elle le surveillait. Il ne se passait pas une seule journée sans qu'elle lui tire les oreilles. Depuis la disparition de Laure, le garçon est laissé à lui-même. Comme chaque fois qu'il en fait trop, seul un bon coup de coude dans les côtes le ramène sur terre.

— Ayoye, Maria, tu m'as fait mal! s'écrie Télesphore, plié en deux.

— Tu voyais bien qu'on n'en pouvait plus, le sermonne Maria d'un air sévère. Mais non, c'est plus fort que toi. Tant qu'on ne te frappe pas, tu continues. Tant pis pour toi!

* * *

Il y a de fortes chances que Télesphore reste jeune toute sa vie, en tout cas dans sa tête. Physiquement, il est costaud : il dépasse déjà son père d'une tête. Sa voix a même commencé à muer. Mais quand il s'exprime, on voit bien qu'il n'a pas la maturité de son âge. Sa mère a toujours refusé que ses frères et sœurs le traitent d'idiot, mais si la famille était installée en plein cœur d'un village, c'est sûrement le surnom que tous lui donneraient.

Télesphore n'a pas de malice, mais il n'a pas plus de jugement qu'un enfant de trois ans. Il ne se passe pas une seule journée sans qu'il fasse une bêtise. Pas plus tard que la veille, il a recouvert de mélasse tous les manches qui lui sont tombés sous la main. Quand Esdras et Da'Bé, deux de ses grands frères, ont saisi le godendard et qu'ils ont senti la mélasse sur leurs mains, ils ont hurlé si fort son prénom que leur cri a dû être entendu jusqu'à Péribonka. Ensuite, ça a été au tour d'Edwige Légaré, l'homme engagé de la famille, de descendre toute une ribambelle de saints du ciel après qu'il eut pris sa hache. En plus, il avait eu le réflexe d'essuyer ses mains sur son pantalon dès qu'il avait senti quelque chose de gluant sur le manche de l'arme. La minute d'après, les mouches étaient sur lui. Il a eu beau filer à la pompe pour enlever le sucre, il était trop tard. Les petites bestioles se sont collées à lui pour le reste de la journée.

Mais le clou de la journée reste encore l'épisode concernant Tit'Bé, l'autre garçon de la famille. À son retour de chez Eutrope, il ne s'était méfié de rien. Il faut dire que tous s'étaient bien gardés de l'avertir de ce qui l'attendait. Ils sont comme cela, les frères de Maria : ils aiment rire un bon coup. L'hiver est long au Lac-Saint-Jean, il vaut mieux avoir en réserve quelques bonnes histoires à raconter. Grâce à Télesphore, la famille Chapdelaine n'en manque jamais.

Tit'Bé avait pris sa hache par la lame et s'était rendu jusqu'au champ où il devait essoucher. Pipe en bouche, il s'en allait d'un pas léger en songeant qu'il serait grand temps qu'il se trouve une belle fille à marier. Depuis qu'il a eu quinze ans, il ne cesse de penser à cela, tellement que c'en est presque devenu une obsession. Il faudrait bien qu'il aille faire un tour chez Éphrem Surprenant parce qu'ici, en plein cœur de la forêt, il est plutôt rare qu'il voit d'autres filles que Maria et Alma-Rose, ses deux sœurs. Au souper, il ne manquera pas d'en parler à Esdras et à Da'Bé. Eutrope voudra peut-être les accompagner. « Oui, mais il a demandé Maria en mariage. En tout cas, il décidera lui-même », se dit-il. Occupé à tracer le portrait d'une belle fille dans sa tête, Tit'Bé balançait sa hache sans se rendre compte que depuis quelques minutes il ne marchait plus seul. Arrivé au champ, il avait regardé autour de lui et avait vite évalué qu'il en aurait au moins pour deux journées de travail avant de venir à bout de toutes les souches qui ont refait surface. « Dommage que le blé ne pousse pas aussi bien que toutes ces maudites souches. Bon, si je veux finir, il vaut mieux que je commence. Je m'occuperai des roches après. » En posant sa main sur le manche de sa hache, il avait eu un choc brutal. Tout s'était passé à la vitesse de l'éclair. Il avait d'abord senti des dizaines d'aiguilles entrer dans la paume de sa main. Il avait lâché sa hache d'un geste brusque et il s'était mis à secouer vigoureusement sa main pour enlever la sensation de brûlure qui devenait de plus en plus insoutenable. C'est à ce moment-là qu'il avait hurlé de toutes ses forces :

— Télesphore Chapdelaine, je vais t'arracher la tête !

Au loin, des rires gras s'étaient fait entendre. Même Samuel Chapdelaine se tenait les côtes. Pour une fois, il avait échappé aux bêtises de son plus jeune fils, car il avait traîné à l'étable pour soigner son cheval blessé à une patte la veille. Personne ne savait ce qui était arrivé à Tit'Bé, mais si on se fiait à la force de son cri, ce devait être quelque chose de bien spécial. Quelques minutes plus tard, le jeune homme avait rappliqué à la cabane pour enduire d'onguent ses nombreuses piqûres d'abeilles qui enflaient à vue d'œil. Quand ils l'avaient vu arriver, les quatre autres hommes de la maison étaient venus rejoindre Tit'Bé. Comme c'était prévisible, aucun n'avait pu s'empêcher de rire même en voyant à quel point la main du garçon était enflée. Tit'Bé était furieux et ne cessait de chercher Télesphore du regard.

Pendant ce temps, au beau milieu de la forêt, près de la maison, bien camouflé à l'ombre d'une grande épinette, Télesphore était mort de peur. Il ne comprenait pas pourquoi ses frères et sœurs n'aimaient pas ses jeux. Les genoux relevés sur sa poitrine, il pleurait comme un bébé. Il valait mieux qu'il fasse le mort jusqu'au dîner, ce qui lui donnait assez de temps pour trouver le courage de rentrer à la maison et d'affronter ses frères. Il lui arrivait de penser qu'il serait préférable pour lui d'aller retrouver sa mère, mais il ne savait pas comment faire. Même si la plupart du temps elle le disputait, il lui arrivait de lui passer la main dans les cheveux ou de lui pincer les joues. Il donnerait cher pour l'entendre encore crier après lui.

* * *

Télesphore était toujours plié en deux à côté d'elles, mais Maria ne s'en occupait pas. Elle reprit son plat rempli à moitié de beaux gros bleuets et tendit la main à Alma-Rose :

— Viens, on va aller en ramasser ailleurs.

— Est-ce que tu as blessé Télesphore ? demande la petite fille, soudain inquiète.

Pour toute réponse, Maria hausse les épaules. Elle veut bien être une bonne chrétienne comme monsieur le curé le demande en chaire, mais avec Télesphore elle n'y arrive pas. C'est plus fort qu'elle, il la fait toujours sortir de ses gonds. Chaque fois qu'elle va se confesser, elle s'accuse de quelques péchés à son égard. En sortant du confessionnal, elle se promet d'être plus patiente avec lui, de prendre le temps de lui expliquer les choses ; mais c'est peine perdue. Il empoisonne sa vie et celle des siens. « Il n'y avait que maman qui était capable de l'endurer. D'où elle est maintenant, elle ne peut pas grand-chose pour nous, pas plus que pour lui. » Machinalement, Maria se signe. Depuis la mort de sa mère, elle pose ce geste dès que sa pensée se tourne vers Laure. Pourquoi a-t-il fallu qu'elle s'en aille si vite ?

— Maria, tu ne m'as pas répondu, insiste Alma-Rose. Est-ce que tu as blessé Télesphore ?

— Arrête de t'inquiéter pour lui, il est assez grand pour se défendre tout seul.

— Mais alors, pourquoi il pleurait ?

À ces mots, Maria fige sur place. Elle est tellement habituée d'ignorer son frère – enfin, aussi souvent qu'elle le peut – qu'elle a oublié qu'il peut souffrir lui aussi. Elle devrait peut-être retourner le voir. Mais ces quelques secondes d'attendrissement lui suffisent pour revenir à la raison. Télesphore a bien mérité ce qui lui arrive. Elle tire sur la main de sa petite sœur et part d'un bon pas à la recherche d'une nouvelle talle de bleuets. Si Alma-Rose et elle sont chanceuses, elles devraient remplir leur plat d'ici une petite heure tout au plus. Contrairement à l'année dernière, les bleuets sont abondants partout autour de la maison. Maria en profite pour faire des confitures et des tartes. Les garçons mangent tellement que chacun d'eux avale la moitié d'une grande tarte à chaque repas. Au moins, le dimanche, ils participent à la cueillette, mais les autres jours de la semaine, tout repose sur les épaules de Maria et de sa petite sœur. Quant à Télesphore, il est bien meilleur pour manger les petits fruits à même le plat des autres que pour les cueillir. Et ses trois autres frères ne sont pas mieux que lui par moments. L'autre jour, la jeune femme a même dû faire intervenir son père pour que les garçons ne mangent pas toute la confiture. Samuel ne hausse pas souvent le ton, mais cette fois il s'est servi de son autorité pour leur faire comprendre qu'ils avaient tout intérêt à ne pas toucher à un seul pot de confiture avant que l'automne soit bien avancé.

— Ce que vous mangerez ici, vous ne pourrez pas l'apporter aux chantiers. J'espère que je me suis bien fait comprendre, sinon gare à vous !

Au détour d'un grand sapin, Maria ne voit que du bleu tellement les petits fruits sont nombreux à lui faire de l'œil.

Heureuse, elle dépose son plat et, avant de commencer à cueillir, elle dit à sa sœur :

— J'ai une idée. Nous allons jouer à un jeu.

— Yé ! s'écrie la fillette. À quel jeu ?

— C'est facile. Il s'appelle : « Celle qui peut tenir sa langue le plus longtemps ». Tu veux jouer ?

— Oui, répond Alma-Rose. Mais je t'avertis : c'est moi qui vais gagner, ajoute-t-elle fièrement.

— Écoute bien. La première qui parle perdra. Et la gagnante aura congé de vaisselle. Tu es prête ?

Heureuse de jouer, la petite fille hoche la tête en signe de réponse.

— C'est parti ! signale Maria.

Satisfaite de son coup, Maria se met à ramasser des bleuets à pleines mains. Elle a toujours adoré cueillir des petits fruits, particulièrement les bleuets. Ce qu'elle aime par-dessus tout, c'est qu'elle peut voir partout autour d'elle alors qu'habituellement elle se sent étouffée quand elle va en forêt. Dans les grands brûlés où les bleuets abondent, les arbres mettent des années à repousser. C'est d'ailleurs l'endroit préféré de ce petit fruit pour envahir le sol. Avec le temps, quelques conifères parviennent bien à s'élever, mais ce n'est pas le cas de la majorité. Une forêt qui a été rasée par le feu ne sera plus jamais la même. Elle gardera toujours des cicatrices.

Alma-Rose est bien décidée à gagner le concours de silence. Maria bénéficie donc d'un peu de paix. Elle pense à son futur mariage. Dans moins d'un an, elle quittera la maison familiale pour aller s'installer chez Eutrope Gagnon. Elle n'y est jamais allée, ce ne serait pas convenable, mais elle devine facilement que la demeure doit ressembler étrangement à celle de sa famille, en plus petite. Il lui arrive de se demander comment les siens s'en tireront une fois qu'elle sera partie. Elle a bien peur qu'ils n'y arrivent pas. Dans le pire des cas, elle viendra leur faire à manger chaque jour. Après tout, seulement deux milles séparent les deux maisons. Et puis, rien ne l'empêchera de prendre Alma-Rose avec elle de temps en temps. Elle ne se fait pas d'illusion, elle sait qu'elle va s'ennuyer de tous les membres de sa famille, même de Télesphore. La vie avec Eutrope ne promet pas d'être très palpitante.

L'autre jour, son père a sorti la robe de mariée de sa mère.

— Tiens, ma fille. Après quelques retouches, elle devrait t'aller comme un gant.

— Merci, papa. Je vais y faire très attention, c'est promis.

— Tout ce que je te demande, c'est qu'Alma-Rose puisse la porter quand son tour viendra. Mais en attendant, elle t'appartient.

Depuis ce jour-là, Maria réfléchit à ce qu'elle pourrait bien changer sur la robe, mais elle n'arrive pas à se décider. Certes, le vêtement était beau pour l'époque, mais il nécessitera quelques petits changements pour lui aller parfaitement car sa mère était plus grasse et moins grande qu'elle. Heureusement, Maria a beaucoup de temps devant elle. Mais c'est à la fois trop et pas assez. Trop pour préparer sa robe parce que son mariage n'aura lieu qu'au printemps prochain, au retour des hommes des chantiers. Pas assez parce que le mariage s'en vient à grands pas et que rien ne la fait vibrer à l'idée d'unir sa vie à Eutrope. La seule pensée qu'elle s'appellera madame Gagnon la fait frissonner. Elle s'est toujours demandé pourquoi une femme devait absolument abandonner son nom pour prendre celui de son époux le jour de son mariage. Cela n'a aucun sens pour elle. Elle porte le nom de Chapdelaine depuis sa naissance et, dans sa tête et dans son cœur, c'est celui qu'elle conservera toute sa vie. Elle n'est pas du tout certaine de pouvoir s'habituer à un nouveau nom. Et Eutrope, sera-t-il doux avec elle comme son père l'était avec sa mère ? Là-dessus, elle serait tentée de le croire, mais depuis qu'il s'est installé avec son frère sur le lot voisin, elle ne l'a jamais vu plus que quelques heures à la fois, ce qui est bien différent de partager son quotidien avec quelqu'un. Oui, mais son père aimait profondément sa mère. Tous deux s'étaient choisis. Maria, elle, a préféré la raison, alors qu'elle rêvait d'aventure avec François, puis de dépaysement avec Lorenzo. Dans l'ultime but d'honorer la mémoire de sa mère, elle renoncera à jamais à l'amour le jour de son mariage avec Eutrope. Elle y arrivera, de cela, elle n'en doute aucunement, mais à quel prix…

De petits coups sur son épaule la tirent de sa réflexion. En levant les yeux, elle se retient de rire. Les lèvres rentrées vers l'intérieur de la bouche pour ne pas être tentée de parler, Alma-Rose lui montre son plat rempli à ras bord de gros bleuets. Elle est tellement drôle avec son petit air coquin et ses cheveux blonds collés au visage par la chaleur. Maria jette un coup d'œil à son propre plat. Jugeant qu'il est suffisamment rempli, elle décide que la fillette mérite de gagner le concours. Elle propose :

— Viens, allons faire des tartes.

— J'ai gagné ! hurle Alma-Rose en sautant sur place.

À chaque bond, quelques bleuets atterrissent sur le sol.

— Et moi j'ai perdu, mais je t'aurai bien la prochaine fois. Viens avant que tu n'aies plus un seul bleuet dans ton plat !

Ce soir-là, quand Télesphore entre dans la maison, tout le monde a fini de manger. Sans saluer personne, il monte directement au grenier. Il s'étend sur son lit sans même prendre la peine de se déshabiller malgré la chaleur étouffante qui règne dans la pièce en cette journée humide de la mi-août.

Chapitre 2

Il pleut à boire debout depuis la nuit dernière, mais cela n'a pas empêché Eutrope de venir visiter Maria. Depuis qu'elle a accepté sa demande en mariage, il n'a pas sauté un seul dimanche. Vêtu de ses plus beaux habits – protégés ce jour-là par une grande toile –, il se pointe toujours à la même heure chez les Chapdelaine, c'est-à-dire juste à temps pour manger le dessert. Même ses coups à la porte sont toujours pareils d'une fois à l'autre, ce qui fait sourire les garçons. Bien que la porte soit sans fenêtre, ils reconnaissent le visiteur au son et lui crient en chœur :

— Entre, Eutrope, c'est ouvert !

Ce n'est qu'à ce moment que Maria enlève son tablier à la hâte et se passe la main dans les cheveux pour rajuster son chignon. Elle doit admettre qu'elle ne s'occupe pas beaucoup du jeune homme quand il vient la voir. Il n'a pas encore posé les fesses sur une chaise que les frères, et le père de Maria aussi, l'incluent déjà dans leurs discussions, ce qui permet à la jeune femme de poursuivre ses travaux. Elle songe souvent que les garçons en savent bien plus long sur lui qu'elle en sait elle-même ; mais elle aura tout le temps d'apprendre à le connaître quand ils seront mariés. Il arrive parfois à Maria de sortir avec Alma-Rose pendant qu'Eutrope reste là à parler avec les hommes. On peut compter sur les doigts d'une seule main le nombre de fois où elle et lui ont été seuls.

Bien qu'il ne soit âgé que de vingt ans, Eutrope est quelqu'un qu'on peut qualifier de rangé, un homme aux nombreuses habitudes. Depuis que Maria le connaît, il n'a jamais changé de coiffure. Pas de moustache, et surtout pas de barbe : Eutrope est toujours rasé de près. Il refuse d'accrocher sa casquette en entrant, il préfère la tourner entre ses doigts, ce qui lui donne une certaine contenance. Il ne mange jamais une bouchée entre les repas. Quand il va cueillir des petits fruits, il met tout dans son plat. La dernière fois, Esdras a voulu lui faire avaler une poignée de bleuets. À force d'efforts, il a réussi à lui faire ouvrir la bouche, mais Eutrope s'est dépêché de recracher les fruits jusqu'au dernier. Il aurait pu s'en prendre à Esdras comme bien des hommes l'auraient fait, mais il s'est contenté de s'en aller avec son plat de bleuets. Eutrope ne se fâche jamais. En tout cas, personne ne l'a encore vu dans cet état. Quand il retourne chez lui, il emprunte toujours le même petit sentier, que celui-ci soit boueux ou glacé. Il a besoin de repaires. Il range ses quelques vêtements après les avoir soigneusement pliés. Alors qu'il a à peine avalé sa dernière bouchée, il se dépêche de laver la vaisselle. Il ne supporte pas le désordre, si petit soit-il. Bien que le jugement ne fasse pas partie de sa vie, chaque fois qu'il quitte la maison des Chapdelaine il prie pour que Maria soit plus ordonnée qu'elle ne l'est présentement quand ils seront mariés. Il arrive à l'excuser vu qu'ils sont nombreux à habiter cette petite maison, mais il aurait vraiment du mal à vivre dans le désordre. En fait, il n'y arriverait pas du tout.

Faire la grande demande à Maria lui a exigé tout son courage. Il sait qu'elle ne l'aime pas, mais il se console en se disant qu'il l'aime assez pour deux. Il s'en souvient comme si c'était hier. Ils étaient sur le perron devant la porte d'entrée, enfin seuls. Sans réfléchir, il s'est jeté à l'eau en priant de toutes ses forces qu'elle ne rejette pas sa demande parce qu'il n'aurait pas la capacité de revenir à la charge. Personne ne le sait, pas même son frère, mais il est tombé amoureux de la jeune femme dès la première fois qu'il l'a vue. Il aime se rappeler ce moment plusieurs fois par jour. Il était allé rendre une visite de courtoisie aux Chapdelaine avec son frère alors qu'ils venaient d'acheter la terre voisine de la leur. Une fois sur place, il a aperçu Maria près de la maison ; elle étendait du linge en chantonnant. Ses longs cheveux bruns flottaient au vent. Il ne la contemplait que de dos, mais ce qu'il voyait lui plaisait déjà beaucoup. De bonnes épaules, une taille fine et des hanches larges. Tout ce qu'un homme peut attendre d'une femme pour fonder une famille et participer aux travaux de la terre. Quand elle s'est enfin retournée et qu'il a vu son visage, il a tout de suite su que c'était avec elle qu'il souhaitait passer le reste de sa vie. Il lui a souri, mais son sourire n'a pas trouvé de résonance. Maria lui a fait un petit signe de tête et s'est vite remise à la tâche. Loin de le décourager, la froideur de la jeune femme a stimulé Eutrope à essayer de gagner son cœur. Le simple fait de penser à elle l'aidait à faire de la terre, comme se plaît à dire monsieur Chapdelaine.

Mais la venue de François dans les environs a vite assombri le rêve d'Eutrope d'épouser la belle Maria. Il en avait des sueurs froides et son moral était au plus bas, car il croyait ne plus avoir la moindre chance avec elle. Quand il a appris que le beau coureur des bois était mort gelé, il a bien eu une petite pensée pour lui, mais uniquement par charité chrétienne. En son for intérieur, il s'est senti renaître. C'est alors que Lorenzo est revenu à la charge. Une fois de plus, Eutrope est passé à un cheveu de perdre sa dulcinée. En réalité, si ce n'avait été de la mort de madame Chapdelaine, Maria aurait déjà quitté sa famille pour aller vivre en Nouvelle-Angleterre avec Lorenzo. Chaque soir, avant de s'endormir, Eutrope récite trois *Ave Maria* pour que l'âme de madame Chapdelaine repose en paix.

— En tout cas, dit Samuel avant de tirer sur sa pipe, si ça continue comme ça, on devrait avoir une bonne année.

— À la condition que la pluie ne se mette pas à tomber comme l'année passée, râle Esdras. Vous vous souvenez, on avait eu un temps de chien pour faire les récoltes.

— Ce n'est pas nous qui décidons, mon garçon. Le bon Dieu sait ce qu'il fait. La pluie ne nous a pas tués puisqu'on est là pour en parler. J'ai connu bien pire que ça, vous pouvez me croire. La dernière année passée à Normandin, on a eu de la grêle grosse comme mon pouce en plein mois d'août. En l'espace d'une heure, toute la récolte a été couchée à terre.

— Vous n'avez rien récolté ? s'informe Da'Bé.

— Pas grand-chose, tellement que j'ai dû aller aux chantiers tout l'hiver et que votre mère est retournée vivre chez ses parents jusqu'à ce que je revienne. J'ai même été obligé de mettre nos bêtes chez le voisin. C'est la pire année que j'ai connue.

Puis Samuel s'adresse à Eutrope :

— Chez vous, est-ce que le blé a bien poussé ?

— Pas plus tard que ce matin, mon frère m'a dit qu'il n'en avait jamais vu d'aussi beau. Mais vous devriez voir le seigle, il est encore plus beau que le blé. Toutefois, comme c'est la première année qu'on en cultive, c'est difficile de comparer.

— Il va falloir que j'aille voir ton frère. Je voudrais bien en savoir plus sur le seigle. La dernière fois que je suis allé à Péribonka, les habitants en parlaient justement au magasin général. D'après eux, cette céréale est bien plus facile à cultiver que le blé. On n'a même pas le bon climat pour cela ici.

— Voyons, le père, intervient Esdras, avez-vous oublié à quel point c'est bon du pain de blé ? C'est pour ça qu'on le cultive.

— Oui, mais à quel prix ! En tout cas, j'ai bien l'intention de regarder ça de plus près cet hiver. Je jongle de plus en plus avec l'idée de cultiver des patates.

— Des patates ? s'étonne Da'Bé.

— Tu as bien compris, mon garçon. Mais on verra en temps et lieu.

Maria délaisse sa vaisselle un moment. Elle s'essuie les mains sur son tablier, sort des petites assiettes et les dépose sur la table. Eutrope observe chacun des gestes de sa bien-aimée. Il la trouve de plus en plus belle. La jeune femme apporte ensuite deux grosses tartes aux bleuets, un couteau et des petites cuillères. Elle n'a pas encore franchi la courte distance entre la table et l'évier que Da'Bé est déjà en train de couper les tartes.

Il faut à peine quelques minutes aux hommes pour tout engloutir.

— En aurais-tu une autre ? demande Samuel à sa fille.

— Non, c'était les deux dernières, répond Maria.

— Demain, Télesphore ira ramasser des bleuets avec toi et Alma-Rose.

Bien que peu bavarde, Maria ne peut s'empêcher de répliquer d'un ton impatient :

— Télesphore mange les bleuets dans nos plats. J'aime mieux y aller avec Alma-Rose seulement.

— Comme tu veux, ma fille.

Assis au bout de la table, Télesphore baisse la tête. Il ne comprend pas pourquoi Maria est méchante avec lui. Quand sa mère vivait, c'était beaucoup mieux. Jamais Laure ne l'a chicané parce qu'il prenait quelques bleuets dans son plat. Elle lui tapait les doigts d'un petit coup sec et lui ordonnait de filer avant qu'elle se fâche. Le même scénario pouvait se répéter une dizaine de fois pendant une seule cueillette, sans qu'elle élève la voix. Laure savait s'amuser, mais pas Maria.

Les hommes ont vite fait d'enfumer toute la maison. Un nuage blanc plane au-dessus des têtes. C'est chaque fois pareil : dès qu'ils finissent de fumer une pipe, ils sortent leur vessie de porc pour la bourrer à nouveau. Fumer est un des rares plaisirs de la vie quand on s'installe à la campagne, un plaisir réservé aux hommes. Quant aux femmes, si elles ne savent ni lire ni écrire, comme c'est le cas de plusieurs de celles qui ne vivent pas au village, il ne leur reste guère d'autres choix que de broder ou de coudre, mais toutes brodent ou cousent des choses utiles. Pour sa part, Maria est loin d'exceller en broderie et, pourtant, ce n'est pas par manque de persévérance. Sa mère lui a enseigné les techniques à maintes reprises, mais ses doigts ne semblent pas faits pour cela. En réalité, tout ce qui demande une grande précision ne lui réussit pas du tout. De toute manière, elle aime les gros travaux, et cela remonte à sa plus tendre enfance. Dès qu'elle a su marcher, elle préférait suivre son père aux champs et à l'étable que de rester avec sa mère. Elle aime faire le lavage. Chaque tache sur un vêtement représente un défi pour elle. Elle se fait un point d'honneur de la faire disparaître, tellement qu'il lui est arrivé plus d'une fois d'user un peu trop un vêtement à force de frotter. Par contre, elle ne raffole pas de cuisiner. Elle s'applique autant qu'elle peut, mais cela ne lui procure pas le plaisir que sa mère trouvait à cette activité. Alors que Laure cherchait à varier le menu malgré qu'elle disposât toujours des mêmes aliments, Maria sert invariablement jour après jour soupe aux pois, lard grillé, pain, tartes, confiture… Par contre, elle aime faire le pain, mais jamais il ne lui vient à l'idée de lui donner une forme différente comme sa mère le faisait à l'occasion. Pour elle, du pain c'est du pain, sans compter qu'il est bien plus facile à trancher quand sa forme est régulière. Maria aime corder le bois, ramasser les branches et faire du feu. Avec toute la besogne qu'elle abat depuis quelques mois, elle est pratiquement toujours confinée à l'intérieur de la maison. Nourrir six hommes l'occupe énormément. Entre la cueillette des petits fruits, la cuisine, le lavage, la vaisselle et le ménage, il lui reste très peu de temps pour faire autre chose. Elle manque même de temps pour prier, elle pourtant si pieuse. Elle travaille tellement toute la journée que lorsqu'elle pose enfin ses fesses sur une chaise avant d'aller dormir elle s'endort plus souvent qu'autrement. Quand elle se réveille en sursaut, elle va vite se coucher et dort jusqu'au matin.

Restée sagement en retrait jusque-là, Alma-Rose s'approche de Maria.

— J'ai une idée, chuchote-t-elle. On pourrait aller courir sous la pluie.

La première réaction de Maria est de rabrouer sa sœur, mais une petite voix lui souffle que ce n'est pas une si mauvaise idée. Il fait chaud à mourir dans la maison et on ne voit plus à un pied tellement il y a de la fumée. Elle commence à étouffer. Et si on se fie à la température qui règne dans la cabane, la pluie est sûrement très chaude. Il ne tonne pas et il n'éclaire pas non plus. La dernière fois qu'elle a couru sous la pluie, elle devait avoir le même âge qu'Alma-Rose. Elle s'en souvient comme si c'était hier. Elle était seule avec sa mère. Elles avaient tellement ri qu'elles avaient peine à reprendre leur souffle. Elles avaient enlevé leurs chaussures et glissaient sur la terre mouillée. Leurs vêtements avaient vite pris la couleur de la boue. Une envie irrésistible de revivre l'expérience se fait rapidement un chemin dans le cerveau de Maria. Elle se penche et murmure à l'oreille de sa sœur :

— Aide-moi à finir la vaisselle et on ira après.

Un grand sourire illumine instantanément le visage d'Alma-Rose. Elle est très contente de faire quelque chose de spécial. Elle a tellement dessiné depuis que la pluie tombe qu'elle n'a plus une seule feuille de papier. Elle devra attendre que son père aille au village acheter du papier, ce qui risque de prendre quelques jours. Elle s'empare vite d'un torchon à vaisselle et essuie les petites assiettes avec une ardeur peu commune.

En deux temps trois mouvements, les deux sœurs terminent la vaisselle. Maria parle tout bas à Alma-Rose :

— Enlève tes chaussures. On y va.

Sitôt dit, sitôt fait, les deux filles se retrouvent pieds nus. Avant même que les hommes aient connaissance de quoi que ce soit, elles se retrouvent à la pluie battante. Maria songe que c'était une très bonne idée. Elle donne la main à Alma-Rose et toutes deux font une ronde.

Quand les hommes réalisent que Maria et Alma-Rose sont sorties, ils regardent par la fenêtre. Ce qu'ils voient les étonne grandement.

— Qu'est-ce qui leur prend d'aller se faire mouiller comme ça ? s'écrie Samuel. Ça tombe comme des clous !

Eutrope est figé sur place. Il ne comprend vraiment rien au comportement de sa douce, mais il se garde bien de passer un commentaire. C'est la première fois qu'il la voit faire une chose aussi bizarre.

Samuel ouvre la porte et crie à ses filles :

— Rentrez vite, vous allez attraper votre coup de mort !

Mais les filles ne l'entendent pas. Elles chantent à tue-tête et s'amusent ferme sous la pluie chaude.

— Voyons, papa, dit Esdras en souriant, il fait au moins quatre-vingt degrés dehors ! Il n'y a aucun risque qu'elles attrapent froid.

— Ce n'est pas des jeux pour une grande fille comme Maria, reprend Samuel.

— Laissez-la donc faire un peu, conseille Da'Bé. Depuis la mort de maman, elle ne fait que travailler. Je serais même prêt à dire qu'elle travaille plus que nous autres.

— Da'Bé a raison, approuve Tit'Bé. Ça va leur faire du bien, aux deux filles.

— Mais qu'est-ce que va penser le cavalier de Maria ?

— Je suis sûr qu'il n'en pense rien de mal, formule Esdras. N'est-ce pas, Eutrope ?

S'il ne veut pas perdre la face, Eutrope n'a pas d'autre choix que d'aller dans le sens d'Esdras, ce qu'il fait du bout des lèvres.

Depuis qu'il a vu sortir ses sœurs, Télesphore frétille sur sa chaise. Il se retient à deux mains de ne pas aller les rejoindre. Il adore aller sous la pluie, surtout quand elle est chaude comme aujourd'hui, mais il a peur de la réaction de Maria. Il ne supporterait pas qu'elle le rabroue. Mais vient le moment où le plaisir anticipé prend le dessus sur sa peur d'être mal reçu. Sans plus de réflexion, il retire ses chaussures et ses bas et, avant que quiconque ait le temps de le retenir, il se retrouve lui aussi dehors sous la pluie. Dès qu'elle le voit, Alma-Rose lui crie :

— Viens faire la ronde avec nous, Télesphore !

En moins de deux, le jeune homme prend la main de ses sœurs et tourne avec elles. Pour une fois, Maria a été capable de retrouver son cœur d'enfant et elle s'amuse ferme, même aux côtés de son frère. Ils glissent plusieurs fois sur la boue, ce qui les fait rire aux éclats. La pluie est aussi chaude que l'eau avec laquelle ils se lavent dans le grand baril de bois après l'avoir fait chauffer.

Lorsqu'ils se décident enfin à rentrer, la maison n'est plus qu'un immense nuage blanc. Ils n'ont pas fini de se sécher qu'ils suffoquent et se mettent à tousser. Comme toute cette fumée s'installe tranquillement, c'est beaucoup plus facile d'y résister quand on est dedans dès le début. C'est alors que Samuel saute sur l'occasion pour revenir à la charge :

— Je vous l'avais dit qu'ils allaient attraper leur coup de mort !

— Arrêtez, papa, proteste Maria. Ce n'est pas la pluie mais plutôt la fumée qui nous fait tousser. On ne voit même plus à un pied devant nous dans la maison.

Sur ce, Maria file à sa chambre, Alma-Rose sur les talons. Quand elles reviennent dans la cuisine, Eutrope a déjà quitté. En s'en rendant compte, Maria hausse les épaules et sourit. Il y avait bien longtemps qu'elle ne s'était pas autant amusée.

Chapitre 3

Ce milieu de septembre est certainement le plus beau depuis une dizaine d'années. Il fait aussi chaud qu'en plein cœur de juillet. Les hommes de la maison ne cessent de remercier Dieu pour cette belle température. Pas trop de soleil, pas trop de pluie, juste ce qu'il faut pour que la terre donne ce qu'elle a de meilleur. Chaque fois que Samuel regarde son champ, un large sourire se dessine sur ses lèvres. Cette année, il devrait bien s'en tirer. Peut-être aura-t-il même assez d'argent pour acheter une vache et un cochon. Il faudra aussi penser à faire l'acquisition d'un nouveau cheval parce que Charles-Eugène vieillit à vue d'œil. Dans un mois et demi, Da'Bé, Esdras et Edwige prendront le chemin des chantiers, dont ils reviendront seulement en mai. Mais d'ici là, il y a beaucoup à faire.

De son côté, Maria ne chôme pas non plus. Aidée d'Alma-Rose, elle s'affaire à mettre des légumes en conserve. Déjà que la maison était un vrai four avec la chaleur des derniers jours, voilà maintenant que les pots qu'elle met à bouillir rendent l'air irrespirable avec toute l'humidité qu'ils dégagent. À un tel point que malgré la chaleur intense les deux filles ont décidé d'aller cueillir des bleuets. Il vaut mieux qu'elles en profitent parce que la saison tire vraiment à sa fin. C'est même une des dernières fois qu'elles y vont, à moins qu'elles s'éloignent davantage pour découvrir des talles qui n'ont pas encore été fouillées.

— Qu'est-ce que tu dirais si on allait se baigner à la chute ? demande soudainement Maria en levant la tête de son plat, le visage rouge et inondé de sueur.

— Youpi ! s'écrie Alma-Rose en piétinant sur place. Je vais chercher Télesphore.

— On n'a pas le temps de courir après lui, répond Maria sur un ton impatient. On va laisser nos plats de bleuets sur la grosse roche à côté du sentier. Viens, suis-moi.

C'est avec un petit pincement au cœur que la fillette obéit. Chaque fois qu'elle essaie d'inclure Télesphore dans ses activités, elle se fait rabrouer, ce qui l'attriste. Elle n'ose pas trop insister, de peur de perdre le temps que sa grande sœur lui accorde. Du vivant de leur mère, Maria démontrait peu d'intérêt pour elle.

Même si Maria aime de tout son cœur Alma-Rose depuis son premier battement de cils, auparavant elle préférait l'aimer de loin, ce qui lui évitait de sortir de son monde où peu de paroles sont prononcées, où peu de gestes sont posés pour démontrer que les autres comptent pour nous, où peu de sentiments sont exprimés. Le monde de Maria était d'une certaine façon parallèle à celui du reste de sa famille. Elle regardait vivre les siens à distance sans faire nulle tentative pour s'impliquer et être ainsi partie prenante de sa famille. Depuis qu'elles sont orphelines de mère, Maria a vite vu le désespoir d'Alma-Rose, ce sentiment qui vous crève le cœur tellement il fait mal à voir. Quand on a huit ans et qu'on perd sa mère, on se sent abandonnée et seule au beau milieu du Lac-Saint-Jean, sans aucun repère pour retrouver son chemin. C'est pourquoi, depuis la disparition de Laure, Maria se fait un devoir de prendre soin de sa jeune sœur, de passer du temps avec elle, et même de lui faire plaisir, ce qui représente un tout nouveau sentiment pour elle. Elle sait bien que jamais elle ne pourra remplacer sa mère, mais elle fait tout son possible pour qu'Alma-Rose surmonte cette épreuve sans trop de séquelles.

Ce changement radical d'attitude ne s'est pas fait sans effort pour Maria, loin de là. Aujourd'hui encore, elle doit se forcer pour faire les choses différemment. Mais, à sa grande surprise, elle retire de plus en plus de plaisir à agir ainsi. Avant, jamais elle ne serait allée se baigner à la chute en plein après-midi, de surcroît un jour de semaine. Elle ne se serait pas autorisé un tel relâchement. Elle trimait dur du matin au soir sans rechigner, offrant son travail à Dieu, ce dont elle était fière.

Ce matin, quand Alma-Rose s'est levée, elle avait les yeux bouffis et une grande tristesse voilait son regard. C'est la raison pour laquelle, une fois le dîner terminé, Maria a tout laissé en plan et a proposé à la petite d'aller cueillir des bleuets. « Si au moins elle avait des amies de son âge avec qui jouer, pense Maria, ça l'aiderait. Mais non, il a fallu que le père nous emmène une fois de plus au beau milieu de nulle part pour faire de la terre. Il y a des jours où je lui en veux de toutes mes forces d'avoir installé la famille dans ce trou perdu. » Quand elle a de telles pensées, Maria se dépêche de dire une dizaine de chapelet. Si monsieur le curé savait de quelle manière elle parle de son père dans sa tête, il dirait qu'elle manque de respect et lui donnerait une pénitence bien méritée. Mais elle n'y peut rien, c'est plus fort qu'elle. Elle veut être forte, prendre la relève de sa mère, aider les siens, se marier avec Eutrope, mais le prix à payer est si élevé qu'il lui arrive d'avoir envie de se sauver le plus loin possible de cette vie qui l'oblige à passer à côté de ses rêves. « Ce n'est pas juste », songe-t-elle. Le fait d'être la seule fille en âge de travailler à la maison ne lui facilite pas la tâche non plus. Tant qu'un des garçons ne se mariera pas, elle devra assumer son rôle d'aînée des filles et tenir la maison du mieux qu'elle le peut. Quand on vit sur une terre et qu'il y a des enfants, il doit absolument y avoir une femme à la maison pour s'occuper de l'ordinaire et des plus jeunes. Depuis le jour où elle a accepté d'épouser Eutrope, Maria prie chaque soir pour qu'un de ses frères prenne femme. Elle pourrait ainsi au moins retarder son mariage de quelques mois, car elle ne peut l'annuler, et aller passer quelque temps à Saint-Prime, dans la famille de sa mère, avant de revenir s'enterrer dans ce trou perdu pour le reste de sa vie. Elle pourrait emmener Alma-Rose avec elle. Mais pour ça, il faut d'abord qu'un des garçons se décide à se marier.

Maria se rappelle alors une anecdote à ce sujet.

* * *

La semaine dernière, les garçons sont allés veiller à Péribonka chez Azalma Larouche, une parente de la famille. Ils ont fait tellement de bruit quand ils sont rentrés à la maison qu'ils ont réussi à réveiller tout le monde, même Samuel, que d'ordinaire rien ne réveille, pas même le tonnerre. Tiré de son sommeil en sursaut par les rires de ses fils, il n'était pas à prendre avec des pincettes, lui habituellement si patient et si conciliant.

— Ma bande de grands flancs mous, a-t-il crié sans même prendre la peine de se lever de son lit, dépêchez-vous d'aller vous coucher avant que je me fâche !

Pas besoin de voir les garçons pour savoir que le gros gin a coulé à flots chez Azalma, car c'est presque toujours le cas, surtout quand le beau-frère Nazaire se met de la partie. Les Larouche ont la réputation de savoir recevoir et ils font tout pour la préserver. Le temps de monter au grenier et de se jeter sur leur lit tout habillés, les trois frères ont perdu la carte en même temps. Mis à part leurs ronflements qui n'ont pas tardé à se faire entendre, mais auxquels tous sont habitués, la maison a vite retrouvé son calme habituel.

Au déjeuner, les trois fêtards en avaient long à raconter sur leur petite escapade.

— Azalma tenait absolument à nous garder à coucher, indique Esdras, mais on lui a mentionné que vous aviez besoin de nous.

— C'est tout en votre honneur, mes garçons, félicite Samuel. Il nous reste passablement de choses à faire avant que vous partiez pour les chantiers. Mais, changement de propos, dites-moi donc, qui était chez Azalma ?

— La maison était remplie à pleine capacité, répond Esdras d'une voix joyeuse. Il y avait Thadée et Cléophas Pesant, Hormidas Bérubé, Pit Gaudreault, Ferdina Larouche, Napoléon Laliberté… Même Charles Lindsay est venu faire son tour. Ce n'est pas mêlant, on se serait cru à une veillée du jour de l'An. On a joué aux cartes, on a chanté et on a même dansé.

— Es-tu bien certain de ne pas avoir oublié personne ? lui demande Tit'Bé d'un air espiègle.

Il n'en faut pas plus pour qu'Esdras rougisse jusqu'à la racine des cheveux, ce qui n'échappe pas à Samuel.

— Aurais-tu par hasard rencontré une belle créature, mon garçon ?

Mais Esdras n'a pas le temps de répondre car Da'Bé se dépêche d'intervenir :

— Oui, Louisa Bédard, la nièce de Pit Gaudreault. Une belle fille avec des yeux aussi bleus que le ciel.

— Et après ? s'informe le père, curieux.

— Et après, répond Esdras d'une voix mal assurée, on s'est promis de s'écrire durant l'hiver.

— Moi, je trouve que ça sent le mariage à plein nez ! s'exclame Tit'Bé.

— Tu ne trouves pas que tu vas un peu vite en affaires ? tranche Samuel. Laisse au moins le temps à Esdras de revoir Louisa avant qu'il la demande en mariage. C'est sérieux, le mariage.

— Vous auriez dû les voir ensemble, reprend Tit'Bé d'un air enjoué. Ils ne se sont pas laissés une seconde. Moi, je dis qu'ils sont faits l'un pour l'autre. Elle n'avait d'yeux que pour lui. Qu'est-ce que tu en penses, Da'Bé ?

— Pas grand-chose ! Ce n'est pas à moi de décider avec qui Esdras va se marier, et je ne veux surtout pas m'en mêler.

— C'est parce que tu es jaloux, lance Tit'Bé.

— Arrête tes niaiseries. C'est toi qui voulais rencontrer une fille, pas moi. En ce qui me concerne, il n'y a aucune presse. De toute façon, je ne suis même pas certain de vouloir me marier un jour.

— Tu ne l'as pas quittée des yeux de toute la soirée, la belle Louisa, insiste Tit'Bé.

Samuel intervient avant que les choses dégénèrent. Il connaît assez bien son plus vieux pour savoir que celui-ci ne s'en laissera pas imposer encore bien longtemps par son jeune frère.

— Bon, ça suffit! Dépêchez-vous de finir de manger, on a une grosse journée devant nous.

Maria a souri. Le simple fait qu'Esdras ait rencontré une fille et qu'il s'y intéresse lui fait très plaisir. « Peut-être ai-je encore une petite chance », pense-t-elle en s'essuyant les mains sur son tablier.

* * *

Avant d'entreprendre la descente vers le pied de la chute, Maria donne la main à sa sœur Alma-Rose et lui fait ses recommandations :

— N'oublie pas : reste près de moi, regarde où tu mets les pieds et tiens-toi bien fort après les branches avec ton autre main.

— Ne t'inquiète pas, Maria. Je vais faire attention.

Le grondement de la chute accompagne la descente en bruit de fond. Il est si fort qu'on croirait que des dizaines d'hommes frappent sans aucune retenue sur des plaques de métal avec une masse. De tous les bruits environnants, c'est de loin celui que préfère Maria. Elle aime entendre cette force de la nature qui ne craint rien. Ce n'est qu'une fois rendues près du bassin, au pied de la chute, que les deux sœurs peuvent se parler sans hurler.

— Merci, Maria! s'exclame Alma-Rose en embrassant son aînée sur la joue. Je suis tellement contente.

— Tu n'as pas à me remercier. Allez, viens, un bon bain dans l'eau glacée va nous faire le plus grand bien.

Le contraste entre la température de l'eau et la température ambiante est si grand que les filles grelottent pendant quelques secondes, tellement qu'Alma-Rose a les lèvres pratiquement bleues. L'eau de la chute est glacée, mais une fois le choc passé, Maria et la petite se laissent doucement flotter dans le bassin. Ce sont les aboiements de Chien qui les sortent de leur état où tout n'est que douceur et facilité. En moins de quelques secondes, Chien est aux côtés des filles et les lèche à tour de rôle sur le visage. Alma-Rose rit aux éclats, alors que Maria ne cesse d'ordonner à la bête d'aller jouer plus loin. Elle ne déteste pas les chiens, mais elle ne les aime pas non plus. Elle les tolère. Comme Chien est avec la famille depuis que Maria a à peine six ans, la jeune femme s'est habituée à lui, mais elle ne se sent pas brave en sa présence. Quand elle était petite, elle pleurait chaque fois qu'il s'approchait d'elle. Sa mère la consolait en lui expliquant que Chien était son ami, mais Maria refusait tout rapprochement avec lui. Elle ne voulait pas d'un ami à quatre pattes plein de poils. Elle voulait une petite fille pour amie, comme ses cousines avec qui elle jouait quand sa mère et elle allaient à Saint-Prime. Chaque fois qu'elle revenait de l'un de ces voyages, Maria en avait pour des semaines à s'ennuyer. Sa mère avait beau lui dire d'aller jouer avec ses frères, elle collait aux jupes de Laure jusqu'à ce qu'elle retrouve un certain plaisir à jouer seule.

Comme tous ceux de sa race, Chien ne veut rien comprendre. Il continue son petit manège entre les deux sœurs, ce qui irrite de plus en plus Maria. Même si sa famille et elle vivent au fond des bois, les endroits où on peut être vraiment tranquille et hors de danger sont plutôt rares, sans compter que le travail leur permet rarement de s'offrir une petite pause. C'est pourquoi Maria est prête à défendre bec et ongles ces quelques minutes de repos bien méritées. N'y tenant plus, elle sort précipitamment de l'eau et lance un bâton à Chien aussi loin qu'elle le peut. Avec un peu de chance, il mettra quelques minutes à le rapporter.

— La prochaine fois, nous l'attacherons avant de partir, énonce-t-elle.

— Pourquoi ? demande Alma-Rose. Moi, je le trouve très drôle.

— Parce que, moi, je déteste me faire lécher le visage par sa grande langue. Brrr !

— Pourquoi tu ne l'aimes pas ?

— Tu me jures de ne le dire à personne ?

— C'est juré !

— C'est parce que j'ai peur des chiens.

— Mais Chien, il n'est pas épeurant. Et puis, moi, je peux te protéger.

Maria sourit. Elle n'aurait pu avoir une meilleure petite sœur. La côtoyer lui fait du bien. Alma-Rose est un vrai rayon de soleil dans sa vie. Depuis le jour où elle a décidé de la prendre sous son aile, elle est contente de se lever. Elle ne travaille pas moins fort qu'avant, mais chaque tâche lui paraît plus facile. Le soir, avant de s'endormir, elle ne manque jamais de remercier la Sainte Vierge pour tout ce qu'Alma-Rose lui apporte de beau.

— Il faut qu'on y aille maintenant, dit Maria à contrecœur.

Les filles empruntent le sentier pour remonter jusqu'à la berge. Durant la courte montée, elles s'essuient le front à plusieurs reprises. Elles reprennent leur souffle avant d'aller récupérer leurs plats de bleuets. Mais une mauvaise surprise les attend. Il manque pratiquement la moitié des bleuets dans les contenants. Maria n'a pas besoin de réfléchir très longtemps pour connaître le nom du coupable. Furieuse, elle hurle de toutes ses forces :

— Télesphore Chapdelaine, tu vas me le payer !

Ce frère-là, elle le donnerait pour pas cher. Il ne sait faire que des bêtises. C'est à croire qu'il ne cherche qu'à tourmenter les siens.

Maria est tellement fâchée qu'elle est rouge comme une tomate. Elle ramasse son plat d'un geste brusque et tend l'autre à Alma-Rose.

— Si je l'avais devant moi, siffle-t-elle entre ses dents, je l'étriperais.

— Tu n'as pas le droit de lui faire du mal, proteste Alma-Rose, Télesphore, c'est un bébé. On ne peut pas faire mal à un bébé. C'est maman qui disait ça.

— Bébé ou pas, il va falloir qu'il apprenne. En tout cas, il a intérêt à ne pas prendre une seule petite pointe de tarte au souper parce qu'il aura affaire à moi !

Chapitre 4

Demain aura lieu le grand départ pour les chantiers. Maria a terminé de préparer les bagages de Da'Bé et d'Esdras. Elle a travaillé d'arrache-pied ces dernières semaines pour que tout soit prêt à temps. Ce n'est que lorsqu'elle a déposé les deux poches près de la porte qu'elle a pu respirer à son aise. À cause du quotidien qui lui demande déjà tout son temps et le raccommodage des vêtements de ses frères, elle se levait aux aurores pour se coucher seulement quand elle tombait de sommeil sur son ouvrage. Le départ de ses deux frères et d'Edwige arrive à point nommé chaque année. Trois bouches de moins à nourrir, ce n'est pas rien, sans compter que la maison semble s'agrandir d'un seul coup. Les hommes partis, la vie suit son cours mais à une vitesse moins folle. C'est ce qui lui plaît, du moins les premiers mois.

Dans son besoin insatiable de faire de la terre, Samuel a mobilisé tous les hommes de la maison pour cette dernière journée. Et Charles-Eugène, le cheval, dérochera le champ à gauche de la maison. Une fois cette dernière étape complétée, ce bout de terrain sera prêt à être semé le printemps prochain. Samuel a bien l'intention de tenter le coup avec du seigle ; il a même commandé des graines. D'ici à ce que l'hiver s'installe, il continuera à dessoucher l'autre petit bout de terre avec Tit'Bé. À cet endroit, il plantera des patates.

Ici, au Lac-Saint-Jean, les hommes ont l'habitude de dire que les roches poussent, mais évidemment il n'en est rien. C'est seulement qu'à force de retourner la terre elles remontent à la surface. Inlassablement, les habitants retirent les roches et les apportent sur le bord du champ, ce qui leur permet d'ériger une sorte de clôture naturelle entre deux espaces défrichés. Le pire, dans cette pratique, c'est qu'on dirait que plus ils enlèvent des roches, plus il y en a et plus elles sont grosses. C'est un éternel recommencement, printemps après printemps. Les quelques roches qui restent à sortir sont énormes, donc impossible à retirer à bras d'hommes. Depuis le matin, Charles-Eugène a travaillé très fort, au point que la pauvre bête ralentit de plus en plus son rythme, ce qui n'échappe pas à Edwige.

— Je sais bien que ce ne sont pas de mes affaires, dit Edwige à Samuel, mais je crois qu'il vaudrait mieux laisser Charles-Eugène se reposer un peu. Touche-le, il est tout en sueur, le pauvre.

— Je suis au courant de tout ça, mais il nous faut sortir cette grosse roche avant.

— Moi, à ta place, j'arrêterais tout de suite, m…

Mais Samuel ne le laisse pas finir sa phrase. Il a horreur qu'on lui dise quoi faire, même si cela vient d'Edwige. Il a toujours mené sa barque tout seul et il a bien l'intention de continuer de la même manière. Il connaît son cheval mieux que quiconque. Certes, Charles-Eugène n'est plus jeune, mais il n'a pas son pareil pour sortir des roches de la terre. Quand l'animal aura terminé, Samuel le laissera se reposer jusqu'après le dîner.

— Laisse-moi faire, lance-t-il d'un ton autoritaire à son homme engagé.

Samuel passe sa main sur le cou de la bête, prend les guides, se place en avant et lui signifie de tirer. Le cheval force tellement que chacun de ses muscles monte en surface sous sa peau, mais la roche refuse toujours de bouger. Samuel commande de nouveau à Charles-Eugène de tirer. C'est alors que se produit l'irréparable. La pauvre bête hennit fortement avant de se laisser tomber sur le côté sans le moindre petit soubresaut. Surpris, Samuel lâche vivement les guides et accourt auprès de son cheval. Il se penche et colle son oreille sur la poitrine de l'animal. Il n'entend rien. Il regarde Edwige. Le visage blanc, il murmure :

— Il est mort. J'aurais dû t'écouter, je l'ai trop poussé. Moi et ma grosse tête de cochon ! J'ai tué mon cheval. Jamais je ne me le pardonnerai. Pauvre bête ! Elle ne méritait pas de finir de la sorte.

À l'exception des deux filles, toute la famille a été témoin de l'événement. Les quatre garçons regardent la scène, mais aucun, pas même Télesphore, n'ose dire un seul mot. Tous étaient attachés à Charles-Eugène, particulièrement le père Chapdelaine. Il est peu commun de donner un nom humain à un cheval. Prénom d'un voisin avec qui Samuel a eu maille à partir, cette simple particularité faisait de Charles-Eugène un cheval spécial. Chaque fois qu'il passait à proximité de ce voisin, Samuel sautait sur l'occasion pour gueuler allègrement après son cheval alors qu'en réalité toutes ses paroles s'adressaient directement à son protagoniste. Charles-Eugène était un bon animal, vaillant et doux. De toute sa vie, jamais il n'a montré les dents, même lorsque Télesphore tirait sur sa crinière en riant.

Samuel se laisse tomber près de la tête de son cheval. Il fixe le vide alors que des larmes coulent sur ses joues. C'est la deuxième fois que les enfants voient leur père pleurer. La première fois, c'était lors de la mise en terre de leur mère. L'homme fait pitié.

Au bout de quelques minutes, Edwige s'approche de son patron. Le prenant par les épaules, il tente de le consoler :

— Viens, Samuel, ce n'est pas ta faute. Il était vieux, ton cheval.

— Arrête ! s'écrie celui-ci en se libérant de l'étreinte de son fidèle employé. C'est moi qui l'ai tué.

— Comme tu voudras. En attendant, je vais aller demander à Eugène Laberge de nous prêter le sien.

— Pas aujourd'hui. Il faut d'abord qu'on enterre Charles-Eugène.

Cette fois, Edwige ne s'en laisse pas imposer. Il prend les choses en main.

— Mais demain, tes fils et moi ne serons plus là pour t'aider. Toi et les garçons, enterrez-le pendant que je vais quérir le cheval d'Eugène. Quand je reviendrai, on sortira cette maudite grosse roche. Il n'est pas question que tu l'aies dans la face jusqu'à ce qu'on revienne des chantiers. Da'Bé, va chercher des cordes dans la grange pour tirer Charles-Eugène. Esdras et Tit'Bé, commencez à creuser un trou près de la grange. Et toi, Samuel, va faire une sieste en attendant que je revienne.

— Non! Pour tout ce que Charles-Eugène a fait pour moi, je ne peux pas le laisser seul tant et aussi longtemps qu'il ne sera pas mis en terre.

Pendant que tous s'affairent autour de lui, Samuel laisse sortir sa peine. La mort de son fidèle compagnon le trouble au plus haut point. Il a même du mal à imaginer sa vie sans lui. Ils étaient si habitués à travailler ensemble qu'ils se comprenaient à la perfection. Ils étaient comme un vieux couple. Laure est partie et voilà que c'est au tour de Charles-Eugène de l'abandonner. Samuel se sent encore plus seul. Et il devra vite remplacer son cheval, ce qui est loin de faire son affaire car cet achat demandera beaucoup d'argent. « Il n'y a vraiment pas moyen d'avoir un peu d'avance, pense-t-il. C'est chaque fois pareil. Si la récolte est bonne, il y a immanquablement quelque chose qui brise. Il y a des jours où je me demande pourquoi je travaille aussi fort. » Mais vivre sur une terre sans cheval, c'est impensable.

Pendant que les garçons creusent un trou, Samuel reste accroupi aux côtés de l'animal. De grosses larmes continuent à couler sur ses joues. Au moment où Da'Bé passe la corde pour traîner la bête, Maria sort sur le perron. Quand elle voit Charles-Eugène étendu de tout son long et son père qui lui flatte le flanc, elle comprend vite ce qui est arrivé. Certes, la mort d'un animal n'a rien à voir avec celle de quelqu'un qu'on aime, mais elle sait à quel point son père tenait à ce cheval. Elle a même l'impression que depuis la mort de Laure il l'aimait encore plus. Quand on habite au fin fond du Lac-Saint-Jean, pas question de s'apitoyer sur son sort longtemps. Charles-Eugène était le seul à qui Samuel confiait ses états d'âme. Vers qui se tournera-t-il maintenant?

Maria rejoint son père. Elle le prend par un bras et lui dit d'un ton doux:

— Venez manger, papa, c'est prêt.

— Je ne peux pas laisser Charles-Eugène seul. Je l'ai tué, Maria. Je ne vivrai jamais assez vieux pour me pardonner ce que j'ai fait.

— Venez avec moi.

Samuel se lève péniblement et se laisse guider jusqu'à la maison. Au lieu de s'installer à table, il se laisse tomber lourdement sur sa chaise berçante. Il se tourne les pouces, le regard dans le vide. C'est alors que Maria fait signe à Alma-Rose d'aller le trouver. Sans trop comprendre ce qui se passe, la fillette ouvre les bras de son père et s'assoit sur lui avant de les refermer sur elle. La tête enfouie dans le cou de sa plus jeune, Samuel sanglote en silence.

Quand ses frères rentrent pour manger, Maria se dépêche de servir la soupe.

— Avez-vous faim, papa? s'enquiert-elle.

— Je te remercie, ma fille, mais je ne pourrais rien avaler.

— Venez quand même vous asseoir à la table. Vous avez travaillé fort tout l'avant-midi, et manger une bonne soupe va vous faire du bien.

Samuel dépose Alma-Rose par terre et vient prendre sa place. Pendant toute la durée du repas, personne n'ose parler, pas même Alma-Rose qui babille tout le temps d'habitude. Après le dîner, elle demande à Maria ce qui est arrivé.

Ils viennent à peine de terminer leur repas qu'Edwige fait son entrée. Tout en sueur, il annonce :

— Eugène m'a prêté ses deux chevaux. Ce sera plus facile comme ça.

Puis il demande aux garçons :

— Avez-vous fini de creuser le trou ?

— Presque, répond Da'Bé. Le temps que tu manges et on aura terminé.

— Donnez-moi quelques minutes et j'arrive. Si tu veux approcher les chevaux en attendant et attacher Charles-Eugène, on va commencer par ça. Après, on enlèvera la grosse roche.

Edwige ajoute ensuite à l'adresse de Samuel :

— Tu n'es pas obligé de venir. On peut très bien s'arranger tout seuls.

— Il n'est pas question que je reste à l'écart, c'était mon cheval. Je sortirai en même temps que toi. Je vais faire un petit somme dans ma chaise en t'attendant.

Après avoir englouti son dîner, Edwige est tenté de ne pas réveiller Samuel. Il sait à quel point ça sera dur pour lui. Mais, d'un autre côté, il sait aussi que son patron ne lui pardonnerait pas de ne pas le réveiller. Témoin de la scène, Maria s'essuie les mains sur son tablier et s'avance à la hauteur de son père. Elle pose une main sur l'épaule de Samuel et lui parle doucement :

— Papa, si vous voulez faire vos adieux à Charles-Eugène, c'est le temps.

Samuel se frotte vivement les yeux. Il se lève, prend sa casquette et sort de la maison. La seule vue de son fidèle compagnon fait remonter sa peine. Il a la gorge nouée par l'émotion, mais il a décidé de ne plus pleurer. Il ravale avec difficulté ses émotions. Il doit prendre sur lui. Il doit être fort et montrer l'exemple à ses enfants.

À partir de là, les choses se passent très vite. En moins de deux, Charles-Eugène se retrouve dans le trou que les garçons ont creusé pour lui. Alors qu'Esdras s'apprête à jeter la première pelletée de terre, Samuel s'écrie :

— Attends ! Je vais lui chercher une poignée d'avoine, il aimait tellement ça.

Sa quantité d'avoine déposée près de la bouche de son cheval, Samuel lance d'une voix qu'il veut autoritaire :

— Maintenant, vous pouvez y aller. Moi, je vais m'occuper d'enlever la roche avec Edwige au plus sacrant.

— On a tout notre temps, annonce l'employé. Eugène m'a dit de lui ramener ses chevaux seulement demain. On va les lui laisser en partant pour les chantiers.

— Comprends-moi bien, je n'ai pas l'intention que ça traîne. Plus vite ce sera fait, mieux je me porterai.

Ce jour-là, une fois la roche enlevée et déposée sur la tombe de Charles-Eugène, Samuel n'entreprend pas de nouveaux travaux. Il s'asseoit sur le perron, bourre sa pipe et fume sans arrêt jusqu'au moment d'aller dormir. Aujourd'hui, il a perdu son compagnon et demain il perdra deux de ses fils jusqu'au mois de mai. « Maudits chantiers ! pense-t-il. Il y en a qui croient que c'est une partie de plaisir de passer l'hiver dans le bois. Je voudrais bien les voir en haut, ils ne tiendraient pas deux jours. Ça prend des pauvres comme nous autres pour endurer tout ça. On est traité comme des chiens. Si j'avais les moyens, jamais je ne permettrais à l'un des miens d'y aller, mais ce ne sera pas encore pour cette année. Il va falloir acheter un nouveau cheval. »

— Maria ! crie Samuel.

— Oui, papa, répond-elle d'une voix ensommeillée.

— Demain, je partirai en même temps que les gars et Edwige. J'irai acheter un cheval. Si tu as besoin de quelque chose au magasin général, c'est le temps de me le dire.

— Il faudrait acheter du papier pour Alma-Rose. Elle n'a plus rien pour dessiner.

— Veux-tu autre chose ?

— Non. Pour le moment, on a tout ce qu'il faut. Si vous n'y voyez pas d'objection, je vais me coucher.

— Bonne nuit, ma fille.

Une fois dans son lit, Maria prend son chapelet sous son oreiller. Elle a tellement de raisons de prier qu'elle a l'embarras du choix. Parmi toutes ses causes, elle décide de prier pour son père. Il a beau être fort, ces temps-ci la vie ne le ménage pas. Avant de compléter sa première dizaine, malgré sa lutte ardente contre le sommeil, elle s'endort et rêve à son beau François.

Chapitre 5

Il y a déjà un mois que les garçons et Edwige sont partis aux chantiers. Les jours qui ont suivi leur départ ont permis à chacun des membres de la famille de reprendre son souffle après la course folle pour que tout soit prêt à temps. Immédiatement après, tous ont mis la main à la pâte pour préparer la venue de l'hiver. Maintenant, la saison froide peut s'installer. Samuel et Tit'Bé ont ajouté, comme ils le font chaque automne, de la terre et du sable au bas de la maison pour l'isoler. De son côté, Maria a mis des chiffons partout à l'intérieur où le vent pouvait s'infiltrer. Elle a aussi collé des vieux journaux rapportés par son père sur les murs afin de garder la chaleur en dedans. Le pire a été de préparer la colle. Elle avait vu sa mère procéder à maintes reprises, mais elle ne s'était jamais vraiment intéressée à la recette. Tout ce dont elle se souvenait, c'était qu'il fallait de la farine et de l'eau. « Et n'oublie pas le sel pour éloigner les souris », lui avait rappelé son père.

Chaque fois qu'elle regarde les murs de la maison, Maria sent un petit pincement au cœur. Les lettres dansent sous ses yeux alors qu'elle est incapable d'en lire une seule. Elle pose le bout de ses doigts sur les caractères et fait mine de les lire en traînant sa main sur chaque ligne, et ce, jusqu'à la fin d'un texte. Elle voudrait tellement savoir. Mais tant qu'elle restera loin du village, elle ne pourra jamais apprendre à lire et à écrire. Toutefois, au fond d'elle-même elle garde l'espoir de pouvoir un jour tenir un journal et lire ce qui y est écrit à haute voix. Elle ignore totalement comment, mais elle sait qu'elle y arrivera. C'est alors que, tout à coup, elle a une idée. C'est toujours Eutrope qui leur donne des nouvelles des chantiers, ce qui signifie qu'il doit savoir lire et écrire. « Pourquoi n'y ai-je pas pensé avant ? À force de ne pas m'intéresser à lui, j'ai failli passer à côté de ce qui me tient le plus à cœur. » Elle lui demandera s'il peut lui apprendre quand il viendra la visiter dimanche. Le temps passerait beaucoup plus vite ainsi, plutôt que de se regarder comme des chiens de faïence sans dire un mot. Cette seule pensée fait apparaître un sourire sur ses lèvres.

— Pourquoi tu souris, Maria ? lui demande Alma-Rose en levant la tête de son dessin. Je n'ai même pas parlé.

— Ça te dirait d'apprendre à lire et à écrire avec moi ?

— Tu veux dire que je serais capable de lire les journaux que tu colles sur les murs ? Et les livres d'histoires ? Je pourrais lire les mots et non pas seulement regarder les images ? Et je pourrais écrire des lettres aussi ?

— Oui ! Alors, qu'est-ce que tu en penses ?

— J'aimerais ça, mais qui va nous montrer ? Dans notre famille, personne ne sait lire et écrire.

— Eutrope le sait, lui. Si tu veux, quand il viendra dimanche, je vais lui demander de nous apprendre. Il te reste bien quelques feuilles de papier que papa t'a rapportées de Honfleur ? Et tu as toujours deux crayons ?

— Oui ! Regarde, j'ai une grosse pile de papier et deux crayons à mine.

— Parfait alors !

— Maria ?

Sans attendre que sa sœur lui réponde, Alma-Rose poursuit :

— J'ai très hâte à dimanche.

— Moi aussi.

Et dans sa tête, Maria se permet d'ajouter : « Pour une fois, j'ai hâte à dimanche. »

Pendant qu'elle achève de pétrir sa pâte à pain, Maria est prise d'une envie soudaine de cuisiner des brioches. Elle sait bien que d'habitude sa mère réservait cette petite gâterie pour le temps des Fêtes, mais elle pourrait faire changement pour une fois, d'autant qu'elle a tous les ingrédients sous la main. Elle entend déjà son père lui dire, quand il verra les pâtisseries en train de lever : «Il n'y a rien de mieux pour attacher un homme que de le prendre par le ventre. Des brioches! Tu ne pouvais pas me faire plus plaisir. Il faudra les cacher pour que Télesphore ne se lève pas la nuit pour les manger.» Envahie par une vague de bonheur, Maria se sent légère comme une plume.

Le soir, quand Samuel mord dans une pâtisserie chaude, ses yeux sont remplis de petites étoiles.

— Je ne veux rien enlever à ta défunte mère, ma fille, mais je n'ai jamais mangé d'aussi bonnes brioches. Tu devrais en faire plus souvent.

* * *

C'est avec impatience que les deux sœurs attendent Eutrope. Maria tourne en rond et le regard d'Alma-Rose reste accroché à la porte. Quand enfin celle-ci s'ouvre sur le visiteur, elles se précipitent à sa rencontre. Alors que l'une d'elles lui offre de s'asseoir à table, l'autre lui apporte un dessert. Interloqué, le jeune homme regarde les filles : il n'a jamais eu droit à un tel accueil de leur part. D'habitude, seuls les hommes de la maison soulignent son arrivée. Quelque chose lui échappe sûrement. Depuis qu'il a demandé Maria en mariage, et même depuis qu'il la connaît, elle est toujours restée enfermée dans son mutisme. Leurs rares moments d'intimité se sont toujours passés dans le plus grand silence. Eutrope a bien réussi une fois ou deux à lui parler, mais cela n'a jamais duré plus longtemps que le temps nécessaire à Maria pour répondre à sa question. Et là, sans avertissement, la voilà qui lui saute dessus alors qu'il a passé un seul pied dans la porte. À tout prendre, Eutrope est loin d'être certain de préférer cette nouvelle Maria à l'ancienne.

Assises face à lui, les deux filles regardent Eutrope manger. Si elles le pouvaient, elles l'aideraient pour qu'il aille plus vite. Comme la politesse est de rigueur, elles prennent leur mal en patience et attendent qu'il dépose enfin sa cuillère dans son assiette.

Témoins de la scène qui se déroule sous leurs yeux, Samuel et Tit'Bé restent muets. Ils ne comprennent rien à ce qui se passe. Ils n'ont pas encore eu la chance de parler à Eutrope, trop occupé à manger son dessert. Télesphore, quant à lui, se berce avec vigueur et sourit bêtement.

Quand le visiteur pousse enfin son assiette devant lui, Maria se dépêche de lui annoncer la nouvelle :

— Alma-Rose et moi voulons que vous nous appreniez à lire et à écrire.

— Pourquoi ne pas attendre que nous soyons mariés ? Ça nous ferait quelque chose à faire pendant les longues soirées d'hiver. Et puis, ça va vous demander bien des efforts. Apprendre à lire et à écrire n'a rien de facile.

— Je ne veux pas vous manquer de respect, mais c'est maintenant que nous voulons apprendre. Et nous sommes prêtes à travailler fort. Je vous en prie, acceptez.

— Mais je n'ai pas de papier avec moi, ni de crayons.

— Alma-Rose a tout ce qu'il faut. Nous sommes prêtes à commencer aujourd'hui.

À bout d'arguments, Eutrope soupire avant d'ajouter :

— D'accord, mais à une condition. Vous et moi, nous irons marcher dehors seuls tous les deux chaque fois que je viendrai.

Maria réfléchit quelques secondes. Son envie d'apprendre est si forte qu'elle se dit qu'elle pourra supporter des petites promenades avec son fiancé. Les yeux pétillants, elle accepte :

— Marché conclu. Alors, on commence maintenant ?

— Si vous voulez. Allez chercher du papier et des crayons à mine.

Samuel et Tit'Bé ont suivi la conversation sans en perdre un seul mot. Ils n'en croient pas leurs oreilles. Depuis quand Maria veut-elle apprendre à lire et à écrire ? À quoi cela lui servira-t-il ? Quand on vit au fond du bois, on ne lit pas les journaux, on se limite à les coller sur les murs. D'autant plus que, lorsqu'on les reçoit, ils datent déjà de plusieurs mois. Et pourquoi entraîne-t-elle Alma-Rose dans cette galère? Dans la famille, personne ne sait lire ni écrire, et tout est parfait ainsi. On n'a pas besoin de ces connaissances pour manipuler la terre. Depuis la mort de sa mère, et surtout depuis qu'elle a donné sa main à Eutrope, Maria a changé, d'après son père. Il ne saurait expliquer de quelle façon exactement, mais cela est flagrant. Tout à l'heure, quand elle a demandé à Eutrope de lui montrer à lire et à écrire, elle a lâché plus de mots cette fois-là qu'elle en prononce habituellement en une semaine complète. «Il faut croire qu'elle y tient vraiment», songe Samuel. C'est pourquoi il n'intervient pas. Le moment venu, il parlera à sa fille. Il a besoin de comprendre ce qui se passe dans la tête de son aînée. Pour l'instant, il a bien l'intention d'assister à la première leçon. Au fond, il a toujours souffert de son ignorance, mais il est rendu trop vieux pour apprendre. Le simple fait de regarder ses filles à l'œuvre lui suffira. En fumant sa pipe, il sourit.

Tit'Bé, pour sa part, trouve tout cela ridicule. Il aurait bien envie de faire fâcher Maria et Alma-Rose, mais comme il respecte l'autorité paternelle, il se tait. Toutefois, ce n'est que partie remise : il aura bien le temps de se moquer de ses sœurs quand il sera seul avec elles. «Apprendre à lire et à écrire, c'est la chose la plus idiote que j'ai jamais entendue, pense-t-il en tirant sur sa pipe. On n'est pas riches, on est des pauvres habitants, et les habitants n'ont pas besoin de savoir lire et écrire. Elle en a, de ces idées, ma sœur Maria !»

Eutrope prend son rôle de professeur au sérieux. Il montre quelques lettres aux filles et leur déclare qu'elles devront s'exercer à les reproduire parfaitement durant la semaine. Les deux élèves sont belles à voir. On croirait presque qu'elles sont dans une vraie école, avec un vrai professeur, tellement elles se concentrent.

Au bout d'une heure, Eutrope met fin à la première leçon en lançant :

— Je veux que vous me remplissiez une page complète de chacune des lettres que je vous ai enseignées. Quand je reviendrai dimanche prochain, je vérifierai vos devoirs. Appliquez-vous. Le but n'est pas de noircir des pages, mais bien de tracer de belles lettres.

Le sourire aux lèvres, les deux filles ramassent leurs affaires et vont les ranger dans leur chambre. C'est maintenant au tour de Maria de remplir sa part du marché. De retour dans la cuisine, elle enfile son manteau et demande à Eutrope :

— Vous venez ?

— J'arrive.

Une fois dehors, Eutrope prend le bras de Maria. Les fiancés empruntent le petit sentier derrière l'étable. Aucune parole n'est échangée pendant la promenade, aucune sauf celles rendues obligatoires par l'inégalité du terrain. Quand les jeunes gens reviennent à la maison une demi-heure plus tard, deux chevaux sont attachés au poteau de la galerie. Maria s'interroge sur l'identité des visiteurs. Quand elle ouvre la porte, une vague de chaleur lui monte aux joues en voyant Lorenzo. Dès que ce dernier aperçoit la jeune femme, il se lève et la salue d'un signe de la tête. Maria est étonnée de le voir ici. N'a-t-elle pas demandé à monsieur le curé de lui envoyer une lettre pour l'informer de son mariage prochain avec Eutrope ? Alors pourquoi est-il chez elle ?

Eutrope est ulcéré. Il n'est pas question que ce faux Américain vienne lui ravir sa belle. Maria lui a donné sa parole. Elle n'a pas le droit de changer d'avis, ça ne se fait pas. Pendant que la jeune femme file à sa chambre porter son manteau, Eutrope s'assoit juste en face de Lorenzo et le regarde droit dans les yeux. Quand Maria revient dans la cuisine, les joues empourprées, les deux hommes se toisent du regard comme deux bêtes féroces prêtes à bondir pour sauver leur petit. Cette situation n'a rien d'agréable. Maria a donné sa parole à Eutrope et elle la respectera. Mais en même temps, la vue de Lorenzo ne la laisse pas indifférente. Pas parce qu'elle l'aime – elle n'est pas plus attachée à lui qu'à Eutrope –, mais parce qu'il représente une tout autre vie, une vie bien plus animée que celle qui l'attend. Elle sait bien que rien n'est parfait, mais faut-il pour autant que tout soit imparfait ? Elle s'assoit au bout de la table et fait son possible pour suivre la conversation. C'est là qu'elle apprend pourquoi Lorenzo est dans les parages. Il accompagne un Américain qui veut acheter une terre au Lac-Saint-Jean. Comme il était dans le coin, il a décidé de venir saluer les Chapdelaine.

Eutrope ne baisse pas la garde une seule seconde. Il veille au grain. Lorsque le moment du départ arrive, Lorenzo entraîne Maria dehors. Le pire, c'est qu'elle le suit sans offrir aucune résistance, ce qui offusque son fiancé au plus haut point.

Une fois à l'extérieur, après s'être adressé à son ami dans un anglais approximatif, Lorenzo se tourne vers Maria :

— Venez, allons faire quelques pas. Il faut que je vous parle.

Dès qu'ils se sont suffisamment éloignés, Lorenzo se place face à Maria. Son regard perce les défenses de la jeune femme. À ce moment précis, celle-ci sent une autre bouffée de chaleur l'envahir, mais cette fois cela la rend heureuse. Quand Lorenzo porte sa main droite à ses lèvres, elle voudrait s'évanouir, mais elle profite plutôt de la chaleur de sa main sur la sienne.

— Maria, j'ai reçu la lettre de monsieur le curé m'informant que vous alliez vous marier avec Eutrope. Mais je refuse d'y croire. Vous méritez bien plus que de rester enterrée dans ce trou, au fond des bois. Réfléchissez bien, il est encore temps de changer d'idée. Vous feriez de moi l'homme le plus heureux si vous acceptiez de devenir ma femme. Je vous aime, Maria.

La jeune femme est bouleversée. C'est la première fois que Lorenzo dévoile ses sentiments de la sorte. Elle aurait préféré qu'il ne vienne jamais la relancer jusque chez elle. Même si elle ne l'aime pas, Lorenzo représente à lui seul ce qu'elle attend de la vie au plus profond d'elle-même. L'école pour les enfants. Les rangées de petites maisons de couleur. Les machines qui facilitent le travail à la maison. Les robes longues en tissu fin. Les promenades en habit du dimanche sur les trottoirs de bois. Les salles où les images bougent sur le mur. Enfin, tout ce qui est inaccessible pour elle aujourd'hui et qui le sera aussi demain. Lorenzo représente l'inconnu qui l'attire au plus haut point. Il est la clé de la prison d'où elle souhaite tant s'échapper.

Maria regarde le jeune homme pendant de longues minutes sans retirer sa main. Dans sa tête, les pensées s'entrechoquent. Elle se sent comme un vulgaire lièvre pris au piège. Alors qu'elle croyait que sa vie était réglée, voilà qu'elle se heurte à son choix de plein fouet. Elle voudrait revenir en arrière, mais elle ne peut pas. Dans sa famille, quand on donne sa parole à quelqu'un, c'est pour la vie. Au fond d'elle-même, elle sait qu'elle a fait le bon choix dans les circonstances. Elle n'a pas le droit d'abandonner les siens pour satisfaire sa personne. Elle a accepté d'épouser Eutrope, et le mariage aura lieu comme prévu le printemps prochain quand les hommes reviendront des chantiers. Il faut maintenant qu'elle fasse part de sa décision à Lorenzo. Elle prend une grande respiration et lui annonce, après avoir pris soin de retirer sa main de la sienne :

— Je ne peux pas, j'ai donné ma parole à Eutrope.

Puis elle tourne les talons et rentre dans la maison. En passant le seuil, elle regarde son fiancé et lui fait un demi-sourire en inclinant la tête. Il n'en faut pas plus pour rendre Eutrope heureux. Il ne l'avouera pas, mais il a eu très peur que Maria change d'avis.

* * *

Le soir, alors que Tit'Bé, Télesphore et Alma-Rose dorment à poings fermés, Samuel dit à Maria :

— Il faut qu'on se parle.

— Je vous écoute, répond-elle simplement.

— J'ai deux questions pour toi. D'abord, j'aimerais savoir si tu te maries toujours avec Eutrope.

— Oui.

— Et puis, veux-tu bien m'expliquer pourquoi tu tiens tant à apprendre à lire et à écrire ?

— Parce que je veux être capable de répondre aux questions d'Alma-Rose et à celles que me poseront mes enfants. Et aussi parce que maman rêvait de savoir lire et écrire.

Satisfait de la réponse, Samuel se lève de sa chaise berçante. En passant près de Maria, il lui met une main sur l'épaule et murmure :

— Je suis bien fier de toi, ma fille. Un jour, il faudra que tu me lises le journal.

Sans une parole de plus, Samuel va se coucher avec le cœur un peu plus léger.

Chapitre 6

Maria regarde son père du coin de l'œil. Il fait pitié à voir. Installé dans sa chaise berçante, le regard vide et les mains jointes sur sa bedaine, il fait claquer les ongles de ses pouces sans arrêt depuis qu'il est sorti de table, c'est-à-dire depuis trop longtemps selon Maria. Il est si perdu dans ses pensées qu'il n'a même pas encore bourré sa pipe. La jeune femme doit faire de gros efforts pour ne pas lui détacher les mains d'un geste sec. Elle ne peut pas supporter de le voir ainsi, pas plus que le bruit qu'il fait avec ses ongles. Depuis que l'hiver est arrivé pour de bon, Samuel a, comme chaque année, beaucoup trop de temps pour jongler. Certes, il n'en parle pas à personne, mais il faudrait être aveugle pour ne pas s'apercevoir qu'il est triste à mourir. Tant qu'il se consacrait à faire de la terre et à cultiver ses champs, son esprit était occupé ailleurs, mais maintenant qu'il passe une bonne partie de sa journée les deux pieds sur la bavette du poêle, il ne cesse de penser à Laure. Sa femme lui manque cruellement, encore plus qu'il ne l'aurait imaginé. Dans moins de deux semaines, ce sera Noël ; s'il le pouvait, il passerait tout de suite au 15 janvier. Le temps des Fêtes sans sa femme, ça ne lui dit rien qui vaille.

Occupée à essuyer la vaisselle avec Alma-Rose, Maria écoute distraitement sa petite sœur qui, fidèle à ses habitudes, babille sans arrêt. Mais pour le moment, la jeune femme a mieux à faire que de se concentrer sur les propos de la fillette. Elle se demande comment elle pourrait aider son père. Elle doit vite trouver une solution. Elle refuse de le regarder dépérir sans réagir. Il y a des jours où elle pense que la vie est tout sauf juste. Pourquoi a-t-il fallu que le bon Dieu vienne chercher sa mère si tôt ? Elle a beau faire tout son possible, jamais elle n'arrivera à la remplacer auprès de son père, de ses frères et de sa sœur. Pire encore, qu'adviendra-t-il d'eux quand elle sera mariée ?

— Maria, Maria, est-ce que tu m'écoutes ? lance Alma-Rose en tirant sur le coin du tablier de sa sœur. Ça fait trois fois que je te pose la même question.

Surprise, la jeune femme se tourne vers sa sœur. Elle lui dit :

— Il va falloir me répéter ta question une autre fois, car je ne t'ai pas entendue.

— Serais-tu devenue sourde ? questionne l'enfant sur un ton rempli d'impatience.

— Non, j'étais simplement distraite.

— Ah ça, c'est sûr ! s'écrie Alma-Rose. Je voulais savoir si nous allions fêter Noël.

— J'imagine que oui, comme d'habitude, répond Maria en haussant les épaules.

— Je ne veux pas savoir si nous allons fêter ici, mais si nous irons fêter avec Rose-Ange et Marie.

— Je ne le sais pas. Il faudrait demander à papa ce qu'il en pense. Attends un peu.

Maria trouve excellente l'idée d'Alma-Rose. Sortir de la maison ferait le plus grand bien à son père. Sans plus de réflexion, elle s'essuie les mains et, une fois à la hauteur de son père, lui pose une main sur l'épaule et lui dit doucement :

— Papa, j'ai quelque chose à vous demander.

Samuel met quelques secondes à revenir à lui. Il regarde Maria comme s'il la voyait pour la première fois, ce qui n'échappe pas à la jeune femme. Elle jurerait qu'il a vieilli de dix ans en quelques mois seulement. Elle le fixe et lui sourit avant de poursuivre :

— Auriez-vous envie d'aller fêter Noël à Saint-Prime ? Alma-Rose aimerait bien revoir ses petites cousines.

Samuel a les yeux pleins d'eau. Il essaie de se concentrer pour que les paroles de Maria puissent se frayer un chemin jusqu'à son cerveau. Il était à des lieues d'ici, là où le temps n'existe plus, là où l'hiver ne vient jamais, là où il peut se laisser flotter sans aucun effort. De toute sa vie, jamais il n'a senti une aussi grande fatigue. Depuis que Charles-Eugène est mort, le simple fait de sortir du lit lui demande un grand effort. Cela est loin d'être dans ses habitudes, lui d'ordinaire si alerte et toujours content de se lever le matin pour aller travailler. Il ne se reconnaît plus.

Maria prend son mal en patience en attendant que son père lui réponde. Au bout de quelques secondes qui ont semblé durer une éternité, il souffle :

— Mais je n'ai même pas de cheval…

— Le voisin a dit qu'il vous en prêterait un quand vous le vouliez.

— Tu devrais savoir qu'il n'y a rien que je déteste plus que d'être obligé d'emprunter.

— Oui, mais là ce n'est pas pareil, c'est pour aller fêter Noël ailleurs. Ça vous ferait du bien de rencontrer d'autres personnes. Pensez-y ! Alma-Rose serait si contente de jouer avec ses cousines.

Ces derniers mots ébranlent Samuel plus qu'il ne le voudrait. Depuis que Laure a quitté ce monde, il lui arrive souvent de penser qu'il n'a pas le droit d'imposer une telle existence aux siens, qui est une vie en retrait de la vie elle-même. S'il avait un cheval, il irait à Saint-Prime avec les filles. Il a essayé d'en acheter un à l'automne, mais personne n'en avait à vendre. Alors, en plus d'être pris au beau milieu de nulle part, voilà maintenant qu'ils sont prisonniers jusqu'au printemps, ce qui n'aide guère Samuel à sortir de sa léthargie. Depuis qu'ils ont commencé à hiberner, l'atmosphère a bien changé dans la maison. Avant, quand Laure était parmi eux, des éclats de rire résonnaient chaque jour. De nature ricaneuse, elle savait dérider l'atmosphère. Avec elle, il ne se passait pas une seule journée sans que quelqu'un rie à un moment ou à un autre pour un rien. Laure était à elle seule un soleil. Alors qu'elle était loin de mener la vie dont elle rêvait, elle savait tirer profit du peu qu'elle avait ; elle possédait cette capacité de se réjouir de la moindre petite chose qui venait embellir sa vie.

— Télesphore pourrait venir avec nous ! s'écrie Alma-Rose de l'évier. S'il vous plaît, papa, dites oui !

— Laisse papa tranquille, se dépêche de répliquer Maria, il faut d'abord qu'il y réfléchisse. Si nous restons ici, je te promets que tu te souviendras longtemps de ce Noël.

— Oui, mais ce serait bien plus plaisant d'aller voir mes cousines.

— Je le sais bien, soupire Maria en s'accroupissant devant sa petite sœur, mais tu sais comme moi qu'on ne fait pas toujours ce qu'on veut dans la vie.

Sans aucun avertissement, Alma-Rose lui demande :

— Est-ce que tu l'aimes, Eutrope ?

Quelle question ! Prise de court et déstabilisée, Maria rougit jusqu'à la racine des cheveux. Que pourrait-elle répondre ? Qu'elle ne le déteste pas ? Qu'elle est loin d'être certaine de pouvoir l'aimer un jour ? Qu'il la laisse totalement indifférente ? Qu'elle n'a pas le choix de l'épouser si elle veut continuer à s'occuper de sa famille ? Qu'elle aimerait mieux aller s'installer en Nouvelle-Angleterre avec Lorenzo ? D'ailleurs, le bref passage de celui-ci à la ferme a laissé plus de traces qu'elle l'aurait souhaité. Alors qu'elle avait enfin trouvé la force de rester, voilà que tout ce à quoi elle a dû renoncer lui est revenu en plein visage à la seule vue du jeune homme, et ce, même si elle sait hors de tout doute que ses chances d'aimer un jour Lorenzo sont aussi inexistantes que celles d'aimer Eutrope.

Il y a des moments dans la vie où il vaut mieux taire la vérité, surtout quand il s'agit de répondre à une fillette de huit ans qui n'a pas encore perdu toutes ses illusions.

— Maria, est-ce que tu l'aimes, Eutrope ? répète Alma-Rose d'un ton sérieux.

— Ce n'est pas aussi simple, parvient à balbutier l'aînée du bout des lèvres.

— Pourquoi ? Je ne vous ai jamais vus vous embrasser. Papa embrassait maman chaque jour.

— Ce n'est pas pareil.

— Je ne comprends pas. Pourquoi tu te marierais avec quelqu'un que tu n'aimes pas ?

Une fois de plus, Maria est bien embêtée. Elle ne peut pas dire la vérité, cela affligerait trop Alma-Rose, mais elle ne veut pas lui mentir non plus. Il vaut mieux qu'elle gagne du temps pour le moment. C'est pourquoi elle tente de détourner l'attention de sa petite sœur.

— Ça te dirait qu'on essaie de lire ton livre d'histoires ?

— Oui, mais avant je veux savoir si tu aimes Eutrope.

Maria hausse les épaules et soupire avant de répondre :

— Je l'aime bien. Tu es contente, maintenant ?

— C'est bien ce que je pensais. Tu ne l'aimes pas autant que papa aimait maman. C'est triste pour toi, compatit Alma-Rose en pressant le bras de sa grande sœur. En tout cas, moi, j'aimais mieux François. Maintenant, je veux bien lire un petit bout de l'histoire, mais il va falloir que tu m'aides.

— Va chercher ton livre pendant que je finis la vaisselle.

Le simple fait d'entendre le nom de François a perturbé la jeune femme. Pourquoi a-t-il fallu que son amoureux prenne un aussi grand risque pour venir la voir ?

— Apporte aussi des feuilles et des crayons, ajoute-t-elle. On va faire après des exercices d'écriture de lettres.

— Dépêche-toi, car moi j'en ai pour une minute seulement ! répond joyeusement Alma-Rose avant de se diriger vers leur chambre.

— Arrête de me mettre de la pression ! lance Maria en riant. Si je n'ai pas terminé, tu n'auras qu'à commencer sans moi.

— Tu le sais bien, j'ai besoin de toi pour apprendre à lire et à écrire.

— Et moi aussi, j'ai besoin de toi.

Les deux filles ont beaucoup progressé depuis qu'Eutrope leur enseigne à lire et à écrire. Celui-ci est même surpris de voir à quelle vitesse elles gobent tout ce qu'il leur montre. Si elles continuent à travailler avec la même ardeur, elles sauront lire et écrire avant que les hommes reviennent des chantiers.

* * *

Chaque fois qu'il revient de chez les Chapdelaine, Eutrope barre une semaine sur son calendrier. Dans moins de six mois, Maria et lui seront mariés et elle sera installée chez lui. Et dans moins d'un an, si le bon Dieu le veut, ils attendront déjà leur premier enfant. Il n'en a pas encore discuté avec Maria, elle est toujours aussi peu causante en sa compagnie, mais fonder une famille lui tient beaucoup à cœur. Il souhaite avoir une famille nombreuse. Il a énormément souffert de n'avoir qu'un seul frère, d'autant que Camil et lui ne sont pas très proches l'un de l'autre même s'ils partagent la même maison. Si Maria parle peu, son frère est encore moins loquace. Il arrive à Eutrope de dire à Camil que ça ne le ruinerait pas de répondre autre chose que « oui » ou « non » à ses questions. Au fond, entre le moment où les deux frères cohabitent et celui où Eutrope se retrouve seul pendant que Camil travaille aux chantiers, il n'y a pas une grande différence. À part qu'il y a moins de lavage à faire et de vaisselle à laver, la conversation, elle, est au beau fixe. Si Eutrope ne se rendait pas chez les Chapdelaine chaque dimanche et s'il n'avait pas la chance de discuter avec les hommes de la maison, il faudrait s'il se parle à haute voix pour ne pas perdre l'usage de la parole.

Mais Eutrope est inquiet à l'idée de se marier. De nature réservée, il n'a pas encore osé embrasser Maria, bien qu'il en meure d'envie. Sa fiancée se tient toujours à une bonne distance de lui, même lorsqu'il lui tient la main, ce qui ne favorise pas les rapprochements. Il a souvent l'impression qu'elle est à des milles de lui bien qu'il pourrait la toucher du bout des doigts. Alors qu'il rêvait d'une femme chaleureuse et aimante, voilà qu'il est sur le point d'unir sa vie à une femme qu'il aime de tout son cœur mais qui est bien loin de lui rendre son amour. Quand il lui arrive d'imaginer à quoi ressemblera leur nuit de noces, il se dépêche de penser à autre chose. Et si elle refusait de se donner à lui malgré les liens du mariage? Et si elle ne pouvait pas avoir d'enfants? Et si…?

* * *

Dans sa chaise berçante, Samuel réfléchit à la demande de Maria. C'est certain qu'il aimerait aller fêter Noël dans la famille de Laure. Là-bas, il pourrait panser ses plaies, mais sans cheval, il est contraint de rester confiné chez lui jusqu'au printemps. «À moins que je me résigne à emprunter un cheval à Eugène. Chaque fois que je le vois, il me refait son offre, mais je suis incapable de piler sur mon orgueil à ce point. La seule raison qui me ferait fléchir, ce serait qu'un des enfants soit malade.»

Samuel ne perd rien des mots qu'arrivent à lire ses deux filles. Alors qu'il n'y a pas si longtemps elles s'affairaient à noircir des feuilles des lettres de l'alphabet, voilà que maintenant elles parviennent à lire quelques mots, ce qui le rend très fier. Il gonfle la poitrine et sourit. Il rêve du jour où Maria lui lira le journal. « Si je n'étais pas si vieux, pense-t-il, j'apprendrais moi aussi. »

Comme si elle venait de lire dans les pensées de son père, Alma-Rose s'écrie :

— Approchez-vous, papa. Venez voir comme on lit bien. On pourrait même vous apprendre.

— C'est très gentil, mais je suis trop vieux.

— Allez, ne vous faites pas prier, dit Maria sans porter attention à la remarque de son père. Venez vous asseoir à côté de moi.

Samuel vient à peine de poser ses fesses sur la chaise que quelqu'un frappe à la porte.

— Entrez ! crie Samuel sans même se lever.

La face rougie par le froid et les vêtements couverts de neige, Eugène, le voisin, enlève son chapeau de fourrure avant de s'adresser au maître de la maison.

— Salut, Samuel ! lance l'homme d'un air bourru. Je suis venu te donner ton cadeau de Noël un peu avant le temps.

— Mon cadeau de Noël ? s'étonne le père Chapdelaine. Depuis quand me fais-tu des cadeaux ?

— Eh bien, depuis cette année. Suis-moi, il est dehors.

— Tu es sérieux ? Tu veux vraiment que j'aille à l'extérieur par ce temps-là ?

— Allez, arrête de lambiner. Je t'attends dehors.

Sitôt la porte refermée, Samuel met ses bottes et enfile son manteau. Il n'a vraiment aucune idée de ce qui l'attend, surtout que ses relations avec Eugène ne sont pas toujours au beau fixe.

Une fois sorti, Samuel a peine à croire ce qu'il voit. Un des chevaux d'Eugène porte autour du cou une ceinture fléchée rouge nouée en boucle. Samuel s'approche et flatte la bête sans trop comprendre ce qui se passe.

— Veux-tu bien me dire pourquoi tu l'as attriqué comme ça ? s'informe-t-il d'un ton grognon.

— C'est ton cadeau de Noël, répond Eugène sur le même ton.

— Tu es sérieux ? Tu me donnes un cheval ?

— Je suis tout ce qu'il y a de plus sérieux. Ça me fera une bouche de moins à nourrir, ce qui n'est pas rien. Alors, est-ce que tu acceptes mon cadeau ?

— Je serais bien fou de dire non ! s'écrie Samuel, le sourire aux lèvres. C'est le plus beau cadeau que j'ai reçu de toute ma vie.

— Il faut juste que tu me redonnes ma ceinture fléchée, car c'est ma plus belle. Bon, il faut que j'y aille, ma femme m'attend.

Encore sous le choc, Samuel défait la boucle autour du cou du cheval et remet la ceinture à son voisin. Un large sourire illumine son visage. Les deux hommes se regardent dans les yeux. Samuel tend la main à Eugène et lui dit d'un ton qui traduit son bonheur :

— Merci !

Après le départ de son bienfaiteur, Samuel se dépêche de faire entrer son nouveau cheval dans l'écurie.

— Le temps de dire aux filles que nous irons fêter Noël à Saint-Prime et je reviens m'occuper de toi ! lance-t-il à la bête.

Chapitre 7

Il n'est pas encore midi quand Samuel et ses deux filles quittent la maison le 24 décembre pour se rendre à Saint-Prime. Alma-Rose est tellement excitée qu'elle n'a pratiquement pas dormi de la nuit. Quant à Maria, elle a passé la semaine à cuisiner pour Tit'Bé et Télesphore. Elle a aussi préparé une tourtière pour apporter chez ses grands-parents. Elle espère de tout son cœur que le mets sera délicieux. Comme c'était la première tourtière qu'elle cuisinait, elle s'inquiète bien qu'elle ait suivi à la lettre la recette de sa mère. Le coffre de viande est rempli de lièvres, de perdrix, de canards et de pièces d'orignal. Depuis que le temps est froid, Tit'Bé passe ses journées à chasser. Il lui arrive parfois d'emmener Télesphore avec lui.

Maria s'est même risquée à faire du sucre à la crème. Elle l'a si bien réussi qu'elle a dû en refaire parce que Télesphore s'était levé en pleine nuit et l'avait tout englouti. Au matin, il était vert tellement il avait mal au cœur. Tant qu'elle ignorait pourquoi il était malade, Maria faisait son possible pour le soulager, mais tout c'est gâté quand elle a su la cause du malaise. Elle était si furieuse qu'elle a roué de petits coups de poing Télesphore jusqu'à ce qu'il lui jure de ne plus jamais toucher à un seul morceau de sucre à la crème, sauf si elle lui en offrait. Le pauvre garçon était tellement mal en point qu'il faisait pitié à voir.

— Pourquoi faut-il toujours le surveiller comme un enfant ? hurle Maria, les bras en l'air.

— Je te l'ai déjà dit : parce que Télesphore est comme un bébé.

— Heureusement qu'il ne vient pas à Saint-Prime parce que je n'y serais pas allée.

— Arrête, Maria, dit doucement Samuel. Ce n'est pas la fin du monde, c'était juste un plat de sucre à la crème. Tu as le temps d'en refaire, nous partons seulement demain.

— Comme si j'avais juste ça à faire ! Si vous voulez savoir, je suis loin d'avoir la patience de maman.

— Je ne t'en demande pas tant, reprend Samuel. Essaie seulement d'être plus patiente avec lui, car c'est un bon garçon.

— Je suis désolée, mais je n'y arrive pas.

Passer quelques jours loin de son jeune frère fera du bien à Maria. Les derniers mois ont été très éprouvants pour elle. Tenir la maison exige beaucoup de travail. Entre les commentaires désobligeants de Tit'Bé parce qu'elle apprend à lire et à écrire et les mauvais coups de Télesphore, il lui arrive d'avoir hâte d'être mariée. Tit'Bé ne rate jamais une occasion de la faire fâcher. Évidemment, il profite toujours d'un moment où leur père est à l'étable. C'est toujours pareil, il la pousse à bout. Et chaque fois leur petit jeu se termine de la même manière. Elle finit par lui lancer la première chose qui lui tombe sous la main. La dernière fois, elle ne l'a pas manqué, au point qu'elle lui a fendu le front. Il saignait comme un bœuf. Quand Samuel est rentré, Tit'Bé s'est dépêché de lui dire qu'il s'était cogné contre une branche d'arbre en allant lever ses collets. Son père l'a regardé d'un drôle d'air, puis il a haussé les épaules. Il s'est préparé une pipe avant de lancer à Maria :

— Va lui chercher un peu de glace pour empêcher l'enflure.

Même s'il les laisse faire, il connaît très bien leur petit manège. Depuis qu'ils sont tout petits, Tit'Bé et Maria ne sont jamais parvenus à s'entendre plus de deux minutes s'ils sont seuls dans la même pièce. Tit'Bé adore agacer sa sœur, et elle ne manque pas de lui faire payer au centuple chacune de ses petites taquineries. Heureusement, dès qu'ils sont en présence d'autres personnes, on pourrait croire qu'ils s'adorent.

* * *

Télesphore regarde partir son père et ses sœurs. Il est incapable de leur envoyer la main. Il a les larmes aux yeux. Il aurait tant aimé passer Noël à Saint-Prime lui aussi, mais au lieu de cela il est pris à la maison. Voyant la réaction de son jeune frère, Tit'Bé le prend par les épaules et lui annonce :

— Viens, j'ai une surprise pour toi.

Comme il adore les surprises, Télesphore s'essuie les yeux du revers de la main et suit son frère. Une fois à l'intérieur, Tit'Bé ouvre l'armoire à côté de la pompe et sort un plat rempli de sucre à la crème.

— N'en parle surtout pas à Maria, dit Tit'Bé sur un ton espiègle. J'ai volé le plat de sucre à la crème juste pour toi.

Télesphore est fou de joie. Il regarde le plat et attend seulement un signe de son frère pour s'emparer du trésor.

— Avant, il faut que tu me jures de ne pas le manger d'un coup. Je n'ai pas envie que tu sois malade pendant que papa est absent. Tu me le jures ?

Les yeux de Télesphore sont remplis de milliers d'étoiles. Il est prêt à tout promettre pour sentir encore ce doux mélange de sucre, de beurre et de crème sur sa langue. Il en rêve chaque nuit. Il regarde son frère, attendant désespérément son signal. Tit'Bé lui sourit. Loin de le déranger, ces quelques jours passés seul avec Télesphore lui font grand plaisir. Il l'emmenera partout avec lui, même chez Eutrope où il a prévu passer la nuit de Noël. C'est du moins ce qu'ils ont tous deux convenu dimanche dernier.

— Tu peux en prendre un, se décide enfin Tit'Bé. Je compte sur toi pour respecter notre entente. Regarde bien, je vais serrer le plat dans l'armoire, juste là. Ne t'inquiète pas, tu auras le temps de manger tout le sucre à la crème avant que Maria revienne de Saint-Prime. Habille-toi maintenant, on va aller lever nos collets et tuer quelques perdrix. Si tu veux, je pourrai même te laisser tirer. Et ce soir, on ira veiller chez Eutrope. On apportera un pâté à la viande et un peu d'alcool. Si je suis trop chaud, on restera dormir là-bas.

Ces mots font oublier bien vite à Télesphore le sucre à la crème. Il file chercher son manteau, son chapeau et ses mitaines. Il adore aller à la chasse avec Tit'Bé. De ses trois frères, c'est de loin celui qui s'occupe le plus de lui, même s'il est souvent la victime des pires coups que son aîné s'amuse à préparer jour après jour. Jamais Tit'Bé n'a levé la main sur lui, ce qui n'est pas le cas de Da'Bé et d'Esdras.

* * *

Parcourir trente-cinq milles, ce ne serait pas si long si les chemins étaient en bon état. Mais plus souvent qu'autrement, il faut aller lentement pour éviter les nombreux trous qui sillonnent la route, même si elle est recouverte de neige. Les Chapdelaine n'avaient pas encore parcouru un mille qu'Alma-Rose s'est endormie. Bien serrée entre Maria et leur père, elle dort à poings fermés. « C'est mieux ainsi, pense Maria. Comme ça, elle trouvera le voyage moins long. »

Samuel est heureux d'avoir un cheval. L'animal, une très bonne bête, a été baptisé « Cadeau ». Eugène n'aurait pas pu lui faire plus plaisir. C'est dans ces occasions qu'on reconnaît la générosité des gens. Eugène, qui ne possède rien de plus que Samuel, lui a donné un cheval. La bête vaut bien plus que sa valeur monétaire aux yeux de son nouveau propriétaire. Grâce à elle, il peut aller où il veut et, surtout, quand il veut. De plus, il risque de se sentir plus heureux chez les parents de Laure que s'il était resté à se morfondre dans sa maison au fond des bois. Maria avait raison : quand on a le vague à l'âme, il vaut mieux voir du monde. Il a hâte de revoir la famille de Laure. Il a toujours eu beaucoup de plaisir avec ses beaux-frères, et même avec ses belles-sœurs. Il se promet de taquiner un peu sa belle-mère, ce qu'il ne manque d'ailleurs pas de faire à chacune de leurs rencontres. Comme d'habitude, son beau-père l'emmènera prendre un petit coup dans la cuisine d'été, à l'arrière de la maison.

Maria, quant à elle, est heureuse comme jamais. Ce petit voyage lui fait déjà du bien. Elle devrait en être gênée, mais elle n'avait aucune envie de passer Noël avec Eutrope. Peut-être devrait-elle même s'en confesser… Par-dessus tout, elle n'avait aucune envie qu'il l'embrasse pour lui souhaiter un joyeux Noël. Il y a des jours où elle se demande sérieusement si elle arrivera à se rapprocher de lui. En tout cas, pour le moment, elle ne peut pas imaginer sa nuit de noces sans être prise de grands frissons. Elle n'en a rien dit au curé, lors de sa dernière confession, parce qu'elle sait trop bien ce qu'il lui répondrait : « Une femme doit obéissance à son mari. Elle n'a pas le droit de se refuser à lui. Elle n'a pas le droit non plus d'empêcher la famille. » La famille ! Ce n'est pas que Maria ne veuille pas avoir d'enfants, mais il ne s'agit pas d'un besoin pressant pour elle. Eutrope et elle n'en ont jamais parlé. Elle ne sait même pas s'il souhaite avoir des enfants. D'ailleurs, ils ne parlent jamais de rien. De son côté, elle n'a aucune envie de discuter avec lui. Alors chaque fois qu'elle se retrouve en pleine nature, seule avec lui, elle fait tout pour que leur conversation se limite au minimum. Le soir, après la prière en famille, elle récite une dizaine de chapelet supplémentaire pour demander pardon au bon Dieu de ne pas vouloir qu'Eutrope s'approche d'elle de quelque façon que ce soit. Dans moins de six mois, elle sera mariée avec lui et ce sera bien assez tôt pour s'acquitter de ses obligations de femme mariée. En attendant, elle compte bien se tenir loin de lui autant que possible. Quand ils vivront sous le même toit, ils auront tout le temps de faire connaissance. Elle doit bien se l'avouer : ce mariage ne l'enchante pas plus que le jour où elle a donné sa parole à Eutrope. Elle va marie uniquement par devoir.

Quand Samuel immobilise enfin son traîneau devant la maison des Bouchard, les parents de Laure se pointent vite à la fenêtre. Dès qu'elle reconnaît les visiteurs, madame Bouchard sort sur la galerie, sans manteau. Elle est contente de les voir, et ça paraît. Alma-Rose se dépêche de sauter à terre et court se jeter dans les bras de sa grand-mère. Elle est rapidement imitée par Maria. Les deux filles et leur aïeule se réfugient vite dans la maison pendant que monsieur Bouchard rejoint son gendre. Lorsque les deux hommes entrent à leur tour, Alma-Rose est déjà en grande conversation avec sa grand-mère ; Maria les écoute, un grand sourire sur les lèvres. À la vue de ses filles, Samuel se réjouit. Ce petit séjour dans la famille de leur mère sera sûrement bénéfique pour Maria et Alma-Rose, et pour lui aussi.

— Viens t'asseoir, Samuel, l'invite sa belle-mère. Je vais te servir une belle grosse pointe de tarte au sucre avec de la crème fraîche.

— Moi aussi, j'en veux ! s'exclame Alma-Rose. Vous savez quoi, grand-maman ? Maria a fait une tourtière pour vous.

Surprise, madame Bouchard se tourne vers sa petite-fille.

— C'est vrai ? Je ne savais pas que tu cuisinais.

— Depuis que maman nous a quittés, je suis bien obligée de faire à manger, déclare Maria d'un air gêné. Mais je suis loin d'être aussi bonne qu'elle. Voulez-vous que je mette ma tourtière au four pour le souper ?

— C'est une très bonne idée.

— Je vais la chercher, propose Samuel. Maria ne l'a pas dit, mais elle fait d'excellentes brioches.

— Et du sucre à la crème aussi ! s'écrie Alma-Rose. Vous allez pouvoir y goûter, on vous en a apporté. L'autre jour, Téles-phore a mangé un plat grand comme ça d'un seul coup. Il s'est même levé la nuit pour être certain que personne n'en aurait.

À ces mots, madame Bouchard ne peut s'empêcher de sourire. La petite Alma-Rose est si joyeuse !

— Comment va-t-il, mon petit garçon? s'informe madame Bouchard.

— Il va bien, répond Alma-Rose, sauf quand Maria lui fait de la peine.

— J'aurais bien aimé le voir, dit la grand-mère.

— Maria ne voulait pas qu'il vienne, confie Alma-Rose.

En entendant ces mots, Samuel se dépêche de prendre la défense de sa fille aînée.

— Ne parle pas comme ça, sermonne-t-il la fillette. Si Télesphore n'est pas venu avec nous, c'est parce qu'il n'y avait pas assez de place dans le traîneau. Tu le sais bien, il fallait que je rapporte des tas de choses à ton grand-père.

— J'aurais pu m'asseoir sur ses genoux…

— Une autre fois, je viendrai seul avec vous deux, promet Samuel pour clore la discussion.

Madame Bouchard revient à la charge :

— Dites-moi comment va Télesphore.

— Dans les circonstances, répond Samuel, il va bien. Il continue à faire des mauvais coups que lui seul trouve amusants la plupart du temps, mais autrement sa santé est bonne. Il était très attaché à sa mère.

— Ma chère petite Laure me manque tellement! s'émeut madame Bouchard, le regard soudainement voilé par la tristesse.

— Elle nous manque à tous, avoue Samuel, mais je crois bien que la personne à qui elle manque le plus, c'est Télesphore. Depuis que Laure est partie, la vie est très différente pour lui. Il est un peu perdu. Il n'est pas rare de le voir pleurer, ce qui n'arrivait jamais avant. Une chance que Tit'Bé s'occupe de lui.

En plus de faire du bien à Télesphore, ça nous libère, Maria et moi. Il exige beaucoup d'attention, vous savez.

— L'autre jour, Télesphore a même dit qu'il aimerait aller retrouver maman, déclare Alma-Rose. Moi, je ne veux pas qu'il meurt, mon frère. Je l'aime.

— Ne t'inquiète pas, la rassure sa grand-mère, tout va bien aller. Assieds-toi à la table, je vais te servir un grand verre de lait avec ta tarte.

Alma-Rose est resplendissante. Elle est contente d'être chez ses grands-parents. Sa dernière bouchée de tarte avalée, elle demande à sa grand-mère quand elle pourra voir ses cousines.

— Tu devrais les voir à la messe de minuit, car elles chantent toutes les deux dans la chorale.

— C'est vrai ? s'exclame Alma-Rose.

— C'est bien vrai, ma petite. Si tu veux, tu n'auras qu'à les rejoindre dans le jubé de l'église. Elles seront contentes de te voir, elles me parlent souvent de toi.

— Mais je ne sais pas chanter.

— Ce n'est pas grave, tu écouteras.

Resté muet jusque-là, monsieur Bouchard invite Samuel à le suivre. Une fois dans la cuisine d'été, il sort une bouteille de fort et en verse deux bonnes rasades dans des verres à eau. Il lève ensuite son récipient. Quelques secondes suffisent pour que Samuel fasse de même. Encore secoués par le souvenir des propos de madame Bouchard sur la disparition de Laure, les deux hommes boivent leur premier verre en silence. Au moment de remplir une seconde fois les contenants, le beau-père dit à son gendre d'un ton assuré :

— Il vaut mieux laisser les morts là où ils sont. Tu devrais te remarier au plus vite.

— Mais je n'ai pas envie de me remarier ! s'indigne Samuel.

— Tu ne peux pas passer ta vie avec tes souvenirs. Ma Laure était une femme dépareillée, je le sais bien, mais il y en a d'autres. Tes enfants ont besoin d'une mère, d'autant que Maria doit se marier au printemps. Demain, je te présenterai une de mes nièces qui vient de perdre son mari.

— Vous ne comprenez pas, reprend Samuel, offusqué par les propos de son beau-père. Personne ne pourra jamais remplacer ma femme.

— Il n'est pas question de la remplacer non plus. Je te demande seulement de revenir parmi les tiens. Il faut que tu te secoues, tu as l'air d'un mort-vivant. Demain, tu iras en parler avec monsieur le curé. Je suis certain qu'il te tiendra le même discours. Bon, viens, on va retrouver les femmes, la tourtière sent jusqu'ici. Si je me fie à l'odeur, je suis certain que ta Maria est bonne à marier !

Samuel reste songeur jusqu'au départ pour la messe de minuit. Il se répète les paroles de son beau-père en boucle dans sa tête. Une partie de lui sait que le vieil homme a raison alors que l'autre partie refuse de couper le contact avec Laure, ne serait-ce qu'une seule minute. Il décide d'aller rendre visite au curé le lendemain.

* * *

Lorsque Alma-Rose descend du jubé avec ses cousines, elle rayonne. Maria la regarde et sourit. Elle songe une fois de plus que c'était vraiment une bonne idée de venir passer la fête de Noël à Saint-Prime.

Alma-Rose s'approche de Maria :

— As-tu entendu chanter Rose-Ange et Marie ? On aurait dit deux petits anges.

— Oui, répond simplement Maria, sans s'attarder sur le sujet.

D'ailleurs, comment aurait-elle pu les entendre alors qu'ils étaient plus d'une vingtaine d'enfants à chanter ensemble ?

— Moi aussi, je voudrais chanter dans la chorale, formule Alma-Rose.

— Tu sais bien que ce n'est pas possible. On habite bien trop loin de l'église.

— Oui, soupire la petite fille, je le sais. Mais un jour, je chanterai dans une chorale.

Puis Alma-Rose se tourne vers sa grand-mère et lui demande :

— Est-ce que mes cousines vont venir réveillonner ?

— C'est sûr, elles viennent chaque année.

— Youpi ! Grand-maman, est-ce que je vous ai dit que j'apprenais à lire et à écrire ?

— Non ! Ça, c'est une bonne nouvelle. Il ne faut pas que tu oublies de me faire la lecture avant de partir.

— Je ne pourrai pas vous lire grand-chose, à part quelques mots dans le journal, si vous voulez. Bon, on y va ?

À ces mots, tous éclatent de rire. Alma-Rose est le portrait tout craché de sa mère : elle est joviale, enjouée, agréable, amusante, divertissante. C'est une meneuse avec un excellent caractère et un cœur aussi grand que le Lac-Saint-Jean.

La maison des Bouchard ne se vide pas jusqu'aux petites heures du matin. L'alcool coule à flots et plus la nuit avance, plus le ton monte. Les conversations sont animées. Les rires sont nombreux. Alors que certains jouent aux cartes sur la table de la cuisine, d'autres en profitent pour changer le monde, bien installés au salon.

Quand les derniers se décident enfin à partir, un nuage blanc opaque remplit toute la maison. Le nombre de pipes qui se sont fumées en cette seule soirée voisine certainement la centaine. Tout ne sent plus que la fumée.

Alors que tous les siens sont montés se coucher, monsieur Bouchard ouvre la porte d'en avant et celle de derrière pour aérer la maison. Il s'assoit ensuite à côté du poêle. Quand toute la fumée s'est dissipée, il ferme les portes, ajoute deux bûches dans le feu puis va vite se glisser sous la catalogne.

Alma-Rose bien collée contre elle, Maria ne ferme pas l'œil de la nuit. Elle ne cesse de penser au fils du nouveau voisin de ses grands-parents. Le jeune homme et elle ne se sont même pas parlé, mais le garçon n'a pas arrêté de la regarder, ce qui n'avait rien pour lui déplaire, au contraire. Adrien… Elle aime ce prénom et tout ce qu'elle a vu de lui : les cheveux blonds, la petite moustache bien taillée, la carrure, les mains. Des mains solides comme celles de François Paradis. Depuis qu'elle est montée se coucher, elle a dû réciter au moins cinq chapelets. Partagée entre le plaisir de penser au jeune homme et sa condition de fiancée qui le lui interdit, elle ne sait plus quoi faire. « Je me demande bien pourquoi Adrien n'est pas aux chantiers, pense-t-elle. J'espère que ce n'est pas parce qu'il veut être prêtre. Demain, je poserai la question à grand-maman. »

Alors que Maria vient à peine de s'endormir, Alma-Rose la pousse du coude pour qu'elle se réveille.

— Allez, paresseuse, c'est l'heure de se lever ! Moi, j'ai une faim de loup et je crois que grand-maman a fait des crêpes. Ça sent jusqu'ici ! Viens vite !

— Descends la première, dit l'aînée d'une voix ensommeillée. Je vais te rejoindre.

— Tu es bien mieux, sinon je vais venir te chatouiller.

Alma-Rose sort de la chambre et descend l'escalier en faisant autant de bruit que si elle pesait deux cents livres, ce qui fait sourire Maria. Voir sa petite sœur aussi heureuse la ravit. Le simple fait d'être parmi le monde lui fait plaisir. Alma-Rose est comme leur mère ; elle a besoin d'être entourée de gens, sans quoi elle s'éteint un peu plus chaque jour. Mais ce plaisir sera de courte durée. Dans deux jours, trois tout au plus, les Chapdelaine reprendront le chemin de la maison. « À moins que je suggère à papa de nous laisser ici, Alma-Rose et moi. Il pourrait venir nous chercher après le jour de l'An. Je lui en parlerai tantôt. »

Ce n'est que lorsque Alma-Rose revient à la charge que Maria se décide enfin à se lever. Quand elle fait son entrée dans la cuisine, sa grand-mère s'exclame :

— Tu en fais une tête ! On croirait que tu as passé la nuit sur la corde à linge. Veux-tu bien me dire ce qui peut empêcher une belle jeunesse comme toi de dormir ?

Gênée, Maria rougit instantanément. Voyant sa réaction, sa grand-mère en profite pour la taquiner.

— Est-ce que par hasard ce serait le bel Adrien qui t'a empêchée de dormir ?

— Voyons, grand-maman, s'écrie Alma-Rose, vous savez bien que Maria va se marier avec Eutrope au printemps !

— Oui, mais ce n'est pas parce qu'on va s'épouser qu'on devient aveugle pour autant. Il est bien beau, notre nouveau voisin. Et c'est un bon parti. D'ailleurs, depuis qu'il est arrivé par ici, les filles de la paroisse en âge de se marier lui tournent autour. C'est à qui pourra lui mettre le grappin dessus.

C'est ce moment que Maria choisit pour lancer d'un air faussement détaché :

— Mais pourquoi Adrien n'est-il pas aux chantiers comme tous les gars de son âge ?

Cette fois, madame Bouchard répond simplement à la question de sa petite-fille sans profiter de la situation. Elle voit bien à son air que la jeune femme n'est pas indifférente à Adrien. « Pauvre Maria, songe-t-elle, c'est bien triste de se marier avec quelqu'un qu'on n'aime pas par devoir. Si Samuel se remariait, ça réglerait bien des problèmes.»

— C'est parce qu'il étudie au collège de Roberval. Imagine donc qu'il veut devenir commerçant comme son parrain. Ce n'est pas le seul garçon de la famille. Si je me souviens bien, ils sont huit garçons et quatre filles. Vu qu'Adrien apprend bien à l'école, son père a demandé à ses autres fils s'ils voulaient l'aider à payer les études. Il a bien essayé de faire un curé d'Adrien, mais c'était peine perdue. Le garçon aime la paperasse et les chiffres depuis qu'il est tout petit. Alors, au lieu d'avoir un prêtre dans la famille, ce sera un commerçant qu'ils auront. Ça me fait un petit pincement au cœur de voir que, chez nous, on n'a pas réussi à avoir ni un curé, ni un notaire, ni un docteur, ni un commerçant. Mais je ne vous ai jamais raconté que votre mère a passé à un cheveu de prendre le voile.

Ses deux petites-filles la regardent, étonnées.

— Vous avez bien compris. Votre mère est venue tout près de devenir religieuse.

— Maman, avec une capine? s'écrie Alma-Rose.

— Laissez-moi vous raconter l'histoire. C'était bien avant qu'elle rencontre votre père. Elle avait à peine seize ans. Cet été-là, Laure est tombée amoureuse d'un gars de Chicoutimi venu en vacances chez son oncle, un de nos voisins. Elle ne voyait plus clair. Elle ne parlait que de lui. Elle l'aimait tellement qu'elle en oubliait de manger. À la fin d'août, le jeune homme est retourné chez lui. Au début de septembre, alors qu'elle pensait de plus en plus à se marier avec lui, le père du jeune homme s'est présenté à la maison et a demandé à la voir. Leur discussion a duré à peine cinq minutes. Quand il a refermé la porte, Laure a éclaté en sanglots. Son bel amour venait d'entrer au collège pour devenir curé. Je la vois encore, elle faisait pitié à voir. Elle a pleuré son amoureux pendant des mois, tellement qu'un jour, alors que toute la famille était attablée pour le repas, elle a annoncé: «Je vais prendre le voile.

Demain, papa, vous m'emmènerez au couvent.» Tout le monde était sous le choc. En fait, personne ne pouvait imaginer Laure en religieuse, surtout pas votre grand-père. Elle était bien trop vivante pour aller s'enterrer dans un couvent. C'est alors qu'il a dit d'une voix autoritaire, lui pourtant toujours si doux : «Il n'est pas question que tu fasses une sœur. À partir d'aujourd'hui, la vie reprend son cours. Tu as assez pleuré. Dorénavant, je veux voir un sourire sur tes lèvres. Je veux t'entendre chanter de nouveau. Et t'entendre rire aussi. Tout ça a assez duré.»

— Elle ne nous en a jamais parlé, confie Maria.

— Chacun d'entre nous a droit à ses petits secrets. Bon, assez parlé. Ça vous tenterait qu'on fasse du sucre à la crème ?

— Mais Maria en a fait pour vous ! s'exclame Alma-Rose. Il doit être resté dans le traîneau. Je vais le chercher.

Au bout de quelques minutes, Alma-Rose revient bredouille.

— Je ne l'ai pas trouvé, annonce-t-elle. Pourtant, j'ai fouillé partout.

— Ce n'est pas grave, affirme la grand-maman, on va en faire. Viens m'aider.

— Je me souviens très bien d'avoir mis le plat dans la caisse avec la tourtière, explique Maria. Je gage que c'est Télesphore qui l'a volé. Il va me le payer ! J'en ai vraiment assez de lui et de tous ses coups pendables.

— Arrête, Maria ! clame la grand-mère. Ce n'est pas si grave. Va faire ta toilette et viens nous retrouver ensuite. Allez !

Chapitre 8

Quand les deux sœurs font leurs adieux à leurs grands-parents le 5 janvier, ni l'une ni l'autre n'ont envie de partir. Elles ont passé du bon temps en leur compagnie et avec tout le reste de la famille. Alma-Rose a joué chaque jour avec ses deux petites cousines ; elles lui ont même appris les chants de la messe de minuit. Depuis, la fillette se met à chanter dès qu'elle se lève. Même lorsque tous lui demandent d'arrêter parce qu'ils n'en peuvent plus d'entendre les mêmes chansons depuis plus d'une semaine, c'est plus fort qu'elle, elle chante. D'après Maria, jamais sa petite sœur n'a été aussi heureuse que maintenant.

Dans la semaine entre Noël et le jour de l'An, Adrien est venu veiller à trois reprises avec son père. La dernière fois que Maria et le jeune homme se sont vus, ils ont pu se parler un peu. Quand madame Bouchard a demandé à Maria de faire du café, Adrien a suivi celle-ci à la cuisine. Maria était dans tous ses états ; le savoir à quelques pas d'elle lui donnait chaud dans le dos. Elle n'osait pas se retourner, de peur qu'il vît l'effet qu'il avait sur elle. Elle se sentait épiée dans ses moindres gestes. Elle avait de grosses gouttes de sueur sur le front. Elle n'avait encore jamais ressenti de telles émotions. Alors qu'elle allait sortir de la cuisine, il lui a barré le chemin et lui a avoué qu'il la trouvait de son goût. Les paroles d'Adrien ont tellement surpris Maria qu'il s'en est fallu de peu qu'elle échappe la cafetière remplie à ras bord. Le jeune homme a déposé la cafetière sur le poêle avant de revenir se placer en face de Maria. Son regard était si intense que la jeune femme sentait qu'elle ne pourrait pas résister très longtemps. Il a ensuite pris ses mains dans les siennes et, sans la quitter du regard, il lui a dit :

— C'est avec toi que je veux me marier.

Pour une fois, Maria n'a pas cherché ses mots.

— Mais j'ai déjà donné ma main à notre voisin.

— Alors je t'attendrai le temps qu'il faudra.

— C'est inutile, car je ne peux pas revenir sur ma parole. Les miens ont besoin de moi.

— Mais que ferais-tu si ton cœur n'était pas pris ?

Tout, mais pas ça ! Il n'était pas question de faire croire à Adrien qu'elle aimait Eutrope. Son mariage en est un de raison, et rien d'autre. Elle a lancé d'un seul trait :

— Je n'aime pas l'homme que je vais marier. Je me suis engagée avec lui par devoir. Si je pouvais revenir en arrière, je courrais vers toi.

À peine a-t-elle complété sa phrase qu'elle a repris la cafetière et a filé au salon, les joues encore toutes rouges. Après avoir déposé le récipient sur le buffet, elle a couru jusqu'à sa chambre sans même prendre le temps de saluer qui que ce soit. Elle s'est jetée sur son lit et a laissé libre cours à sa peine. Elle ne se reconnaissait plus. Comment avait-elle pu oser laisser entendre à Adrien qu'elle l'aimait ? Qu'allait-il penser d'elle désormais ? Elle a décidé d'aller se confesser dès le lendemain. Elle a dit quelques dizaines de chapelet. Elle n'avait pas le droit de trahir ainsi Eutrope. «Je suis en train de devenir folle, a-t-elle songé. Je ferais mieux de retourner chez nous. Là-bas, je suis à l'abri de toute tentation, même si je n'ai aucune envie de m'éloigner d'Adrien. »

Ce soir-là, Maria a prétexté un mal de ventre pour rester dans sa chambre. Ses réflexions ont alterné entre Adrien et Eutrope. Elle était tombée amoureuse d'Adrien dès qu'elle avait posé son regard sur lui. Mais cela ne l'avançait à rien. Au mois de mai, elle allait unir sa vie à celle d'Eutrope. Sa seule consolation, si mince soit-elle, résidait dans le fait qu'elle pourrait au moins songer à Adrien chaque fois qu'Eutrope allait la faire sienne. Cette seule pensée lui donnait des frissons.

* * *

Le voyage de retour se fait dans la joie. Alma-Rose a tellement de choses à raconter à son père qu'elle parle sans arrêt, de Saint-Prime à Péribonka. Samuel sourit à plusieurs reprises. Il la trouve bien mignonne, sa petite dernière. Elle lui rappelle tellement Laure.

Son petit séjour chez les Bouchard a fait du bien à Samuel. Il lui est même arrivé de penser à la cousine de sa défunte femme que son beau-père lui a présentée. Certes, elle n'arrive pas à la cheville de Laure, mais Samuel est certain qu'elle lui ferait une bonne femme. En quittant Saint-Prime, il lui a dit qu'il allait revenir la voir. Ça lui fera quelque chose à jongler pendant les longues soirées d'hiver.

Ce n'est qu'une fois de l'autre côté de la rivière Péribonka que Samuel peut enfin échanger quelques mots avec Maria. Il la trouve bien songeuse depuis leur départ de Saint-Prime. C'est vrai qu'elle est très différente de sa sœur, mais là son petit doigt lui dit que quelque chose titille sa fille aînée.

— Et toi, ma grande, as-tu aimé ton séjour chez tes grands-parents?

— Oui, beaucoup.

— Tu n'aurais pas quelque chose de spécial à me raconter? Je trouve que tu as un drôle d'air…

— Non, pas vraiment. Ne vous inquiétez pas pour moi, tout va bien.

— Je suis loin d'en être certain. J'ai quelque chose à te demander.

— Je vous écoute, papa. Allez-y avant qu'Alma-Rose se réveille et reprenne le crachoir!

— Que dirais-tu si je me remariais ?

Si elle ne se retenait pas, Maria sauterait au cou de son père. Si Samuel se remarie, cela signifie qu'elle pourrait se marier avec Adrien. C'est du moins ce que son cœur pense. Mais il ne faut que peu de temps à sa tête pour s'objecter : « Non, je n'ai pas le droit de revenir sur ma parole. Ma vie est tracée. Il ne me reste plus qu'à faire mon possible pour rendre Eutrope heureux, un point, c'est tout. Je vous demande pardon, mon Dieu, de vous avoir offensé. Ce soir, pour ma punition, je réciterai deux cents *Ave Maria*. »

Samuel revient à la charge d'un air joyeux :

— Alors, qu'en penses-tu ?

— Si ça peut vous rendre heureux, alors remariez-vous. Vous n'avez pas à me demander la permission. Vous êtes assez vieux pour savoir ce que vous avez à faire.

— Je le sais bien. Mais si je me remarie, tu ne seras pas obligée d'épouser Eutrope. Je sais très bien que tu as accepté de le faire uniquement par devoir.

— Je ne veux pas revenir là-dessus, ni maintenant ni plus tard. J'ai donné ma parole et je vais l'honorer, tout simplement.

— Je ne te comprends pas, ma fille. J'ai vu comment le fils du voisin et toi vous vous regardiez. Ça me faisait penser à ta mère et moi quand on avait votre âge. On se mangeait des yeux. Tu ne vas quand même pas passer à côté du bonheur pour une simple question de devoir !

— Je vous en prie, papa, je ne veux plus en parler. Quand les hommes reviendront des chantiers, j'épouserai Eutrope comme prévu. On pourra même faire un mariage double, si vous le souhaitez.

Le reste du voyage se passe en silence. Samuel essaie de comprendre sa fille, mais il n'y arrive pas. « Comment peut-elle vouloir se marier avec Eutrope alors qu'elle ne ressent rien pour lui ? Comment peut-elle trouver la force de passer à côté du bonheur ? La vie apporte déjà son lot de malheurs quand un couple s'aime. J'ai toujours pensé que ça doit être insupportable quand tout est une question de devoir. Je sais bien qu'Eutrope l'aime, mais jamais il n'arrivera à la rendre heureuse. Je vais tout faire pour que ce mariage n'ait pas lieu. »

La mort dans l'âme, Maria descend du traîneau aussitôt que son père ordonne à Cadeau de s'arrêter. Fidèle à ses habitudes, Chien saute sur elle et, même si elle se protège le visage de ses mains, il réussit à la lécher à grands coups de langue, ce qui lui donne mal au cœur. Elle entre dans la maison et file porter son manteau dans sa chambre. Elle revient vite dans la cuisine et met son tablier. C'est l'heure de manger. Quand elle voit Télesphore assis dans la chaise berçante de leur père, elle est soudainement prise d'une grande vague de colère. Elle se place devant lui et, les deux mains sur les hanches, s'apprête à rugir. Avant qu'elle ait le temps de prononcer un seul mot, Tit'Bé la prend par le bras et l'oblige à le regarder :

— Laisse-le tranquille, il n'a rien fait. C'est moi qui ai pris le plat de sucre à la crème. Si tu veux passer ta rage sur quelqu'un, venge-toi sur moi, je suis prêt à t'entendre. Mais avant, je vais au moins te dire qu'on était très bien sans toi. Je t'écoute maintenant.

À ces mots, Maria se fige sur place. Sa colère a cédé instantanément le pas à une grande tristesse. Elle a ce qu'elle mérite. Chaque fois qu'elle le peut, elle tombe sur le dos de Télesphore, que ce soit à tort ou à raison, alors que le pauvre ne comprend pas le quart de ce qu'elle lui dit. C'est Alma-Rose qui a raison : Télesphore est comme un bébé et elle n'a pas le droit d'être méchante avec lui. Elle respire un bon coup et s'en retourne à ses chaudrons. Pour le moment, elle a mieux à faire que de s'apitoyer sur son sort. C'est alors que Tit'Bé déclare :

— Tout est prêt pour le souper. J'ai fait de la soupe aux pois et j'ai mis deux pâtés à la viande à réchauffer. Vous n'avez qu'à vous asseoir, je vais faire le service pour faire changement.

Maria trouve la force de s'intéresser à son jeune frère. Elle lui demande ce qu'il a fait avec Tit'Bé pendant leur absence. Sans aucune retenue, Télesphore lui répond joyeusement :

— On est allés à la chasse. J'ai tué deux perdrix, elles sont dans le coffre de bois dehors. Le soir de Noël, on est allés veiller chez Eutrope. Tu devrais voir comme sa maison est petite. On dirait une maison de poupée. On a couché là-bas parce que Tit'Bé était trop chaud.

Télesphore éclate de rire avant de poursuivre :

— On a joué aux cartes tous les soirs et j'ai gagné.

— C'est parce que tu triches, intervient Tit'Bé en riant.

— Non, je ne triche jamais, se défend Télesphore. C'est toi qui triches. Je te l'ai déjà dit : si je gagne, c'est parce que j'ai toujours du jeu. On a même essayé de faire du sucre à la crème pour toi, Maria, hier soir. Si tu veux y goûter, je peux aller le chercher. Mais je t'avertis : il n'est pas aussi bon que le tien. Attends, je reviens.

Le temps que Télesphore revienne avec son plat de sucre à la crème, Maria a les yeux pleins d'eau, ce qui n'échappe pas à Tit'Bé.

À son retour, le fils cadet demande à Maria pourquoi elle pleure.

— Je ne pleure pas, se défend-elle rapidement. C'est parce que j'ai quelque chose dans un œil.

— Mais alors, pourquoi as-tu plein de larmes dans les deux yeux ? insiste-t-il d'un air candide. Tiens, prends un sucre à la crème, ça va te faire du bien.

Sans se faire prier, Maria obéit. Elle porte le sucre à la crème à sa bouche. Il est aussi dur qu'un bout de bois, mais il a bon goût. Elle le promène sur sa langue jusqu'à ce qu'il fonde. Ce n'est qu'après qu'elle lance :

— Il est peut-être un peu trop cuit, mais il a très bon goût. Si tu veux, demain je te montrerai comment je fais le mien.

— Pourquoi pas tout de suite ? questionne Télesphore.

— Après le souper, alors, répond Maria avant de s'essuyer les yeux.

Pendant qu'elle fait la vaisselle avec Alma-Rose, elle se rappelle les nombreuses fois où elle a rabroué Télesphore. De mémoire, elle n'en a jamais raté aucune. Ce soir, elle a compris qu'elle est loin d'avoir la bonne attitude avec lui et elle a bien l'intention de changer.

— Alors, Maria, est-ce que tu le trouves plus gentil, Télesphore ? demande Alma-Rose.

— Oui, répond la jeune femme avant d'essuyer deux petites larmes au coin de ses yeux.

Dès que les filles déposent leur linge à vaisselle, le garçon rapplique.

— Est-ce que c'est le temps maintenant ?

— Oui, lui répond gentiment Maria. Va chercher la crème et le sucre. Pendant ce temps-là, je vais sortir la casserole de maman.

Télesphore est tellement content de faire enfin quelque chose avec sa grande sœur que, dès qu'il a fini de verser son sucre à la crème sur la plaque, il vient à côté d'elle et l'embrasse sur la joue. Ce baiser touche Maria au plus profond de son cœur. Puis le garçon prend Alma-Rose par les mains et entreprend une ronde avec elle.

* * *

Le lendemain, comme c'est dimanche, Eutrope ne manque pas de venir manger son dessert chez les Chapdelaine. Il n'a pas mis les deux pieds dans la maison que Télesphore se précipite sur lui avec son plat de sucre à la crème :

— Prends-en un, c'est moi qui l'ai fait. Tu vas voir, il est presque aussi bon que celui de Maria. Hier, elle m'a montré comment faire. Je l'aime, ma sœur, quand elle me montre à cuisiner.

Tout s'est passé si vite que, sans qu'il s'en rende compte, Eutrope se retrouve avec un carré de sucre à la crème dans la main alors qu'il n'en a pas du tout envie. Après avoir écouté Télesphore, il se dit qu'il vaut mieux qu'il mange la confiserie. Il n'aura qu'à prendre une plus petite part de dessert qu'à l'accoutumée. Pendant qu'Eutrope déguste, Télesphore reste planté devant lui, attendant le verdict.

— Il est très bon, commente Eutrope.

Télesphore est fou de joie. Il se dépêche d'aller ranger le plat dans l'armoire après l'avoir recouvert et vient s'asseoir à la table pour manger le dessert avec les autres. Pour faire changement, Maria a fait un renversé aux bleuets. Elle ne le savait pas, mais c'est le dessert préféré de son fiancé. Quand il voit le jus bleu couler sur le gâteau, Eutrope se retient de demander une plus petite portion après le sucre à la crème. C'est la seule gourmandise à laquelle il ne peut résister. Heureusement qu'il n'a jamais appris à cuisiner ce plat. Dès la première bouchée, il se régale. Il n'a jamais rien mangé d'aussi bon. Une fois de plus, il songe qu'il a fait le bon choix car Maria est une excellente cuisinière. Depuis la mort de sa mère, elle s'est bien appliquée et tout ce qu'il a eu la chance de goûter lui a beaucoup plu. Au moins, côté cuisine, il peut dormir tranquille. Il est certain de ne pas maigrir d'une once quand il sera marié. Au contraire, il se dit qu'il devra établir des règles. Son frère et lui ne mangent jamais autant que les Chapdelaine. Depuis qu'ils sont tout petits, ils ont été élevés tellement pauvrement qu'ils ont pris l'habitude de rester sur leur faim, ce qui leur permet de conserver plus longtemps la même quantité de nourriture. Avec une livre de pois et une fesse de pain, Eutrope peut cuisiner plusieurs repas, ce qui est loin d'être le cas chez la famille Chapdelaine. Même si celle-ci est tout sauf riche, jamais Samuel n'a regardé à la dépense pour la nourriture. Chez lui, la table est toujours abondante. Rien de compliqué, mais tout ce qu'il faut pour bien nourrir sa famille. L'homme a pour son dire qu'un ventre creux ne peut pas travailler bien longtemps.

Les Chapdelaine ont la réputation de savoir recevoir ; ils sont généreux, autant pour les repas que pour l'alcool. Quand Tit'Bé et Télesphore sont venus passer la veille de Noël chez les frères Gagnon, heureusement que Tit'Bé avait apporté une bouteille de gin parce qu'Eutrope n'avait rien à offrir à ses invités. Les frères Gagnon vivent dans la plus grande simplicité et l'alcool fait partie des choses qu'ils refusent de s'offrir sous prétexte que ça coûte trop cher. Si Maria savait ce qui l'attend chez son futur mari, elle se sauverait sûrement à Saint-Prime rejoindre Adrien. Si elle a connu une vie simple et isolée avec les siens, ce n'est rien comparativement à ce qu'elle connaîtra avec Eutrope. Elle a entendu Télesphore dire que la maison des Gagnon était petite, mais elle n'a pas vraiment idée à quel point elle l'est. L'habitation ne comporte pas de deuxième étage. Au rez-de-chaussée, on ne trouve qu'une seule pièce, qui sert à la fois de cuisine et de chambre aux deux frères. Il n'y a aucune demi-cloison pour séparer les lits de la cuisine ; celui d'Eutrope est à droite du poêle alors que celui de Camil est à gauche. Au centre de la pièce, il y a une petite table de bois qui a peine à tenir debout et trois chaises dépareillées. Les deux frères ont trimé dur pour pouvoir acheter leur terre. Comme ils n'ont hérité que de dettes à la mort de leurs parents, ils ont dû se priver pendant des années pour amasser quelques dollars. C'est pourquoi, encore maintenant, ils calculent la moindre dépense et cherchent toujours à faire des économies, si petites soient-elles. Cette façon de vivre fait partie intégrante d'eux et elle leur convient parfaitement.

En moins de deux, Eutrope vide son assiette. S'il ne se retenait pas, il la lécherait. Il a avalé son dessert tellement vite que Maria n'a même pas eu le temps de s'asseoir à la table. La jeune femme déclare :

— Je peux vous en donner encore si vous voulez. Il en reste un peu.

Eutrope réfléchit à peine quelques secondes avant de répondre :

— Je veux bien, mais un tout petit morceau.

Le reste de la famille le regarde d'un drôle d'air. Lui habituellement si réservé, voilà qu'il accepte une deuxième portion de dessert. Se sentant observé, Eutrope se dépêche de dire :

— Désolé ! Je ne peux pas résister, c'est mon dessert préféré.

On croirait entendre un petit garçon. Maria dépose une généreuse assiette devant Eutrope. Sans attendre, celui-ci plonge sa cuillère dans le gâteau et l'engouffre avant que les autres aient eu le temps de manger leur première portion. Les membres de la famille sont estomaqués de voir agir ainsi leur voisin. Tit'Bé saute sur l'occasion pour le taquiner un peu.

— Ouais, le futur beau-frère, on peut dire que tu fais honneur au renversé aux bleuets. La prochaine fois, je vais surveiller mon assiette pour que tu ne me la voles pas.

À ces mots, tous éclatent de rire, sauf Eutrope. Il n'aime pas perdre la face. Il aurait dû s'en tenir à une seule portion ; il aurait ainsi évité d'avoir l'air fou.

— Allez, ris un peu ! lâche Tit'Bé. Ce n'est pas grave. On a tous nos préférences : Télesphore, c'est le sucre à la crème ; Alma-Rose, les bonbons aux patates ; le père, les brioches. Et toi, la sœur ? demande-t-il à Maria.

Surprise, Maria sursaute. Elle prend le temps de réfléchir avant de répondre :

— Moi, c'est la tire Sainte-Catherine que je préfère.

— On n'en a même pas fait cette année ! se désole Alma-Rose.

— Que dirais-tu si on essayait d'en faire? suggère Maria.

— Maintenant? s'étonne Alma-Rose.

— Pourquoi pas? On a de la mélasse à ce que je sache. Il faut juste des bons bras pour étirer la tire quand ce sera le temps.

— Je me porte volontaire, se dépêche de répondre Tit'Bé. Moi aussi, j'adore la tire Sainte-Catherine. Tu peux compter sur moi, la sœur.

Pendant que les filles s'affairent à la cuisine, Samuel et Tit'Bé bourrent leur pipe. Télesphore court chercher les allumettes et vient allumer les pipes. Témoin de ces petits gestes, Eutrope envie un peu les Chapdelaine. Chez lui, c'est chacun pour soi.

— Pendant que la tire va refroidir, lance Maria à Eutrope, Alma-Rose et moi prendrons notre leçon. Vous serez à même de vérifier nos progrès. À Saint-Prime, on a fait des exercices chaque jour.

— Et j'ai même lu quelques mots dans le journal à ma grand-mère, indique Alma-Rose. Vous auriez dû la voir. Au début, elle ne croyait pas que je lisais réellement les mots. Ce n'est que lorsque Maria lui a fait la lecture à son tour qu'elle a compris qu'on ne disait pas n'importe quoi. Même mes cousines Rose-Ange et Marie trouvaient que j'étais plus savante qu'elles. Pourtant, elles vont à l'école du village depuis au moins deux ans. J'ai tellement hâte de pouvoir lire mon livre d'histoires!

— Est-ce que tu vas pouvoir me le lire? lui demande Tit'Bé d'un air gêné.

— Autant de fois que tu le voudras. J'ai bien l'intention de lire mon livre aussi souvent qu'il le faudra pour l'apprendre par cœur. Grand-maman m'a dit que la prochaine fois que j'irai la voir elle me donnera des livres. Je n'ai pas trop compris, mais je pense que ce sont les livres d'histoires de maman quand elle était jeune. Je ne savais pas que maman savait lire et écrire.

— Laure ne savait ni lire ni écrire, intervient Samuel. Elle regardait les images comme toi. Votre mère et moi, on n'a pas eu la chance d'aller à l'école.

— Pourquoi? demande Alma-Rose. Il y a pourtant des écoles dans les villages.

— Maintenant, oui, mais pas dans notre temps. Vous en avez de la chance, les filles. Vous pouvez remercier Eutrope de vous montrer.

Chapitre 9

Maria boulange sa pâte à pain quand son père revient de l'étable. Il a l'air d'un bonhomme de neige. Même s'il a fait vite quand il est entré pour ne pas refroidir la maison, le vent s'y est glissé comme un voleur. « Pourvu que mes pains ne s'effondrent pas », pense-t-elle. Elle regarde son père d'un air découragé. Sans y prêter attention, celui-ci se secoue sur le tapis pour essayer d'enlever tous les flocons collés à ses vêtements. Il en a plein la moustache. Il y a longtemps qu'il n'a pas neigé autant. On ne voit rien, même à deux pouces devant soi. Satisfait du résultat, Samuel lève les yeux. Ce n'est qu'à ce moment qu'il constate que Maria le fixe.

— Veux-tu bien me dire pourquoi tu fais cet air-là, ma petite fille ? Ce n'est quand même pas la première fois que tu vois de la neige sur le tapis.

— C'est juste que, ce matin, je vous ai demandé s'il allait neiger. Si j'avais su, je ne me serais jamais mise à faire du pain. Avez-vous vu le nombre de miches que je dois faire cuire ?

— Je t'avoue que je suis aussi surpris que toi. Ce matin, le temps était au beau puis, tout d'un coup, pendant que je trayais les vaches, le vent s'est levé. Je n'ai jamais vu une telle tempête. Pour ce qui est de tes pains, n'y pense même pas, tu ne pourras pas aller les faire cuire dans le grand four. Avec le vent qu'il fait, il te sera impossible de t'y rendre. Tu devras te contenter du fourneau du poêle à bois.

— C'est bien ce que je craignais, se désole Maria. Ça veut dire que j'en ai pour la journée et une bonne partie de la nuit aussi. Ce n'est pas tout à fait ce que j'avais prévu. J'avais pris la peine de commencer plus de bonne heure pour finir avant la nuit.

— Ce ne sera pas si pire, tu vas voir. De toute manière, on ne peut pas faire mieux. As-tu besoin d'aide ?

— Non, pas pour le moment, car les pains sont en train de lever. Si je fais vite, j'ai même le temps de cuisiner des tartes aux pommes pour le dessert. À bien y penser, si vous voulez m'éplucher les pommes, ça m'aiderait. Je vais les chercher.

Sans attendre la réponse de son père, Maria saisit une chandelle, l'allume et descend à la cave. Comme chaque Noël, Samuel a acheté un gros baril de pommes. C'est là le seul cadeau qu'il a les moyens d'offrir à ses enfants. Tous sont fous de ce fruit, mais jamais autant que Télesphore. L'année dernière, Laure a été obligée de cacher les pommes pour que les autres puissent en manger. Le garçon les croquait les unes après les autres, engloutissant même le cœur. Chaque fois qu'il disparaissait de sa vue, Laure partait à sa recherche et le trouvait immanquablement terré dans un coin, la bouche pleine.

Une fois devant le baril, Maria a envie de hurler. Déjà qu'il soit ouvert n'annonce rien de bon. Elle le soulève et place sa chandelle juste au-dessus, de manière à voir jusqu'au fond. Rien. Il est complètement vide. Il n'en faut pas plus pour qu'une colère l'envahisse tout entière. Furieuse, elle relève sa jupe d'une main et monte les marches de l'escalier deux à deux. Une fois à l'étage, elle laisse libre cours à sa rage.

— Si je lui mets la main dessus, je vais l'étriper ! hurle-t-elle. Il a encore mangé toutes les pommes. Le baril est vide. Je l'ai pourtant averti de ne pas faire ça. Je lui en ai même donné une douzaine. Ça ne peut plus durer ! Où est-il ?

— De qui parles-tu ? demande Samuel, qui feint de ne pas savoir.

— Vous savez parfaitement de qui je parle ! Vous le protégez tout le temps. C'est pour ça qu'il ne s'améliore jamais.

— Si tu parles de Télesphore, il est avec Alma-Rose et Tit'Bé dans l'étable. Quand je les ai laissés, ils battaient les noisettes. À mon avis, ils sont sur le point de venir les équeuter ici. Même si le temps est doux, il ne fait pas très chaud dans l'étable.

— Ne changez pas de sujet, papa. Il va falloir qu'il comprenne qu'il ne peut pas tout manger chaque fois qu'il en a envie, sans penser aux autres. Il faut que vous le punissiez.

— Crois-tu sincèrement que ça changerait quelque chose si je le punissais ? Tu connais Télesphore autant que moi, il n'est pas comme nous.

— C'est trop facile de l'excuser. Moi, je refuse. Je crois même que je vais aller le voir dans l'étable. J'en ai trop sur le cœur. Quand ce ne sont pas les pommes qu'il mange, ce sont les beignes, le sucre à la crème… J'en ai assez. Comprenez-vous ça, papa ?

— Arrête de t'énerver ! Tu ne pourras pas le changer. Télesphore, c'est Télesphore, un point, c'est tout, que ça fasse ton affaire ou non. Tu n'as qu'à faire des tartes au sucre à la place et tout le monde sera bien content.

— Non ! Je voulais faire des tartes aux pommes, pas des tartes au sucre.

Maria va chercher son manteau. Elle l'enfile sans même prendre la peine de mettre ses couvre-chaussures et sort, le visage rougi par la colère. Elle ne peut pas attendre que son frère daigne se montrer. Elle va lui dire sa façon de penser une fois pour toutes.

Dès qu'elle met le pied dehors, elle se sent soulevée par le vent. La neige s'engouffre dans le col de son manteau qu'elle tient fermé d'une seule main. Elle parcourt ensuite d'un pas rapide la courte distance entre la maison et l'étable. Quand elle fait son entrée, Tit'Bé, Télesphore et Alma-Rose la regardent sans trop comprendre pourquoi elle est là. Maria ne vient jamais les aider à battre les noisettes et surtout pas à les équeuter. Elle déteste au plus haut point les corvées qui tachent les mains. Elle se plante devant Télesphore et respire un bon coup avant de lui lancer au visage :

— Télesphore Chapdelaine, tu es le pire voleur que je connaisse ! Tu as mangé toutes les pommes qui restaient dans le baril. Elles n'étaient pas seulement pour toi. Nous sommes cinq à la maison et, comme d'habitude, l'idée ne t'est pas venue de demander si nous avions envie d'en manger une. Non, quand Télesphore a envie d'une pomme, il les prend toutes. Tu mérite-rais que je te donne la fessée.

Télesphore regarde sa sœur sans trop comprendre ce qui arrive. Elle crie si fort qu'il met ses mains sur ses oreilles, ce qui a pour effet d'augmenter la fureur de Maria.

— Enlève tes mains de tes oreilles, sinon c'est moi qui vais te les enlever. Je t'avertis, la prochaine fois que tu touches à quelque chose de plus que ce à quoi tu as droit, tu auras affaire à moi.

Tit'Bé n'en peut plus. Il s'approche à deux pas de sa sœur et lui ordonne haut et fort :

— Laisse-le tranquille, il ne t'a rien fait.

— C'est à toi de me laisser tranquille. Si tu es si bon que cela avec lui, alors explique-lui que ce n'est pas bien de prendre les choses comme il le fait. Moi, je n'en peux plus de son comportement.

— As-tu déjà pensé que nous pourrions en avoir assez du tien, nous aussi ? Non, madame est parfaite. Sainte Maria, priez pour nous ! ajoute-t-il d'un ton moqueur.

— Je t'interdis de blasphémer !

— Laisse-moi m'arranger avec ma conscience. Au moins, la mienne est plus grande qu'un pois à soupe sec. Laisse Téles-phore tranquille ou je m'occupe de toi.

— Tu ne me fais pas peur !

— Retourne à tes chaudrons, et vite ! siffle-t-il en se rapprochant de sa sœur.

Pendant que Tit'Bé et Maria se crêpent le chignon, Télesphore en profite pour sortir. Les larmes aux yeux, Alma-Rose crie :

— Arrêtez de vous chamailler ! Je n'aime pas ça, Maria, quand tu cries après Télesphore. Il n'est pas comme nous, il ne comprend pas tout.

Tit'Bé s'approche de sa petite sœur et la prend par les épaules.

— Viens, on va rejoindre Télesphore à la maison et on équeutera nos noisettes. Cette fois, on n'en donnera pas une seule à Maria.

En une fraction de seconde, Maria se retrouve seule dans l'étable. Elle n'est pas très fière d'elle. Elle est encore allée trop loin. Chaque fois qu'il se passe quelque chose avec Télesphore, c'est plus fort qu'elle : elle voit rouge. Pourtant, ces derniers temps, elle avait réussi à être plus douce avec lui et avait même du plaisir à faire des activités avec lui. Non seulement elle lui a montré à faire du sucre à la crème, elle lui a aussi appris à cuisiner des bonbons aux patates. Et là, aujourd'hui, elle a perdu tout contrôle en trouvant le baril de pommes vide. Elle boutonne son manteau et s'en retourne, la tête basse. Quand elle entre dans la maison, tous lui demandent si elle a vu Télesphore.

— Non, répond-elle, je pensais qu'il était ici.

— Il n'est nulle part, dit Tit'Bé. Je suis même monté au grenier, mais je ne l'ai pas trouvé. J'espère pour toi qu'il ne lui est rien arrivé.

— Ne saute pas si vite aux conclusions, émet Samuel. Télesphore ne peut pas être allé bien loin, ne vous inquiétez pas. Avec le temps qu'il fait, il ne traînera pas dehors très longtemps, croyez-moi.

— Il est peut-être dans la grange, laisse tomber Alma-Rose. Je vais voir.

— Reste ici, dit Tit'Bé, j'y vais.

Mais Tit'Bé revient bredouille.

— Télesphore n'est ni dans la grange ni dans l'étable. Je commence à m'inquiéter sérieusement. Maria, la prochaine fois que tu viendras passer ta hargne sur Télesphore, tu me trouveras sur ton chemin. Il n'a pas à payer parce que tu te maries avec un homme que tu n'aimes pas.

En temps normal, la jeune femme aurait réagi fortement aux paroles de son frère, mais cette fois, elle accuse le coup en silence. Elle l'a bien cherché. Elle se laisse tomber sur une chaise sans même prendre la peine d'enlever son manteau. Où peut bien s'être caché Télesphore ? Cela est d'autant plus inquiétant que la tempête sévit de plus belle. Le vent siffle si fort qu'on l'entend se glisser dans la moindre petite ouverture dans les murs de la maison. Tit'Bé fait les cent pas. Il déteste savoir son cadet dehors par ce temps, surtout dans l'état où il est. Le pauvre garçon est sûrement totalement défait par les propos que Maria lui a lancés à la figure.

— Je pars à sa recherche, annonce Tit'Bé après quelques minutes.

— Assieds-toi, mon garçon, commande Samuel d'un ton autoritaire. Pour le moment, personne ne sortira de la maison. Télesphore va revenir, j'en suis certain.

— Je ne veux pas que Télesphore aille retrouver maman, pleurniche Alma-Rose. Je veux aller le chercher.

— Tu n'iras nulle part, lui intime son père. On va manger et après, s'il n'est pas revenu, on partira à sa recherche tous ensemble.

— J'espère qu'il ne s'est pas perdu en forêt, s'inquiète Alma-Rose.

— Viens m'aider à mettre la table, lui dit Maria en la prenant par le bras.

— Ne me touche pas, tu es trop méchante ! s'insurge Alma-Rose.

À ces mots, Maria sent les larmes lui monter aux yeux. Depuis la mort de leur mère, c'est la première fois que sa petite sœur lui parle sur ce ton. La jeune femme va vite porter son manteau sur son lit et revient à la cuisine. Elle enfile son tablier et s'active à préparer le dîner en silence. « J'ai causé suffisamment de dommages pour aujourd'hui. Après le dîner, je participerai aux recherches pour retrouver Télesphore. »

Ce midi-là, personne ne vide son assiette. Contrairement à son habitude, Samuel n'en fait pas de cas. Lui-même s'est forcé pour terminer la sienne. Il a toujours eu pour principe que la nourriture coûte bien trop cher en argent et en travail pour la jeter, ne serait-ce qu'une seule petite bouchée. Mais aujourd'hui, ce n'est pas pareil. Télesphore se terre quelque part dehors, ce qui l'inquiète de plus en plus. Dans quelques heures à peine, il fera noir et ce sera d'autant plus difficile de le retrouver. Le temps presse de se lancer à sa recherche.

Samuel se lève et dit :

— Alma-Rose, tu vas rester ici au cas où Télesphore reviendrait.

— Mais je ne veux pas rester toute seule ! proteste la fillette en pleurnichant.

— Il va pourtant falloir. Tu es capable, ma belle enfant. Exerce-toi à faire des belles lettres en attendant.

Puis, à l'adresse de Tit'Bé et de Maria, Samuel ajoute :

— Vous deux, vous irez en direction de chez Eutrope. Moi, j'irai vérifier dans la forêt.

Bien qu'il ne soit pas du tout enchanté de partir avec sa sœur, Tit'Bé se garde de contester l'ordre de son père. L'important est de retrouver Télesphore, et le plus vite sera le mieux. Quand la nuit sera tombée, les choses se compliqueront. Avec le vent qu'il y a, le fanal risquera de s'éteindre à tout moment.

Prenant sur elle, Alma-Rose va chercher des feuilles et son crayon dans sa chambre et s'installe à la table. De grosses larmes coulent sur ses joues, mais elle s'efforce d'être forte.

— Vous devriez aller voir près du chemin qui descend à la chute, conseille la petite fille. Télesphore m'a raconté qu'il s'est construit une maison dans un arbre.

— Est-ce que tu l'as vue ? lui demande son père.

— Pas encore ! Il m'a parlé de sa maison ce matin pendant que Tit'Bé battait les poches de noisettes. Il faut que vous le retrouviez, papa. Il doit geler tout seul dehors, pauvre Télesphore. Il n'a même pas ses mitaines.

— Ne t'inquiète pas, on va le ramener. Je vais prendre Chien avec moi.

Il se tourne ensuite vers Maria et Tit'Bé :

— Si vous ne l'avez toujours pas trouvé une fois chez Eutrope, revenez ici.

Après le départ de sa famille, Alma-Rose s'agenouillera sous l'image de sainte Anne collée sur le mur et commence à réciter des *Notre Père* pour qu'on retrouve vite son frère. Elle prie aussi pour que Maria arrête de faire peur à Télesphore. « Quand elle est méchante comme ça avec lui, à moi aussi elle fait peur. »

* * *

Maria et Tit'Bé essaient d'apercevoir des traces sur le sol, mais le vent les efface sur son passage. Ils restent à une bonne distance l'un de l'autre, ce qui vaut mieux pour le moment. Tit'Bé est furieux contre sa sœur. Il ignore encore comment il va s'y prendre, mais il se promet bien que c'était la dernière fois qu'elle agissait ainsi avec Télesphore. Comme son frère est incapable de se défendre, lui va s'en charger. Ça a assez duré! De son côté, Maria se sent de plus en plus coupable. Si elle avait su que Télesphore se sauverait, jamais elle ne se serait adressée à lui sur ce ton. Mais ce n'est pas le moment des regrets. Elle est allée trop loin. Elle aura tout le temps de se repentir quand on aura retrouvé Télesphore. La prochaine fois qu'elle ira se confesser, elle avouera sa faute.

Il vente tellement fort que Tit'Bé et Maria ont peine à avancer. Les deux milles qui séparent leur maison de celle d'Eutrope risquent de leur paraître longs. La neige leur pique les yeux. Ils enfoncent dans la neige folle à chacun de leurs pas, ce qui ralentit beaucoup leur cadence. Comme ils doivent redoubler d'efforts pour avancer, le simple fait de marcher leur permet de se réchauffer même si leurs vêtements ne conviennent pas vraiment pour la saison, en tout cas pas ceux de Maria. Et ni ceux de Télesphore, d'ailleurs. La maison des Chapdelaine est si petite qu'il est impossible d'y installer le métier à tisser, ce qui fait que l'appareil est rangé dans la grange à l'année. Durant la belle saison, Maria y travaille dès qu'elle a une minute, mais c'est loin d'être suffisant pour fabriquer tout le tissu dont les membres de la famille auraient besoin pour renouveler leur garde-robe d'hiver. Heureusement, lorsque les filles et leur père sont allés à Saint-Prime à Noël, les parents de Laure leur ont donné des vieux vêtements; c'est d'ailleurs ce que porte Tit'Bé depuis leur retour. Il était aussi content qu'un enfant quand il a essayé le vieux manteau de castor de son grand-père. «Je vais enfin être à la chaleur!» s'est-il écrié.

* * *

Télesphore n'a pas eu cette chance, lui. À l'heure qu'il est, il traîne dehors avec son manteau d'étoffe du pays, rapiécé à plus d'un endroit, qui laisse le vent s'infiltrer partout où ça lui plaît. Il n'a même pas de mitaines. Il était si désemparé quand il est sorti de l'étable qu'il a pris la direction de la forêt sans réfléchir. Les deux mains sur les oreilles pour ne plus entendre Maria malgré le vent et la neige, il a couru jusqu'à ce qu'il n'en puisse plus. C'est alors qu'il s'est retrouvé juste à côté du sentier qui descend le long de la chute. L'hiver, celle-ci est aussi silencieuse que la mort. Même à côté, on n'entend rien tellement la glace qui la recouvre est épaisse. Le garçon est resté planté là un bon moment sans trop savoir quoi faire. Il n'était certain que d'une chose : il ne voulait pas retourner à la maison pour risquer de tomber sur Maria. « Elle est trop méchante. Je ne les ai même pas mangées, les pommes. Mais elle ne m'écoute jamais. Tout ce qu'elle sait faire, c'est me crier après. Je veux que vous veniez me chercher, maman. C'est trop dur. Je vous en prie, venez vite… »

* * *

Samuel avance difficilement dans le bois. Il n'y voit rien tellement il neige abondamment. Il se frotte les yeux et regarde autour de lui pour essayer de se repérer. Il n'est plus très loin du petit sentier dont lui a parlé Alma-Rose. Il espère de tout son cœur y trouver Télesphore. Il se promet de parler à Maria quand il reviendra. Elle n'a pas le droit de traiter Télesphore de cette façon. Qu'elle se dispute avec Tit'Bé, Esdras ou Da'Bé, il n'y a pas de problème. Ils sont capables de se défendre. Mais pas Télesphore. La dernière fois qu'il est allé voir Hermance – la cousine de Laure – à Saint-Prime, il lui a parlé de son plus jeune fils. Elle l'a regardé en souriant et lui a dit qu'elle s'en occuperait avec plaisir, ce qui a enlevé un gros poids à Samuel. Il veut bien se remarier, mais pas pour mettre les siens dans la misère. Hermance a même ajouté qu'elle ne voyait pas d'inconvénient à venir s'installer de l'autre côté de la rivière Péribonka, elle pourtant habituée à vivre dans un village et entourée des gens qu'elle connaît.

— Ne vous en faites pas pour moi, l'a-t-elle rassuré. Avant de devenir veuve, j'ai vécu des années dans le fond d'un rang à Mistassini, avec pour uniques voisins quelques Indiens qui ne parlaient pas un mot français. Je vous ferai une bonne femme, ne craignez rien. La seule chose, c'est que je ne pourrai pas vous donner d'enfants. Ce n'est pas que je ne veuille pas, c'est que le bon Dieu en a décidé autrement.

D'une certaine manière, cela fait l'affaire de Samuel. Ce n'est pas qu'il n'aime pas les enfants, bien au contraire, mais à son âge il trouve qu'il a fait sa part. C'est sûr qu'il n'aurait rien fait pour empêcher la famille, il aurait bien trop peur de finir en enfer, mais dans ces conditions il n'aura aucun problème avec sa conscience. Hermance et lui ont l'intention de se marier sitôt que les garçons reviendront des chantiers. Il a l'intention de l'annoncer aux enfants bientôt. Il n'est pas amoureux d'Hermance, mais il l'aime bien. Elle a plusieurs points communs avec sa Laure. Tout comme elle, elle adore rire. Il paraît aussi qu'elle cuisine très bien. Elle sait coudre, tisser, tricoter, broder. Une vraie femme accomplie ! Mais au fond de lui, il sait pertinemment qu'aucune femme ne pourra jamais remplacer Laure.

* * *

Télesphore n'a pas encore trouvé la force de bouger. Il y a déjà un moment que ses mains lui font mal, tellement elles sont gelées. Il a beau les mettre dans ses poches, ça ne change rien. Ses pieds aussi le font souffrir. Il a juste une envie : se laisser tomber par terre et attendre que sa mère vienne le chercher. Il regarde autour de lui et, quand il voit l'arbre dans lequel il s'est construit une cabane, il se dit que là au moins il sera à l'abri du vent. Il grimpe dans l'arbre. Une fois en haut, il s'adosse au tronc, cache ses mains sous ses aisselles et ferme les yeux. Il a bien réfléchi. Il restera ici jusqu'à ce que sa mère le tire de là. De toute façon, il n'est pas question qu'il retourne à la maison. Il est trop malheureux depuis que sa mère a quitté ce monde. Tit'Bé et Alma-Rose lui manqueront. Et son père aussi ! Mais pas Esdras ni Da'Bé.

Depuis qu'il est tout petit, il est toujours content de les voir partir aux chantiers. Quant à Maria, il est partagé. Parfois elle est gentille, parfois elle est méchante. «Je veux aller trouver maman.» Télesphore s'endort sur cette pensée.

* * *

Maria et Tit'Bé sont à moins de cent pieds de la maison d'Eutrope et ils n'ont pas encore trouvé Télesphore. Tit'Bé est toujours furieux contre sa sœur, qui pour sa part, enfile les *Ave Maria* les uns derrière les autres depuis qu'elle a quitté la maison. «Il faut vite le retrouver», songe-t-elle, de plus en plus inquiète pour son jeune frère.

Une fois devant la maison des Gagnon, Tit'Bé dit :

— Viens, il est peut-être venu se réfugier chez Eutrope.

— Vas-y. Je vais t'attendre dehors.

— Il n'en est pas question. Arrive ! Il est grand temps que tu voies l'endroit où tu vas passer le reste de ta vie.

À contrecœur, Maria rejoint son frère. Elle sait très bien que ce n'est pas le moment de le contrarier. Tit'Bé frappe à la porte. Quand Eutrope aperçoit les Chapdelaine, il sursaute :

— Que faites-vous dehors par un temps pareil ? Entrez vous réchauffer.

— On n'est pas venus te faire une visite de courtoisie, déclare Tit'Bé. On cherche Télesphore. Est-ce qu'il est ici ?

— Télesphore ? Non ! La dernière fois que je l'ai vu, c'était dimanche quand je suis allé vous rendre visite. Mais pourquoi vous le cherchez ?

— Parce qu'il s'est sauvé.

— Pour quelle raison ?

— On t'expliquera tout ça un autre jour. Si tu le vois, peux-tu le ramener chez nous ?

— Oui. Vous ne voulez pas vous réchauffer un peu avant de repartir ?

— Non. On a promis au père de revenir vite. À dimanche !

Avant de sortir, Maria ne prend même pas la peine de saluer son fiancé. Elle trouve suffisant de le voir le dimanche. Pendant que son frère parlait avec Eutrope, elle a examiné la place. Ce n'est pas que la jeune femme soit habituée au luxe, mais la maison d'Eutrope ressemble plus à un hangar qu'à une maison. La cabane possède une seule petite fenêtre sur sa façade et elle n'est pas plus grande qu'un mouchoir. Il y fait aussi sombre qu'en plein orage d'été et on respire une odeur de moisi dès qu'on en franchit le seuil. Le simple fait de penser qu'elle passera sa vie ici donne des haut-le-cœur à Maria. Cette vie n'aura vraiment rien à voir avec celle qu'elle aurait eue avec Adrien. « Et si je reprenais ma parole ?… Non, je ne peux pas faire ça. Ma famille a besoin de moi. »

Une fois dehors, Tit'Bé demande à sa sœur :

— Alors, crois-tu sincèrement que tu as une chance de connaître le bonheur ici ? Eutrope est un bon gars, mais il ne pourra pas te rendre heureuse. Je sais bien que je ne te fais pas toujours la vie facile, mais tu mérites mieux que lui. Promets-moi au moins d'y penser. Bon, viens, on va rentrer à la maison. Le père a sûrement retrouvé Télesphore.

— Je l'espère.

C'est tout ce que Maria trouve à répondre.

* * *

Samuel s'est rendu près du sentier qui mène au pied de la chute. Il baisse les yeux pour voir s'il y a des traces dans la neige, mais le vent balaie tout. C'est alors qu'il se souvient qu'Alma-Rose lui a parlé d'une maison dans un arbre. Il lève la tête et se met à fouiller du regard. Comme il ne voit que des flocons de neige, il décide d'appeler son fils d'une voix forte pour couvrir le bruit du vent.

— Télesphore, c'est papa. Si tu es là, réponds-moi. Alma-Rose nous attend à la maison. Télesphore !

Le garçon est juché juste au-dessus de son père. Les mots de Samuel parviennent à ses oreilles, mais comme dans un rêve. Son esprit est engourdi et il ne sent plus ses mains ni ses pieds.

Samuel commence à craindre de ne pas retrouver son fils. Dès que la nuit sera tombée, lui et les siens devront arrêter les recherches et ne pourront les reprendre qu'au matin, le lendemain. Persévérant, il se remet à crier :

— Télesphore, c'est papa. Viens, mon garçon. Alma-Rose nous attend à la maison. Il faut vite rentrer.

Après avoir entendu ces paroles, Télesphore se frotte les yeux. Puis, sans trop s'en rendre compte, il lance :

— Papa, c'est bien vous ?

— Télesphore ? s'écrie Samuel, la voix brisée par l'émotion. Où es-tu ?

— Je suis en haut dans l'arbre. J'attendais que maman vienne me chercher, mais elle n'est pas venue.

— Descends vite, je suis là. Il faut qu'on rentre avant que la nuit tombe.

Le garçon dévale l'arbre. Dès qu'il est à sa portée, Samuel le prend dans ses bras et le serre de toutes ses forces.

— Ne me fais plus jamais ça ! murmure-t-il. J'ai eu peur de ne plus te revoir.

— Je voulais aller trouver maman.

— Viens, il faut qu'on rentre.

— Je ne sens plus mes mains ni mes pieds.

— Dépêche-toi. Plus vite on sera à la maison, plus vite tu pourras te réchauffer.

Tit'Bé et Maria viennent à peine d'entrer dans la maison quand Samuel arrive, suivi de Télesphore. Alma-Rose court se jeter dans les bras de son frère. Tit'Bé n'est pas très loin derrière. Samuel se dépêche d'enlever ses bottes et va s'asseoir dans sa chaise berçante. De grosses larmes coulent sur ses joues. Il a eu la peur de sa vie. S'il avait fallu qu'il ne le retrouve pas… Il prend une grande respiration et ordonne à Maria :

— Occupe-toi de ton frère. Il ne sent plus ses mains ni ses pieds.

— Viens près du feu, Télesphore, dit Maria d'un ton doux.

— Attends, lance le garçon, je reviens tout de suite.

Télesphore se rend dans sa chambre. Il se penche et sort un grand sac de toile de sous son lit. Il l'apporte à Maria et lui annonce :

— Je n'ai pas mangé les pommes, je les gardais comme on garde un trésor. Regarde comme elles brillent. Je les ai toutes frottées avec mon chandail de laine.

Maria passe une main sur la joue de son frère et l'attire à elle avant de lui chuchoter à l'oreille :

— Je te demande pardon, Télesphore. J'ai eu tellement peur de ne plus jamais te revoir.

— J'ai attendu que maman vienne me chercher, mais elle n'est pas venue.

Chapitre 10

Il fait encore tempête. Dans la maison, on entend le vent comme s'il frappait inlassablement à la porte pour entrer. Maria n'aime pas beaucoup le vent, en tout cas pas celui qui gronde avec l'intention de tout arracher sur son passage. Et sa peur ne date pas d'hier. Un jour, alors qu'elle avait à peine sept ans, le vent a soufflé si fort qu'il a arraché le toit de l'étable sous ses yeux. Jamais elle n'oubliera cette image. Elle était assise près de la fenêtre et regardait dehors. Chaque fois qu'il y avait une tempête ou de grands vents, c'était sa place préférée pour ne rien manquer du spectacle. Sa balançoire se berçait toute seule. Les feuilles des arbres se dandinaient de tous les côtés sur leurs branches. La girouette sur le toit de la grange ne savait plus de quel bord tourner. Tout à coup, sans aucun avertissement, le toit de l'étable s'était envolé comme s'il eut été un simple morceau de tissu. Maria avait crié de toutes ses forces, tellement que sa mère avait laissé tomber l'assiette qu'elle était en train d'essuyer et avait couru jusqu'à elle. En voyant l'étable, Laure avait déclaré : « Pour l'amour du bon Dieu, veux-tu bien me dire ce qui est arrivé au toit ? » Avant de répondre, Maria s'était jetée dans les bras de sa mère et s'était mise à pleurer toutes les larmes de son corps. Depuis ce jour, elle craint le vent plus que tout. Même lorsqu'il est léger, elle ne lui fait pas confiance. Selon elle, le vent est sournois et il peut tout détruire en une fraction de seconde.

Comme elle le craignait, elle a terminé de cuire les pains tard en soirée et, au moment où elle allait se coucher, Télesphore a commencé à délirer tellement il était fiévreux. Quand il n'appelait pas leur mère pour qu'elle vienne le chercher, il se défendait de toutes ses forces contre un animal féroce invisible. Maria a passé la nuit à son chevet. Elle a tout fait pour abaisser la fièvre, avec les méthodes qu'elle connaît, mais sans succès : des compresses d'eau froide, un onguent rapporté de Saint-Prime, du thé chaud, une once d'alcool. Bien que Télesphore soit plus calme depuis un petit moment, il est toujours aussi brûlant. Chaque fois que Maria lui enlève ses couvertures pour qu'il combatte la fièvre, il les lui arrache des mains et s'en recouvre aussitôt. Elle ne sait plus quoi faire. Elle est désespérée. En plus de ressentir une forte culpabilité, voilà qu'elle est aux prises avec un sentiment pire encore : l'impuissance. Maria est là, près de Télesphore, à réciter des prières depuis la veille au soir sans que l'ombre d'un petit changement s'opère. Il y a des jours où elle voudrait vivre ailleurs qu'ici, là où il y a au moins un médecin, même s'il ne peut pas tout régler à lui seul. Elle a été à même de le constater quand sa mère est morte. Son père a payé cher pour des services qui n'ont rien donné puisque Laure a succombé à sa maladie sans que personne ait pu rien faire pour elle.

Il arrive à Maria de penser – elle se signe chaque fois que l'idée lui vient –, que Dieu a trop à faire pour s'occuper d'elle et de sa famille. Les Chapdelaine vivent si loin de tout et de tous qu'il est facile de les oublier. Et puis, ne sont-ils pas de simples cultivateurs parmi tant d'autres ? Au fond, qui peut bien s'intéresser à eux ? Ils ne savent ni lire ni écrire, en tout cas pas encore. Tout ce dont ils sont capables, c'est de faire de la terre à la sueur de leur front. Ils ont peur de brûler en enfer au moindre écart de conduite. Ils craignent Dieu. Ils se confessent pour tout et pour rien, surtout pour rien. Ils ont une confiance aveugle en tout ce qui porte une soutane. Même au risque de leur vie, ils sont prêts à obéir à leur curé. Plusieurs hommes se sont retrouvés veufs à cause d'une nouvelle grossesse qui, ils le savaient très bien, mettrait la vie de leur femme en danger. Au nom de Dieu et de l'Église, ils ont bravé le sort et ont tiré le mauvais numéro. Les habitants du Lac-Saint-Jean travaillent sans relâche sur une terre qui est loin de leur donner tout ce qu'ils méritent en échange de leurs efforts. Au contraire, chaque fois qu'elle en a l'occasion, elle se fait un malin plaisir de leur rappeler qu'il y a plus haut qu'eux. C'est tantôt un curé, un médecin, un commerçant ou même un notaire.

Le simple fait de savoir qu'on peut compter sur quelqu'un qui en sait plus que soi enlève un peu de pression. Et aujourd'hui, Maria donnerait cher pour alléger le fardeau qui pèse sur ses épaules. Elle a sa part de responsabilités dans l'état de son frère. Certes, c'est lui qui a décidé d'aller se réfugier en haut d'un arbre alors que la tempête battait son plein, mais si elle ne l'avait pas disputé pour quelques malheureuses pommes, il ne serait pas tombé malade. Elle ne sait vraiment pas comment s'y prendre avec lui. Elle comprend qu'il est différent des autres membres de la famille et, tant qu'il reste dans les limites permises, elle n'éprouve aucun problème à vivre avec lui. Mais lorsque les gestes de Télesphore deviennent déraisonnables, elle perd tout contrôle et part en guerre contre lui sans aucune retenue. Quand elle s'occupe d'une affaire qui le concerne, elle n'a qu'un objectif : en finir le plus rapidement.

Sa mère affirmait : « Il y a un certain nombre de mots à dire dans une journée et, de temps en temps, ils se bousculent tous à la sortie de notre bouche sans qu'on y puisse grand-chose. » Mais cela n'excuse en rien le comportement de Maria. Télesphore ne mérite pas qu'elle le traite ainsi, lui qui n'a pas une once de méchanceté. « Je devrais me laver la langue avec du savon. Je suis pire qu'une vieille fille. Pauvre Eutrope, sera-t-il capable de me supporter ? » Au fond, elle n'en a aucune idée. Pas plus d'ailleurs qu'elle ne sait si elle pourra tolérer son futur mari. Depuis qu'elle a vu la maison des Gagnon, elle doute encore plus. Elle est habituée de vivre pauvrement, mais entre sa vie actuelle et celle qui l'attend à moins de deux milles d'ici, il y a autant de différences qu'entre le blanc et le noir. La misérable maison d'Eutrope ne prédispose pas à une vie facile et heureuse. Et chez cet homme, tout est gris : sa maison, ses meubles, ses vêtements et même sa personnalité. Devenir sa femme n'a rien de tentant. Si Maria ne se retenait pas, elle courrait jusque chez lui et lui jetterait en plein visage qu'elle reprend sa parole. Puis elle attellerait Cadeau et sauterait dans le traîneau pour se rendre à Saint-Prime malgré toute la neige qui recouvre le chemin. Elle irait directement chez Adrien et lui dirait, en se jetant à son cou, qu'elle veut se marier avec lui.

Oui, mais même dans ses rêves les plus fous, ça ne risque pas d'arriver. Le bonheur n'est pas pour elle. Depuis qu'elle est toute petite, le devoir lui colle à la peau et elle n'a aucun moyen de s'en débarrasser. Il y a des jours où elle en a assez de toujours faire son devoir. Pourquoi, pour une seule fois dans sa vie, ne pourrait-elle pas faire ce qu'elle veut? Adrien… Le simple fait de prononcer ce prénom dans sa tête la fait sourire. «Je n'ai pas le droit de penser à lui, se morigène-t-elle aussitôt. J'ai donné ma main à Eutrope et c'est lui que j'épouserai. Je vais redoubler d'ardeur dans mes prières pour ne pas avoir de tentations.» Maria est si concentrée qu'elle n'entend pas son père approcher et sursaute quand il parle:

— Si la fièvre refuse de baisser d'ici l'heure du dîner, j'irai chercher le médecin.

— Vous n'y pensez pas! objecte-t-elle. Avec toute la neige qui est tombée depuis hier, il n'y a même plus de chemin.

— Je refuse de regarder souffrir un des miens sans rien tenter pour le soulager.

— Je m'en veux tellement, avoue-t-elle. Tout ça est ma faute.

— Ce n'est pas le temps de chercher un coupable, mais bien de tout faire pour que Télesphore reprenne du poil de la bête. As-tu essayé de mettre de la neige sur lui?

— Non. Jusqu'à maintenant, je me suis contentée de lui appliquer des compresses d'eau froide et de le frotter. J'ai bien tenté de lui enlever ses couvertures, mais il trouve toujours le moyen de les reprendre.

— Tu pourrais peut-être lui faire chauffer une bonne soupe…

— Oui, si vous croyez que c'est une bonne idée. Tout ce qu'il a avalé depuis que vous l'avez retrouvé, c'est une tasse de thé et un peu d'alcool. Je m'occupe de la soupe.

— Je vais rester avec Télesphore. Dis à Tit'Bé de remplir une pleine chaudière de neige et de me l'apporter.

Tit'Bé vient vite rejoindre son père.

— J'ai une bien meilleure idée. Je vais prendre mon frère dans mes bras et le rouler dans la neige.

— Si tu t'en crois capable, vas-y. Mais je t'avertis, il va se débattre.

— Faites-moi confiance, je m'en charge. Tout ce que je vous demande, c'est de m'ouvrir la porte.

— Comme tu veux, mon garçon.

— Laissez-lui seulement son caleçon. J'enfile mon manteau et je reviens le chercher.

Comme s'il savait ce qui l'attend, Télesphore s'agite dès que son père lui enlève ses vêtements.

— Tout doux, mon garçon, tout doux. Il faut qu'on fasse baisser cette maudite fièvre.

Puis, à l'adresse de Tit'Bé qui est revenu, il ajoute :

— Vas-y au plus sacrant.

Tit'Bé prend son frère dans ses bras et suit son père jusqu'à la porte. Une fois dehors, il dépose délicatement son paquet dans la neige. Au contact du froid, Télesphore hurle à fendre l'âme et se débat de toutes ses forces pendant que Tit'Bé le maintient au sol. Ses cris redoublent d'ardeur quand son grand frère le tourne sur le ventre. L'entendre crier comme ça crève le cœur de Tit'Bé, mais il a bien l'intention de prendre le temps qu'il faut avant de ramener Télesphore dans son lit. Il espère de toutes ses forces que la fièvre tombera. Quand il a entendu son père dire à Maria qu'il voulait aller chercher le médecin, il a tout de suite pensé à ce qu'il pourrait tenter pour faire baisser la fièvre. Vu l'état des chemins, ce n'est pas le temps d'entreprendre un voyage. Il connaît assez son père pour savoir que rien n'est à son épreuve quand l'un des siens souffre. Tit'Bé a même promis de réciter trois chapelets si Télesphore prend du mieux, alors qu'il n'a aucune inclination pour la prière.

Au bout d'un moment qui lui a semblé une éternité, Tit'Bé ramène le malade dans son lit. Quand Alma-Rose, qui se trouve dans la cuisine, voit passer ses frères, elle s'écrie :

— Télesphore, ça suffit ! Il faut que tu arrêtes de faire de la fièvre parce que je ne veux pas que tu meures.

Mais Télesphore ne lui répond pas. Ses dents claquent. Son caleçon est mouillé, il faut vite lui mettre des vêtements secs.

— Maria, viens m'aider à le changer de vêtements, demande Tit'Bé.

Surprise par ce qu'elle vient d'entendre, Maria sursaute légèrement. Elle a changé les couches de ses frères quand ils étaient petits, mais il y a très longtemps de cela. S'il le faut, elle va aider Tit'Bé, mais elle n'y tient pas du tout. Elle préfère de loin garder en tête une image de ses frères en habits de travail.

Témoin de la scène, Samuel lance :

— Laisse faire, je vais donner un coup de main à Tit'Bé. Apporte plutôt de la soupe pour Télesphore, il en aura besoin.

Maintenant bien au sec, Télesphore continue de se plaindre qu'il a froid. Tit'Bé lui frotte les bras et les jambes pour le réchauffer. Quand Maria arrive avec un bol de soupe, il s'est assoupi. Elle retourne à la cuisine, Tit'Bé sur les talons.

— Il m'a l'air d'être un peu moins chaud, dit Tit'Bé.

— Tant mieux, répond Samuel. On va le laisser dormir pour le moment. Pourvu qu'il ne se remette pas à délirer. J'aurais deux ou trois affaires à arranger à l'étable.

— Je me change et j'arrive.

— Je vais t'attendre là-bas. Ne tarde pas trop, par exemple, parce que si Télesphore ne va pas mieux, il faudra que j'aille chercher le médecin avant que la noirceur tombe.

— Attendez avant d'atteler Cadeau, se dépêche de répondre Tit'Bé, car j'ai bon espoir que mon frère ira mieux.

— C'est tout ce que je souhaite, moi aussi. Ce n'est pas un temps pour être sur le chemin, mais s'il le faut, j'irai.

Pendant que les hommes vaquent à leurs occupations, Maria se rend au chevet de Télesphore plusieurs fois. Il ne s'est pas lamenté une seule fois depuis que Tit'Bé l'a déposé dans son lit ; selon Maria, il est moins chaud que cette nuit. Elle retourne à ses fourneaux, le cœur rempli d'espoir. Dans son emportement, elle promet de réciter cinq chapelets si la fièvre tombe totalement avant que son père revienne de l'étable.

Elle est si fatiguée qu'elle s'active doublement dans la cuisine pour ne pas risquer de s'endormir. Quand les hommes rentrent pour manger, tout est prêt. Avant que l'un d'eux prenne des nouvelles de Télesphore, Maria dit :

— Je pense que la fièvre est tombée. Télesphore ne s'est pas plaint une seule fois depuis que vous êtes partis et il n'a pas déliré non plus.

Samuel enlève ses bottes et va vite voir son fils. De retour dans la cuisine, il annonce :

— Je pense que Télesphore a pris le bon bord. Il dort comme un bébé. Ce soir, nous réciterons un chapelet de plus pour remercier le bon Dieu. Pour tout avouer, je suis plutôt content de ne pas avoir besoin d'aller quérir le docteur par ce temps de chien.

— Pour une fois, nos prières ont été exaucées, se réjouit Tit'Bé.

— Es-tu en train de nous dire que tu as prié ? s'étonne Maria. J'ai dû mal comprendre.

— Tu as très bien compris. Quand on vit en plein milieu de nulle part, il ne reste pas grand-chose à part la prière. Bon, on pourrait manger maintenant que Télesphore est hors de danger.

— Je sers le repas à l'instant, indique Maria. Si vous n'y voyez pas d'inconvénient, papa, ajoute-t-elle, j'irai faire une sieste après le dîner.

— Pas de problème, ma fille, répond Samuel. Tu peux même y aller tout de suite, si tu veux. Tit'Bé et moi, on s'occupera de la vaisselle avec Alma-Rose.

Après avoir servi tout le monde, Maria file dans sa chambre. Elle est si fatiguée qu'elle s'endort dès que sa tête touche l'oreiller.

Chapitre 11

En ce dimanche après-midi de février, le temps est magnifique. Le soleil brille de tous ses feux sur la neige recouverte d'une fine couche de glace laissée par la pluie verglaçante de la veille. On pourrait croire que quelqu'un a ciré les falaises tellement elles sont lisses. Les chemins n'ont pas été oubliés non plus. Hier, quand Samuel est revenu de Saint-Prime, Cadeau avait peine à avancer sur la glace. Quand il ne s'enfonçait pas jusqu'aux genoux, il piétinait sur place jusqu'à ce qu'il trouve enfin un point d'appui. Derrière lui, le traîneau glissait allègrement comme s'il était aussi léger qu'une plume alors qu'il n'en est rien.

— Si vous ne vous décidez pas, s'écrie joyeusement Samuel à Eutrope qui vient à peine de s'asseoir à table pour manger son dessert, je vous avertis, Maria et toi : je vais me marier avant vous !

Maria fait la sourde oreille au commentaire de son père. Et elle ne lève pas les yeux pour regarder son fiancé. Si ça ne dépendait que d'elle, il n'y aurait pas de mariage avec Eutrope, ni maintenant ni jamais. Depuis qu'elle a fait la connaissance d'Adrien, chaque fois qu'elle regarde son futur mari un grand frisson la parcourt de la tête aux pieds. Même si elle ne cesse de se répéter que c'est son devoir d'épouser Eutrope, elle a de plus en plus de mal à vivre avec le fait que dans quelques mois seulement elle lui dira « oui » pour la vie. « Jusqu'à ce que la mort vous sépare », lancera le curé, ce qui risque d'être long parce qu'ici, au Lac-Saint-Jean, même si la vie est rude, les hommes vivent très vieux.

Maria est découragée. Chaque soir, elle prie Dieu de la libérer de son engagement, sans trop y croire. « Il faudrait un miracle ! »

pense-t-elle. D'un côté, elle sait que son père accepterait qu'elle reprenne sa parole, mais elle ne pourrait plus se regarder dans le miroir si elle agissait ainsi. On ne peut pas tout avoir dans la vie, le beurre et l'argent du beurre. Ça, il y a longtemps qu'elle l'a appris. D'un autre côté, le jour où elle a accepté d'épouser Eutrope, il n'était pas du tout question que son père se remarie, car sa mère venait à peine de mourir. Au départ, la décision de Maria reposait uniquement sur son sens du devoir à l'égard de sa famille. La jeune femme jugeait qu'elle n'avait pas le droit d'abandonner les siens à leur sort sans se soucier d'eux. Mais depuis, les choses ont changé. Dans quelques mois, il y aura à nouveau une femme dans la maison, pour prendre soin d'Alma-Rose et de Télesphore. Maria est désemparée. Elle aimerait aborder le sujet avec le curé Tremblay de Honfleur la prochaine fois qu'elle ira à la grand-messe, mais elle sait d'avance ce qu'il lui dira : « Ma pauvre petite fille, c'était à toi d'y penser avant. Il est trop tard pour reculer. C'est ton destin. Il te reste seulement à rendre Eutrope heureux. » Les curés n'entendent rien à l'amour. Ce qu'ils veulent, en réalité, c'est que les gens se marient et fassent des enfants pour augmenter la population et donner des bras pour défricher la terre. Le reste, ils ne s'en préoccupent pas. Pour cette simple pensée, elle devra se confesser. Chaque fois qu'elle pense à Adrien, elle se sent légère comme une plume. « La vie est trop injuste. Je suis obligée d'épouser un homme que je n'aime pas et que je n'aimerai jamais même si je vis jusqu'à cent ans. »

Après avoir cherché le regard de Maria sans succès, Eutrope se sent pris au piège. Mais il finit tout de même par répondre :

— Si Maria est d'accord, on pourrait se marier au printemps.

Mais Maria fait de nouveau mine de n'avoir rien entendu. Elle continue d'essuyer le poêle en prenant bien garde de se tourner vers Eutrope. Bien qu'elle soit concernée au plus haut point, elle n'a aucune envie de participer à la conversation. Pour ce que ça donnerait, de toute façon…

Voyant l'embarras de sa sœur, Tit'Bé vient à la rescousse :

— Vous n'êtes pas si pressés que ça, Maria et toi. Laissez donc le père se marier tranquille. Pourquoi ne pas attendre en septembre, avant que les hommes partent pour les chantiers ? Vous avez tout votre temps. Pourquoi vous mettre la corde au cou tout de suite ?

Ces propos sont loin de faire l'affaire d'Eutrope. Il se souvient exactement des paroles de Maria et il a bien l'intention de s'y tenir : « Comme vous le souhaitez, nous nous marierons quand les hommes reviendront du bois pour les semailles. »

— Je ne suis pas d'accord pour attendre aussi longtemps, réplique-t-il d'un air décidé, ce qui n'est pas dans ses habitudes. Je propose plutôt qu'on se marie dès que les hommes seront de retour des chantiers, comme c'était prévu.

— C'est toi qui décides, dit Samuel. As-tu une idée de la date ?

Maria est surprise de l'insistance de son père à vouloir connaître la date de son mariage. Depuis qu'il fréquente Hermance assidûment, Samuel a le sourire beaucoup plus facile, tellement qu'il a oublié son intention de décourager Maria d'épouser Eutrope.

— Si on fixe la date de notre mariage à la mi-mai, répond Eutrope, je pense qu'on ne se trompera pas.

— C'est bon ! consent Samuel en souriant. Alors, pour ma part, je me marierai à la Saint-Jean-Baptiste. La prochaine fois que j'irai à Saint-Prime, j'annoncerai la nouvelle à Hermance.

Eutrope n'est pas très heureux de constater que Maria ne semble guère intéressée par la discussion. Le mariage n'est-il pas le plus grand événement dans la vie de toute jeune fille ? En tout cas, pas pour sa fiancée, c'est évident. Il sait qu'elle ne l'aime pas, il l'a toujours su. Il n'ignore pas qu'il est une sorte de prix de consolation. La conscience de Maria lui interdisait d'abandonner les siens, et comme Eutrope était là, juste à côté, elle a accepté sa demande en mariage par devoir. Plus les semaines passent, plus il s'interroge sur la vie qui l'attend avec sa fiancée. Il y aura bientôt un an qu'ils se sont promis l'un à l'autre et pas une seule fois ils n'ont eu un moment d'intimité. Eutrope n'a même pas eu la chance d'embrasser Maria au jour de l'An, parce qu'elle était à Saint-Prime chez ses grands-parents. Quand ils sont seuls, elle fait tout pour qu'il ne s'approche pas d'elle. Pas l'ombre d'une petite attention pour lui. Il a souvent l'impression d'être une pauvre potiche qu'elle ne voit pas. Chaque fois qu'il retourne chez lui, Eutrope se questionne sur son futur mariage. Il n'a jamais remis son désir d'épouser la belle Maria en doute, il l'aime trop pour ça, mais il est inquiet. Parviendra-t-elle à s'habituer à sa vie à ses côtés ? Acceptera-t-elle de se donner à lui comme la loi du mariage le prescrit ? Voudra-t-elle lui donner des enfants sans s'en croire obligée par l'Église ? Il a des tas de choses à discuter avec elle avant qu'ils se marient, mais pour ça il faudrait qu'elle accepte de l'écouter.

Perdu dans ses pensées, Eutrope sursaute en entendant Tit'Bé :

— Eutrope, veux-tu bien me dire où tu es rendu ? Ça fait trois fois que je te pose la même question.

— Désolé ! Vas-y, je t'écoute.

— As-tu remarqué quelque chose d'anormal en passant devant la maison d'Eugène Laberge ?

— Non, pas spécialement.

— Comme je l'ai signalé au père, il y a tellement de neige sur son étable que le toit pourrait bien s'effondrer.

— Ah oui, j'ai vu ça. J'ai décidé qu'en retournant chez moi j'allais prendre la peine de traverser pour lui offrir de lui donner un coup de main pour enlever le surplus. Il n'a pas beaucoup d'aide, le pauvre.

— Non. Quand ses garçons partent aux chantiers, il se retrouve tout fin seul avec sa femme et ses deux filles.

— Parlant des chantiers, dit Eutrope, j'ai reçu une lettre de mon frère.

— Qu'est-ce que tu attends pour nous la lire ? s'exclame Tit'Bé. On t'écoute.

Eutrope sort la lettre de sa poche, la déplie doucement. Il lisse le papier et commence enfin sa lecture :

Salut le frère,

Ici, tout est au beau fixe. On ne manque pas de neige, en tout cas, même que ça nous nuit pour travailler. Il nous arrive de penser que le bon Dieu déverse toute sa poudre blanche au-dessus de nos têtes et pas ailleurs. Hier encore, on avait de la neige jusqu'aux genoux. Inutile de te dire que ça nous complique les choses, et pas rien qu'un peu. Ce n'est pas tout d'abattre un arbre, encore faut-il le sortir du bois. Les chevaux peinent du matin au soir sans rechigner. La semaine passée, on en a perdu deux. Les pauvres bêtes, on leur en demande beaucoup trop.

Comme chaque année, les cabanes sont infestées de poux. On commence à se gratter dès qu'on rentre à la chaleur. Il y a des gars qui se grattent tant qu'ils ont plein de gales partout sur le corps. Ce n'est pas très beau à voir.

Esdras va bien. Il passe ses journées à nous casser les oreilles avec sa Louisa. Il m'a même demandé de lui écrire une lettre. Il ne voit plus clair, le pauvre, tellement il est amoureux. Imagine un peu, il l'a même demandée en mariage. Maudit chanceux ! Au moins, il a quelqu'un à qui penser pendant qu'il se fend le cœur à l'ouvrage. Da'Bé s'est blessé à une main, mais ce n'est rien de grave. Il s'est coupé sur une branche. Quand c'est arrivé, ça saignait tant qu'on pouvait suivre sa trace sur la neige. Le patron l'a soigné du mieux qu'il a pu et lui a dit de donner un coup de main aux chaudrons en attendant que ça guérisse. Tu le connais, lui et la cuisine ne font pas bon ménage. Résultat : avant on ne mangeait pas beaucoup parce que ce n'était pas bon. Maintenant, on mange encore moins parce que ce n'est pas mangeable.

On passe nos soirées à jouer aux cartes. Plus souvent qu'autrement, le grand Paul sort sa musique à bouche et passe tout son répertoire en boucle. Ça nous réchauffe le cœur de l'écouter. Les Fêtes ont été bien plates, comme chaque année. Même si je déteste les sermons du curé de Honfleur, je peux t'avouer que le 24 décembre j'en aurais écouté une bonne dizaine en ligne juste pour être parmi le monde à l'église. On ne s'habitue pas à passer Noël loin de chez soi.

Bon, il est assez tard, il faut que j'aille dormir si je veux être capable de me lever à cinq heures demain matin.

Camil

— Je donnerais cher pour savoir lire aussi bien que toi, murmure Tit'Bé.

Puis, sur un ton enjoué, il s'écrie avant que quelqu'un fasse le moindre commentaire sur ce qu'il vient de confier :

— Quand je pense qu'Esdras va se marier, je n'en reviens pas !

— Attends avant de crier victoire, observe Samuel. La belle Louisa n'a pas encore dit oui.

— Si vous aviez vu comment elle le regardait quand ils se sont rencontrés, vous n'auriez aucun doute là-dessus. On peut dire que les affaires vont bien. On aura trois mariages dans la famille dans l'année. Mais le pire, c'est que je n'ai rien à me mettre sur le dos. J'ai tellement grandi…

— Et grossi ! ne peut s'empêcher de lancer Maria.

Tit'Bé fait semblant de ne pas avoir entendu et reprend :

— … que je n'entre plus dans mes vêtements du dimanche. C'est Télesphore qui va en hériter.

En entendant son prénom, Télesphore sourit à pleines dents. Il adore porter ses vêtements du dimanche. Dès qu'il les endosse, il a l'impression d'être quelqu'un, ce qui le ravit.

Comme il accompagne rarement sa famille à la messe, il a peu d'occasions de les porter. La dernière fois qu'il s'est « déguisé », car il aime dire qu'il joue à se déguiser quand il les met, c'est lorsque sa mère est morte. Il préfère de loin les mariages. Là, au moins, les gens ne pleurent pas. Ils sont heureux. Télesphore est très content, car il aura une nouvelle maman et une belle-sœur. Deux femmes pour s'occuper de lui. Mais il ne verra plus Maria aussi souvent quand elle sera mariée. Quand il regarde sa sœur, il lui arrive de penser que le mariage de cette dernière ne sera pas gai. Eutrope ne la fait pas rire, il la rend triste. Télesphore ne comprend pas pourquoi on est obligé de se marier avec quelqu'un quand celui-ci ne nous rend pas joyeux.

— La prochaine fois que j'irai à Saint-Prime, j'achèterai de l'étoffe pour que Maria te couse de nouveaux habits.

— Mais papa, vous avez oublié que je sais seulement raccommoder. Maman n'a pas eu le temps de m'apprendre à faire des pantalons, encore moins des manteaux.

— J'ai une idée, signale Samuel. Tu vas prendre les mesures de Tit'Bé et je demanderai à Hermance de lui coudre des vêtements. Je vais même lui demander de t'apprendre quand elle vivra ici.

— C'est une très bonne idée, reconnaît Maria. Pour être honnête, j'aurais aussi besoin de son aide pour retoucher la robe de mariée de maman. J'ai beau la retourner de tous les côtés, je ne sais pas du tout comment m'y prendre.

— Tu n'auras qu'à venir avec moi la prochaine fois que j'irai voir Hermance. Justement, à mon dernier voyage, tes grands-parents m'ont demandé pourquoi je ne t'avais pas amenée avec moi.

La simple pensée de revoir Adrien enchante Maria. Elle fait un effort pour n'en rien laisser paraître, mais le rouge de ses joues n'échappe pas à Alma-Rose qui se dépêche d'interroger sa grande sœur :

— Pourquoi tu rougis, Maria ? Est-ce que c'est parce que tu as chaud ?

Heureusement, des coups secs frappés à la porte détournent vite l'attention de tous.

— Entrez ! invite Samuel sans se lever de sa chaise berçante.

La porte s'ouvre si vite qu'elle n'a même pas le temps de grincer. Sans saluer quiconque, Eugène, le voisin de l'autre côté de la rivière, s'écrie :

— Il faut que vous veniez m'aider ! Le toit de l'étable est en train de s'effondrer.

— On arrive, répond Samuel. Habille-toi chaudement, Télesphore, tu vas pouvoir nous aider, toi aussi.

— Et notre leçon ? demande Alma-Rose d'un air déçu. Il n'est pas question qu'on la manque.

— Je vous la donnerai dès qu'on aura terminé de déneiger le toit, répond Eutrope. En attendant, exerce-toi à écrire des lettres.

— Mais je les sais déjà toutes.

Alors qu'il s'apprête à sortir, Eutrope sort la lettre de son frère de sa poche et la tend à Alma-Rose en lui disant :

— Essaie de lire le premier paragraphe.

Alma-Rose regarde sa grande sœur sans trop savoir quoi faire.

— Le temps de m'essuyer les mains et j'arrive ! clame Maria.

Chapitre 12

Maria finit à peine d'étendre la farine sur la table pour terminer ses pâtés à la viande qu'Alma-Rose propose :

— Je vais chercher la viande dehors.

— Elle est juste à côté de la porte. Fais bien attention, c'est pesant.

Dès qu'elle pointe le nez dehors, la petite fille s'écrie :

— Ah non !

— Qu'est-ce qu'il y a ? lui demande Maria en s'approchant d'elle.

— La marmite est vide !

— Laisse-moi voir, dit l'aînée qui sent une vague de colère l'envahir d'un seul coup. J'en connais un qui aura affaire à moi.

— Arrête ! Tu n'as pas le droit d'accuser Télesphore. Il n'a même pas mis le nez dehors ce matin. Il joue à la patience sur son lit.

En entendant son nom, Télesphore vient rejoindre ses sœurs. Sans lui prêter attention, Maria lance à Alma-Rose :

— Qui veux-tu que ce soit alors ?

— Je ne sais pas, moi. Peut-être Tit'Bé ou papa ?

— Ça m'étonnerait, car ils viennent d'avaler six œufs et la moitié d'un pain à eux deux. Ce ne sont pas des enfants. Ils savent bien que j'ai mis la viande dehors pour qu'elle refroidisse. Ce n'est pas la première fois que j'agis ainsi. De toute façon, ils devaient aller aider le voisin à réparer son traîneau.

— C'est vrai, j'avais oublié. Mais alors, c'est qui ?

— Je n'en sais rien. Mais fie-toi à moi : je finirai par trouver le coupable.

Installé sur la chaise berçante de son père, Télesphore demande :

— Où est Chien ?

— J'aurais dû y penser ! s'exclame Maria sans même prendre le temps de répondre à son frère. Ça doit être Chien. Il y a sûrement des traces dans la neige.

Elle ouvre la porte et sort la tête dehors pour vérifier. Il fait si froid qu'un nuage blanc pénètre instantanément dans la maison. Dès qu'il le voit, Télesphore remonte ses pieds sous lui. Cette année, le mois de mars ne fait pas de cadeau. On se croirait en plein cœur de janvier tellement les températures sont basses. Le poêle chauffe sans arrêt et il suffit à peine pour garder la maison chaude. Hier, Samuel a avisé les siens de ménager le bois s'ils voulaient en avoir assez pour le reste de l'hiver. Alors que l'année dernière, à pareille date, il restait trois cordes, il n'en reste actuellement que deux et l'hiver n'a pas l'air pressé de céder sa place au printemps.

Comme tout est glacé, Maria ne voit rien, si ce n'est quelques morceaux de porc haché autour de sa marmite et le couvercle qui repose à côté. Elle est loin d'être contente. Si c'est vraiment Chien qui a vidé le plat, et tout semble l'accuser, elle ne pourra même pas le punir. Sitôt sa dernière bouchée avalée, il a dû tout bonnement aller retrouver Samuel et Tit'Bé. La viande sentait bon, il l'a mangée, fin de l'histoire.

Maria ramasse la marmite et le couvercle. Elle les dépose dans l'évier puis laisse tomber d'un air las :

— Bon, il ne reste plus qu'à cuisiner autre chose pour le dîner. J'espère que vous avez des suggestions parce que, moi, je suis à court d'idées.

— Moi, j'en ai une! lance Alma-Rose. On pourrait faire deux belles tartes au sucre, pour le dessert.

— Et pour dîner? insiste Maria.

— Attends, je n'avais pas fini. On pourrait préparer des patates fricassées…

— Oui, oui, des patates fricassées! s'écrie Télesphore.

— C'est d'accord, accepte Maria. Venez m'aider, tous les deux. Je m'occupe de faire les tartes. Épluchez les patates et coupez-les pendant que le lard va griller.

— Et si on ajoutait des carottes, pour une fois? suggère Alma-Rose.

— Des carottes? lance Maria d'un air surpris.

— Oui, ça ferait changement.

— On peut faire un hachis à la place, mais des carottes dans les patates fricassées, ça ne me dit rien de bon.

— Pas de hachis! proteste Télesphore. J'aime mieux les patates fricassées comme maman les faisait.

— C'est d'accord, Télesphore, le rassure Maria, on ne mettra pas de carottes.

Puis, à l'adresse de sa petite sœur, Maria ajoute:

— On fera un rôti de porc pour le souper…

— Avec des carottes, c'est une très bonne idée, approuve Alma-Rose. Si tu veux, je vais chercher un morceau de viande dans le coffre.

— Attends, il n'y a pas le feu. Il faut d'abord faire cuire les tartes.

— Veux-tu que j'aille chercher des oignons et des carottes alors?

— Oui, répond Maria en souriant, vas-y. Apporte aussi des patates, il en reste à peine assez pour préparer la fricassée. S'il y a un pot de betteraves, prends-le.

— Et un pot de confiture! crie Télesphore.

Alma-Rose est égale à elle-même : vive, enjouée et toujours prête à aider. Plus le temps passe, plus elle ressemble à sa mère. Une seule chose la différencie de celle-ci : sa sensibilité. Laure ne montrait pas ses sentiments facilement. À l'image de son père, Alma-Rose a vite les yeux dans l'eau quand quelque chose la touche.

* * *

L'autre jour, en plein cœur de l'après-midi, Alma-Rose était assise à la table, la tête posée sur ses bras, et elle pleurait en silence. Maria s'était approchée d'elle pour lui demander ce qui n'allait pas.

— Je m'ennuie de mes cousines. Est-ce que tu crois qu'elles viendront nous rendre visite un jour?

— Tu sais bien qu'elles ne peuvent pas manquer l'école.

— Oui, mais il n'y a pas d'école l'été.

— Tu as raison. Mais on n'a même pas de place pour les garder à coucher.

— Elles pourraient dormir avec moi, elles sont aussi petites que moi.

Maria n'avait pu s'empêcher de passer sa main dans les cheveux de sa petite sœur. Alma-Rose était si touchante, au point que l'aînée s'était dit que ce serait une bonne idée que les deux petites viennent faire un tour. Il était si rare que sa sœur puisse jouer avec des enfants de son âge. Ses cousines étaient les deux seuls enfants avec qui elle jouait une ou deux fois par année.

— J'ai une meilleure idée, avait dit Maria. Si elles viennent l'été prochain, je leur laisserai mon lit et j'irai dormir dans la grange.

— Avec les souris ?

— Avec les souris, avait répété Maria en souriant. Pour te faire plaisir, je suis prête à dormir avec les souris.

— Moi aussi ! avait hurlé Télesphore.

— C'est d'accord, Télesphore, tu viendras avec moi.

— Mais j'y pense, avait lancé Alma-Rose, tu n'habiteras même plus ici cet été…

— Tu as raison ! Alors, tu parleras à papa de ton idée quand il rentrera.

— Merci, Maria, tu es la championne des sœurs. Je t'aime beaucoup et je n'ai pas hâte que tu partes vivre chez Eutrope.

Maria s'était bien gardée de relever ce dernier commentaire parce que, elle non plus, elle n'avait pas hâte d'aller vivre chez Eutrope…

*　*　*

Quand les hommes viennent dîner, Maria se dépêche de leur demander si Chien était avec eux.

— Oui, répond Tit'Bé, il est venu jusque chez Eugène Laberge avec nous. Après, on ne l'a pas vu pendant une bonne demi-heure. Quand il est revenu, il s'est couché à côté de nous et il s'est mis à ronfler. Mais pourquoi veux-tu savoir ça ?

Maria raconte la mésaventure survenue avec la viande pour faire les pâtés.

— Ne le chicane pas trop ! lance son père en riant. Chien est une bonne bête et il n'est pas jeune.

— Ce n'est pas l'envie qui me manque, mais pour ce que ça donnerait…

— Ouais, tu as bien raison, reprend Samuel. Faisons comme si c'était son cadeau de Noël. Il doit bien rester un peu de viande hachée dans le coffre ?

— Pas tant que ça. Quand vous avez fait boucherie, je vous avais fait remarquer que le cochon était plus petit que celui de l'hiver dernier.

— Je peux toujours aller chasser, si on manque de viande, propose Tit'Bé. J'ai arrêté d'y aller parce que le coffre était rempli à ras bord.

— Quand le cœur t'en dira, accepte Maria. Je prendrais bien quelques lièvres et quelques perdrix pour faire des tourtières.

— Demain, j'irai avec Télesphore.

— Papa, intervient Alma-Rose, j'ai une surprise pour vous.

— Ah oui ? s'étonne Samuel. J'espère au moins que c'est une bonne surprise !

La petite fille va chercher le journal et l'ouvre à la page 8.

— Ah oui, c'en est même une très bonne ! Je vais vous lire un article qui parle du blé.

Samuel est ému à l'idée de savoir enfin ce qui est écrit dans le journal. Il attend ce moment depuis si longtemps. Savoir que ses filles pourront lui faire la lecture le rend heureux, car il en a plus qu'assez de tourner les pages inlassablement sans comprendre un seul mot. C'est frustrant à la longue de regarder seulement les images.

— Je t'écoute, dit-il, impatient d'écouter Alma-Rose.

La fillette s'assoit bien droite et commence à lire. Elle bute sur plusieurs mots, ce qui ne l'empêche pas de poursuivre sa lecture. Alma-Rose sait qu'elle est capable de lire l'article au complet, car elle s'est exercée de nombreuses fois avec Maria. D'ailleurs, celle-ci se retient de ne pas l'aider. À force d'entendre et de reprendre sa sœur, elle pourrait le réciter par cœur, cet article, et aussi tous les autres du journal. Les deux filles ont travaillé très fort pour en arriver là. Depuis qu'Eutrope leur a donné leur première leçon, jamais elles n'ont manqué une seule journée pour faire tantôt leur écriture, tantôt leur lecture. Même lorsqu'elles étaient en visite à Saint-Prime, elles ont fait leurs devoirs. Chaque jour, une fois leurs tâches terminées, elles se mettaient au travail sans jamais rechigner. Elles ont relevé avec brio ce gros défi. Lire leur demande encore beaucoup d'efforts, mais Eutrope a précisé que c'était normal, qu'elles devaient s'exercer le plus souvent possible, ce qu'elles font avec grand plaisir. De nature peu expansive, le jeune homme les a félicitées. Il a ajouté qu'au début il ne croyait pas vraiment qu'elles y arriveraient. Alors que lui a dû aller à l'école tous les jours, Maria et Alma-Rose ont appris avec seulement une petite heure d'enseignement chaque semaine pendant quelques mois, ce qui est tout à leur honneur.

Les terres du Lac-Saint-Jean sont loin d'être folles du blé.

C'est avec déception que les cultivateurs du Lac-Saint-Jean ont constaté une fois de plus que le rendement des champs de blé continue à diminuer année après année. Plusieurs croient qu'il serait temps de se rendre à l'évidence et de changer de céréale…

Samuel écoute religieusement sa fille. Le regard fixe, il savoure ce moment unique. Il ne le dit pas souvent à ses filles, mais il est fier de voir avec quelle détermination elles ont appris à lire et à écrire. Il lui arrive de plus en plus souvent de rêver qu'il lit lui-même le journal. «Je devrais m'y mettre moi aussi, pense-t-il. Je demanderai à Hermance de m'apprendre quand on sera mariés, car j'ai cru comprendre qu'elle sait, elle.»

Alma-Rose ne lève les yeux que lorsqu'elle a terminé sa lecture. Elle regarde son père et lui sourit.

— C'est tout, annonce-t-elle.

— Bravo ! la félicite Maria, la voix remplie d'émotion. Tu as lu comme une championne.

— Bravo, ma petite fille ! Tu ne pouvais pas me faire une plus belle surprise. Je suis très fier de toi, et de toi aussi, Maria. Votre mère aurait été si contente de voir que ses filles savent lire et écrire. Si tous les articles sont aussi intéressants, il va falloir tous me les lire.

— Ils le sont, papa, affirme Maria. Si vous voulez, je peux vous en lire un à mon tour.

— Avec plaisir. Jusqu'à maintenant, je refusais de voir à quel point ne savoir ni lire ni écrire me gardait ignorant. J'arrivais même à me convaincre que je n'avais pas besoin de ça pour faire de la terre. À croire ce que je viens d'entendre, j'aurais dû abandonner la culture du blé depuis belle lurette. Mais quand on ne connaît rien d'autre, on continue à faire les mêmes choses sans se poser de questions. Aujourd'hui, je réalise tout ce dont j'ai privé mes enfants en les emmenant vivre en plein bois.

Excité à l'idée d'en apprendre encore, Samuel ne s'attarde pas plus longtemps sur le sujet. Il ajoute vite à l'adresse de Maria :

— Vas-y, je t'écoute.

Maria termine de lire le dernier mot que Samuel se lève, prend son manteau et sort en vitesse. Il en a assez entendu pour aujourd'hui. Il a de quoi jongler pour des jours. La lecture de seulement deux articles parus dans le journal vient d'ébranler son monde comme jamais auparavant. Il se rend à la grange et se laisse tomber lourdement sur le foin. En son for intérieur, il sait qu'il ne pourra plus faire semblant de ne pas savoir. Ce que ses filles lui ont lu date de l'an dernier, car son beau-père lui donne les vieux journaux. Les deux articles étaient remplis d'informations qu'il aurait dû connaître bien avant aujourd'hui. Certes, il échange avec les autres habitants quand il se rend à Honfleur ou à Péribonka, mais c'est rarement suffisant pour qu'il se fasse une idée juste de la situation, surtout quand il rencontre des gens comme lui qui n'ont de cesse de s'éloigner toujours plus de ce qui pourrait ressembler un jour à un village. « Il serait peut-être temps que je regarde la vérité en face. Il faut que je m'installe pour de bon. Ce n'est pas le meilleur endroit au monde ici, mais si je sais en tirer le maximum, on peut y vivre de la terre. Et qui sait, peut-être qu'un jour Da'Bé et Esdras n'auront plus besoin d'aller travailler aux chantiers. Je les aime trop pour leur faire endurer ça le reste de leurs jours. Je vais m'asseoir avec eux à leur retour, mais avant j'en discuterai avec Tit'Bé au souper. Et la prochaine fois que j'irai à Honfleur, je m'abonnerai au journal pour me tenir au courant. »

Surprises par la réaction de leur père, les deux sœurs cherchent à comprendre.

— Pourquoi papa est-il parti aussi vite ? demande Alma-Rose.

— Je ne sais pas trop, répond Maria. C'est peut-être parce que lui aussi il aurait voulu apprendre à lire et à écrire.

— Mais on peut lui montrer.

— Tu as raison. On lui en parlera quand il reviendra.

Chapitre 13

— Veux-tu bien arrêter de chanter des chansons de Noël! tonne Maria d'un ton chargé d'impatience. On est rendus au mois d'avril!

— Ce n'est pas ma faute, répond Alma-Rose du tac au tac, ce sont les seules chansons que je connaisse.

— Bien voyons, tu ne vas pas me faire accroire que tu ne sais pas d'autres chansons… Papa t'en chante tous les soirs depuis que tu es toute petite.

— J'aime mieux les chansons de Noël. Si je veux faire partie de la chorale, il faut que je m'exerce.

— Tu as beau vouloir, aussi longtemps que nous resterons ici, ce sera impossible. Il n'y a même pas de chorale à Honfleur et à Péribonka. Et de toute façon, comment voudrais-tu t'y rendre? Quand ce n'est pas la glace qui cède sous le traîneau, c'est le courant qui risque de nous emporter. Crois-moi, oublie vite ton idée d'être membre d'une chorale pour le moment et viens plutôt m'aider à remplir la boîte de bois.

— Tu es trop de mauvaise humeur pour que j'aille t'aider. J'aime mieux continuer à chanter.

— En tout cas, moi, j'en ai assez de t'entendre.

— Et moi aussi! ne peut s'empêcher de lancer Alma-Rose.

La fillette n'attend pas que sa sœur soit sortie pour reprendre son récital. De sa petite voix aiguë, elle entonne *Les anges dans nos campagnes*. Maria est tellement irritée qu'elle se retient pour ne pas hurler. Elle sait qu'elle n'est pas aimable avec sa sœur, mais elle ne peut faire autrement. Depuis qu'elle et son père sont revenus de Saint-Prime, elle est tout à l'envers. D'abord, elle n'a pas vu Adrien, ce qui lui a brisé le cœur. Il est préférable que le jeune homme ait été absent, mais elle se faisait une telle joie de le revoir que, lorsque sa grand-mère lui avait rappelé qu'il est pensionnaire au collège, elle aurait voulu repartir sur-le-champ.

Aussi, plus son mariage avec Eutrope approche, plus elle se sent vulnérable. Chaque soir, elle prie pour qu'un miracle se produise et qu'elle ne soit pas obligée de l'épouser. Pourtant, les miracles n'existent pas, même si monsieur le curé pense le contraire. Elle ne veut pas de mal à Eutrope, mais elle a de plus en plus de difficulté à concevoir qu'elle passera le reste de ses jours avec lui.

Maria a enfin fait la connaissance d'Hermance, la future femme de son père. Bien que ce soit une bonne personne, et gentille comme tout, le fait qu'elle prendra la place de Laure dans quelques mois est loin de faire l'affaire de Maria. Maintenant que la jeune femme peut mettre un visage sur un nom, les choses prennent une tout autre tournure. Elle n'a cependant rien à reprocher à Hermance, qui a été tout à fait charmante avec elle. La femme a pris le temps de regarder la vieille robe de mariée de Maria et lui a fait quelques bonnes suggestions quant à la manière de lui donner un coup de jeune. Elle lui a même montré comment tailler des vêtements pour Tit'Bé. À la voir manier l'aiguille et la machine à coudre, Maria peut dormir sur ses deux oreilles. Sa robe sera belle et Tit'Bé sera fier de porter ses nouveaux vêtements, en tout cas plus fier qu'elle de porter sa robe. Aussi, voir cette femme faire les yeux doux à son père n'a pas manqué de la bouleverser. Elle a beau savoir que Laure ne reviendra pas, qu'Alma-Rose et Télesphore ont besoin d'une mère et son père, d'une compagne, que la venue d'Hermance lui facilitera l'existence, c'est plus fort qu'elle, elle a de la difficulté à lâcher prise et à se laisser porter par ce petit élan de bonheur qui ne peut qu'alléger la vie de sa famille, et la sienne en particulier.

Sur le chemin du retour, Samuel a fait un petit détour pour rencontrer Louisa, la future femme d'Esdras. Il en mourait d'envie depuis le jour où son fils a fait sa connaissance. La jeune fille est jolie et, surtout, drôle. Elle et Maria se sont plu tout de suite. Le père Chapdelaine lui a donné des nouvelles de son prétendant, mais elle en avait des plus fraîches que lui. Esdras avait demandé au frère d'Eutrope d'écrire une lettre pour lui. Bien que Louisa n'ait vu Esdras que deux fois, ses yeux pétillent quand elle parle de lui, ce qui n'a pas échappé à Maria. Son frère et Louisa sont bien loin du mariage de raison, et c'est tant mieux.

Finalement, quand Maria et son père sont repassés à Honfleur, ils se sont arrêtés au bureau de poste pour que Samuel s'abonne au journal. Un paquet posté de la Nouvelle-Angleterre attendait Maria. Sans grand enthousiasme, elle l'a déposé à côté d'elle dans le traîneau sans même l'ouvrir. Voilà maintenant deux jours qu'elle est revenue à la maison et elle ne l'a toujours pas déballé. Sa vie est déjà suffisamment compliquée. Le colis trône à côté de son lit. Elle ne peut même pas dire qu'elle a hâte de savoir ce qu'il contient puisque de toute façon cela ne changera rien à ce qui l'attend. Dans moins de deux mois, elle unira sa vie à celle d'Eutrope, pour le meilleur et pour le pire. D'ici là, elle fera son possible pour se raisonner, mais surtout elle s'exercera à répondre oui à la question du prêtre. Elle redoublera aussi d'ardeur dans ses prières. De toute façon, que peut-elle faire d'autre ?

Puis elle repense à la conversation qu'elle a eue avec son père avant d'arriver à la maison.

* * *

— Maria, tu n'es pas obligée de te marier avec Eutrope si tu ne l'aimes pas.

— J'ai donné ma parole, avait-elle répondu simplement.

— Je le sais bien, mais tu ne crois pas que tu pourrais la reprendre ? Je n'aime pas te voir dans cet état. Tu as beau être forte, là je trouve que c'est trop pour toi. Tu as perdu François. Tu as voulu t'en aller loin avec Lorenzo pour oublier. Et quand ta mère est morte, tu t'es crue obligée d'accepter la demande d'Eutrope. Je te l'ai déjà dit : c'est un bon gars, mais j'ai peur qu'il n'arrive pas à te rendre heureuse. Penses-y un peu : crois-tu sincèrement que tu as une chance de l'aimer un jour ?

Maria était restée silencieuse. Le regard fixe, elle entendait la voix de son père sans porter une grande attention à ce qu'il disait.

— C'est Adrien que tu devrais marier. C'est un bon parti et il t'aime. La façon dont il te regarde est révélatrice. Avec lui, tu pourrais réaliser ton rêve d'aller vivre dans un village, comme ta mère l'a toujours souhaité. Personne ne te demande de sacrifier ta vie par devoir. En tout cas, moi je ne te le demande pas. Je te le répète, penses-y à deux fois. Si tu veux, je peux même parler à Eutrope si c'est ça qui te dérange.

Puis, en mettant la main sur le colis déposé à côté de lui, Samuel avait ajouté :

— Lorenzo n'est pas un homme pour toi. Tu ne serais pas heureuse en Nouvelle-Angleterre. Je ne sais plus quoi te dire, ma belle fille, pour te faire changer d'idée.

Maria avait pris une grande respiration avant de jeter :

— Je vais me marier avec Eutrope comme prévu.

Samuel avait haussé les épaules. Il connaissait suffisamment sa fille pour savoir qu'il n'arriverait pas à la faire changer d'idée tant et aussi longtemps qu'elle ne le déciderait pas elle-même. Il ne lui restait plus qu'à prier pour qu'elle revienne à la raison, ce dont il était loin d'être certain.

* * *

Maria remonte ses manches. Malgré le petit vent frisquet, la colère gronde tellement fort en elle qu'elle a déjà chaud alors qu'elle n'a pas encore commencé à travailler. Elle se rend à côté de la grange, charge ses bras de bûches et va les déposer dans le coffre près de la porte de la maison. Elle ne prend même pas la peine de reprendre son souffle entre ses voyages. Elle s'active comme si quelqu'un la pourchassait. Au bout de quelques minutes seulement, elle est en sueur. Elle s'essuie le front vivement et continue sa course effrénée. Elle arrête seulement quand le coffre déborde. Déçue que son exercice n'ait pas duré plus longtemps, elle s'appuie contre le mur de la maison et réfléchit à ce qu'elle pourrait entreprendre. Alors qu'elle reprend graduellement son souffle, Télesphore sort de la maison et vient s'installer à côté d'elle. Maria ne le regarde même pas. Elle aurait préféré rester seule. Au bout d'une minute, il allonge le bras devant elle et lui dit gentiment :

— Je t'ai apporté un sucre à la crème pour te redonner ta bonne humeur.

La première idée de Maria est de lui crier de la laisser tranquille et de garder son sucre à la crème pour lui. Mais elle est bien tentée d'accepter son cadeau. Elle n'a pas à s'en prendre à lui. L'intention de son frère est tellement gentille que cela la touche plus qu'elle ne le voudrait. Sans plus attendre, elle allonge le bras et saisit le petit carré doré dans la main de Télesphore. Puis elle prend la parole :

— Peut-être que ce ne sera pas suffisant pour me remettre de bonne humeur, mais je peux au moins essayer. Merci, Télesphore.

— Voudrais-tu venir avec moi à la grange ? lui demande-t-il. J'ai besoin d'aide pour replacer le foin.

— Est-ce que papa sait que tu es encore allé jouer dans le foin ?

— Non. Mais si c'est lui qui vient le chercher au lieu de Tit'Bé, je risque de me faire chicaner, et je n'aime pas ça quand il me chicane. Est-ce que tu veux m'aider ?

— À une condition. Va me chercher deux carrés de sucre à la crème. Je vais t'attendre à la grange.

— Est-ce qu'Alma-Rose peut venir avec nous ?

— Si elle jure de ne pas chanter des cantiques de Noël, elle peut venir.

— Je vais lui faire le message. Je me dépêche.

Télesphore la rejoint vite à la grange, Alma-Rose sur les talons. Celle-ci a les lèvres pincées pour signifier qu'elle ne chantera pas. Quand elle voit sa sœur, Maria ne peut s'empêcher de lui dire :

— Tu peux chanter tout ce que tu veux, sauf des chansons de Noël.

— Tu es trop de mauvaise humeur pour que je me risque à chanter.

— Je ne suis plus de mauvaise humeur. Demande à Télesphore.

— C'est vrai, Maria est de bonne humeur depuis qu'elle a mangé le sucre à la crème que je lui ai donné.

— Allez, venez, il vaut mieux qu'on finisse avant que papa arrive, indique Maria.

Sur ces entrefaites, Samuel fait son entrée dans le bâtiment. Il lance :

— Qu'est-ce que vous deviez finir avant que j'arrive ?

— On a joué dans le foin et on ne l'a pas tout replacé, répond Maria.

— Eh misère, combien de fois va-t-il falloir que je vous répète que je ne veux pas que vous veniez jouer ici ? À ton âge, Maria, tu devrais pourtant le savoir ! Mais non, tu viens même jouer dans le foin avec les deux plus jeunes. Dépêchez-vous de tout remettre en place avant que je me fâche.

Dès que Samuel sort, Télesphore s'approche de Maria, dépose un baiser sur sa joue droite et souffle :

— Merci, Maria.

— Tu n'as pas à me remercier.

— Pour toutes les fois où Maria t'a chicané, elle te devait bien ça ! s'écrie Alma-Rose.

Sans crier gare, Maria saute sur sa petite sœur et l'entraîne avec elle dans le foin. L'effet de surprise passé, c'est à qui recouvrira le plus l'autre de foin. Télesphore regarde ses sœurs et rit à gorge déployée.

— Viens, Télesphore ! hurle Alma-Rose.

Le garçon ne se fait pas prier. Il s'élance près de ses sœurs. En deux temps trois mouvements, les filles le recouvrent de foin. Tous trois sautent ensuite du haut d'un baril. Ils se balancent au bout d'une corde suspendue au plafond avant de se laisser tomber dans le foin. Il y avait bien longtemps qu'ils ne s'étaient pas payé une telle virée dans la grange. C'est chaque fois pareil, ils en ont ensuite pour un bon moment à tout remettre en ordre, mais comme ils se sont bien amusés, personne ne se plaint.

Quand ils rentrent à la maison, ils ont encore des brins de foin dans les cheveux, ce qui ne fait pas plaisir à Samuel. La seule vue de ses enfants ébouriffés lui rappelle qu'une fois de plus il a parlé pour rien. Ils ont beau être sages, il n'a jamais réussi à leur enlever le goût de jouer dans la grange, et ce n'est pas faute d'avoir essayé. C'est pourquoi il se garde bien d'émettre le moindre commentaire et continue de feuilleter son journal. Les trois larrons, quant à eux, éclatent de rire chaque fois que leurs regards se croisent. Le dîner se passe dans la joie, et le reste de la journée aussi.

Chapitre 14

Depuis que son père lui a rapporté sa robe de mariée de Saint-Prime, Maria l'a essayée au moins dix fois. Hermance a réussi quelque chose d'encore plus beau que ce que la jeune femme avait imaginé. On dirait une robe de princesse. Chaque fois qu'elle l'enfile, Maria se désole qu'il n'y ait qu'un petit morceau de miroir dans la maison. Elle aurait tant aimé pouvoir se regarder au complet plutôt que par petits bouts comme elle est obligée de le faire.

La première fois qu'il a vu Maria dans sa robe, Télesphore a pincé sa sœur pour s'assurer qu'il ne s'agissait pas d'une vision. Il l'a pincée si fort que la jeune femme a poussé un cri.

— Excuse-moi, je pensais que tu étais un ange.

— Je suis loin d'être un ange, tu devrais le savoir! s'est écriée Maria en se frottant le bras.

— Tu es belle, a-t-il ajouté. Est-ce que je vais pouvoir aller à ton mariage, moi aussi?

— Certain. Toute la famille va venir, ne t'inquiète pas.

Quand Samuel a aperçu Maria un jour en ouvrant la porte, il s'est arrêté net et a pris le temps de la détailler de la tête aux pieds avant de murmurer:

— Tu es encore plus belle que ta mère le jour de notre mariage. Il te manque juste une chose, et ça, ta mère l'avait.

— C'est le temps de me le dire avant qu'il soit trop tard, réplique Maria.

— Je doute fort que tu puisses trouver ce qui te manque. Pour être encore plus belle, une mariée doit resplendir de bonheur, ce qui est loin d'être ton cas. On croirait que tu t'en vas à l'abattoir. Je te le répète une dernière fois : il est encore temps de faire marche arrière.

Maria ne prend même pas la peine de répondre. Elle remonte sa jupe et va se changer. Elle est fatiguée que son père lui serine toujours la même chose. Il devrait la connaître assez pour savoir qu'elle ne changera pas d'idée, même si elle sait qu'elle est condamnée à être malheureuse avec Eutrope. Pour elle, une parole donnée, c'est sacré. Seule la mort pourrait la libérer de son engagement. Elle se mariera comme prévu et, en plus, elle fera tout ce qui est en son pouvoir pour rendre son mari heureux comme l'Église l'exige.

* * *

Plus les jours passent, plus Maria est silencieuse. Le regard fermé, elle s'acquitte de ses tâches du mieux qu'elle peut et répond par un oui ou un non aux rares questions que lui pose sa famille. Pas besoin d'être devin pour savoir à quel point elle est malheureuse. À part Télesphore qui a hâte d'aller à l'église, tous s'entendent pour dire que jamais un mariage n'aura été aussi triste. Personne n'ose plus essayer de faire changer d'idée Maria.

Da'Bé, Esdras et Edwige sont revenus des chantiers au début de la semaine. Tous les trois sont amaigris par une alimentation trop pauvre et de très longues heures de travail. Leur premier souhait a été de manger une bonne soupe aux pois pleine de lard avec une belle fesse de pain chaud. Ils ont gobé leur repas avec tant d'appétit qu'on aurait cru qu'ils n'avaient pas mangé depuis des jours, ce qui n'est pas très loin de la vérité.

À la vitesse où ils dévorent tout ce que Maria leur sert, la viande mise en pots à l'arrivée du printemps pour éviter de la perdre ne durera pas longtemps. Tit'Bé s'est vite remis à la chasse.

Ce dimanche est tout sauf ensoleillé. Le soleil arrive à se glisser entre deux averses, mais jamais pour longtemps. Maria adore le printemps. Elle aime écouter piailler les oiseaux le matin. Elle aime entendre craquer la glace qui cède tranquillement sa place à l'eau dans la chute. Elle aime même les mouches noires parce qu'elles sont signes de beau temps et de chaleur. Il est vrai qu'il est plus facile d'aimer les mouches noires quand elles vous ignorent totalement comme c'est le cas pour Maria. Pour Alma-Rose, c'est tout le contraire : cinq minutes dehors parmi les mouches noires et elle a l'air d'avoir la varicelle pendant des semaines. Comme elle se gratte beaucoup, elle est recouverte de plaies.

Ponctuel comme toujours, Eutrope fait son entrée dans la maison, le sourire aux lèvres malgré la pluie qui l'a accompagné tout le long de sa route. Contrairement à sa fiancée, son futur mariage lui donne des ailes. Dans moins de vingt jours, il sera marié. Il aimerait tant que ses parents soient vivants pour voir son bonheur. De toute sa vie, il n'a jamais été aussi heureux. Avec une partie de l'argent rapporté des chantiers par son frère, il est allé acheter des alliances ; depuis, il les garde sur lui comme s'il avait peur que quelqu'un les vole. Il a profité de son voyage pour faire publier les bans. Il respire beaucoup mieux depuis. Avant de s'asseoir, il s'approche de Maria et lui annonce :

— J'ai fait publier les bans.

Maria le regarde, incapable de réagir ou de répondre quoi que ce soit. Déçu, Eutrope va s'asseoir à la table avec les autres membres de la famille. C'est le moment que Télesphore choisit pour faire irruption dans la cuisine avec le paquet que Maria a reçu de Lorenzo. Dès qu'il voit le colis, Eutrope se met sur ses gardes.

— Maria, dit son jeune frère, veux-tu que j'ouvre pour toi ton cadeau ? Il est plein de poussière tellement ça fait longtemps que tu l'as reçu, et moi, j'ai très hâte de savoir ce qu'il y a dedans. Et Alma-Rose aussi.

Maria s'essuie vivement les mains sur son tablier avant d'enlever d'un geste brusque le paquet des mains de Télesphore. Eutrope n'a pas eu le temps de voir d'où provenait le colis, mais il a bien l'intention de le découvrir. Rendu où il est, il ne laissera personne se glisser entre sa future femme et lui. Il n'est pas bête au point d'ignorer qu'une chance comme celle-là ne se reproduira pas de sitôt. Trouver une épouse de la qualité de Maria prête à vivre au beau milieu de nulle part n'est pas chose facile.

Lorsque Maria revient dans la cuisine, elle a le regard noir. Elle termine de servir le dessert et retourne ensuite dans sa chambre. Il faut vite qu'elle se change les idées avant d'exploser. Elle prend son manteau et, au passage, lance à Alma-Rose et à Télesphore de venir jouer dehors avec elle. Elle ne tenait pas à ce qu'Eutrope connaisse l'existence du paquet, mais tout compte fait ça ne change rien. Une fois à l'extérieur, elle respire à pleins poumons et fait quelques pas sous la pluie en attendant son frère et sa sœur. Sentir l'eau couler sur son visage lui fait du bien. Elle a l'impression qu'avec elle une partie de la colère qui l'habite la quitte. Quand elle entend claquer la porte, elle se retourne et dit :

— Venez, la pluie est chaude ; pas comme en juillet, mais elle l'est assez pour qu'on soit bien.

Télesphore est un peu craintif à l'idée de s'approcher de Maria. Dès qu'elle s'en aperçoit, celle-ci le rassure :

— Je ne t'en veux pas, Télesphore, ce n'est pas grave. Viens près de moi.

Le garçon fait quelques pas dans la direction de sa sœur aînée et lui sourit. Maria le prend par la main avant d'ajouter :

— Ce soir, toi, Alma-Rose et moi, on ouvrira mon paquet.

— Yé ! se réjouit-il en sautant sur place. Alma-Rose et moi, on a essayé de savoir ce qu'il y a dedans. On l'a brassé de tous les côtés, mais rien ne bouge. Crois-tu que ça pourrait être une boîte vide ?

— Non, répond Maria, je ne pense pas. Tu sais, ce n'est pas gratuit d'envoyer un colis de la Nouvelle-Angleterre jusqu'ici. Alors, qu'est-ce que vous pensez qu'il contient ?

— On ne sait pas trop, avoue Alma-Rose. C'est pesant, mais ce n'est pas fragile. Le sais-tu, toi ?

— Non, émet Maria. De toute façon, peu importe ce qu'il contient, ça ne m'intéresse pas.

— Je pensais que tu l'aimais un peu, Lorenzo, s'étonne Alma-Rose.

— Tu as raison, je l'aimais un peu, mais jamais assez pour vous abandonner alors que maman venait tout juste de mourir.

— Moi, je pense que c'est Adrien que tu aimes, pas Eutrope. Pourquoi tu te maries avec lui d'abord ?

— Parce que j'ai donné ma parole à Eutrope.

— Moi, je ne veux jamais me lier à quelqu'un que je n'aime pas, réplique Alma-Rose.

— Je te l'ai déjà expliqué : on ne fait pas toujours ce qu'on veut. Allez, donnez-moi la main, on ira courir sur le chemin.

— J'aime ça quand tu joues avec nous ! s'écrie Télesphore.

Pendant que les trois courent sous la pluie, de son côté Eutrope cherche à savoir de qui vient le paquet de Maria. À son grand désespoir, il ne réussit pas à tirer les vers du nez des hommes. N'en pouvant plus de se faire cuisiner de toutes les façons, Samuel déclare d'un ton sec :

— Eh bien, si tu veux le savoir, le colis vient de la Nouvelle-Angleterre, de Lorenzo.

— Pourquoi Maria ne l'a pas encore ouvert ?

— Parce que ma fille n'a qu'une parole. Lorsqu'elle s'engage à faire quelque chose, elle y tient mordicus. Tu as bien de la chance qu'elle t'ait choisi, parce que ce ne sont pas les prétendants qui lui manquent. À Noël, elle s'est fait demander en mariage par un jeune homme qui finit ses études pour devenir commerçant. Comme tu vois, mon garçon, ma fille est un très bon parti.

Assommé par ce qu'il vient d'entendre, Eutrope ne prolonge pas la discussion. Il termine son dessert, la tête penchée sur son assiette. Il avait raison de ne pas aimer que Maria aille à Saint-Prime. Son petit doigt lui soufflait qu'il courait un risque chaque fois qu'elle traversait la rivière. Samuel a raison : les filles comme Maria ne sont pas légion. Il veut quand même savoir ce que contient le fameux paquet. Il n'aura qu'à revenir à la charge la semaine prochaine. Télesphore ou Alma-Rose se feront sûrement un plaisir de bavasser. À leur âge, on a encore de la misère à démêler ce qu'on peut révéler de ce qu'il vaut mieux taire.

Télesphore, Alma-Rose et Maria passent une bonne partie de l'après-midi sous la pluie. Ils bavardent comme de vraies pies. Même Maria ne laisse pas sa place. Elle raconte des histoires et fait rire son frère et sa sœur. Télesphore rappelle ses pires coups. Relatés par lui, tous ont l'air anodin, sauf pour la victime. Il avoue que c'est à Tit'Bé qu'il préfère jouer des tours. Avec lui, ça marche tout le temps.

— Tit'Bé ne se méfie jamais, confie Télesphore en riant. Le pire, c'est Da'Bé ; lui, il n'entend pas à rire. Quoi que je fasse, il se fâche très vite et me tape.

— Est-ce que tu l'as dit à papa ? demande Maria.

— Non, répond le garçon en haussant les épaules.

— Tu devrais. Papa ne le tolérerait pas. Si tu veux, je vais lui en parler.

— Non, c'est correct. Da'Bé ne me fait pas vraiment mal.

— En tout cas, si un jour il te blesse, viens me le dire.

Ce dimanche-là, Eutrope ne demande pas à Maria d'aller marcher. Au moment de retourner chez lui, il la salue en passant près d'elle et se met à courir sous la pluie. Il a été trop bête pour prendre un imperméable.

La minute d'après, Télesphore, Alma-Rose et Maria entrent dans la maison. Ils sont trempés jusqu'aux os. En les voyant, Samuel ne peut s'empêcher de passer des commentaires :

— Si ça a du bon sens, se faire mouiller comme ça ! Des plans pour attraper votre coup de mort. Allez vite vous changer. Vous étendrez votre linge en arrière du poêle pour qu'il sèche.

— Qu'est-ce qu'on mange pour souper ? s'informe Esdras.

— J'avais pensé faire de la sauce à la poche, répond Maria.

— Avec des œufs ? questionne Da'Bé.

— Si vous voulez. Ça pourrait être avec des haricots verts en pot ou des carottes…

— Avec des œufs, c'est plus nourrissant, dit Esdras. C'est bien bon, la sauce à la poche, mais à part les oignons il n'y a pas grand-chose de soutenant là-dedans.

Voyant la tournure que prend la discussion, Samuel intervient :

— Arrêtez tout de suite, vous deux ! ordonne-t-il à ses fils aînés. Vous n'avez jamais souffert de la faim ici à ce que je sache, alors laissez la cuisine à Maria. Vous mangerez ce qu'il y aura dans votre assiette. Est-ce que je me suis bien fait comprendre ?

Une fois séchée et changée, Maria prend son paquet avec elle et l'apporte dans la cuisine. Elle le dépose sur la table et attend que Télesphore et Alma-Rose viennent la rejoindre, ce qui ne tarde pas. Ces derniers s'assoient à la table et attendent impatiemment que Maria ouvre enfin la boîte.

C'est le premier colis que Maria reçoit de toute sa vie. Elle en a pourtant rêvé de nombreuses fois, mais comme elle ne connaissait personne susceptible de lui en envoyer un, elle a dû prendre son mal en patience. Normalement, elle se serait dépêchée de l'ouvrir. Vu les circonstances et l'expéditeur, elle a cru bon d'attendre. Les deux mains sur son paquet, elle le regarde une dernière fois avant de l'ouvrir. Armée d'une paire de ciseaux, elle coupe la corde qui l'entoure et déchire vivement le papier. Peu importe ce que le colis contient, il aura au moins permis à sa famille de rêver. Pour sa part, elle ne s'est pas attardée à chercher ce qu'il peut bien cacher. À ce moment précis, elle se sent fébrile et excitée. Le papier déchiré et mis de côté, elle ouvre la boîte et sort le trésor qu'elle recèle. En voyant le tissu bourgogne moiré, Maria ne peut s'empêcher de s'exclamer :

— Je n'ai jamais rien vu d'aussi beau ! Regardez, j'en ai assez pour une jupe et une blouse.

Après avoir sorti l'étoffe, la jeune femme remarque une enveloppe blanche au fond de la boîte. Elle l'ouvre et déplie la feuille de papier qui s'y trouve. Une dizaine de lignes ont été écrites à la plume d'une main assurée. Maria les lit tout bas :

Ma chère Maria,

Vous êtes sûrement sur le point de vous marier, ce qui me rend triste chaque fois que je pense à vous. L'autre jour, en faisant une promenade, j'ai vu ce tissu en vitrine et je n'ai pu m'empêcher de vous l'acheter pour que vous puissiez vous coudre une robe. Je suis certain que la couleur vous ira à ravir.

Ne vous inquiétez pas, je ne vous écrirai plus parce que je respecte votre choix. Je voulais juste que vous gardiez un petit souvenir de moi.

Lorenzo

Maria remet la lettre dans son enveloppe. Elle ne pourrait pas être plus fière de savoir lire qu'en ce moment. Elle dépose le tissu dans la boîte et s'adresse à son père :

— Vous croyez qu'Hermance acceptera de me coudre une robe ?

— Je ne vois pas pourquoi elle refuserait.

Satisfaite, Maria va porter son paquet dans sa chambre. Elle se met ensuite aux fourneaux. Déçus par ce qu'ils ont vu, Télesphore et Alma-Rose n'ont pas encore bougé de la table. Dès qu'elle s'en aperçoit, Maria leur dit :

— Venez m'aider, vous deux.

Chapitre 15

Maria termine sa lettre pour Lorenzo quand son père, Edwige et les garçons rentrent pour le dîner. Puisqu'ils sont engagés dans une grande conversation, aucun ne fait attention à elle.

— C'est une bonne idée, le père, approuve Da'Bé. Si on fait attention à ce qu'on sème, on devrait réussir à bien vivre sur la terre.

— Attention ! met en garde Samuel. Je ne peux rien vous garantir pour le moment, à part le fait que vous serez obligés, toi et Esdras, d'aller encore aux chantiers une couple d'années.

— Deux ans, c'est rien comparativement à toute une vie, dit Esdras. Pour ma part, je suis prêt à travailler encore plus fort pour arriver à quelque chose. Je pense qu'on devrait laisser tomber le blé une fois pour toutes.

— Pas si vite ! lance Samuel. C'est sacré, le blé : pas de blé, pas de pain. Non, je pense qu'il faut y aller graduellement.

— Je ne suis pas d'accord avec vous, proteste Da'Bé. Depuis que je vous donne un coup de main sur la terre, la récolte du blé diminue d'année en année. Gardez-en un petit coin si vous voulez, mais il faut penser à cultiver quelque chose qui va bien se vendre, des patates, par exemple.

— Des patates, ce n'est bon à rien, argumente Samuel.

— Prenez le temps d'y réfléchir, conseille Da'Bé. Hier, dans les quelques articles que Maria vous a lus dans votre journal, c'était clairement expliqué que la terre d'ici est parfaite pour la culture des patates. Moi, je continue à croire que ça ne donne absolument rien de toujours semer la même chose, surtout quand on sait qu'on pourrait faire mieux. En plus, ça appauvrit la terre. Les gars en parlaient justement aux chantiers. C'est mon avis, mais bien sûr la décision finale vous revient.

— Ma foi du bon Dieu, on croirait entendre un spécialiste de la terre! se moque Samuel. Je te rappelle que ça fait plus longtemps que toi que je fais de la terre.

— Je sais tout ça, le père, mais il faut être de son temps. Vous savez comme moi que le blé a toutes les misères du monde à pousser par ici. Semons un champ de seigle et un de patates, si vous préférez.

— Moi, intervient Esdras, je suis du même avis que Da'Bé. Pour le blé, si vous y tenez tant, semez-en juste ce qu'il faut pour notre consommation de farine. Si j'étais à votre place, je le placerais entre l'étable et la grange. Comme ça, il serait à l'abri du vent, car c'est fragile, le blé.

— Je vous écoute tous les trois depuis un moment, dit Edwige, et je pense que les gars ont raison. Tu devrais leur faire confiance, Samuel, ce ne sont plus des enfants.

Samuel se frotte le menton; c'est sa manière de réfléchir. Il regarde Da'Bé et Esdras tour à tour puis Edwige. Quand son regard se pose sur Tit'Bé, il demande à ce dernier:

— Et toi, qu'en penses-tu?

— Après tout ce que j'ai entendu depuis que les filles vous font la lecture, je penche sérieusement du côté des autres. Je ne veux pas avoir l'air de vous manquer de respect, mais si on désire tirer profit de la terre un jour, il vaut mieux changer notre recette parce que pour le moment on tire le diable par la queue.

— Je t'interdis d'invoquer le diable, ça nous portera malheur! s'écrie Samuel. Bon, donnez-moi jusqu'à demain pour jongler à tout ça et on s'en reparle. Si on change de culture, il va falloir trouver des semences.

Pendant que les hommes achèvent leur discussion, Maria range sa lettre dans sa chambre. Ensuite, elle sert la soupe. Personne ne se fait prier pour manger. En moins de deux, les bols sont vides et tous réclament une deuxième portion. Maria va chercher la marmite et la dépose sur la table. Elle s'évitera ainsi bien des pas et chacun pourra se servir à son goût.

— Arrête ! lance Samuel en voyant Da'Bé remplir son bol à ras bord. C'est un bol à soupe, pas une charrette avec des ridelles. Tu pourrais penser aux autres un peu.

Sans tenir compte des commentaires de son père, Da'Bé remplit son bol avant de déposer la louche dans la marmite. Aux chantiers, c'est au plus fort la poche. Si quelqu'un se gêne quand il se sert à manger, c'est tant pis pour lui parce que le suivant ne se gênera sûrement pas. Da'Bé est vite imité par Esdras, Edwige et Tit'Bé. Quand Samuel peut enfin prendre la cuillère, la marmite est pratiquement vide. Il n'est pas très content de ses fils.

— Vous n'êtes pas aux chantiers ici. Il ne reste rien d'autre qu'un fond dans la marmite. Avez-vous pensé que Télesphore, Alma-Rose et Maria auraient pu vouloir se resservir ? Dépêchez-vous de retrouver vos bonnes manières, mes fils.

Mais Da'Bé et les autres ne croient pas bon de répondre. Leur bol est plein, tout est parfait.

— À partir de maintenant, dit Samuel à Maria, tu serviras toi-même tout le monde au poêle. Comme ça, tu contrôleras ce que tous auront dans leur bol. J'aurais bien repris de la soupe, moi aussi… À cause de vous autres, ma bande de goinfres, je suis obligé de forcer sur le dessert.

— Je peux vous réchauffer un peu de poulet si vous voulez, propose Maria. J'ai juste à ouvrir un pot. En moins de deux minutes, vous serez servi.

Samuel n'a pas le temps de répondre que tous lèvent la main pour confirmer leur désir d'en avoir.

— Ce ne sera pas nécessaire, répond Samuel. Donne-moi un beau gros morceau de pouding au sirop d'érable et ça sera parfait pour moi. Sers aussi une généreuse portion à Télesphore et à Alma-Rose pour remplacer la soupe qu'ils n'ont pas mangée. Quant aux autres, ils n'ont droit qu'à un petit morceau. S'ils ont encore faim, ils mangeront ce soir.

— Moi, je ne veux pas de dessert, indique Alma-Rose, mais je peux le vendre, par exemple.

Elle n'a pas fini sa phrase que Da'Bé, Esdras et Tit'Bé veulent lui acheter sa part. D'un air sérieux, Alma-Rose regarde ses frères à tour de rôle avant d'annoncer :

— Faites-moi une offre.

— Moi, lance Tit'Bé, en échange de ton dessert, je vais faire la vaisselle à ta place.

— C'est bon, répond la petite fille sans plus de réflexion, j'accepte.

— Attends un peu ! s'exclame Esdras. Moi, je double l'offre de Tit'Bé : je vais faire la vaisselle à ta place ce midi et ce soir aussi.

— Et moi, je la ferai aussi demain matin, renchérit Da'Bé.

Samuel se retient d'éclater de rire. De vrais enfants ! Ils sont prêts à tout pour obtenir une portion supplémentaire de dessert. Mais quelque chose lui souffle qu'il est mieux de mettre fin tout de suite à ce petit jeu avant que cela aille trop loin. C'est donc en s'efforçant de garder son sérieux qu'il intervient :

— Ça suffit ! À ce que je sache, vous avez tous assez mangé pour passer l'après-midi. Si Alma-Rose ne veut pas de dessert, sa portion restera dans le plat, un point, c'est tout. Tant que je vivrai, personne ne marchandera la nourriture. Et toi, jeune fille, tu feras la vaisselle comme d'habitude.

— Moi qui me faisais un plaisir de vous faire la lecture avant que vous retourniez travailler… laisse tomber Alma-Rose.

— Eh bien, fais-la tout de suite et tu essuieras la vaisselle après. Qu'en penses-tu ?

— C'est une bonne idée.

Alma-Rose va chercher le journal. Elle commence à lire. Tous l'écoutent religieusement, même Télesphore. À part ce dernier, les autres réalisent à quel point cela leur manque de ne pas savoir lire et écrire. Ce n'est pas qu'ils n'ont pas voulu, c'est juste que la vie ne le leur a pas permis. Les Chapdelaine ont toujours vécu en retrait des villages. Samuel et Laure étant analphabètes, ils ne pouvaient montrer à leurs enfants comment faire. Quant à Edwige, il a été élevé dans le fond d'un rang à La Pipe, trop loin pour qu'il puisse aller à l'école du village chaque jour.

Plus ils entendent les filles lire, plus les hommes ont envie d'apprendre. En fait, seul leur orgueil résiste encore, sauf celui de Samuel. Depuis quelques jours déjà, le père a commencé à tracer des lettres sous le regard vigilant d'Alma-Rose et de Maria. Il ignore s'il va y arriver, mais il a décidé de consacrer tous les efforts nécessaires pour apprendre. « Un jour, je pourrai lire mon journal d'un bout à l'autre sans l'aide de personne », se réjouit-il à l'avance.

Alma-Rose lit de plus en plus facilement, ce qui rend Samuel très fier. Alors qu'elle termine sa lecture, des coups frappés à la porte se font entendre. En chœur, tous signifient au visiteur d'entrer. Ils sont surpris de voir débarquer Eutrope en plein cœur de semaine. Celui-ci tient un petit paquet dans ses mains. En s'apercevant que tous les regards sont braqués sur lui, le jeune homme rougit jusqu'à la racine des cheveux. C'est en bégayant un peu qu'il annonce :

— Je… je… ne fais que… que passer. Je suis venu porter quelque chose à Maria.

Sans attendre d'y être invité, il traverse la cuisine. Une fois à la hauteur de sa fiancée, il lui tend un petit paquet. Maria regarde Eutrope, étonnée. Ils se fréquentent depuis plus d'un an et jamais il ne lui a offert quoi que ce soit, même pas une fraise pleine de sable. Elle prend la boîte et la dépose sur le comptoir avec l'intention de l'ouvrir plus tard. C'est alors qu'Eutrope lui demande :

— Vous n'avez pas envie de voir ce qu'il y a dedans ?

— Oui, mais ça peut attendre après la vaisselle.

— C'est vrai, mais j'aimerais bien que vous l'ouvriez avant que je reparte.

Voyant qu'elle n'a pas le choix, Maria soupire légèrement. Elle s'exécute alors qu'Eutrope la surveille du coin de l'œil. Lorsqu'elle voit les chocolats Opéra, un pâle sourire se dessine sur ses lèvres. Elle a un faible pour cette gâterie. Chaque fois qu'elle voit des chocolats Opéra sur une table, elle ne peut résister à la tentation d'en déguster au moins un. Maria est pourtant certaine de n'avoir jamais parlé à Eutrope de son péché mignon. D'ailleurs, en un an, ils n'ont pas dû échanger plus d'une heure ensemble, et la plupart du temps il s'agissait de banalités.

— Qu'est-ce que c'est, Maria ? s'informe Alma-Rose.

— Des chocolats !

— Est-ce que tu vas vouloir m'en donner un ? demande aussitôt la petite fille.

C'est alors que Télesphore met son grain de sel :

— Le cadeau de Lorenzo était bien plus gros et il venait de la Nouvelle-Angleterre. C'est loin, la Nouvelle-Angleterre. Maria aura l'air d'une princesse dans sa belle robe qui brille.

Eutrope ne pouvait espérer mieux. Il jubile. Il sait enfin ce que Lorenzo a offert à sa fiancée. Une robe ! Voir si ça a du bon sens d'offrir une robe à une femme qui est sur le point de se marier avec un autre. Il ne manquerait plus que Maria lui montre le vêtement. Comme s'il venait de lire dans les pensées du visiteur, Télesphore s'enquiert :

— Est-ce que tu aimerais la voir ?

Cette fois, Maria intervient avant que son jeune frère n'aille trop loin.

— Ce ne sera pas nécessaire, Télesphore. Eutrope aura tout le temps de la voir quand nous serons mariés.

Elle se tourne ensuite vers Eutrope et le remercie pour son présent. Mais Télesphore, qui n'apprécie pas beaucoup qu'on s'objecte à lui, reprend la parole :

— De toute façon, Maria ne t'aime pas, en tout cas pas comme papa aimait maman.

Mal à l'aise, Maria se retourne vers Eutrope. Elle le tire par une main, en prenant soin de garder dans l'autre sa boîte de chocolats, et l'emmène dehors. Le pauvre en a suffisamment entendu pour aujourd'hui. À l'extérieur, elle le remercie à nouveau, essayant de lui faire oublier les paroles de Télesphore. Certes, elle ne lui a jamais dit qu'elle l'aimait, mais il y a une marge entre nourrir des soupçons et voir ceux-ci confirmés. Eutrope profite du fait qu'elle est mal à l'aise pour l'attirer à lui et l'embrasser. Surprise, Maria n'a pas le temps de se sauver. Quand il retire enfin sa langue de sa bouche, elle n'a qu'une envie : courir se laver la bouche, mais quelque chose lui souffle qu'elle est mieux de rester là. Son futur mari vient de lui donner un bref aperçu de ce qui l'attend, et cela ne lui a pas plu du tout.

Fier de son coup, Eutrope libère sa fiancée et lui dit :

— Bon, il faut que j'y aille. On répare la clôture aujourd'hui. À dimanche !

Eutrope est maintenant hors de sa vue, mais Maria reste plantée là, incapable de bouger. S'il y a de rares moments où elle parvient à se convaincre que sa vie avec Eutrope ne sera pas si pire, le jeune homme vient à l'instant de lui enlever toutes ses illusions. Ce n'est que lorsqu'elle entend grincer la porte qu'elle parvient à reprendre ses esprits. Ce premier baiser à vie n'avait rien pour lui donner le goût d'en recevoir un autre, en tout cas pas de lui.

— Maria, est-ce que tu veux me donner un chocolat? demande Alma-Rose.

— Tiens, tu peux avoir toute la boîte.

— Tu es sérieuse? Mais c'est ton cadeau et ce sont tes chocolats préférés.

— Je te les donne à la condition que tu en offres à Télesphore.

Alma-Rose est excitée comme une puce. De toute sa vie, elle n'a jamais eu la chance d'avoir autant de chocolats à manger. Elle prend la petite boîte des mains de sa sœur et s'écrie :

— Télesphore, viens vite, j'ai une surprise pour toi!

Maria retourne à la cuisine. Elle se mouille les mains et se rince la bouche à plusieurs reprises. De sa chaise berçante, son père l'observe. À son geste, il soupçonne ce qui s'est passé dehors. « Ma pauvre Maria, ta vie risque d'être bien longue. Je te plains », pense-t-il.

Maria reconnaît que le cadeau d'Eutrope était gentil et délicat, mais elle mettrait sa main au feu que c'était uniquement pour savoir ce qu'il y avait dans le paquet de Lorenzo. Il faudra qu'elle soit vigilante avec son futur époux, car il est bien plus rusé qu'il en a l'air.

Sur le chemin du retour, Eutrope sourit. Son aller-retour à Honfleur a été bien plus payant que les quelques sous investis pour acheter les chocolats. Cette petite attention lui a permis d'apprendre enfin ce qu'avait reçu Maria. Le jeune homme se dit une fois de plus que ça prend du front tout le tour de la tête pour oser offrir un cadeau à la fiancée d'un autre à quelques semaines du grand jour. En plus, ce Lorenzo a même poussé l'audace jusqu'à venir relancer Maria chez elle alors qu'il savait très bien qu'elle allait se marier. Eutrope a parfois du mal à comprendre le comportement des hommes.

Chemin faisant, il se met à siffler. Il est heureux. Plus les jours passent, plus il a le cœur léger. Dans moins de deux semaines, la belle Maria sera enfin sienne. Il est plutôt fier de lui. Tout à l'heure, il a surmonté sa gêne et l'a embrassée avec la langue. Maria n'a pas participé très fort à l'échange, mais le temps fera son œuvre. «Je m'en promets pour notre nuit de noces. Ma belle Maria ne perd rien pour attendre. Je vais lui faire oublier tous les François et les Lorenzo de ce monde, c'est promis», pense-t-il en se frottant les mains ensemble.

Alma-Rose et Télesphore vident la petite boîte de chocolats en moins de temps qu'il n'en faut à Maria pour ranger la cuisine. Quand ils font leur entrée dans la maison, Alma-Rose s'écrie :

— Ils étaient tellement bons, tes chocolats, Maria! Tu aurais dû en manger au moins un.

Mais Maria ne juge pas nécessaire de commenter. À la place, elle fait une proposition à sa sœur et à son frère :

— Si le cœur vous en dit, on pourrait jouer aux cartes une petite heure. Je vous avertis, j'ai bien l'intention de gagner.

— Non, c'est moi qui vais gagner! lance Télesphore.

— Pas de chicane! intervient Alma-Rose. Je propose qu'on joue aux quatre sept.

Chapitre 16

Plus le jour du mariage approche, plus Eutrope s'enhardit à se rapprocher de Maria. Hier, lors de sa visite, ils sont allés marcher comme ils ont l'habitude de le faire et, cette fois-ci, le fiancé ne s'est pas contenté de rester dans le chemin, il l'a vite entraînée dans le petit bois à proximité. Même si Maria n'avait pas le goût de le suivre, elle n'a pas eu le choix puisqu'il la tirait par le bras. La seconde d'après, il la collait contre un arbre et passait ses bras autour d'elle. Maria n'avait qu'une envie : frapper Eutrope de toutes ses forces pour se libérer de son étreinte et courir aussi vite qu'elle le pouvait pour qu'il ne puisse pas la rattraper. Il s'en est d'ailleurs fallu de peu qu'elle passe à l'action. Heureusement, son bon sens a pris le dessus. Dans trois jours, elle sera sa femme. Alors aussi bien s'habituer maintenant à se laisser tripoter par ces mains qui flânent à des endroits où elles n'ont pas le droit d'aller avant que les vœux de mariage n'aient été prononcés. Mais d'une certaine façon, elle s'en fout éperdument. Elle reste donc là sans offrir aucune résistance pendant que son valeureux fiancé promène activement ses mains sur son cou, ses bras et même ses seins. L'esprit de Maria est ailleurs, là où les caresses brusques d'Eutrope ne l'atteignent pas. Ce n'est pas la faute du jeune homme, mais celui-ci ne ressemble pas du tout à l'homme qu'elle rêve d'épouser. De tous ses prétendants, Adrien est celui qu'elle préfère. Il est beau et grand et il se tient droit comme un piquet. Ils n'ont pas parlé beaucoup ensemble, mais assez pour savoir que c'est avec lui qu'elle voudrait se marier. Il sent bon. Il porte toujours des vêtements du dimanche. Alors elle rêve à lui la nuit et, au matin, elle se dépêche de réciter une dizaine de chapelet pour demander pardon à Dieu. Rêver, c'est d'ailleurs tout ce qu'elle peut se permettre à son égard, maintenant et pour le reste de ses jours. Elle a fait son choix, celui-là même qu'elle regrette chaque matin quand elle ouvre les yeux. Elle ne sait pas grand-chose de ce qui l'attend pendant sa nuit de noces, mais suffisamment pour savoir que ça ne lui plaira pas. Elle n'aime pas sentir les mains d'Eutrope sur elle. Elle n'aime pas sentir son haleine qui empeste l'oignon cru. Elle n'aime pas le regarder dans les yeux parce qu'elle n'y voit rien. Elle n'aime pas Eutrope et elle ne l'aimera jamais même si elle vit jusqu'à cent deux ans.

* * *

Aujourd'hui, Maria s'est promis de préparer les vêtements de Télesphore et d'Alma-Rose pour son mariage. Elle aurait dû le faire avant, mais les dernières journées ont été fort occupées. Entre le quotidien et les nombreux voyages pour aller porter de l'eau aux hommes qui travaillent aux champs, elle n'a pas eu une minute à elle. Finalement, Samuel a décidé d'écouter ses fils et de se lancer dans de nouvelles cultures : un champ complet est consacré aux patates et un autre, au seigle. Le blé a été relégué entre l'étable et la grange, ce qui devrait fournir aux Chapdelaine ce qu'il leur faut pour faire moudre la farine qu'ils consomment dans une année. Son père était bien nerveux quand il est arrivé avec les semences. Il les regardait et se demandait s'il avait fait le bon choix. Ce n'est qu'après la première journée de semailles qu'il est revenu à de meilleures dispositions. Voilà maintenant qu'il ne cesse de clamer haut et fort que sans changement il n'y a pas d'agrément. Quand on passe sa vie à faire de la terre, il n'y a pas grand-chose qui nous fasse peur longtemps.

Télesphore se pavane devant sa sœur dans ses vêtements du dimanche. Maria le regarde d'un drôle d'air.

— Tu as vraiment l'air fou, lâche-t-elle. On croirait que tu as mis les vêtements de ton petit frère.

Voyant l'air déçu du garçon, Maria se dépêche d'ajouter :

— Mais ne t'inquiète pas, on va faire le nécessaire pour que tu sois beau le jour de mon mariage.

Maria se met à réfléchir à la manière d'améliorer les choses. Tout à coup, elle se rappelle que Tit'Bé a mis des vêtements de côté parce qu'ils étaient trop petits pour lui.

— Attends-moi, Télesphore, je reviens dans une minute.

Maria monte au grenier. C'est un vrai fouillis. Comme dirait son père : « Une vache y perdrait son veau », et c'est peu dire. Les vêtements des garçons traînent au beau milieu de la pièce, empilés pêle-mêle. À leur vue, Maria évalue rapidement la somme de repassage qui l'attend. Aucun vêtement ne pourra être porté dans cet état, c'est certain. Elle regarde chaque morceau jusqu'à ce qu'elle mette la main sur les anciens vêtements de Tit'Bé. Elle les secoue et les tient à bout de bras pour évaluer s'ils font à Télesphore. « Je pense que ça ira », songe-t-elle avant de retourner à la cuisine où son jeune frère l'attend. « Et de toute façon, ce sera déjà mieux que ceux qu'il a. »

— Tiens, lance-t-elle en donnant les vêtements à Télesphore, essaie ça. Je pense qu'ils devraient t'aller comme un gant. Tu peux te changer dans ma chambre, si tu veux.

Quand Télesphore revient, Maria laisse tomber un soupir de soulagement.

— C'est parfait, tu es beau comme un cœur. Même la longueur est bonne. Va te changer maintenant. Après, tu pourras rejoindre les hommes, si cela te tente.

— Pourquoi je ne peux pas garder mes vêtements ?

— Parce qu'il faut que je les repasse, lui répond-elle doucement. Regarde, ils sont tout froissés. Allez, vas-y.

C'est maintenant au tour d'Alma-Rose de parader dans ses plus beaux atours. En digne fille, elle est beaucoup plus coquette que Maria, elle parade dans sa petite robe à fleurs et dans ses belles chaussures.

— Et puis, demande-t-elle à Maria, est-ce que je suis assez belle pour aller à ton mariage ?

À ces mots, Maria éclate de rire. Elle va lui manquer, sa petite sœur. Elle se promet de venir la voir souvent, du moins jusqu'à ce que son père se remarie. Elle aurait bien aimé pouvoir l'emmener dormir dans sa nouvelle maison, mais il n'y a que deux lits et pas d'espace pour en installer un troisième. Elle se demande bien ce qu'ils feront quand ils auront des enfants.

— Tu es la plus mignonne des petites filles que je connaisse ! s'écrie Maria. Tu es belle à croquer. Tu peux aller te changer maintenant.

— C'est madame Hermance qui m'a fait cette robe. Moi, je trouve qu'elle a des doigts de fée. Est-ce que tu vas pouvoir me faire un chignon comme maman me faisait, parfois ?

— Bien sûr.

Maria passe une partie de l'avant-midi à repasser. D'abord sa robe de mariée, ensuite la robe d'Alma-Rose et les vêtements de Télesphore. Elle les suspend dans sa chambre en prenant soin de bien les placer pour qu'ils n'aient pas de faux plis. Elle retourne ensuite au grenier et sort les vêtements du dimanche de ses frères de la pile qui traîne par terre. Elle range son fer quand les hommes rentrent pour manger.

— Vous devrez attendre un peu, il n'y a rien de prêt. Je viens juste de finir de repasser tous vos vêtements pour mon mariage. Donnez-moi dix minutes.

— Prends ton temps, ma fille, dit Samuel. Maintenant que les semences sont faites, on peut respirer un peu. On a travaillé fort ce matin à enlever des souches et à transporter des roches, on peut bien prendre dix minutes pour reprendre notre souffle avant de s'empiffrer.

Pendant que Maria s'affaire à tout préparer, Alma-Rose met le couvert avec Télesphore alors que les hommes discutent entre eux.

— J'ai bien envie d'aller voir ce qu'Eutrope et son frère font brûler, dit Esdras. Depuis le matin qu'une grande colonne de fumée monte dans le ciel. Si c'est des branchailles, ça devait faire un sacré bout de temps qu'ils n'en avaient pas fait brûler.

— Je ne suis pas certain que c'est chez eux, intervient Da'Bé.

— C'est nos seuls voisins, réplique Esdras. À moins que ce soit un feu de forêt? En tout cas, si ce n'est pas chez les Gagnon, c'est proche en maudit.

— Si tu veux en avoir le cœur net, tu n'auras qu'à faire un tour après le dîner, lance Samuel à Esdras.

Le repas se déroule dans la joie. Les hommes en profitent pour taquiner Maria. Ils prétendent qu'ils devront la vouvoyer puisqu'en se mariant elle deviendra une madame. Malgré leurs efforts pour la dérider, aucun n'arrive à la faire rire. Elle se contente de tirer la langue à chacune des blagues.

Au moment où les hommes rangent leur pipe dans leur poche de devant avant de retourner au travail, quelqu'un frappe à la porte à grands coups de poing. Fidèles à leurs habitudes, tous crient de leur chaise sans bouger le petit doigt : « Entrez ! » Quand ils voient le frère d'Eutrope apparaître, le visage et les mains maculés de suie, les Chapdelaine se demandent ce qui se passe. Camil ne les fait pas attendre longtemps. Il se tourne vers Maria et jette, de but en blanc et d'une voix éteinte :

— Je suis désolé, Maria. J'ai tout fait pour sortir Eutrope de là, mais je n'y suis pas arrivé. Notre étable a brûlé ce matin. J'imagine que mon frère a voulu sauver la vache. Il est resté prisonnier des flammes. Le temps que je revienne du champ, il était trop tard. J'ai cherché Eutrope partout, mais je ne l'ai pas vu. C'était irrespirable. Je suis sorti pour prendre une bouffée d'air et quand j'ai essayé d'y retourner, le mur de la façade s'est effondré à mes pieds. Je suis vraiment désolé.

La seconde d'après, Camil a déjà quitté la maison. Esdras réagit le premier. Il se lève et court derrière son ami.

— Hé, attends! Il n'est pas question que tu retournes tout seul chez vous. On va y aller avec toi. Laisse-moi le temps d'aller chercher Da'Bé et Tit'Bé.

Le pauvre jeune homme reste planté là, comme si quelqu'un avait coulé ses pieds dans le ciment. Quand les trois frères rejoignent Camil, Esdras prend celui-ci par le bras et lui dit :

— Allons voir si on peut au moins retrouver le corps d'Eutrope. Comme ça, on pourra l'enterrer.

Dans la maison, Maria est sous le choc. Elle tient son linge à vaisselle dans ses mains et fixe le vide. Alors qu'elle s'était fait à l'idée de se marier avec Eutrope, voilà que Dieu a exaucé son vœu. Elle ne vivra jamais assez vieille pour se pardonner d'avoir souhaité la mort de son fiancé.

Samuel retire le linge à vaisselle des mains de Maria et entraîne sa fille jusqu'à sa chaise berçante.

— Assieds-toi, conseille-t-il.

Alma-Rose choisit ce moment précis pour lancer à sa sœur, avec toute la simplicité dont est capable une enfant :

— Maintenant, tu vas pouvoir te marier avec Adrien.

Bien qu'il ait pensé la même chose, Samuel se fait un devoir de répliquer sur un ton sévère :

— On ne dit pas ces choses-là, Alma-Rose.

— Mais pourquoi? C'est vrai que maintenant qu'Eutrope est mort Maria est libre de marier qui elle veut.

Chapitre 17

Quand les hommes reviennent de chez les Gagnon ils sont atterrés. L'étable est une perte totale. Il ne reste plus que le plancher de ciment que les deux frères venaient à peine de couler. Pour ce qui est du corps d'Eutrope, ils n'ont retrouvé que des os. Ils les ont déposés dans une boîte en bois en attendant de les mettre dans un cercueil ; Da'Bé a offert les services d'Edwige pour fabriquer celui-ci. Il a fait cette proposition en songeant que son père accepterait sûrement. Il lui en a parlé tout de suite en arrivant.

— Tu as bien fait, mon garçon, approuve Samuel. Il manquerait plus qu'on ne soit pas capable de s'aider entre voisins. Va aviser Edwige de se mettre à l'ouvrage.

— On a aussi promis à Camil qu'on lui remettrait le cercueil avant la tombée de la nuit, reprend Da'Bé. De son côté, il devait filer à Honfleur pour aviser le curé Tremblay et convenir avec lui d'une messe pour l'enterrement.

— Comme c'est étrange... déclare Samuel. Le pauvre garçon devait se rendre à l'église pour se marier, et là, il va y aller pour se faire enterrer. La vie est bien curieuse et les voies du Seigneur sont impénétrables. Tu es poussière et tu retourneras poussière. Et quand aura lieu la veille au corps ?

— Tout ce qu'on sait, répond Tit'Bé, c'est qu'Eutrope sera exposé dans sa maison ce soir, demain et après-demain. On a dit à Camil qu'on lui apporterait à manger et qu'on viendrait passer la veillée avec lui.

— C'est bien sûr. Il faudrait que quelqu'un le dise à Maria en passant près du jardin.

— Comment elle va, la sœur ? demande Esdras.

— Dans les circonstances, pas trop mal. Vous la connaissez, ce n'est pas elle qui se plaint le plus. Elle a fini la vaisselle comme si de rien n'était, elle a enlevé son tablier et est sortie travailler dans le jardin. Elle sarcle depuis ce temps-là. Je suis allé lui porter de l'eau tout à l'heure, mais elle n'a même pas levé la tête pour me parler. À mon avis, il va falloir qu'on la surveille. C'est son deuxième prétendant qui meurt, ce n'est pas rien. Même si elle est capable d'en prendre, ça commence à faire beaucoup.

— Ouais, admet Esdras, mais pour le moment, Camil est plus à plaindre que Maria. Il aurait fallu être aveugle pour ne pas voir que Maria ne se mariait pas par amour. Eutrope l'aimait, mais pas elle. Là, Camil est vraiment mal pris. Il n'a plus d'étable, plus de vache, plus de poules, plus de cochon. Je ne sais pas comment il fera pour s'en tirer. Déjà que les Gagnon calculaient la moindre cenne noire du vivant d'Eutrope…

— Quand on ira, ce soir, je lui offrirai de lui bâtir une nouvelle étable, annonce Samuel. À nous cinq, on devrait s'en tirer en moins de deux jours.

— C'est une excellente idée. Mais je ne suis pas certain qu'il a l'argent qu'il faut pour acheter le bois.

— Laisse-moi ça entre les mains. Quand on ira à l'enterrement, je vais demander à tout le monde de faire sa part. D'après moi, il n'aura pas grand-chose à acheter. Rappelle-toi : quand la grange des Tremblay a passé au feu il y a deux ans, on a tous mis la main à la pâte, et deux jours plus tard, tout était complété. Je revois encore le pauvre père Tremblay quand il est entré dans sa nouvelle grange. Il avait les larmes aux yeux tellement il était content.

— Bon, la vie continue quand même, jette Esdras. Si on veut venir à bout de la grosse souche, il va falloir y retourner. Vous venez ?

— Oui, oui, lance Samuel, je te suis.

* * *

Maria sarcle avec ardeur depuis près de trois heures déjà. L'œil vigilant, elle enlève la moindre petite mauvaise herbe qui risque de mettre en péril les nouvelles pousses qui poignent. Aucune ne lui échappe. Quand elle est perdue comme elle l'est en ce moment, il vaut mieux qu'elle se mette à l'ouvrage. Le fait d'occuper ses mains lui libère un peu l'esprit. Il est déjà arrivé à Maria de penser que la seule façon d'éviter le mariage serait qu'Eutrope meurt, mais elle n'a jamais cru que cela se produirait. Elle n'a pas pour habitude de souhaiter la mort de quelqu'un. Si le destin n'avait pas frappé, Maria se serait mariée à la date prévue. Et la vie aurait suivi son cours : les cadeaux de mariage, la nuit de noces… et vite le retour à la normale. Un premier enfant serait né dans l'année. Et un deuxième aurait suivi une douzaine de mois plus tard… Au lieu de tout ça, la voilà une fois de plus revenue à la case départ.

Elle devrait être triste, mais il n'en est rien. Ses sentiments pour Eutrope n'ont pas changé au cours des dernières heures. Au fond d'elle-même, elle est furieuse. Elle en veut à la terre entière. À Dieu, pour lui avoir enlevé un autre prétendant. À Eutrope, pour lui avoir fait faux bond juste avant leur mariage. À son père, qui tenait mordicus à ce qu'elle reprenne sa parole et qui ne cessait de revenir à la charge. À Lorenzo, qui a poussé l'odieux jusqu'à lui envoyer du tissu pour se confectionner une robe. Et enfin à Adrien, pour avoir mis le feu à son cœur et son corps dès la première minute où il a posé les yeux sur elle.

Depuis que Camil est venu la prévenir de la mort de son fiancé, Maria a un nœud dans la gorge qui l'étouffe. Et c'est loin d'être terminé, car pendant les trois prochains jours elle devra faire le pied de grue devant le cercueil d'Eutrope et serrer la main de tous ceux qui se croiront obligés de venir offrir leurs condoléances alors qu'ils ne portaient pas la moindre attention à Eutrope de son vivant. Ce n'est pas que le jeune homme n'était pas apprécié à Honfleur et à Péribonka, c'est seulement qu'il était si discret qu'il passait inaperçu plus souvent qu'autrement. Maria doit reconnaître qu'elle-même n'est pas du genre à entretenir les plus grandes conversations. Elle est plus portée à rester en retrait qu'à s'imposer. Mais depuis qu'elle sait lire et écrire, elle a plus confiance en elle. Elle est plus encline à s'amuser. Elle se permet même de rire, ce qui lui arrivait très rarement jusqu'à récemment. Depuis qu'elle sait lire et écrire, elle a l'impression de faire partie de la vie au lieu de la regarder passer. En lisant le journal à son père, elle s'instruit et, maintenant, elle peut donner son avis sur différents sujets. Elle se revoit encore enduire de colle chaque page des journaux de l'année précédente et les presser sur les murs pour empêcher le vent de s'infiltrer. Il n'y a pas si longtemps, c'était tout ce qu'elle pouvait faire avec les milliers de mots imprimés sur les feuilles. Jour après jour, elle les regardait sans même soupçonner le puits de connaissances qu'elle avait sous les yeux.

Si Maria avait eu des enfants, elle leur aurait montré à lire et à écrire. Mais elle n'en aura pas, car une vieille fille n'a pas d'enfants. Elle est condamnée à passer sa vie toute seule. Il n'est plus question qu'elle fasse courir quelque risque que ce soit à un nouveau prétendant, et surtout pas à Adrien. Elle l'aime trop pour ça. Dieu a été assez clair. Elle a donné sa main à deux hommes et ils sont morts tous les deux. Il est grand temps qu'elle comprenne que le mariage n'est pas pour elle.

Maria s'est promis d'enseigner la lecture et l'écriture à quiconque manifestera de l'intérêt. Elle est même prête à le montrer à ses grands frères s'ils le souhaitent toujours. Mais elle n'y croit pas trop. Certes, ils voudraient savoir, mais sans déployer les efforts nécessaires. Elle peut toujours les excuser en partie parce qu'ils travaillent fort toute la journée et que, lorsqu'ils rentrent, tout ce qu'ils veulent c'est discuter tranquillement en fumant leur pipe. Elle comprend, mais elle aussi aurait pu se servir de beaucoup d'excuses pour ne pas apprendre. La prochaine fois qu'elle ira à Saint-Prime, elle demandera à sa grand-mère de lui prêter quelques livres. Elle aurait bien envie de lire un roman. Aux Fêtes de Noël chez ses grands-parents, ses cousines discutaient d'un livre qu'elles avaient lu. À les entendre, c'était une histoire passionnante.

Elle sera toujours reconnaissante à Eutrope de lui avoir transmis son savoir. Mais c'est là le seul souvenir heureux qu'elle gardera de lui, ce qui est bien peu pour un homme qu'elle était sur le point de prendre pour compagnon pour le reste de ses jours. Mais leur mariage en était un de raison, du moins pour elle. Toutes les filles ne peuvent pas épouser un prince charmant puisqu'il n'y en aurait pas assez.

Maria est en sueur. Elle s'essuie le front du revers de sa blouse et se lève. Il est temps qu'elle aille préparer le souper parce que la journée est loin d'être terminée.

* * *

Leur dernière bouchée avalée, les Chapdelaine enfilent leurs vêtements du dimanche. Télesphore fait le paon devant ses frères et sœurs, mais personne ne lui porte la moindre attention. Il est le seul à ne pas réaliser ce qui se passe réellement. Samuel regarde son plus jeune fils et lui sourit. Il se rappelle à quel point sa naissance a été difficile. Il semblait refuser de venir au monde. Après plus de vingt-quatre heures de souffrance pour Laure, le docteur avait été obligé d'aller chercher le nourrisson avec les forceps. Samuel s'en souvient comme si c'était hier. Quand il avait vu le docteur sortir ses grosses pinces de son traîneau, il n'avait pas pu s'empêcher de lui demander si c'était dangereux pour le bébé. Celui-ci lui avait répondu d'un ton sec : « Ne vous inquiétez pas. Avec ça, le bébé va sortir, je vous le garantis. »

Resté dans la cuisine avec ses autres enfants, Samuel n'en pouvait plus d'entendre sa femme se lamenter de l'autre côté du demi-mur, d'autant que ses cris avaient redoublé depuis que le docteur était retourné dans la chambre avec les pinces. Après, tout s'était passé très vite. Laure avait crié si fort que tous les enfants s'étaient mis à pleurer. Alors qu'elle venait à peine de se taire, des pleurs de bébé s'étaient fait entendre. Samuel était content, tout était enfin fini. Des larmes coulaient sur ses joues. Quand le docteur lui avait tendu l'enfant, il lui avait annoncé : « C'est un beau gros garçon. Il me semble en pleine forme. » C'est vrai qu'il avait l'air en pleine forme. C'est du moins ce que Samuel et Laure ont cru jusqu'à ce que leur fils ait environ quatre ans. Ils se rendaient compte que Télesphore était plus lent que les autres, mais ils se disaient que les enfants ne se développent pas tous à la même vitesse. Toutefois, à partir de cet âge, Télesphore a cessé de progresser. Il était un enfant adorable, il riait tout le temps, comme aujourd'hui d'ailleurs. Il aimait jouer des tours, ce qui n'a guère changé. Samuel a eu le cœur brisé en réalisant que son fils ne serait jamais comme les autres. Un matin, Laure lui a fait jurer de ne jamais abandonner Télesphore si elle mourait avant lui.

Samuel a parlé à Hermance à plusieurs reprises de son cadet, lui expliquant de son mieux ce qui l'attendait. Elle l'a assuré qu'il n'avait pas à s'en faire, qu'elle s'occuperait de Télesphore comme si c'était son propre fils. Samuel sait une chose : tant qu'il sera de ce monde, il ne laissera personne faire du mal à son garçon.

Télesphore fait tout pour attirer l'attention. Voilà maintenant qu'il tourne sur lui-même en prenant des poses. Samuel lui sourit à nouveau. Tout le monde le regarde, mais personne ne le voit réellement. Les garçons ne l'avoueront jamais, mais ils ont de la peine ; ils viennent de perdre quelqu'un qu'ils aimaient bien. Ils savent déjà qu'Eutrope va leur manquer. Ses visites du dimanche. Ses manières de vieux garçon alors qu'il était du même âge qu'eux. Ses rougeurs sur les joues dès qu'ils le taquinaient. Sa grande nervosité chaque fois qu'il se retrouvait en face de Maria. Son sens de l'honneur. Imaginer qu'ils ne reverront plus jamais le jeune homme tient de l'impossible pour le moment. Mais le pire, c'est qu'ils ne pourront pas lui faire leurs adieux. Ils veilleront au corps devant un cercueil fermé parce qu'il ne reste rien d'Eutrope, sauf leurs quelques souvenirs. « Et si les os qu'on a trouvés dans les décombres n'étaient pas les siens ? » se demandent-ils chacun de leur côté.

— Venez, c'est l'heure, annonce Samuel. Si on se tasse un peu, on devrait tous pouvoir embarquer dans la calèche.

— Moi, je préfère marcher, dit Esdras.

— Moi aussi, décide Da'Bé.

— Comme vous voulez. Les autres, montez.

Au moment où Samuel s'apprête à donner l'ordre d'avancer à Cadeau, Tit'Bé change d'idée :

— À bien y penser, le père, j'aime mieux marcher moi aussi.

Sans faire le moindre commentaire, Samuel laisse son fils descendre.

Les Chapdelaine ne sont pas les premiers arrivés. Il y a déjà deux calèches près de la maison. Comme un automate, Maria descend en tenant bien serré contre elle un pot rempli de hachis pour Camil. Elle a aussi pris soin de prendre quelques galettes à la mélasse cuites la veille. Au moment où elle se dirige vers la porte d'entrée, Alma-Rose lance :

— Attends-moi, Maria, je ne veux pas aller voir Eutrope mort toute seule.

Maria reste sur place jusqu'à ce que sa petite sœur la rejoigne. Ensemble, elles entrent dans la maison. Bien qu'il n'y ait que cinq personnes avec Camil, il fait une chaleur étouffante dans la pièce, tellement que Maria est prise d'un haut-le-cœur. Elle se rend auprès du frère d'Eutrope et lui remet ce qu'elle a apporté. Il la remercie d'un signe de tête. Il a les yeux bouffis.

— Veux-tu que je te réchauffe le hachis ? demande-t-elle.

— Non, je mangerai plus tard.

— Si ça ne te dérange pas, j'ouvrirais la porte pour laisser entrer un peu d'air.

— Fais comme tu veux, répond-il. Moi, je ne sens rien, ni le chaud ni le froid.

Dès que ses fils arrivent, Samuel invite tout le monde à réciter un chapelet pour le repos de l'âme d'Eutrope. Alma-Rose reste collée à sa sœur pendant que Télesphore frétille sur sa chaise comme s'il avait des vers. Samuel a beau le regarder de travers, rien n'y fait. Télesphore déteste rester assis sans bouger. À bout de patience, son père lui dit, entre deux dizaines, d'aller dehors. Maria, elle, regarde droit devant elle. Seules ses lèvres qui bougent confirment qu'elle n'est pas de cire.

Seul dans la cour, Télesphore regarde les trois chevaux attachés à leur calèche respective. «Ils doivent être assoiffés, songe-t-il aussitôt, car personne n'a pensé à leur donner de l'eau et il fait chaud. Pour leur donner à boire, il me faudrait une chaudière. Mais ici, il n'y a même plus d'étable. Je dois trouver une autre solution.» Il réfléchit une minute et, tout à coup, il se dit qu'il n'a qu'à les détacher et à les emmener jusqu'à la rivière pour les faire boire. Il ramènera les bêtes tout de suite après et personne n'en saura rien. Télesphore sourit. Il aime rendre service. Il aime aussi beaucoup les chevaux. Il détache Cadeau et va ensuite l'attacher à un arbre à quelques pas de là en attendant de libérer les deux autres. Peu de temps après, le deuxième cheval rejoint le premier. Quand Télesphore arrive avec le troisième, il détache les deux autres et tient bien solidement les guides dans sa main avant de prendre la direction de la rivière. Dociles, les trois bêtes le suivent sans rechigner. Le garçon sourit à pleines dents : il est très fier de son idée.

Une fois près de la rivière, il descend jusqu'au bord de l'eau. Ce n'est qu'à ce moment qu'il se demande comment il pourra s'y prendre pour faire boire les trois chevaux en même temps sans se mouiller les pieds. Maria l'a averti de ne pas se salir ; elle lui fait la même recommandation chaque fois qu'il porte ses vêtements du dimanche. Attirés par l'eau comme par un aimant, les chevaux tirent sur les guides pour se rapprocher de la rivière. Vient un moment où ils tirent si fort que Télesphore échappe les rênes et se retrouve la tête la première à l'eau. Il se relève d'un coup et sort aussi vite du cours d'eau qu'il le peut. Il est trempé jusqu'aux os. Maria sera furieuse après lui, elle qui a pris la peine de repasser tous ses vêtements. Pendant quelques minutes, Télesphore en oublie même les chevaux. Quand il se rappelle enfin qu'il n'est pas venu seul, il regarde aux alentours. Il ne voit plus les bêtes. Pris de panique, il part à leur recherche en longeant le bord de la rivière. Chacun de ses pas lui signifie qu'il a pris un bain forcé. Ses chaussures sont remplies d'eau. Il marche plusieurs minutes sans voir aucune trace des chevaux. Découragé, il s'assoit sur une roche et se met à pleurer. «Je voulais juste les faire boire», se désole-t-il.

Le chapelet terminé, les hommes sortent fumer. Installés de l'autre côté de l'endroit où ils ont laissé leur calèche, ce n'est qu'au moment où ils s'apprêtent à rentrer dans la maison pour faire une dernière prière que Samuel remarque l'absence des chevaux. Surpris, il se frotte les yeux et regarde de nouveau. C'est alors qu'il se rappelle qu'il a envoyé Télesphore dehors parce que ce dernier ne tenait pas en place. Des sueurs froides perlent à son front. Qu'est-ce que son fils a encore fait? Il aimerait bien passer l'événement sous silence, et il l'aurait fait si seul Cadeau avait disparu, mais comme ce n'est pas le cas, il est bien obligé de parler.

— Messieurs, nous avons un problème, lance-t-il. Nos chevaux ont disparu.

À ces mots, Eugène, un des deux autres propriétaires de calèche, s'écrie:

— Ne me dis pas qu'on s'est fait voler nos chevaux! Non mais, dans quel monde on vit?

— Rassure-toi, je pense connaître le coupable. Retournez tous à l'intérieur. Je me charge de tout.

— Il n'est pas question que nous te laissions seul! s'écrie Charles, l'autre homme dont le cheval a disparu. Si tu sais quelque chose, c'est le temps de nous le révéler.

— C'est sûrement une idée de Télesphore.

— Ton fils? demande Eugène.

— Ouais. Je gagerais qu'il a voulu faire boire les chevaux.

— Mais il n'y a plus rien pour cela ici! s'exclame Charles.

— C'est bien ça le problème. Télesphore est très débrouillard. Mon idée est que si on longe le bord de la rivière, on va retrouver mon fils et les chevaux. Venez! Quant à vous, les garçons, ajoute Samuel à l'adresse de ses fils, retournez à l'intérieur.

Les trois hommes marchent d'un bon pas jusqu'au bord de la rivière.

— Si vous voulez mon avis, dit Samuel, il n'y a pas grand chance que Télesphore ait pris à gauche. C'est trop accidenté.

— Tu as raison, approuve Charles d'un air bourru. Allons-y, je n'ai pas envie de passer la nuit ici.

— Moi non plus, renchérit Eugène.

Au bout de quelques minutes, les hommes voient Télesphore. Samuel presse le pas. Une fois à la hauteur de son fils, il s'enquiert:

— Qu'as-tu fait des chevaux, mon garçon?

En voyant son père, Télesphore pleure de plus belle. Entre deux sanglots, il parvient à expliquer les événements:

— Je voulais leur donner à boire, mais je n'ai pas trouvé de chaudière. Alors je les ai détachés et je les ai conduits à la rivière. Ils se sont sauvés. Je les ai cherchés partout.

— Viens avec nous, ils ne doivent pas être très loin.

Samuel avait raison. De l'autre côté d'un petit bosquet de noisetiers, les trois bêtes mangent tranquillement de l'herbe. Fou comme un balai, Télesphore court jusqu'à elles. Il saisit les guides de chacune et les ramène fièrement à leurs propriétaires.

— Ils avaient soif, dit-il simplement avant de prendre la direction de la maison des Gagnon.

— Viens avec moi, dit Samuel, il faut vite te changer de vêtements.

— Je ne veux pas avoir de fièvre, déclare Télesphore.

— Ne t'inquiète pas, le rassure son père. Tu ne risques pas de prendre froid cette fois. Viens, allons atteler Cadeau.

Chapitre 18

Voilà déjà trois semaines qu'Eutrope a quitté ce monde. La vie a repris son cours. Camil a une nouvelle étable, une vache, un cochon, des poules et même un cheval. Les gens de Honfleur et de Péribonka lui ont fourni tout ce dont il a besoin pour travailler la terre. Certains ont poussé la générosité jusqu'à lui offrir une journée de travail pour l'aider à dérocher un champ et à enlever les souches. Jamais le jeune homme n'aurait cru que ses voisins lui témoigneraient autant de compassion dans son malheur. La mort de son frère a laissé un grand vide dans sa vie. Désormais, il n'a plus de famille, sauf quelques cousins éloignés du côté de son père dont il n'a plus de nouvelles depuis belle lurette. Pourtant, il s'entendait plutôt bien avec son cousin Jean. Peut-être se risquera-t-il à lui écrire pour s'enquérir de lui un de ses jours.

Chez les Chapdelaine, tout va bien, en apparence, du moins. Dans une semaine, Samuel unira sa destinée à Hermance. Histoire de bien préparer la place pour la venue de sa belle-mère et de s'occuper l'esprit, Maria a fait le ménage de la maison de fond en comble. Elle a même pris le temps de poser de nouvelles feuilles de journal sur les murs de la cuisine parce que les anciennes commençaient à être défraîchies. Elle a aussi accroché ici et là quelques images saintes reçues de sa grand-mère la dernière fois qu'elle est allée à Saint-Prime. Elles étaient destinées à la nouvelle maison de Maria, mais comme le mariage n'a pas eu lieu, la jeune femme a décidé de les fixer sur les murs de la maison de son père.

Depuis la mort d'Eutrope, Maria n'a jamais autant prié. Chaque fois que le visage d'Adrien s'impose à elle, c'est-à-dire trop souvent à son goût, elle récite une dizaine de chapelet. Il y a des jours où elle doit en dire au moins vingt. Elle est incapable de ne pas penser au jeune homme, mais elle tente de se convaincre qu'elle y arrivera bien un jour. Elle a pris une décision la journée où Eutrope est mort : elle ne se mariera pas, ni avec Adrien, ni avec Lorenzo, ni avec personne. Elle va consacrer sa vie à sa famille. La venue d'Hermance lui fait un peu peur. Alors que Maria devait avoir quitté la maison un mois avant l'arrivée de cette femme, voilà qu'elle est encore là et, de surcroît, pour y rester. Et bientôt, ce sera au tour de Louisa de faire son entrée dans la demeure. Déjà que celle-ci n'est pas très grande, Maria se demande comment ils pourront tous y vivre. L'autre jour, elle en a glissé un mot à son père. Il lui a répondu qu'il jonglait à tout ça et que, pour le moment, il pensait sérieusement à construire une petite maison un peu plus haut sur la terre pour Louisa et Esdras. Comme personne n'est encore au courant de ses plans, il a demandé à Maria de garder cela pour elle.

— Vous n'avez pas à vous inquiéter, lui a répondu Maria. Je sais garder un secret.

— Je le sais bien, sinon je ne t'aurais pas parlé de mon projet.

— C'est moi qui devrais partir, a-t-elle murmuré. Mais je n'ai nulle part où aller…

— Arrête de dire des bêtises ! Tu peux rester tant que tu voudras, c'est chez toi ici.

— Vous savez, vous risquez de m'avoir longtemps dans vos jambes. Comme je vous l'ai annoncé, j'ai l'intention de devenir une vieille fille.

— Je te garantis que dans quelques mois tu vas changer d'idée. Comme disait mon père : « La mère des gars n'est pas morte à ce que je sache. » Ne vient pas me faire accroire que c'est la peine qui t'a fait prendre cette décision. Ce n'est pas pour être méchant, mais on sait que tu ne te mourais pas d'amour pour Eutrope. Tu peux me croire, ton idée de te faire vieille fille passera.

— Non, papa, vous vous trompez. Je porte malheur aux hommes avec qui j'accepte de me marier.

— Ma fille, tu te donnes bien trop d'importance. Tu devrais avoir honte de croire que tu as le pouvoir de vie ou de mort sur les gens. Seul le bon Dieu le possède. Regarde les choses en face. Ton beau François est mort parce qu'il a agi en imbécile. Lui qui connaissait la forêt comme le fond de sa poche, il aurait dû prendre son mal en patience et attendre que la température soit plus clémente pour partir. Quant à Eutrope, il a fait son propre malheur. Sous prétexte de sauver sa vache, il a perdu la vie. Si tes deux prétendants avaient réfléchi un peu, tu n'en serais pas à te morfondre depuis des semaines, en tout cas pas pour la même chose. Je t'avertis, je ne te laisserai pas devenir une vieille fille. Tu es bien trop belle pour rester cachée au fond des bois. Tu devrais aller faire un tour chez tes grands-parents à Saint-Prime, je suis certain que ça te ferait le plus grand bien.

— Je ne veux aller nulle part.

— Tu vas venir à mon mariage, au moins? demande Samuel d'un air taquin.

— Mais oui, c'est sûr.

— Même tes grands-parents m'ont promis de venir. Tu devrais apporter quelques vêtements au cas où l'envie te prendrait de les accompagner à Saint-Prime à leur retour.

— Je vous le répète, papa: je ne veux aller nulle part. Pour en revenir à Hermance… Croyez-vous qu'elle aimera vivre ici, avec nous?

— Oui, je crois bien. Tu sais, elle ne remplacera jamais ma Laure, mais sa présence me fait du bien. C'est sans doute parce qu'elles sont toutes deux de la même famille, mais Hermance a des points communs avec ta mère. Tout comme elle, elle adore rire. Elle aime le monde. Elle m'a l'air vaillante comme pas deux.

— Si je me souviens bien, elle n'a pas d'enfants ?

— Non, Hermance n'a pas d'enfants. Ce n'est pas qu'elle n'en voulait pas, c'est juste que le bon Dieu ne lui en a pas donné. Quand je lui ai appris que j'en avais six, elle est venue les yeux pleins d'eau. Je lui ai parlé de chacun d'entre vous. C'est alors qu'elle m'a avoué qu'elle avait toujours rêvé d'avoir une grosse famille. Mon petit doigt me dit que vous allez tous bien vous entendre avec elle.

— Tant mieux.

Maria va chercher les rideaux sur la corde à linge et rentre vite les installer. Elle doit se dépêcher, car elle a promis à son père de faire des crêpes soufflées pour le souper. Une fois les rideaux accrochés aux fenêtres, elle court à l'étable chercher des œufs. Avec un peu de chance, il devrait y en avoir une bonne douzaine, ce qui suffira pour nourrir toute la famille. Elle ajoutera un peu de crème et fouettera le mélange d'œufs avant de le mettre au four dans deux grandes poêles en fonte bien beurrée pour que ça ne colle pas. Maria doit bien calculer son temps car la crêpe soufflée n'attend pas. Si on veut épater la galerie lorsqu'on la met sur la table, il faut absolument que tout le monde soit déjà assis. Sinon, c'est manqué. Lorsqu'on dépose le plat, la crêpe s'affaisse d'au moins la moitié. Certains la mangent avec de la cassonade alors que d'autres préfèrent la noyer de sirop d'érable. Télesphore est le seul à la déguster avec du miel, ce qui étonne chaque fois la famille.

Au moment où Maria met les crêpes dans le four, les hommes rentrent des champs. Ils sont aussitôt suivis par Télesphore et Alma-Rose.

— Qu'est-ce qu'on mange ? demande Télesphore.

— Des crêpes soufflées, répond Maria. Il y a aussi le reste de fèves au lard de ce midi.

— Moi, je veux de tout ! s'écrie Télesphore. Je suis affamé !

— Pas autant que moi! lance Alma-Rose. Regarde, Maria, j'ai ramassé plein de fraises des champs. Est-ce que tu pourras me faire une mousse aux fraises pour dessert?

— Je voudrais bien, mais j'ai pris tous les œufs pour cuisiner les crêpes. Tu iras vérifier dans le poulailler après le dîner. Peut-être qu'une poule n'avait pas encore pondu quand je suis passée.

— D'accord. Quand est-ce qu'on mange?

— Dès que les crêpes seront prêtes. Va te laver les mains en attendant. Puisqu'elles sont toutes rouges, tu peux prendre un petit peu de beurre pour les détacher.

— J'ai même taché ma blouse. Est-ce que ça va partir?

— Ça devrait. Je frotterai la tache avec du savon du pays avant de la laver à grande eau.

Installés à table, les hommes attendent patiemment d'être servis. En les regardant, Maria songe qu'heureusement il reste des fèves au lard parce qu'ils risquent de faire une seule bouchée de ses crêpes. C'est alors qu'elle réalise qu'elle a oublié de trancher un pain. Elle s'exécute sur-le-champ. Elle n'a pas le temps de déposer le panier sur la table que sept mains se tendent vers lui pour se saisir de la plus grosse tranche. La seconde d'après, autant de couteaux plongent dans le beurre pour en prendre une bonne portion. En quelques minutes seulement, le panier de pain est vide. Au passage, Da'Bé le lui remet. Maria sort un autre pain et le tranche avant de rapporter le panier sur la table. Le même scénario se répète. «Ma parole, on croirait qu'ils n'ont pas mangé depuis deux jours!» se dit-elle.

Maria retourne voir les crêpes. Elle ouvre le four doucement. Elle a de quoi être fière : alors qu'il n'y a pas si longtemps elle ne cuisinait pas, voilà qu'elle est capable de faire des crêpes soufflées comme sa mère. Elle referme la porte du four et brasse les fèves au lard. Pendant quelques secondes, elle est tentée d'aller les porter sur la table, mais son père lui a demandé de faire le service. Elle n'aime pas particulièrement servir tout le monde, mais elle comprend très bien que, si elle ne le fait pas, les premiers à mettre la main sur la louche ou sur la spatule partent avec le gros lot alors que les autres se partagent les miettes. Elle vérifie de nouveau la cuisson des crêpes. Satisfaite, elle sort la première crêpe. C'est alors qu'un large sourire illumine son visage. Comme chaque fois, elle ne peut s'empêcher de lancer :

— Regardez tous comme elle est belle avant que je mette le couteau dedans.

Tous les regards se tournent vers Maria. Mais, à vrai dire, les hommes n'en ont rien à faire de la hauteur des crêpes. Ce qu'ils veulent, c'est pouvoir piquer leur fourchette dans la nourriture le plus rapidement possible. Maria fait le service aussi vite qu'elle le peut.

Dès qu'il reçoit son assiette, Samuel lance :

— Merci pour les crêpes, Maria. Tu devrais en faire plus souvent.

— Pour cela, il me faut des œufs. Vous savez comme moi que plus souvent qu'autrement on les mange à mesure.

— Tu as raison. Après mon mariage, j'irai acheter quelques poules.

— L'autre jour, Charles en avait à vendre, rapporte Da'Bé.

— Il les vend trop cher, répond Samuel. Mais changement de sujet : avez-vous remarqué que nos plants de patates profitent de plus en plus ?

— C'est fou ! s'écrie Esdras. D'une journée à l'autre, on voit le changement. Le seigle pousse bien aussi, mais celui qui m'impressionne le plus, c'est le blé. Avez-vous vu comme il est beau ?

— Je n'aurais jamais pensé que le simple fait de le mettre à l'abri du vent ferait autant de différence.

— Moi non plus! reconnaît Tit'Bé. C'est juste de valeur qu'on n'ait pas plus de bâtiments. On aurait pu en semer plus.

— C'est bien correct comme ça, tranche Samuel. On aura juste ce qu'il faut pour notre consommation, et c'est tout ce que je veux.

— As-tu déjà trouvé des acheteurs pour tes patates? demande Edwige à Samuel.

— Non, mais ça ne m'inquiète pas du tout. L'autre jour, j'en ai parlé avec Charles. Il m'a dit qu'il était prêt à acheter toute ma récolte, même le seigle, mais je suis loin d'être certain de vouloir tout lui vendre. Je pense qu'il y a moyen d'aller chercher plus que ce qu'il veut m'offrir.

— On pourrait aller vendre nos patates au marché, suggère Da'Bé. Quand on était aux chantiers, j'en ai justement parlé avec un des gars. Son père passe son automne à courir les marchés. En tout cas, si je me fie à ce qu'il m'a raconté, ça m'a l'air d'être pas mal payant.

— Pour le moment, il n'y a pas d'urgence, déclare Samuel. On verra ça dans le temps comme dans le temps.

— Qu'est-ce qu'il y a pour dessert? demande Télesphore.

— Des galettes à l'avoine, répond Maria. Tu peux sortir la boîte, elle est dans l'armoire.

Sitôt dit, sitôt fait. Télesphore va chercher la boîte. Il se rassoit à sa place, enlève le couvercle et dépose le contenant entre son verre de lait et lui, avant de prendre une première galette. La seconde d'après, Da'Bé lui enlève la boîte. Celle-ci se promène de main en main jusqu'à ce qu'elle se retrouve devant Maria, vide. La jeune femme ferme les yeux une seconde. «Ils sont pires que des puits sans fond. Plus je fais à manger, plus ils dévorent. Je suis bien contente qu'Hermance vienne s'installer avec nous. J'espère qu'elle aime cuisiner parce que, moi, je commence à en avoir assez. » Elle se lève de table sans prendre le temps de vider son assiette et commence la vaisselle.

— Et ma mousse aux fraises ? s'exclame Alma-Rose. Tu ne l'as pas oubliée, au moins ?

— Va d'abord voir s'il y a des œufs, indique Maria.

Quelques minutes plus tard, Alma-Rose revient avec deux beaux gros œufs qu'elle tend à sa sœur.

— C'est toi qui feras la mousse, annonce Maria.

— Mais je ne sais pas comment ! s'exclame Alma-Rose.

— Je vais te le montrer. Commence par séparer les blancs d'œufs des jaunes. Ajoute un peu de sel à tes blancs d'œufs et bats-les jusqu'à ce qu'ils fassent des pics. Après tu ajouteras un peu de sucre et tes fraises.

Quelques minutes plus tard, Alma-Rose plonge sa cuillère dans la mousse aux fraises. Elle jubile. Maria l'observe du coin de l'œil et sourit.

— Je n'ai jamais mangé une aussi bonne mousse aux fraises ! se réjouit la petite fille.

— Normal, car c'est toi qui l'as faite. Ne t'arrange pas pour avoir mal au cœur, par exemple.

— Ne t'inquiète pas pour moi. J'ai une faim de loup quand vient le temps de manger de la mousse aux fraises !

Chapitre 19

Les enfants de Samuel occupent la première rangée des bancs dans la petite église de Péribonka. Ils ont mis leurs vêtements du dimanche et, cette fois, c'est pour célébrer. Aujourd'hui, leur père se marie avec Hermance.

La famille de leur mère est présente : ses parents, ses sœurs, ses frères, ses neveux et ses nièces. Tous sont venus de Saint-Prime pour célébrer la noce avec Samuel. Ce n'est un secret pour personne : il est un des leurs depuis le jour où il est venu veiller avec Laure la première fois. La présence des Bouchard touche beaucoup Samuel. De sa famille, seul son frère aîné est présent. C'est d'ailleurs lui qui lui servira de témoin. Les autres habitent trop loin ou alors ils ont coupé le contact avec lui, comme ça arrive souvent, même dans les meilleures familles.

Les enfants Chapdelaine regardent leur père avancer dans l'allée avec, à son bras, celle qui deviendra sa femme dans quelques minutes. Les garçons la voient pour la première fois. Télesphore la regarde et sourit. Il trouve qu'elle a l'air d'une princesse dans sa robe jaune pâle. Elle lui plaît bien. Tit'Bé observe Hermance sans trop savoir quoi penser. Il n'avait jamais imaginé que son père se remarierait un jour. Comment ses sœurs, ses frères et lui feront-ils pour vivre avec une étrangère dans la maison ? Da'Bé, quant à lui, n'a pas d'opinion. Tant que sa belle-mère le laissera tranquille, il n'y aura pas de problème. De toute façon, pour le moment, il est absent de la maison la moitié de l'année et l'été il est dehors la plupart du temps, ce qui fait que si Hermance peut rendre son père heureux, il sera content. Voir son père heureux fait aussi du bien à Esdras. La dernière année n'a pas été facile pour Samuel ; il aimait tellement Laure. Et puis son père lui a annoncé la veille qu'au printemps prochain il l'aiderait à construire une maison pour lui et sa Louisa, ce qui l'a beaucoup ému. C'est certain qu'Esdras n'aurait jamais osé se plaindre s'il avait été obligé de rester dans la maison familiale une fois marié, car c'est une pratique courante au Lac-Saint-Jean, mais avoir sa propre maison le réjouit. Quand il est allé chercher Louisa tout à l'heure, il lui en a parlé. La nouvelle a enchanté sa future femme. « C'est bien plus que je ne pouvais espérer ! », s'est-elle exclamée.

Alma-Rose tient la main de Maria depuis qu'elles ont mis les pieds dans l'église. Voir une autre femme que sa mère au bras de son père inquiète beaucoup la fillette. C'est vrai qu'Hermance a l'air gentille, mais qui dit qu'elle le sera vraiment ? Ce ne serait pas la première belle-mère à devenir insupportable une fois installée dans sa nouvelle maison. Mais Alma-Rose se rassure en songeant que Maria veillera sur elle.

Pour sa part, Maria est partagée entre le plaisir de voir son père revivre et la déception de le voir remplacer sa mère. Elle comprend très bien qu'il ait besoin d'avoir quelqu'un près de lui – ce qu'elle trouve normal, d'ailleurs –, mais à compter de ce soir une étrangère vivra sous le toit des Chapdelaine pour toujours.

— Samuel, acceptez-vous de prendre Hermance Bouchard pour épouse ?

Après quelques secondes d'hésitation, Samuel répond :

— Oui, je le veux.

— Je vous déclare mari et femme. Vous pouvez embrasser la mariée.

Agrippée au bras de son nouveau mari, Hermance sourit à tout le monde en descendant l'allée. Elle a fière allure dans sa robe. Contrairement à Laure, elle est grande et mince, même qu'elle dépasse Samuel de deux bons pouces. Samuel sourit lui aussi. Il y a longtemps que Maria ne l'a vu aussi joyeux. Les enfants suivent de près les nouveaux mariés. Tous restent muets : ils semblent sous le choc. Ce n'est pas tous les jours qu'on assiste au mariage de son père. Ce n'est qu'une fois sur le parvis de l'église qu'ils retrouvent l'usage de la parole. À tour de rôle, ils félicitent les mariés. Quand vient le tour de Télesphore, Hermance l'embrasse sur les deux joues et le serre dans ses bras. Le garçon est heureux comme un roi d'avoir enfin trouvé une nouvelle maman. Alma-Rose est moins brave que son frère. Elle reste un peu en retrait, tellement que Samuel est obligé de la pousser un peu pour qu'elle s'approche d'Hermance. Voyant l'inconfort de la fillette, Hermance s'accroupit pour être à sa hauteur avant de lui dire, en prenant soin de la regarder dans les yeux :

— Si j'avais eu une petite fille, j'aurais voulu qu'elle te ressemble. Viens que je t'embrasse.

Conquise instantanément, Alma-Rose se jette dans les bras de celle qui fera désormais partie de sa vie. C'est maintenant au tour de Maria de féliciter sa belle-mère. Les deux femmes se toisent du regard pendant quelques secondes, puis elles se sourient.

— Je suis certaine qu'on va bien s'entendre, dit Hermance.

— Bienvenue dans notre famille ! déclare Maria.

Toute la parenté offre ensuite ses vœux de bonheur aux nouveaux mariés. Plusieurs ont apporté un cadeau. Alma-Rose s'est vite offerte pour aller les porter dans la calèche. Elle savoure déjà le plaisir de les ouvrir avec Hermance au retour à la maison.

Étant donné la distance importante parcourue par certains, Samuel a cru bon d'offrir un verre à ses invités de ce côté-ci de la rivière. Il a donc conclu une entente avec Charles pour recevoir tout le monde près du magasin de ferblanterie. Il fait tellement beau que personne ne devrait se plaindre de rester dehors. Là-bas, il y a de gros arbres à proximité, ce qui donnera de l'ombre à ceux qui ne voudront pas s'exposer trop longtemps au soleil.

Les mariés prennent les devants. Ils sont vite suivis par les invités et la parenté. Maria et Alma-Rose ont décidé d'embarquer dans la calèche de leurs grands-parents.

— C'était un bien beau mariage, émet leur grand-mère. Comment la trouvez-vous, Hermance ?

— Moi, je l'aime déjà, répond vite Alma-Rose. Et j'ai très hâte d'ouvrir les cadeaux avec elle.

— Et toi, Maria ? s'informe l'aïeule.

— Le simple fait de voir papa aussi heureux me la fait aimer.

— Je suis bien contente qu'elle vous plaise. Elle apprécie beaucoup votre père.

— Tu devrais venir passer quelques jours chez nous, Maria, offre le grand-père. Après ce qui vient de t'arriver, ce n'est pas bon que tu restes à te morfondre chez vous.

— Je préfère rester à la maison, répond Maria.

— Hier, Adrien est venu nous rendre une petite visite, confie madame Bouchard. Il nous a demandé de tes nouvelles. Je lui ai raconté ce qui est arrivé. Il est désolé pour toi.

— Tu n'oublierais pas quelque chose ? lance son mari.

Puis monsieur Bouchard s'adresse à Maria :

— Adrien a ajouté qu'il allait te laisser le temps de t'en remettre et qu'il viendrait te voir.

— Chez nous ? s'inquiète Maria.

— C'est ce que j'ai compris, dit son grand-père. Ta grand-mère a raison : tu devrais venir à Saint-Prime. Adrien est revenu du collège cette semaine. Il va passer toutes les vacances chez son père. Il est arrivé premier de sa classe dans tous ses examens, sauf dans un. C'est un très bon parti, tu sais. Et il t'aime, ça crève les yeux. Chaque fois qu'il prononce ton nom, ses yeux pétillent.

— Comme lorsque ton grand-père me regarde! blague madame Bouchard.

— Je ne veux pas me marier, lance Maria. Je ne veux plus jamais même y penser. Je porte malheur à ceux que j'accepte d'épouser.

— Voyons donc, ma petite fille! s'indigne son grand-père. Tu ne crois tout de même pas que c'est ta faute si tes deux fiancés sont morts? Rassure-toi, tu n'as rien à voir dans tout ça.

— De toute façon, j'ai décidé de rester vieille fille.

— Une vieille fille? s'exclame sa grand-mère. Tu n'y penses pas, à ton âge! Il ne manquerait plus que tu entres au couvent.

— Non, ça ne m'intéresse pas du tout.

— Tu ne me feras quand même pas accroire que tu veux te priver du plaisir de fonder une famille? reprend son grand-père. En tout cas, tant que je vivrai, je ne te laisserai pas gâcher ta vie comme ça. Je peux te garantir que tu vas te marier un jour. Si ce n'est pas avec Adrien – tu as bien le droit de ne pas vouloir te marier avec lui –, eh bien ce sera avec un autre. Je veux avoir des arrière-petits-enfants de chacune de mes petites-filles.

— Arrête de lui parler sur ce ton, ordonne madame Bouchard. Elle a le temps de changer d'avis. Après tout, elle vient juste de mettre en terre l'homme qu'elle devait épouser le lendemain des funérailles.

— Oui, mais à ce que je sache, c'était loin d'être l'amour de sa vie.

— Laisse-la tranquille un peu. Elle viendra nous visiter une autre fois.

Alma-Rose entretient la conversation avec ses grands-parents pendant le reste du trajet. À bon port, son grand-père a à peine lâché les guides qu'elle saute en bas de la calèche et court rejoindre Hermance et son père. Elle est heureuse de la tournure des événements. Maria, elle, prend son temps pour descendre. Elle réfléchit à ce que vient de lui apprendre son grand-père. Si elle le pouvait, elle courrait se jeter dans les bras d'Adrien, mais elle en est incapable. Elle marche doucement et va s'asseoir sous un arbre. À cette heure de la journée, le soleil plombe et, malgré la légèreté de sa robe, la jeune femme a l'impression de cuire comme une crêpe dans une poêle.

De loin, elle observe les invités. Elle aime les mariages parce que les gens ont l'air heureux. Elle sait bien qu'il n'en est rien pour certains, mais elle aime croire en cette image. Elle regarde les couples un à un et essaie de voir s'il y a une différence entre l'être et le paraître. Elle commence son expérience avec ses grands-parents. Ils sont mariés depuis près de cinquante ans et ils ont l'air d'être très heureux ensemble, tellement qu'on ne peut les imaginer vivre l'un sans l'autre. Pour elle, ils sont un modèle à suivre, tout comme l'étaient ses parents. Il ne se passait pas une journée sans que son père dise à sa mère qu'il l'aimait. Il n'était pas rare qu'il la prenne dans ses bras et qu'il l'embrasse devant les enfants. Maria aurait donné cher pour faire un mariage d'amour. Elle se plaît à penser que ça aurait été le cas si elle avait épousé François. Elle ne peut pas dire qu'elle l'aimait – elle n'a pas eu le temps de s'attacher –, mais elle était très attirée par lui. Elle aimait tout chez cet homme, tout ce qu'il était.

Perdue dans ses pensées, Maria ne voit pas sa cousine Blanche arriver près d'elle. Elle sursaute quand elle l'entend.

— Je pensais que tu viendrais me parler un peu.

— Tu m'as fait sursauter ! Tu es seule ?

— Non, les autres filles sont là-bas. Je suis venue te chercher puisque tu ne prends pas les devants.

— Je suis désolée. Mais tu sais, avec ce qui est arrivé dernièrement…

— Alors tu l'aimais ? Tout le monde dans la famille racontait que tu faisais un mariage de raison.

— Peu importe si je l'aimais ou non, j'avais tout de même accepté de me marier avec lui.

— Oui, mais tu peux te confier à moi. Est-ce que tu l'aimais ?

Maria ne répond pas tout de suite. La jeune femme connaît suffisamment sa cousine pour savoir qu'elle doit faire attention à ce qu'elle dit, sinon tout le Lac-Saint-Jean connaîtra ses secrets. Impatiente d'entendre la réponse de sa cousine, Blanche revient à la charge :

— Voyons, Maria, ce n'est pas si compliqué. C'est oui ou c'est non ?

— Disons que je l'aimais bien, murmure Maria.

— C'est bien ce que je croyais. J'ai une autre question pour toi. Qu'est-ce qui se passe avec Adrien ?

En entendant le nom d'Adrien, Maria est tout de suite sur ses gardes.

— Que veux-tu savoir, au juste ?

— C'est simple : je veux savoir si tu l'aimes.

— Ça ne te regarde pas.

— Ça me regarde bien plus que tu penses. L'autre jour, je suis allée dîner chez les grands-parents et Adrien est venu faire un tour. Je suis tombée amoureuse de lui en le voyant. Et je pense bien que je ne lui suis pas indifférente. Après son départ, j'en ai parlé à grand-maman. Elle m'a appris qu'il t'avait déclaré ses sentiments quand tu es venue chez elle à Noël. Donc, je veux savoir si tu as l'intention de te marier avec lui parce que sinon je vais tenter ma chance. Après tout, je suis au moins aussi jolie que toi, et moi, je veux l'épouser. C'est un bon parti. Imagine un peu, je deviendrais madame Gagné. Je me vois déjà offrir le thé aux dames de la paroisse en plein cœur de l'après-midi. Te connaissant, je me doute que ce genre de vie ne t'intéresse sûrement pas. Je…

Maria n'écoute plus Blanche. Elle revoit Adrien dans la cuisine chez ses grands-parents quand il lui a dit qu'il voulait se marier avec elle. Malgré elle, deux petites larmes pointent au coin de ses yeux. Jamais elle n'oubliera ce moment. Penser que son Adrien pourrait épouser sa cousine Blanche lui donne la nausée. Pas elle, ni une autre. C'est avec lui qu'elle veut passer sa vie et avoir des enfants. Pendant que sa cousine continue à babiller, Maria prend une décision. Elle laisse Blanche en plan et se dirige vers sa grand-mère. Une fois devant celle-ci, elle annonce :

— Si votre offre tient toujours, je pars avec vous. Il faudrait juste que vous me donniez un peu de temps pour aller chercher quelques vêtements.

— Prends tout le temps que tu veux, ma petite fille. Veux-tu que ton grand-père y aille avec toi ?

— Oui. Je vais le lui demander.

Chapitre 20

Pendant tout le trajet jusqu'à Saint-Prime, Maria songe qu'il aurait mieux valu qu'elle ne vienne pas. Elle a agi sur un coup de tête, ce qui ne lui ressemble pas. Quand elle a entendu sa cousine Blanche raconter vouloir faire les yeux doux à Adrien, elle a vu rouge. Quelque chose en elle lui a donné la force de sortir de sa léthargie. Elle ignore encore ce qu'elle fera à Saint-Prime. Elle ne sait même pas si elle verra Adrien parce que son intention de se faire vieille fille tient toujours. Quel autre destin pourrait-elle avoir?

Au moins, le séjour de Maria chez ses grands-parents permettra à son père de faire connaissance avec sa nouvelle femme sans qu'elle soit dans leurs jambes. Samuel a eu beau lui répéter qu'elle peut rester tout le temps qu'elle le voudra à la maison, qu'elle y est chez elle, c'est clair qu'il n'y a pas de place pour tout le monde. Tant que Louisa et Esdras ne sont pas mariés, les Chapdelaine s'en tirent parce que le nombre de chambres requis est le même. Le problème se fera sentir dès le jour du mariage, c'est-à-dire dans deux mois à peine. Où installera-t-on les nouveaux mariés? Certainement pas au grenier avec les autres garçons! Pas en bas non plus, à moins qu'elle et Alma-Rose s'installent au grenier avec leurs frères.

Et puis, une demi-cloison n'isole pas vraiment. Maria s'est même demandé si elle n'irait pas dormir dans la grange de temps en temps pour laisser un peu d'intimité à son père et à Hermance. Tant qu'elle était jeune, la demi-cloison la rassurait quand elle allait dormir. Maintenant qu'elle est adulte, il lui semble que des chambres fermées seraient l'idéal pour tout le monde. Bien sûr, cela représenterait un problème en hiver puisque le poêle chauffe à lui seul toute la maison et que, pour cela, il faut que la chaleur puisse circuler librement. Mais il doit bien exister une solution.

Plus ils approchent de Saint-Prime, plus elle se sent nerveuse. Elle répond aux questions de ses grands-parents, mais sans s'attarder sur aucun sujet. Madame Bouchard voit bien que sa petite-fille n'est pas à son aise. C'est pourquoi elle se tourne vers elle et lui dit :

— Tu as pris la bonne décision. Ça ne te donnerait rien de rester chez vous à te morfondre.

— Mais je ne veux toujours pas me marier. J'ai décidé de venir à Saint-Prime sur un coup de tête. Ça ne me ressemble pas du tout.

— Ne pense pas à ça pour le moment. Commence par arriver et après tu verras.

— J'aurais quand même mieux fait de rester chez nous. Je ne sais même pas pourquoi j'ai accepté votre invitation.

— Mon petit doigt me dit que tu sais très bien pourquoi tu es venue, en tout cas, une partie de toi le sait. Tout le monde a le droit de changer d'idée, ma belle fille, même toi.

— Mais vous ne comprenez pas ! s'exclame Maria sur un ton rempli de peur. Je ne peux pas changer d'idée. J'aurais bien trop peur qu'Adrien meure.

— Tu t'en fais pour rien. François et Eutrope sont morts parce que Dieu en a décidé ainsi. Enlève-toi vite de la tête que c'est ta faute. Même si tu souhaites que quelque chose arrive pendant toute ta vie, si Dieu en a décidé autrement, tu peux toujours attendre. Tu devrais avoir honte de croire que tu es aussi forte que le bon Dieu. Demain, je vais t'emmener à la confesse.

Maria ne répond pas, car elle réfléchit. Satisfaite d'avoir ébranlé un peu la forteresse derrière laquelle s'est rangée sa petite-fille depuis la mort d'Eutrope, madame Bouchard décide de profiter du paysage. La fin de juin est un des plus beaux moments de l'année. Les fleurs se multiplient de jour en jour. Les jardins poussent à vue d'œil. Les oiseaux chantent. Les habitants ont blanchi leurs maisons et rafraîchi les volets. « Et il ne fait pas trop chaud », se réjouit madame Bouchard. Depuis déjà longtemps, elle souffre affreusement de la chaleur. Elle enfle de partout, ce qui l'oblige à réduire ses activités. Chemin faisant, elle admire les alentours et discute tranquillement avec son mari. De temps en temps, il lui prend la main et lui sourit. Maria aime regarder ses grands-parents. Après près de cinquante ans de mariage, ils ont encore l'air de deux jeunes tourtereaux, ce qu'elle trouve très inspirant. Si un jour elle décide de se marier, elle souhaite que son époux et elle leur ressembleront.

En passant devant la maison d'Adrien, Maria ne peut s'empêcher de tourner la tête dans l'espoir d'apercevoir le jeune homme de loin, mais il n'y a pas âme qui vive près de la demeure. Déçue, elle se cale dans son siège. Moins d'une minute plus tard, la calèche s'arrête devant la maison de ses grands-parents. Son grand-père laisse descendre les deux femmes à l'avant. Maria sur les talons, madame Bouchard ouvre la porte et file à la cuisine.

— Je suis si assoiffée que je boirais toute l'eau du Lac-Saint-Jean ! dit madame Bouchard.

— Moi aussi ! s'exclame Maria. Si vous voulez, je peux vous faire du thé.

— Il fait bien trop chaud pour boire du thé. Je vais prendre de l'eau, ce sera parfait.

— Je vous sers.

— Ne commence pas à me servir parce que je risque d'aimer ça, je t'avertis.

— Profitez-en pour vous laisser gâter, je ne serai pas toujours ici.

— Ah non ? Moi qui croyais que tu venais t'installer ici pour toujours…

Maria éclate de rire. À ce moment précis, elle est contente d'être là. Chaque fois qu'elle rend visite à ses grands-parents, elle a toujours beaucoup de plaisir. Ceux-ci ne sont pas riches, mais ils habitent une maison confortable, au début d'un rang à proximité du village de Saint-Prime. Cette maison n'a vraiment rien de comparable avec celle de Samuel. D'abord, elle a deux étages habitables, été comme hiver, et six chambres fermées, ce qui n'est pas sans impressionner la jeune femme. Maria y a même sa chambre au deuxième étage. C'est l'ancienne chambre de sa mère. De sa fenêtre, elle peut voir le lac Saint-Jean au loin. Une telle étendue d'eau ne doit pas exister à beaucoup d'endroits. Maria est fascinée par ce lac qui a plutôt l'air d'une mer. Évidemment, elle n'a jamais vu la mer. Tout ce qu'elle en sait, elle l'a appris dans les histoires que son grand-père lui racontait dans son enfance.

Chaque soir, après le souper, Maria aime aller marcher dans le village, tout particulièrement sur la rue principale. Comparé à l'endroit où elle vit, c'est-à-dire au fond des bois, Saint-Prime a pour elle des allures de ville avec son millier d'habitants. Elle prend plaisir à flâner devant la vitrine du magasin général. Des marchandises diverses y sont exposées. Bien que Maria soit habituée à vivre avec le strict minimum, elle s'achèterait bien quelques babioles qui lui faciliteraient la vie si elle avait de quoi payer. La dernière fois qu'elle est passée devant cette vitrine, elle a vu un chapeau de paille qui lui plaisait beaucoup. « Oui, mais à quoi bon avoir un chapeau de paille si c'est pour le mettre seulement pour aller à la messe quatre ou cinq fois par année ? Et avec quel argent pourrais-je le payer ? »

Elle aime aussi s'asseoir sur un des bancs installés près de l'église. Elle apprécie la tranquillité de l'endroit. Le cimetière, le charnier, le calvaire et le presbytère complètent à merveille le lieu de dévotion. Il lui arrive souvent de se recueillir dans l'église. Maria adore s'asseoir dans le dernier banc et prier alors qu'aucun bruit ne vient troubler ses prières. L'odeur d'encens qui embaume l'église lui plaît beaucoup.

— Je vais chercher mes affaires, dit Maria d'un ton joyeux.

— Ce n'est pas la peine, lance madame Bouchard. Tu sais bien que ton grand-père te les apportera.

— Alors c'est moi qui prépare le souper.

— J'ai tellement cuisiné dans ma vie que je ne pleurerai certainement pas parce que je ne fais pas le souper. La cuisine est à toi, ce soir et pendant tout le temps que tu seras ici. Mais il me semblait que tu préférais les gros travaux des champs à la cuisine. Est-ce que ma mémoire me joue des tours?

— Non. Je n'aimais pas cuisiner avant, vous avez raison, mais à force de le faire j'y ai pris goût. Il y a aussi le fait que plus je cuisine, plus je m'améliore, ce qui m'encourage.

— Tu es bien la fille de ta mère.

— Vous trouvez vraiment que je lui ressemble?

— Bien plus que tu le penses. Tu as le même sourire et le même sérieux aussi. Quand Laure décidait de se refermer comme tu sais si bien le faire, il fallait s'armer de patience pour la sortir de là.

— Je n'ai jamais vu maman se refermer.

— Quand elle a marié ton père, elle était devenue la Laure que tu as connue, c'est-à-dire une femme enjouée et pleine de vie. Mais écoute-moi bien. Ta mère se refermait chaque fois qu'elle prenait une décision avec sa tête et non avec son cœur. Comme elle était aussi entêtée qu'une mule, elle refusait de revenir sur sa parole sous prétexte que ça ne se faisait pas. Résultat : elle se mettait les pieds dans les plats et y restait tant et aussi longtemps que les choses ne changeaient pas d'elles-mêmes. Laure n'était pas de tout repos quand elle était jeune.

— Et moi, est-ce que je suis aussi difficile à vivre ? demande Maria sur un ton rempli d'inquiétude.

— Il me semble que tu ne l'es pas tant que ça, mais je ne vis pas avec toi. C'est sérieux, ma belle fille : il faut que tu changes d'attitude, sinon tu ne seras jamais heureuse. Tu es belle et intelligente, tu sais même lire et écrire, alors arrête de refuser le bonheur. Il est là à deux pas de toi et tu n'as pas le droit de passer à côté en faisant semblant qu'il n'existe pas.

— Je sais que vous avez raison, mais il y a quelque chose qui me dit que je ne mérite pas d'être heureuse après tout ce qui vient d'arriver.

— Il va pourtant falloir que tu passes à autre chose. Tu as dix-sept ans, pas soixante-dix-sept. Dis-moi, est-ce que tu veux des enfants ?

Pendant quelques secondes, Maria se met à rêver de la famille qu'elle aimerait avoir. Tous installés autour d'une grande table, ses enfants mangent avec appétit alors que l'atmosphère est au plaisir. Les plus vieux agacent les plus jeunes qui se plaignent à leur mère. Elle les regarde et sourit. Y a-t-il quelque chose de plus beau qu'une belle et grande famille réunie autour d'une table ?

— Vous savez bien que j'en veux au moins une douzaine.

— Ouf ! Tu n'y vas pas de main morte. Mais pour fonder une famille, il faudra te marier.

— Je le sais bien, mais pour le moment c'est au-dessus de mes forces.

— Bon, s'écrie madame Bouchard pour faire diversion, passons aux choses sérieuses maintenant ! Aimerais-tu avoir un bonbon français ou un bonbon dur ?

— Les deux, c'est possible ?

— Tu es bien la fille de ta mère ! Va chercher la boîte, elle est sur mon bureau, dans ma chambre.

* * *

Au moment où Maria et son grand-père se préparent à faire une promenade, quelqu'un frappe à la porte. Monsieur Bouchard passe devant sa petite-fille et se dépêche d'ouvrir.

— Tiens donc, il y avait un bout de temps qu'on ne vous avait pas vu traîner par ici. Entrez, monsieur Veilleux.

Restée en retrait, Maria observe du coin de l'œil l'homme à la longue barbe grise qui entre dans la maison. Il porte de vieux vêtements crasseux et un chapeau difforme pour se protéger du soleil.

— Maman, nous avons un visiteur ! s'écrie monsieur Bouchard. Viens vite, j'ai bien peur qu'il soit affamé.

Puis il poursuit, à l'adresse de l'homme :

— Alors, monsieur Veilleux, quel bon vent vous amène ?

— Le même que d'habitude. Si vous avez un petit coin pour dormir, ce serait très apprécié. Je peux même aller m'installer dans la grange…

— Nos invités ne vont jamais dormir dans la grange. Allez dans la cuisine, vous connaissez le chemin. Ma femme vous servira à manger et, avec un peu de chance, elle lavera même vos vêtements.

— Vous êtes trop bon avec moi.

— Arrêtez, c'est tout ce qu'il y a de plus normal. Si on ne prend pas la peine d'aider notre prochain, qui va le faire à notre place ? Vous avez besoin d'un toit, je vous en donne un, c'est tout.

— Je vous remercie, monsieur Bouchard.

— Quand je reviendrai de ma promenade, je nous servirai deux doigts d'alcool et vous me raconterez tout ce que vous avez vu dans les autres paroisses depuis votre dernière visite.

— Avec plaisir. Encore merci pour tout.

— Tu viens, Maria? demande monsieur Bouchard.

La jeune femme suit son grand-père. Ce n'est pas la première fois qu'elle voit un quêteux, bien qu'aucun ne se rende jamais jusque chez elle puisque sa famille habite trop loin. Mais l'accueil qu'a réservé son grand-père au visiteur la surprend au plus haut point.

— Grand-mère va vraiment lui laver son linge? demande-t-elle une fois dehors.

— Bien sûr. Où veux-tu que le pauvre homme lave ses vêtements? En plus, il est aveugle.

— Je comprends maintenant pourquoi il a une canne blanche avec lui.

— C'est moi qui la lui ai donnée la dernière fois qu'il est venu. Il se promenait dans tout le Lac-Saint-Jean avec un bout de branche pour éviter de se cogner partout. Là, au moins, en voyant sa canne, les gens connaissent son état.

— Est-ce qu'il vous a déjà dit comment il est devenu aveugle?

— Si je me souviens bien, c'est arrivé alors qu'il n'avait que cinq ans. La chatte de la maison avait eu des petits. Comme bien des enfants, il était fasciné par les chatons. À un moment donné, alors qu'il tenait un chaton à moins d'un pouce de son visage – il voulait savoir de quelle couleur étaient ses yeux –, la petite bête a planté ses griffes dans son œil droit.

— Mais s'il voit d'un œil, pourquoi dites-vous qu'il est aveugle?

— Parce que la semaine suivante, alors qu'il sautait sur son lit, il est tombé tête première sur un des poteaux pointus du pied de lit et s'est crevé l'autre œil.

— C'est trop triste, son histoire ! s'exclame Maria d'un air désolé. Mais pourquoi a-t-il décidé de quêter ? C'est vraiment dur dans son état !

— Il faut bien qu'il mange. Étant donné qu'il ne peut pas travailler, il ne lui reste pas d'autre choix. Tant que ses parents étaient vivants, il avait un toit, mais le jour où ils sont morts il a tout perdu, même sa dignité. Il vient à peu près trois fois par année. Ta grand-mère et moi l'accueillons toujours à bras ouverts. On n'est pas riches, mais comparativement à lui on a beaucoup.

— Vous avez bien raison, grand-papa. Ça vous tenterait qu'on aille jusqu'à l'église ?

— Allons-y !

Chapitre 21

Lorsque Maria se décide enfin à ouvrir les yeux, le soleil est levé depuis belle lurette. Cela lui a pris beaucoup de temps à s'endormir la veille. Elle ne pouvait pas arrêter de penser à Adrien. Elle repasse dans sa tête tout ce que sa grand-mère lui a raconté. Une partie de Maria sait que son aïeule a raison alors que l'autre résiste encore. Pendant une seconde, la jeune femme n'a qu'une envie : aller voir Adrien et lui annoncer qu'elle veut se marier avec lui. La seconde d'après, elle préfère se terrer dans la maison de ses grands-parents jusqu'à ce qu'elle retourne chez elle, c'est-à-dire jusqu'au prochain voyage de son père à Saint-Prime, ce qui risque d'être un peu long. Maria se sent coupable chaque fois qu'elle a une pensée pour Adrien, ce qui est normal selon elle. Après tout, il n'y a pas deux mois encore qu'Eutrope est mort. Si elle avait été amoureuse de son futur mari, elle porterait le deuil, mais comme ce n'était pas le cas, elle ne voit pas pour quelle raison elle le ferait. Elle a récité au moins cinq chapelets avant de s'endormir, pour essayer de voir clair en elle. Sa grand-mère a raison : Maria est venue à Saint-Prime parce qu'elle ne pouvait se résoudre à laisser Adrien se marier avec Blanche ou avec qui que ce soit d'autre.

Quand elle entre dans la cuisine et qu'elle aperçoit Adrien assis au bout de la table, elle blêmit. Le jeune homme se lève et vient à sa rencontre. Il prend ses mains dans les siennes et murmure :

— Bonjour, Maria. On m'a parlé du malheur qui t'a frappée. Je suis vraiment désolé.

Madame Bouchard saisit vite l'occasion d'intervenir :

— Ça ne sert à rien d'être désolé. Ce qui devait arriver est arrivé, un point, c'est tout. Il fait tellement beau, vous devriez en profiter pour faire de la bicyclette.

— Quelle bonne idée! s'écrie Adrien. Pendant que tu déjeunes, Maria, je vais chercher ma bicyclette et je reviens.

— Prends ton temps, lance madame Bouchard. Je te garantis que Maria ne bougera pas d'ici.

Une fois Adrien sorti de la maison, Maria se laisse tomber sur une chaise et s'essuie le front. Revoir le jeune homme l'a bouleversée, ce qui n'échappe pas à sa grand-mère.

— Alors, ai-je bien fait de demander à ton grand-père d'avertir Adrien que tu étais en visite? Je t'assure, il s'est précipité ici dès qu'il a appris la nouvelle. Je pourrais préparer un pique-nique pour vous deux, si tu veux.

Malgré elle, Maria sourit à sa grand-mère. Elle est incapable de lui en vouloir. Revoir Adrien lui a fait très plaisir. Il est toujours aussi beau et, quand elle se retrouve devant lui, elle fond comme neige au soleil.

— Vous avez bien fait, grand-maman, dit enfin Maria. Pour le pique-nique, je m'en charge. Asseyez-vous et prenez le temps de boire votre thé.

— Il y a tout ce qu'il faut dans la glacière, tu n'as qu'à te servir.

— Merci! Est-ce que je pourrai emprunter votre bicyclette?

— Certainement pas puisque je n'en ai jamais eu.

— Vous n'avez jamais fait de bicyclette? demande Maria d'un air surpris.

Même s'ils restent en plein bois et qu'ils ont une seule vieille bicyclette pour toute la famille, les Chapdelaine savent monter, sans exception.

— Une seule fois, ma petite fille, et je m'en porte très bien. Je n'ai aucun sens de l'équilibre. J'ai essayé et je ne suis pas près de l'oublier. Une de mes cousines était venue nous rendre visite à bicyclette. Je devais avoir dix ans tout au plus. Elle était beaucoup plus vieille que moi. Pendant qu'elle parlait avec ma mère dans la maison, je suis sortie sans faire de bruit. Je mourais d'envie d'aller à vélo, mais mes parents refusaient de m'en acheter un, car nous n'étions pas riches. Une fois dehors, j'ai enfourché la bicyclette. Celle-ci, un modèle pour garçon, était beaucoup trop grande pour moi. De peine et de misère, j'ai réussi à faire trois ou quatre tours de pédalier. Je me suis retrouvée les quatre fers en l'air dans le gravier. Évidemment, j'ai crié en voyant le sang sur mes genoux. Alertée par mes cris, ma mère est sortie de la maison, les baguettes en l'air. Quand elle a vu la bicyclette à terre, elle est venue jusqu'à moi, m'a prise par un bras et m'a fait faire un vol plané en direction de la galerie, m'intimant de ne pas bouger jusqu'à ce qu'elle revienne avec le mercurochrome pour badigeonner mes plaies. Elle était furieuse après moi. J'ai ensuite été mise en punition dans ma chambre pour avoir pris le vélo de ma cousine sans permission, et j'ai même été privée de dessert pendant deux jours. Tu sais à quel point j'aime manger du sucré. C'est ce jour-là que s'est arrêtée mon expérience à bicyclette et ça ne m'a pas vraiment manqué. Ton grand-père a bien essayé de me montrer une fois qu'on a été mariés, mais il s'est vite rendu compte que je n'avais aucune aptitude et que, s'il voulait rester marié longtemps, il valait mieux qu'il abandonne l'idée de me faire monter sur un tel bolide.

— Vous êtes drôle, grand-maman! s'exclame Maria.

— Ma mère ne me trouvait pas toujours drôle, elle. Tu prendras la bicyclette de ta tante Rita, elle oublie toujours de la rapporter chez elle quand elle vient. Elle devrait être parfaite pour toi.

Maria ferme tout juste les deux petits sacs en papier brun contenant le pique-nique quand Adrien frappe à la porte de la cuisine. En le voyant, la jeune femme sent instantanément une bouffée de chaleur parcourir tout son corps. Elle trouve Adrien encore plus beau que tout à l'heure.

— Veux-tu que je sorte ta bicyclette ? demande-t-il.

Madame Bouchard ne laisse pas le temps à Maria de répondre.

— Vas-y, mon garçon, elle est dans le hangar. Tu vas la trouver facilement, c'est la seule bicyclette de fille.

Une fois Adrien sorti, l'aïeule dit à sa petite-fille, en mettant une main sur son épaule :

— Pour une fois, Maria, essaie de laisser tous tes beaux principes de côté et amuse-toi. Ton cœur te dictera ce qu'il faut faire si tu prends la peine de l'écouter. Allez, ne fais pas attendre ton prince charmant !

Dès qu'Adrien aperçoit Maria, il sourit. Celle-ci se sent rougir de la tête aux pieds, ce qui ne l'empêche pas de sourire en retour au jeune homme. Elle ignore pourquoi, mais aussitôt qu'elle est avec lui elle se sent aussi légère qu'une plume. Elle ne se reconnaît plus. Avec Adrien, c'est simple, elle a envie d'être heureuse.

— Aimerais-tu que l'on aille jusqu'aux chutes de Val-Jalbert ?

— J'espère seulement que tu seras patient parce que je ne monte pas souvent à bicyclette. La dernière fois, c'était l'année passée.

— On a tout notre temps, tu sais. Treize milles, c'est vite fait. Pars devant, je vais te suivre.

Maria doit se reprendre quelques fois pour rester en équilibre sur la bicyclette. Heureusement qu'Adrien est derrière elle parce qu'il remarquerait qu'elle est rouge comme une tomate tellement elle est intimidée. Si le chemin était plus large, elle aurait demandé à son compagnon de rouler à côté d'elle, mais là ce serait trop risqué. Elle se concentre de toutes ses forces pour rester sur le côté du chemin et éviter de déraper sur le gravier. Mais celui-ci la fait valser sur ses roues. Sans s'en rendre compte, au fil de la randonnée, Maria se détend et profite même du paysage. Le lac est magnifique. Son eau est si bleue qu'elle donne envie de s'y jeter tout habillé. Les gens du Lac-Saint-Jean n'ont pas besoin de s'y tremper les pieds pour savoir à quel point l'eau est encore froide à cette période de l'année. Il y a à peine un mois que les glaces ont calé, alors il faudra attendre encore quelques semaines avant de s'y baigner. Une fois à Roberval, Maria et Adrien prennent le temps de s'arrêter pour admirer le lac. Assis côte à côte sur l'herbe, ils gardent le silence. Même l'absence de mots entre eux plaît à Maria. Elle est si bien que, si elle le pouvait, elle arrêterait le temps pour que cet instant ne finisse jamais.

Au bout d'un moment, Adrien se lève et lui tend la main. Elle hésite quelques secondes, mais le regard qu'il pose sur elle est si rassurant qu'elle lui donne la sienne. Elle n'a encore jamais ressenti la chaleur intense qui parcourt tout son être. Ni avec François et surtout pas avec Eutrope. Elle soutient le regard d'Adrien et lui sourit. La seconde d'après, Maria et son compagnon remontent sur leur bicyclette et poursuivent leur route jusqu'à Val-Jalbert. Maria adore cet endroit. Elle a hâte d'y être. Sa mère parlait de ces chutes avec tellement de passion dans la voix que la jeune femme les a aimées avant même de les voir. C'est aussi l'endroit préféré de sa grand-mère. L'aïeule ne manque pas de demander à son mari de l'y conduire par les journées de grande chaleur. Ici, l'air est toujours frais, surtout près des chutes.

Les jeunes gens pédalent avec ardeur même si le terrain est aussi plat qu'une ligne droite. Étant donné qu'elle ouvre la marche, Maria se fait un point d'honneur d'adopter une bonne cadence, tellement qu'elle va plus vite qu'Adrien ne l'espérait. À l'entrée du village de Val-Jalbert, le jeune homme se place à la hauteur de Maria et lui dit :

— Pourrais-tu aller un peu moins vite ?

Surprise, Maria éclate de rire. Elle qui ne voulait pas le retarder, voilà maintenant qu'il lui demande de ralentir.

— Avec plaisir! répond-elle entre deux hoquets.

Une fois devant l'église, ils s'arrêtent et descendent de leur bicyclette. Ils appuient celles-ci contre un banc de bois. Ici, on entend gronder l'eau des chutes Maligne et Ouiatchouan.

— Je propose de monter en haut de la première chute, dit Adrien. Mon père m'a appris que la compagnie y a installé quelques tables à pique-nique. Si tu veux, je vais prendre les sacs.

La température est radieuse. Le soleil brille de tous ses feux, et puisqu'il n'y a aucune trace d'humidité la chaleur se supporte très bien. Les promeneurs passent devant le couvent, la boucherie, le magasin général et le bureau de poste. Une fois au bout de la rue principale, ils empruntent le sentier du canyon. Cette fois, Maria insiste pour qu'Adrien prenne les devants. De cette façon, elle pourra avancer à son aise sans se préoccuper d'aller plus vite. Au pire, elle n'aura qu'à prévenir son compagnon si elle n'arrive pas à le suivre. Elle est contente. Marcher en forêt avec Adrien la rend heureuse alors qu'il n'en était rien lorsqu'elle le faisait avec Eutrope. Ce simple souvenir lui donne froid dans le dos. «Que Dieu ait son âme, le pauvre, mais de toute ma vie jamais je ne me suis autant ennuyée qu'en sa compagnie. Ce soir, je dirai une dizaine de chapelet pour son âme.»

Avec Adrien à ses côtés, Maria irait au bout du monde. Partager le même espace que le jeune homme lui fait plaisir. Chaque fois qu'il est près d'elle, elle n'a qu'une envie: qu'il se rapproche davantage. Elle n'a jamais vécu une telle sensation auparavant. «Si c'est ça l'amour, alors je veux bien aimer Adrien.» La seconde d'après, elle se fait une autre réflexion: «Une chance qu'Eutrope ne me voit pas, il serait scandalisé. Me voilà seule avec un homme au beau milieu du bois, sans chaperon! Mais avec Adrien, je n'ai peur de rien.»

De prime abord, gravir cent cinquante pieds peut paraître anodin, mais quand le chemin emprunté ressemble plus à une trace entre les arbres qu'à un sentier, c'est bien différent. Maria tient sa jupe bien serrée pour ne pas que le vêtement reste accroché aux branches. Il ne faut pas qu'elle l'abîme, car c'est sa plus belle. Adrien se retourne de temps en temps pour s'assurer que sa compagne le suit toujours. Il en profite chaque fois pour lui sourire.

Quand les randonneurs arrivent enfin en haut de la chute Maligne, ils sont hors d'haleine. Le temps de reprendre leur souffle, ils se dirigent ensuite vers une des tables à pique-nique. Adrien dépose les sacs et s'assoit en face de Maria.

— J'aime écouter le bruit de l'eau, confie-t-il. À l'entendre, on pourrait penser que la chute va sortir de son lit.

— De la maison chez nous, on entend très bien la chute Péribonka. Ce qui m'impressionne le plus, c'est quand les glaces craquent au printemps. Ça fait un tel vacarme ! On a l'impression que des milliers d'hommes frappent en même temps sur des casseroles en fonte. Quand la glace cède enfin, l'eau est folle. Le temps qu'elle reprenne son cours normal, elle gicle de toute part.

— Tu as la chance d'entendre couler l'eau chaque jour ?

— Sauf l'hiver.

— Tes grands-parents m'ont raconté que tu restais dans un endroit isolé. Est-ce qu'il t'arrive de t'ennuyer ?

— Oui, parfois. Jusqu'en mai, on avait deux frères comme uniques voisins. Depuis la mort d'Eutrope, il ne reste que Camil.

— Est-ce qu'il te manque ? demande Adrien à brûle-pourpoint.

Maria met une bonne minute avant de répondre. Elle ne veut pas passer pour une sans-cœur, mais elle se rappelle les paroles de sa grand-mère. Elle décide qu'il vaut mieux avouer la vérité.

— Pas vraiment, répond-elle d'un ton bas. Je trouve très triste ce qui lui est arrivé, mais sa mort ne me touche pas profondément.

— Tu te souviens de ce que je t'ai dit quand tu es venue chez tes grands-parents aux Fêtes ?

— Bien sûr, répond spontanément la jeune femme.

— Je comprenais que tu ne veuilles pas reprendre ta parole, ce qui était tout en ton honneur. Mais maintenant que tu es libre, est-ce que je peux espérer que tu deviennes ma femme un jour ?

Les idées se bousculent dans la tête de Maria. Alors qu'elle s'est juré de devenir vieille fille, voilà que celui qui fait battre son cœur à toute vitesse lui refait la grande demande. Les paroles de son père lui reviennent en mémoire : «Tant et aussi longtemps que je vivrai, je ne te laisserai pas faire une vieille fille. Tu es trop belle et trop intelligente pour ça.» Et celles de sa grand-mère : «Fie-toi à ton cœur, sinon tu ne seras jamais heureuse.» Au fond d'elle-même, elle sait que tous deux ont raison. Elle veut fonder une famille et vivre dans une paroisse comme sa mère l'a souhaité toute sa vie de femme mariée. Elle sait très bien que dès l'instant où elle s'en donnera la permission elle pourra aimer Adrien. En fait, elle l'aime déjà alors qu'elle se retient de toutes ses forces de s'attacher à lui. Elle aime tout d'Adrien : son sourire, sa façon de la regarder, sa galanterie, sa douceur, son rire… Une petite voix lui souffle qu'elle ne peut passer à côté d'un tel bonheur.

Adrien la regarde ; il attend patiemment qu'elle lui réponde. Bien que plusieurs filles de la paroisse lui tournent autour, elles lui sont indifférentes depuis qu'il a croisé le regard de Maria. Il aime chez elle son allure, son regard, sa façon de marcher, sa droiture, sa timidité… C'est avec elle qu'il veut avoir des enfants, et avec personne d'autre. Il apprécie grandement sa compagnie. Avec Maria, nul besoin de toujours parler. Ils sont bien ensemble, et c'est tout ce qui compte. Il sait qu'elle lui ferait une bonne épouse. Elle sait lire et écrire, et elle sait tenir sa langue, ce qui est loin d'être négligeable compte tenu de la profession qu'il s'apprête à exercer.

— J'ai quelque chose à te confier avant de te répondre, lui déclare Maria. Je porte malheur aux hommes. Les deux prétendants que j'ai accepté d'épouser sont morts de façon tragique. Je ne voudrais pas qu'il t'arrive quelque chose. Je ne me le pardonnerais jamais.

— Je suis au courant. Tes grands-parents m'ont tout raconté, mais je n'ai pas peur de mourir. Je veux me marier avec toi et fonder une famille. Je suis tombé amoureux de toi dès la première fois que je t'ai vue. Depuis, il n'y a pas une seule nuit où je ne rêve pas que tu acceptes de devenir ma femme. Je t'aime, Maria, mais la décision t'appartient.

Maria a écouté religieusement Adrien. Elle réfléchit quelques secondes puis, soudainement, comme si une bonne fée venait de lui donner un coup de baguette magique sur la tête, tout devient clair. Sans plus attendre, elle annonce à Adrien :

— Je veux me marier avec toi.

Adrien est si content qu'il en oublie les convenances. Il se penche au-dessus de la table pour embrasser Maria ; cette dernière se rapproche. Quand ses lèvres touchent celles de son amoureux, Maria ferme les yeux et profite de cet instant fabuleux. Elle sait maintenant qu'elle a pris la bonne décision.

Une fois qu'ils ont repris leurs esprits, les tourtereaux se rassoient. Adrien prend la parole :

— Je suis l'homme le plus heureux de la terre. Étant donné que tu sais lire et écrire, tu pourrais m'aider à servir mes clients.

— Si tu penses que j'en suis capable, ce sera avec plaisir.

— Je te montrerai. Tu verras, c'est facile. Il faudrait maintenant qu'on fixe une date pour notre mariage. As-tu une préférence ?

— Compte tenu des circonstances, je serais plus à l'aise si on laissait passer un peu de temps.

— Pas de problème, car il faut que je finisse mes études avant qu'on se marie. Je terminerai en juin prochain, mais rien ne nous empêche de nous marier un peu avant.

— On pourrait se fiancer à Noël et se marier la semaine après Pâques, qu'en penses-tu ?

— C'est une bonne idée. Il faudra juste que je demande une permission spéciale pour sortir du collège. Demain, si tu veux, je te présenterai à mes parents et au reste de ma famille. Je leur ai parlé de toi et ils ont bien hâte de faire ta connaissance. Tu pourrais venir souper à la maison.

— Cela me gêne trop.

— Ne t'inquiète pas, mes parents ressemblent à tes grands-parents. Quant à mes frères et sœurs, ça dépend des jours. Parfois, je les adore ; d'autres fois, je les vendrais pour une gomme déjà mâchée. Je suis sûr qu'ils vont tous t'adopter. Je propose qu'on finisse de manger et qu'on retourne à Saint-Prime. J'ai promis à mon père de l'aider pour le train.

— Mon grand-père m'a dit que vous aviez beaucoup de vaches.

— On en a vingt-cinq.

— Vous les trayez toutes à la main ?

— Oui. L'été, ce n'est pas un problème parce que toute la famille est là. C'est plus compliqué l'hiver car mes frères vont travailler aux chantiers.

— Comment faites-vous ?

— C'est simple : ma mère et mes sœurs font leur part. Il arrive que mon père prenne un homme engagé pendant que je suis au collège, mais c'est plutôt rare. Ma famille fait beaucoup de sacrifices pour moi. C'est pourquoi je n'ai pas le droit de la décevoir.

Les deux jeunes gens continuent de discuter pendant qu'ils mangent. Ils sont heureux et ça se voit dans leurs yeux.

Quand Maria revient chez ses grands-parents, elle en a long à leur raconter.

Chapitre 22

Maria a passé la nuit à se retourner dans son lit. Les événements survenus la veille l'excitent trop. Elle n'en revient pas d'avoir accepté d'épouser Adrien. Elle est si fière d'elle. Elle a hâte de dire à son père qu'elle a abandonné l'idée de se faire vieille fille. Elle sait d'avance qu'il sera très content. Hier soir, elle a récité un chapelet avant de s'endormir, mais cette fois c'était pour remercier Dieu de lui donner autant de bonheur. Elle songe qu'elle devrait aussi remercier Blanche parce que, d'une certaine façon, elle lui doit son bonheur. Sans les envies de sa cousine de fréquenter Adrien, Maria serait certainement restée chez elle à se ronger les sangs.

Au saut du lit, Maria va à la fenêtre et plonge son regard au loin, dans le lac Saint-Jean, comme elle le fait chaque matin. Elle aime vivre avec les siens, mais elle préfère de beaucoup être à proximité d'une paroisse. Savoir qu'à moins d'un mille se trouvent le magasin général, l'église, la boucherie et le bureau de poste lui plaît beaucoup. Tous ces endroits lui donnent l'impression d'être vivante. Elle n'en parle jamais, mais la solitude lui pèse de plus en plus. Tant qu'elle devait se marier avec Eutrope, elle se faisait à l'idée. Maintenant qu'elle épousera Adrien et qu'ils s'installeront dans les alentours, elle est folle de joie. Elle va enfin pouvoir faire ses achats au magasin général quand elle le souhaite. Elle va pouvoir se recueillir à l'église chaque jour si elle le veut. Elle va pouvoir apprendre à tisser et à coudre. Elle se réjouit à la simple pensée de la nouvelle vie qui l'attend.

Maria s'occupe toute la journée pour éviter de penser à son souper chez Adrien, car cela l'inquiète beaucoup. Une demi-heure avant de partir, elle monte se changer. Quand elle redescend, elle fait les cent pas dans la cuisine.

— Arrête de t'agiter de la sorte ! clame sa grand-mère. Tu ne t'en vas pas à un bal, tu vas juste souper chez Adrien.

— Oui, mais je n'ai rien à me mettre sur le dos.

— Ce sont des gens bien ordinaires. Tu es parfaite comme tu es. J'ai l'impression d'avoir ta mère devant moi. Chaque fois qu'elle avait un rendez-vous galant, elle ne savait plus où donner de la tête et elle me rendait à moitié folle. Les Gagné veulent te connaître, pas voir ta garde-robe.

— Une chance, parce qu'ils auraient vite fait le tour. Je n'ai rien à me mettre. Je porte une des trois seules blouses que je possède, et Adrien les a vues toutes les trois.

— Viens avec moi, j'ai peut-être quelque chose pour toi.

Sa grand-mère l'entraîne jusqu'à sa chambre et ouvre son armoire. Elle déplace quelques vêtements. Quand elle met enfin la main sur ce qu'elle cherchait, elle lance :

— Tiens, essaie cette blouse, elle devrait t'aller comme un gant. Elle a de l'âge, mais je ne l'ai portée qu'une seule fois. C'est ton grand-père qui me l'a offerte pour la naissance de ton oncle Gustave.

— Pourquoi ne l'avez-vous pas portée plus souvent ? Elle est tellement belle !

— Je vais te confier un secret si tu me jures de ne pas rire de moi.

— Jamais je n'oserais faire ça.

— Eh bien, j'ai toujours trouvé cette blouse trop belle pour les sorties que j'avais à faire. Chaque fois qu'on avait une soirée, je la mettais et, juste avant de partir, je courais me changer. J'ai fait le coup si souvent à ton grand-père qu'un jour il m'a dit de la ranger et qu'il me la ferait porter dans ma tombe.

— Vous êtes drôle, grand-maman. C'est vrai qu'elle est belle, cette blouse. Si j'en avais une pareille, je la porterais tous les jours. J'aime les beaux tissus et celui-là est si doux et si souple.

— Ton grand-père l'avait fait venir de Montréal. Eh bien, je te l'offre. Elle te sera plus utile qu'à moi.

— Merci beaucoup, grand-maman. Je ne sais pas ce que je ferais sans vous.

— Allez, dépêche-toi de te changer si tu ne veux pas arriver en retard chez Adrien.

À cinq heures précises, Maria frappe à la porte de la maison des Gagné. Elle se retient de ne pas s'enfuir tellement elle est nerveuse. Pendant le court trajet qui sépare les deux maisons, elle a essayé de préparer ce qu'elle allait dire et voilà qu'elle ne se souvient plus de rien. Elle se redresse et prend une grande respiration. Elle espère ainsi retrouver une certaine aisance, mais son assurance fond aussitôt qu'elle entend tourner la poignée de la porte. Une belle et grande jeune fille apparaît devant elle. Maria est tellement gênée qu'elle n'arrive pas à prononcer un seul mot. Voyant dans quel état la visiteuse se trouve, la jeune fille tend la main.

— Bonjour, Maria. Je m'appelle Anna. Je suis une des sœurs d'Adrien. Entre, je vais l'avertir que tu es arrivée.

Après avoir été laissée en plan sur le seuil de la porte, Maria n'ose pas bouger. Elle songe qu'il serait encore temps de partir. Elle regarde autour d'elle. C'est de loin une des plus belles maisons qu'il lui a été donné de voir. Elle est au moins quatre fois plus grande que celle de son père, sûrement plus grâce à ses deux étages, et les murs sont recouverts de vraie tapisserie et non de vieux journaux. Maria ne se sent pas à sa place.

À sa grande surprise, ce n'est pas Adrien qui vient la chercher, mais le père du jeune homme. Monsieur Gagné déclare très gentiment :

— Bonjour, Maria, je te souhaite la bienvenue chez nous. Adrien m'a dit le plus grand bien de toi. Rassure-toi, il ne va pas tarder, il est allé à l'étable chercher de la crème. Suis-moi.

Maria arrive à peine à sourire tellement elle est intimidée. Et les choses ne s'améliorent pas quand elle entre dans la cuisine et que tous les regards se tournent vers elle. Déjà installés à la table, les membres de la famille Gagné n'ont de cesse d'examiner la visiteuse sous toutes ses coutures. Maria se sent défaillir. Ses jambes sont molles comme de la guenille et des gouttes de sueur perlent à son front. Et elle est certainement rouge jusqu'à la racine des cheveux.

— Laisse-moi te présenter toute la famille, reprend monsieur Gagné. Voici les enfants : Clovis, Charles, Paul-Émile, Camil, Joseph, Zéphir, Bertrand, Anna, Céline, Marguerite et Marie-Paule. Et voilà ma femme, Lucie, et moi je m'appelle Raymond. C'est un plaisir de te recevoir chez nous. Assieds-toi.

Puis, à l'adresse de Clovis, son plus vieux, monsieur Gagné ajoute :

— Va donc voir ce qui se passe à l'étable. Je trouve que ça prend bien du temps à Adrien pour revenir.

Sans rouspéter, Clovis s'exécute. Une minute plus tard, il est de retour en courant et s'écrie :

— Venez vite, papa ! La vache est en train de mettre bas. C'est pour ça qu'Adrien ne revenait pas. Le petit veau est à moitié sorti.

— Retourne aider ton frère en attendant que j'arrive.

Avant de quitter la cuisine, monsieur Gagné lance :

— Ne m'attendez pas pour manger, j'ignore pour combien de temps j'en aurai. Je vais vous renvoyer Adrien sur-le-champ.

Maria observe la scène. Elle ne sait pas grand-chose de cette famille, mais elle lui plaît déjà. Finalement, elle se sent bien ici.

Sans attendre, madame Gagné sert le repas. Elle a préparé un bouilli de bœuf et de légumes. Maria a senti cette bonne odeur en arrivant, mais il est si rare qu'elle ait l'occasion de manger ce mets qu'elle a cru que son nez lui jouait un tour. Elle n'a jamais vu d'aussi grosses marmites. Mais on ne nourrit pas quatorze personnes en cuisinant dans des petits plats.

Servie la première, Maria se remplit les narines de cet arôme délicieux, ce qui lui permet de se détendre un peu. Le bouilli est un de ses plats préférés. Chez les Chapdelaine, ils en mangent une ou deux fois par année tout au plus, et c'est surtout quand ils font boucherie à la fin de l'automne. Mais c'est toujours un bouilli de porc puisqu'ils ont une seule vache et qu'il n'est pas question de la tuer tant et aussi longtemps qu'elle donnera du lait.

C'est Anna qui brise le silence.

— Maria, as-tu des frères et des sœurs?

Maria lève la tête de son assiette et prend une grande respiration avant de répondre:

— J'ai quatre frères et une petite sœur de huit ans.

— Ici, on est deux fois plus, commente Marguerite. Où habitez-vous?

— De l'autre côté de la rivière Péribonka.

— Quel village y a-t-il à cet endroit? demande Paul-Émile.

— Aucun. En fait, mon père est un faiseur de terre. C'est la cinquième fois qu'on change de place depuis que je suis née. Dès qu'il défriche une couple de champs, il vend et s'enfonce encore plus dans la forêt. Chez nous, on a un seul voisin et sa maison est à environ deux milles. On habite tout à côté des chutes de Péribonka.

— Aux chantiers, j'ai connu un gars qui vivait là-bas, raconte Charles. Si je me souviens bien, il s'appelle Camil, mais je croyais qu'il vivait avec son frère.

— C'est notre voisin. Et c'est vrai qu'il vivait avec son frère, mais en mai dernier Eutrope est mort brûlé dans leur étable.

— La vie est loin d'être facile pour tout le monde! s'exclame madame Gagné. Veux-tu un bout de pain, Maria?

— Je vous remercie. C'est très bon, madame.

— Tu es gentille. Parle-moi un peu de toi.

— Que voulez-vous savoir? s'enquiert Maria.

— Tout.

— Eh bien, commence Maria d'un air gêné, j'ai dix-sept ans. Ma mère est morte l'année dernière. Je tiens la maison depuis ce temps, mais il y a quelques jours mon père s'est remarié. Ma petite sœur et moi avons appris à lire et à écrire dernièrement. Chez nous, personne d'autre ne sait. En plus de faire à manger, je peux raccommoder, faire le pain et des brioches. J'aime faire de la bicyclette, cueillir des bleuets et préparer les conserves d'automne. J'aimerais apprendre à tisser et à coudre. Ah oui, j'oubliais! Si je pouvais, j'irais à l'église tous les jours, mais on habite trop loin. Je dois me contenter de prier.

Maria a beau chercher dans sa tête, elle a l'impression d'avoir tout dit.

— Y a-t-il quelque chose d'autre que vous aimeriez savoir? demande-t-elle à madame Gagné.

— Oui, une dernière. Est-ce que tu veux avoir des enfants?

— Oui, j'en veux au moins une douzaine.

À ces mots, tous éclatent de rire. Ils sont vite imités par Maria.

— Si j'étais toi, j'y penserais à deux fois ! s'exclame Bertrand. Avoir onze frères et sœurs, ce n'est pas de tout repos, je te le garantis.

— Elle aura bien le temps d'y penser, formule madame Gagné.

C'est à ce moment qu'Adrien fait son entrée dans la cuisine.

— Bonjour, Maria. Je suis désolé de mon retard. La vache a eu un beau petit veau. Après le souper, j'irai te le montrer. Il est déjà sur ses pattes.

Il lui sourit au passage et file se laver les mains. Dès qu'il s'assoit à côté d'elle, Maria respire mieux. Pendant tout le repas, les conversations sont animées, mais ce qui la surprend, c'est que personne ne parle en même temps que les autres, ce qui est loin d'être le cas dans sa famille. L'atmosphère est amicale et enjouée.

Sans s'en rendre vraiment compte, Maria participe un peu plus aux discussions à mesure que le repas avance. Madame Gagné décide d'attendre son mari avant de servir le dessert.

— Qu'est-ce que vous avez préparé pour dessert, maman ? s'informe Zéphir.

— Les filles ont fait un gâteau blanc. Moi, j'ai préparé une sauce au sucre à la crème pour mettre dessus. Et la crème qu'Adrien est allé chercher, c'est pour couper le sucre un peu. Comme ça, ajoute-t-elle sur un ton espiègle, on pourra en manger plus.

— Vous me faites penser, j'ai oublié la crème à côté de la glacière, lance Adrien. Je vais la chercher.

— Reste assis, lui ordonne gentiment sa mère. Ce ne serait pas très poli d'abandonner ton invitée encore une fois.

— J'y vais, offre Céline. Pas question qu'on se prive de crème fraîche. Je reviens tout de suite.

* * *

La nuit est tombée depuis un bon moment déjà quand Maria monte dormir. Elle est tellement heureuse qu'elle ne porte plus à terre. Ce soir-là, elle n'a même pas le temps de réciter une dizaine de chapelet avant de s'endormir.

Chapitre 23

Voilà maintenant près d'un mois que Maria séjourne chez ses grands-parents, et elle ne s'en plaint pas du tout. Elle a vu Adrien tous les jours et ils ont fait une foule d'activités. Ils sont allés cueillir des fraises et même des framboises. Ils ont fait les foins. Ils sont allés pêcher. Quoi qu'ils fassent ensemble, ils sont heureux. Plus Maria connaît Adrien, plus elle se laisse porter par son bonheur. À plusieurs reprises, elle a donné un coup de main à la ferme. Chaque fois qu'il la voyait travailler, monsieur Gagné ne manquait pas de souligner à quel point il la trouvait vaillante. Chaque dimanche, elle est allée souper chez Adrien. Et le mercredi, c'était au tour du jeune homme de venir manger chez ses grands-parents.

La présence de Maria fait du bien à madame Bouchard. Ce n'est pas qu'elle soit très âgée, mais elle a perdu des capacités ces dernières années. Elle réussit à faire son ordinaire, mais parfois c'est difficile. On dirait que ses vieux os n'arrivent plus à soutenir son corps. Elle a quelques livres en trop, seulement elle refuse de renoncer au sucre et au pain. D'ailleurs, qu'est-ce qui lui garantit que c'est à cause d'eux qu'elle a pris du poids? Étant donné que personne ne peut le lui confirmer, elle continue à manger tout ce qu'elle veut. Tant que Dieu voudra lui prêter vie, elle ne se privera de rien. Il lui arrive de lancer en boutade: «À part de ça, j'ai bien trop investi dans ma graisse pour me mettre au régime!» En réalité, la simple idée de devoir faire attention la fait frissonner. Elle a tellement souffert de ne pas toujours manger à sa faim quand elle était jeune que la moindre petite privation lui semblerait aussi grosse qu'une montagne.

Hier, en revenant de la poste, Maria a dit à sa grand-mère que son père avait laissé un message pour elle. Il va venir la chercher ce jeudi. Mais la jeune femme n'a aucune envie de partir. Elle ne peut pas imaginer qu'elle ne verra plus Adrien. Assise au bout de la table, elle pleure à chaudes larmes. Sa grand-mère la prend par les épaules.

— Ma pauvre petite fille, je sais bien que tu n'as pas envie de retourner vivre en plein bois, mais c'est temporaire. Je suis certaine qu'Adrien ira te rendre visite. Et tu pourras revenir ici quand tu veux. D'ailleurs, j'ai quelque chose à te proposer. J'aurais préféré que ton grand-père soit là, mais quand il va voir son ami Eugène, il n'a pas d'heure pour rentrer. Écoute-moi bien. Tu as vu que ton grand-père et moi vieillissons. Bientôt, on ne sera plus capables de tenir maison. Alors on a eu une idée. Après votre mariage, Adrien et toi pourriez venir vous installer ici. Adrien pourrait même ouvrir son bureau, s'il le veut. Tu es la plus vieille de mes petites-filles et c'est à toi que revient cette maison. Qu'en penses-tu?

Maria lève vivement la tête. A-t-elle bien compris? Vivre dans la maison de ses grands-parents lui ferait très plaisir, d'autant qu'elle aurait ces derniers pour elle toute seule, et ce, tous les jours.

— Vous êtes sérieuse? Vous voulez qu'on vienne habiter avec vous?

— Oui, mais si cela ne te plaît pas, tu n'es pas obligée d'accepter. Je te le répète: laisse-toi guider par ton cœur.

— S'il n'en tient qu'à moi, c'est oui, mais il faut que j'en parle à Adrien. Votre offre me touche tellement! Je ne sais pas ce que je ferais sans vous, grand-maman! Grâce à vous, j'ai trouvé le bonheur. Et là, vous me demandez si je veux habiter ici. C'est sûr que je veux! Adrien sera très surpris. Justement, hier, on se demandait où on pourrait bien rester après notre mariage. Ses parents sont bien prêts à nous prendre, mais ce ne serait que temporaire. La maison a beau être grande, ils sont nombreux à l'habiter. Et puis, il faudra aussi trouver un endroit pour installer le bureau d'Adrien. Je ne sais pas quoi vous dire d'autre. Je suis tellement contente !

— Promets-moi seulement d'en parler à Adrien quand tu le verras.

— Il vient souper ce soir, on est mercredi. Aimez-vous mieux lui en parler vous-même ?

— Non, je ne te priverai pas de ce plaisir.

— Merci, grand-maman ! s'écrie Maria en sautant au cou de son aïeule.

— Je suis tellement heureuse de voir que tu as abandonné l'idée de te faire vieille fille.

— Et moi donc ! lance Maria avant d'éclater de rire. Je pense bien que je vais faire un tour chez Adrien tout de suite. À moins que vous ayez besoin de moi…

— Va en paix, ma belle fille.

* * *

Une heure plus tard, c'est le sourire aux lèvres que Maria revient chez ses grands-parents. Avant d'entrer, elle s'arrête au bord du chemin et regarde la maison dans ses moindres détails. Elle n'en croit pas encore ses yeux : dans moins d'un an, c'est là qu'elle habitera avec Adrien. C'est là qu'ils élèveront leurs enfants. Quand elle a parlé à Adrien de l'offre de ses grands-parents, il était fou de joie, tellement qu'il a pris Maria dans ses bras. Serrés l'un contre l'autre, un long baiser a scellé leur bonheur. Chaque fois qu'elle et Adrien s'embrassent, Maria se sent transportée. Elle adore sentir la bouche du jeune homme sur la sienne. La douceur de ses lèvres lui fait perdre la tête.

L'autre jour, Adrien et elle sont allés cueillir des bleuets. À un moment donné, sans même qu'ils s'en soient rendu compte, ils s'étaient retrouvés couchés l'un sur l'autre dans l'herbe. Ils s'embrassaient depuis un petit moment déjà quand Anna, la sœur préférée d'Adrien, les avait surpris.

— Désolée de vous déranger, les amoureux, mais c'est l'heure de manger ! s'était-elle écriée d'un ton taquin.

Gênés, Adrien et Maria s'étaient levés d'un seul coup. Puis ils s'étaient mis à rire.

— Si ça continue comme ça, il va falloir qu'on aille se confesser ! avait plaisanté Adrien. On avait encore semé notre chaperon. Tu me rends fou, Maria !

— Et moi donc ! n'avait pu s'empêcher de lancer Maria. Je ne me reconnais plus. Je réciterai une dizaine de chapelet de plus ce soir pour ma pénitence.

— Tu es bien plus pieuse que moi. J'ai toute la misère du monde à ne pas m'endormir devant la radio quand on récite le chapelet. Et je ne suis pas le seul, crois-moi. C'est la même chose pour mes frères, et pour mon père aussi. Ma mère passe son temps à nous pousser du coude et à nous faire les gros yeux. Aller à la messe le dimanche, ça passe encore, mais prier à longueur de journée, très peu pour moi. Le pire est de prier à genoux devant une boîte de métal qui répète sans cesse la même chose sur le même ton monotone.

— Pour moi, c'est différent. Je me suis réfugiée tellement souvent dans la prière qu'elle fait partie de moi.

— Rassure-toi, je n'ai pas de problème avec ça. En autant que tu ne m'obliges pas à faire la même chose, tu peux prier autant que tu veux.

— Depuis qu'on est ensemble, je dois avouer que je prie pas mal moins souvent.

Maria revient à l'instant présent. Un sentiment de grande fierté l'habite. Venir s'installer dans la maison de ses grands-parents, avec Adrien, tient du rêve. Tellement qu'elle a du mal à y croire. Ce soir, elle récitera un chapelet pour remercier Dieu de sa grande bonté à son égard. Le mauvais sort semble vraiment l'avoir abandonnée. Elle a déjà quelques idées pour améliorer l'extérieur de la maison. Si on peignait le contour des fenêtres en bleu marine, ça donnerait un air de jeunesse au jaune des murs. La petite clôture qui longe le bord du chemin a besoin d'être redressée. Et donner un coup de pinceau à la galerie d'en avant ne ferait pas de tort. Adrien lui a dit que la maison doit être impeccable. Et à l'intérieur, il faudra bien sûr effectuer quelques travaux pour aménager le bureau.

Tout ça est excitant pour Maria. Elle fera aussi un grand jardin, deux fois plus grand qu'il l'est maintenant. Elle plantera des lilas le long de la maison. Elle adore cette fleur. Et du muguet aussi, près du solage. Maria rit toute seule. Elle a de quoi réfléchir pour les mois à venir, ce qui la rend très heureuse.

Quand elle se décide enfin à entrer dans la maison, elle trouve sa grand-mère à la cuisine. Installée à la table, l'aïeule épluche des patates et des carottes.

— Ça sent bon! lance Maria. Je gage que vous avez mis un petit rôti de porc au four.

— Tu as un bon nez, ma petite fille.

— Allez-vous faire des patates jaunes avec?

— Bien sûr! Je ne peux pas imaginer un rôti de porc sans patates jaunes. As-tu vu Adrien?

— Oui! s'exclame Maria, le sourire aux lèvres. Il était fou de joie. Il vous remerciera quand il viendra souper ce soir. C'est le plus beau jour de ma vie! ajoute la jeune femme en embrassant sa grand-mère sur la joue. Et tout ça, c'est grâce à vous et à grand-papa. Je ne vous remercierai jamais assez.

— Ne me remercie pas trop, la gronde sa grand-mère, peut-être que tu regretteras d'avoir accepté notre offre un de ces jours. Tout à coup qu'on deviendrait de vieux malcommodes?

— Je n'ai pas peur du tout. Je sais qu'on sera heureux tous les quatre.

Après le souper, les deux tourtereaux se promènent partout dans la maison et font des plans. Pendant une minute, ils placent le bureau d'Adrien dans le salon, à l'avant de la maison. La minute d'après, ils le relèguent à l'arrière et condamne la cuisine d'été. Les grands-parents de Maria les regardent faire et sourient. Avant qu'Adrien tire sa révérence, monsieur Bouchard lui fait une proposition :

— Si tu veux, viens avec ton père un soir de la semaine prochaine. On pourrait regarder tout ça ensemble.

— Bonne idée, accepte le jeune homme. Je dois vous avouer que je ne sais pas quoi faire. C'est tellement gentil de votre part de nous offrir de venir nous installer ici, je ne voudrais surtout pas modifier complètement la maison.

— Ne t'en fais pas pour ça, mon jeune. Un peu de changement, ça n'a jamais fait mourir personne.

Maintenant seuls sur la galerie, Adrien et Maria se regardent dans les yeux. Ils ont évité toute la soirée de parler du départ de Maria. Heureusement, l'offre des grands-parents leur a permis de se changer les idées. Adrien est triste à l'idée de voir partir sa bien-aimée. Maria, elle, a le cœur brisé. La simple pensée qu'elle se terrera au fond des bois pour des mois la fait frémir. Adrien lui a promis d'assister au mariage d'Esdras, mais elle devra se contenter d'un aller-retour de sa part parce que chez les Chapdelaine les places pour dormir sont déjà toutes occupées. Elle a déjà annoncé à sa grand-mère qu'elle viendrait passer les Fêtes de Noël. Même si elle s'installait à Saint-Prime tout de suite, une fois l'année scolaire commencée elle ne pourrait pas voir Adrien de toute façon puisqu'il ne revient chez lui que lors des grands congés.

C'est bien à regret que les amoureux se séparent.

— Je vais t'écrire, promet Adrien.

— Moi aussi, mais il ne faut pas que tu attendes une réponse de ma part trop rapidement. Le temps que mon père aille à la poste, qu'il me rapporte ta lettre et qu'il y retourne pour te poster la mienne, ça peut prendre des semaines.

— Tu me manques déjà.

— Toi aussi. N'oublie pas : je t'attends pour le mariage de mon frère. Mes grands-parents m'ont dit qu'ils t'emmèneraient avec eux. Tu peux venir avec Anna, si tu veux.

— Je vais lui en parler. Elle t'aime beaucoup, tu sais.

Un long baiser scelle cette page de grand bonheur de leur vie.

Une fois dans sa chambre, Maria se poste près de la fenêtre et regarde les étoiles qui inondent le ciel en cette fin de juillet. Elle est heureuse comme jamais elle ne l'a été, mais triste aussi de devoir s'éloigner de son bonheur ne serait-ce qu'un temps. Elle reste là jusqu'à ce que le sommeil la gagne enfin. Ce soir-là, elle ne se rend même pas à la fin de sa première dizaine de chapelet.

Au matin, Maria est réveillée en sursaut par la voix grave de son père. Elle se lève en vitesse, s'habille et descend en courant. Elle ne l'a pas vu depuis le jour de son mariage. Quand Samuel aperçoit Maria, il ouvre ses bras. Il s'est beaucoup ennuyé de son aînée. Serrés l'un contre l'autre, le père et la fille savourent leurs retrouvailles. Puis Samuel s'éloigne un peu et regarde Maria en lui tenant toujours les mains.

— Ma foi du bon Dieu, on jurerait que tu as vieilli.

— Tu es bien mieux de dire ça à Maria plutôt qu'à moi ! plaisante madame Bouchard.

— Jamais je n'oserais, répond Samuel.

Puis il se tourne vers Maria et reprend :

— J'ai l'impression que tu as beaucoup de choses à me raconter.

— Bien plus que tu penses, répond madame Bouchard à la place de sa petite-fille. Tu prendras bien le temps de manger avant de partir ?

— Si vous me faites des crêpes soufflées, lance Samuel d'un ton espiègle.

— Dois-je en conclure que ta nouvelle femme n'est pas meilleure que ma Laure l'était pour faire des crêpes ?

— Eh bien non ! Mais on ne peut pas tout avoir. La meilleure pour réussir les crêpes soufflées, c'est Maria, après vous, bien sûr.

— Tu fais bien de me flatter dans le sens du poil, mon sacripant ! Profites-en pour parler avec ta fille pendant que je prépare le repas.

Samuel s'assoit à la table. Dès que Maria prend place à côté de lui, il lui dit :

— Je t'écoute. Raconte-moi vite tout ton nouveau.

Samuel est sous le choc. Il se retient de hurler tellement il est content. La dernière fois qu'il a vu Maria, elle semblait tenir mordicus à son idée de devenir vieille fille. Et voilà qu'un mois plus tard elle lui annonce son mariage avec son bel Adrien ! En plus, c'est elle qui va reprendre la maison familiale des Bouchard. Samuel est renversé. Il était grand temps que la vie soit bonne avec un des siens. Il prend les mains de sa fille dans les siennes, puis il murmure, la voix remplie d'émotion :

— Je suis si content pour toi. Je ne pourrais pas être plus heureux. Mais quand vas-tu me le présenter, ton prince charmant ?

— Adrien va venir avec grand-maman et grand-papa pour le mariage d'Esdras.

— Parfait. Moi aussi, j'ai du nouveau pour toi. On a commencé à construire la maison pour Esdras et Louisa.

Samuel se tourne vers madame Bouchard et lui annonce :

— Si vous voulez rester à coucher, on aura de la place pour vous. Et pour Adrien aussi, bien sûr.

Maria est si heureuse qu'elle saute au cou de son père avant de demander à sa grand-mère :

— Vous allez avertir Adrien, hein, grand-maman ?

— Tu sais bien que je n'y manquerai pas, voyons !

— Alors, ça vient ces crêpes ? s'enquiert Samuel d'une voix enjouée.

À ces mots, les deux femmes éclatent de rire ; Samuel leur emboîte bien vite le pas. C'est cet instant que monsieur Bouchard choisit pour rentrer. En voyant les siens rouges comme des tomates, il s'exclame :

— Quelles niaiseries as-tu encore racontées, mon Samuel ?

Mais personne ne lui répond. Sa femme, Samuel et Maria sont trop occupés à être heureux.

Chapitre 24

Depuis que Maria est revenue à la maison, Alma-Rose ne la laisse pas d'une semelle. Elle s'est beaucoup ennuyée de sa grande sœur. Maria aussi s'est ennuyée, mais elle trouve le comportement d'Alma-Rose exagéré. Pourtant, les choses ont l'air de bien se passer avec Hermance. Cependant, chaque fois que Maria lui pose des questions à ce propos, la petite fille s'organise pour changer de sujet. Alors, aujourd'hui, elle a décidé de régler la question une fois pour toutes. Bien installées toutes les deux à même le sol, leur plat entre les jambes, les filles cueillent des bleuets depuis une bonne heure déjà. Hermance et Télesphore sont allés de l'autre côté de la grange. Maria et sa sœur ne risquent pas d'être dérangées. Fidèle à son habitude, Alma-Rose parle comme une vraie pie, mais tout son babillage n'arrive pas à détourner Maria de son objectif.

Ces derniers jours, elle a bien observé comment sa petite sœur et Hermance se comportaient lorsqu'elles étaient ensemble, mais elle n'a rien vu de spécial. Hermance est toujours gentille avec Alma-Rose, même que selon Maria elle en fait trop pour une si jeune enfant. Sa belle-mère s'en tire très bien avec Télesphore aussi. Dans le cas de ce dernier, la venue d'Hermance est sans contredit un plus dans sa vie. Il avait besoin de quelqu'un pour veiller sur lui. Il a trouvé une nouvelle mère ; il l'appelle d'ailleurs « maman ». La première fois qu'elle a entendu cela, Maria a eu un malaise, mais elle s'est vite raisonnée en se disant que, si cela rassurait Télesphore, elle pouvait s'y habituer pourvu que le reste de la famille n'imite pas le garçon. Et ses autres frères semblent bien s'entendre avec la nouvelle venue. Quand ce n'est pas Da'Bé qui l'agace, c'est Esdras ou Tit'Bé. Edwige ne laisse pas sa place lui non plus. La jeune femme le voit bien, sa belle-mère s'est taillé une place dans la famille Chapdelaine. C'est parfait ainsi. Maria pourra donc quitter les siens sans remords pour aller vivre à Saint-Prime.

Jamais Maria n'a trouvé le temps aussi long que maintenant. Ne pas voir Adrien chaque jour est très difficile pour elle. Il y a des moments où elle se demande si elle n'a pas rêvé. Peut-être qu'Adrien n'existe pas. Peut-être qu'il l'a déjà oubliée ! Peut-être que Blanche est revenue à la charge aussitôt que Maria est partie. « Non, mes grands-parents ne la laisseraient pas faire. Je m'en fais pour rien. Ah, je deviens folle à rester ici ! Et pour faire exprès, papa n'est pas allé à Péribonka depuis que je suis revenue, alors je ne sais même pas si Adrien m'a écrit. »

Son père a l'air heureux. Chaque fois qu'il est dans la maison, son rire résonne immanquablement, comme avant que Laure quitte ce monde. Il semble exister une belle camaraderie entre les nouveaux mariés, ce qui n'a rien pour déplaire à Maria. « Il était temps que papa retrouve le sourire. Je suis contente pour lui. »

* * *

Maria profite d'un moment où Alma-Rose reprend son souffle pour lui ordonner :

— Arrête de parler, maintenant.

Surprise, la petite fille regarde sa sœur aînée avec de grands yeux.

— Donne-moi ton plat de bleuets. Il faut qu'on discute.

— Mais je n'ai pas cessé de te parler depuis qu'on est arrivées.

— Oui, j'ai remarqué. Mais je veux qu'on parle de la nouvelle venue.

— Je t'ai déjà tout raconté. Elle est gentille avec moi, je l'aime bien et...

Mais Alma-Rose ne termine pas sa phrase. Alors qu'elle hausse les épaules, deux petites larmes perlent au coin de ses yeux. Maria la regarde et lui sourit.

— Je sais que tu m'aimes, et je t'aime beaucoup moi aussi, mais depuis que je suis revenue de Saint-Prime tu me suis partout, comme un chien de poche, et je ne comprends pas pourquoi. C'est tout juste si tu ne viens pas à la bécosse avec moi. Cela ne te ressemble pas, et je suis inquiète. Que se passe-t-il ?

Alma-Rose baisse la tête et garde le silence pendant quelques minutes. Elle fixe le sol et ne parvient pas à se décider à parler. Maria la prend par les épaules. La fillette appuie sa tête contre l'épaule de sa sœur et se met à pleurer à chaudes larmes. De gros sanglots la secouent. Maria la serre un peu plus fort. Elle attend patiemment que la petite se décide à se confier.

Au bout d'un moment qui a paru une éternité à Maria, Alma-Rose souffle d'une voix tremblante :

— Je ne veux pas qu'Hermance remplace maman. Même si elle est gentille avec moi, jamais je ne pourrai l'appeler « maman ». Ma maman, elle se nommait Laure, et personne ne pourra prendre sa place dans mon cœur, jamais.

« C'est donc ça ! » songe Maria. De prime abord, on pourrait croire que ce sont des enfantillages, mais Alma-Rose est tout sauf une enfant gâtée. Elle vit au beau milieu des bois avec le strict minimum. Elle a rarement l'occasion de jouer avec des enfants de son âge. Elle vit entourée d'adultes. Elle est douée d'une intelligence vive. Pour son âge, elle a un excellent jugement, et personne ne peut lui faire avaler quelque chose qui n'a pas de sens, du moins pas pour elle.

— Mais personne ne t'oblige à l'appeler « maman », dit Maria. Il n'y a que Télesphore qui le fait.

— Oui, mais Télesphore est un bébé et les bébés ont besoin d'avoir une maman pour prendre soin d'eux. Moi, je n'ai pas besoin d'avoir une autre maman, parce que je t'ai.

Maria est touchée par ce qu'elle entend.

— Alors tu n'as qu'à l'appeler par son prénom, comme nous le faisons, les garçons et moi.

— Tu ne comprends pas, pleurniche Alma-Rose. C'est elle qui m'a demandé de l'appeler « maman ». Et papa aussi. Mais je ne peux pas faire ça à maman.

— Je vais leur parler.

— De quoi j'aurai l'air ?

— D'une petite fille qui ne veut pas être obligée d'appeler « maman » sa nouvelle belle-mère.

— Mais si Hermance se fâche après moi, qu'est-ce que je vais faire ?

— Elle ne se fâchera pas après toi, tu t'inquiètes pour rien. Tu aurais dû me confier ton problème bien avant aujourd'hui. Ma pauvre petite sœur, ça fait des jours que tu gardes ça pour toi.

— Maria, j'ai quelque chose à te demander.

— Vas-y, je t'écoute.

— Est-ce que tu pourrais m'emmener vivre à Saint-Prime avec toi ?

À ces mots, Maria sursaute. Elle n'a jamais envisagé qu'Alma-Rose pourrait désirer s'installer avec Adrien et elle.

— Pourquoi veux-tu venir rester avec moi ? Ta place est ici, avec papa.

— Je t'en prie, emmène-moi avec toi! Je veux faire partie de la chorale, comme mes cousines. Je veux courir sur les trottoirs de bois avec mes beaux souliers. Je veux porter ma belle robe tous les dimanches pour aller à la messe. Je veux aller à l'école pour apprendre des tas de choses. Je veux vivre avec Adrien et toi, là où il n'y a pas que des arbres et la chute qui gronde. J'en ai assez de jouer toute seule pendant des heures. Je t'en prie, Maria, dis oui!

Maria est bouleversée. Elle a l'impression que son cœur va éclater. Comment a-t-elle pu être aussi aveugle? Pendant qu'elle flottait sur son petit nuage rose en pensant à Adrien, juste à côté d'elle Alma-Rose souffrait de toute son âme. Elle la serre dans ses bras et lui caresse les cheveux tout en réfléchissant à ce qu'elle va répondre. La fillette pleure toujours à chaudes larmes. Elle est inconsolable. Maria est désemparée devant tant de peine. Que pourrait-elle dire pour rassurer Alma-Rose? Qu'il n'y a pas de problème et qu'elle peut venir habiter avec Adrien et elle? Il faudrait au moins qu'elle en parle avec son amoureux. Qu'elle s'en fait pour rien? Ce ne serait pas une bonne idée. Que ce n'est pas si terrible d'appeler Hermance «maman»? Elle ne le ferait pas elle-même. Que ça ira mieux avec le temps? Maria est bien placée pour le savoir: il y a des situations qui ne s'améliorent jamais.

Quand Alma-Rose se calme enfin, Maria prend le visage de sa sœur entre ses mains et explique:

— Je ferai tout mon possible pour t'aider. Mais il y a des choses que je ne peux pas décider toute seule. Je suis d'accord avec toi, tu n'es pas obligée d'appeler Hermance «maman». Je suis certaine qu'elle ne sera pas fâchée. Pour le reste, je vais y réfléchir un peu. Je comprends que tu préférerais vivre à Saint-Prime avec Adrien et moi, mais ce n'est pas aussi simple. D'abord, il faut que j'en parle avec Adrien. Ensuite, il faut en discuter avec papa. Je ne peux pas te garantir qu'il acceptera que tu ailles vivre ailleurs, même si c'est avec moi. Si toutefois

Adrien et papa refusent, je te promets que tu pourras venir passer beaucoup de temps chez moi.

Maria n'a pas encore enlevé ses mains du visage d'Alma-Rose que celle-ci lui passe les bras autour du cou et s'écrie :

— Tu es la meilleure sœur du monde et je t'aime beaucoup !

— Moi aussi, je t'aime. Maintenant, il faut qu'on se mette au travail si on ne veut pas qu'Hermance et Télesphore ramassent plus de bleuets que nous. N'oublie pas : on doit faire des tartes aux bleuets pour dessert.

— J'ai compris ! Ça nous prend beaucoup, beaucoup de bleuets !

— C'est bien ça. Tant que les garçons mangeront autant, on n'a pas d'autre choix.

Maria et Alma-Rose reviennent à la maison en même temps qu'Hermance et Télesphore. Avant même d'entrer, les deux paires de cueilleurs comparent leur quantité de bleuets respective. Pour une fois, Hermance et Télesphore ont battu les filles. Le jeune homme est si content qu'il danse sur place, entraînant Hermance avec lui.

— Nous sommes les meilleurs ! crie-t-il. Je vous l'avais dit, maman, qu'on serait les meilleurs.

— C'est parce que tu as bien travaillé, le félicite Hermance. Je suis très fière de toi.

— Je vais rentrer pour préparer la pâte à tarte si vous voulez, propose Maria.

— C'est très gentil. Le temps de passer chercher des œufs à l'étable et je te rejoins.

Restée à l'écart, Alma-Rose garde le silence. Au moment où elle s'apprête à entrer dans la maison, Hermance lui demande :

— Tu as les yeux tout rouges, ma belle fille. Qu'est-ce qui t'est arrivé ?

Voyant l'embarras de sa petite sœur, Maria se dépêche de répondre à sa place :

— Ce n'est rien, rassurez-vous. On s'est roulées dans l'herbe et elle a eu un brin dans l'œil, mais je l'ai enlevé. C'est d'ailleurs à cause de ça que vous avez gagné, sinon…

Télesphore ne la laisse pas compléter sa phrase.

— Ce n'est pas vrai ! Maman et moi, on a gagné parce qu'on est les meilleurs ramasseurs de bleuets. C'est vrai, hein, maman ?

— Mais oui, mon garçon, répond Hermance. Tu es un champion pour cueillir les bleuets.

Une fois dans la maison, Alma-Rose file à sa chambre. Elle prend un des anciens livres d'histoires de sa mère que lui a donnés sa grand-mère et retourne dehors. Elle s'assoit au pied d'un grand sapin et plonge aussitôt dans une histoire de princesse.

Une fois seule avec Maria, Hermance part la conversation :

— Je comprends que tu ne pouvais pas parler devant Alma-Rose, mais j'aimerais bien savoir ce qui s'est réellement passé. On n'a pas les yeux aussi bouffis pour un simple brin d'herbe. Je t'écoute.

Maria préférerait ne pas avoir à répondre, mais puisqu'il le faut, elle fait son possible.

— Vous avez raison, ce n'est pas à cause d'un brin d'herbe. Mais malheureusement, je dois aborder le sujet avec papa avant. J'espère que vous comprenez.

— Ai-je le choix ? Tu sais, Maria, je fais mon gros possible pour m'intégrer dans votre famille et, sincèrement, je crois que j'y arrive assez bien, sauf avec Alma-Rose. J'ai beau être gentille, douce, attentionnée, aimable avec elle, j'ai toujours l'impression qu'elle est à des milles de moi. S'il y a quelque chose que je puisse faire, j'aimerais vraiment le savoir. C'est une charmante petite fille et je l'aime beaucoup, tout comme chacun d'entre vous, d'ailleurs.

— Je le sais bien, Hermance, mais je dois parler à papa avant. Je suis désolée.

Voyant qu'elle devra prendre son mal en patience, Hermance respire un grand coup avant de s'exclamer :

— Alors, est-ce qu'on les fait, ces tartes ?

— Oui. Je m'occupe tout de suite de la pâte.

— Et moi ?

— Je vous sers un thé et vous vous bercez jusqu'à ce que la pâte soit prête à rouler. Et c'est là que vous prenez la suite parce que moi, je déteste au plus haut point rouler la pâte.

— J'avais cru remarquer ! lance Hermance d'un ton moqueur. D'habitude, quand j'arrive à m'asseoir entre les repas, c'est pour repriser ou coudre. Alors je vais suivre ton conseil et te regarder travailler. Après, on échangera nos places.

— Parfait ! conclut Maria.

Chapitre 25

— Maria, je ne peux pas attendre plus longtemps, s'impatiente Samuel. Si tu veux que je poste ta lettre, c'est maintenant qu'il faut me la remettre.

— Je vous en prie, papa, donnez-moi encore une minute. J'ai presque fini. Pourriez-vous aller me chercher une enveloppe pendant ce temps-là ?

— Oui, mais dépêche-toi.

Quand Samuel tend l'enveloppe à sa fille quelques instants plus tard, il revient à la charge :

— Dépêche-toi de terminer.

— Je vais aussi vite que je peux.

La jeune femme adresse en vitesse l'enveloppe. Elle y glisse ensuite sa lettre et lèche la bande de colle. Celle-ci est si mauvaise qu'elle frissonne. Le sourire aux lèvres la seconde d'après, Maria apporte la lettre à son père. Samuel sort vite de la maison et saute dans sa calèche. Si tout va bien, il sera de retour avant le souper.

Maria est contente. Adrien sera heureux de recevoir enfin de ses nouvelles. C'était seulement la deuxième lettre qu'elle écrivait. Elle a dû faire un tas de fautes, mais elle ne pouvait pas faire plus que son possible. Pendant son séjour à Saint-Prime, elle n'a pas travaillé très fort son français. En fait, elle n'a même pas lu ni écrit une seule ligne. Pourtant, elle n'ignore pas que plus elle lira, mieux elle écrira. Eutrope le lui a souvent répété. Et depuis qu'elle est revenue à la maison, son père est si occupé avec la construction de la maison d'Esdras que lorsqu'il pose enfin les fesses sur sa chaise berçante il tombe endormi la minute d'après. Alors pas question de lui faire la lecture ! « Il faut vite que je m'y remette. Je vais lire au moins un article chaque jour à partir d'aujourd'hui. Il n'est pas question que je perde tout ce que j'ai appris, j'ai travaillé beaucoup trop fort. Je vais m'assurer qu'Alma-Rose fasse de même. »

Maria sait d'avance qu'elle trouvera la journée longue. Son père vient à peine de partir que déjà elle a hâte qu'il revienne. Elle espère de tout son cœur qu'il lui rapportera une lettre d'Adrien. Ce dernier lui manque tellement qu'elle ignore comment elle fera pour tenir le coup jusqu'à leur mariage en avril prochain. Ils ont choisi de se marier le samedi 24 avril. Ils ont bien ri quand ils ont choisi la date. Ils ont passé en revue tous les jours du mois pour finalement additionner leur date de naissance respective et ensuite diviser le total par deux. Après, Maria a demandé à Adrien s'il voyait un inconvénient à ce qu'elle revête la robe qu'elle devait porter pour son mariage avec Eutrope.

— Elle est très belle, tu vas voir. C'est Hermance, ma belle-mère, qui a fait les retouches. Elle a des doigts de fée. Mais si tu n'es pas d'accord, je demanderai à ma grand-mère de me prêter la sienne.

— Avant de répondre, je veux te poser une question. Toi, seras-tu à l'aise avec ?

Maria réfléchit quelques secondes avant de déclarer :

— Oui, car c'est la robe de mariée de maman et que je n'ai fait que l'essayer. Pas de problème pour moi, j'ai même très hâte de la porter.

— Si c'est comme ça, tout est parfait. Moi, c'est mon parrain qui va m'habiller pour nos noces. Il va même m'acheter tout ce qu'il me faut pour travailler.

— Tu as de la chance ! Mon parrain, qui est le frère aîné de mon père, et ma marraine sont loin d'être aussi riches. Il y a si longtemps que je ne les ai vus que je ne me souviens même pas d'eux.

— Pourquoi tes parents les ont-ils choisis s'ils ne se sont jamais occupés de toi ?

— Parce qu'avant ils restaient à Saint-Félicien. Mais ils ont déménagé à Sept-Îles quand j'avais un an. Ma tante avait un frère qui vivait là-bas. Il avait trouvé un travail pour mon oncle. On ne les a jamais revus.

— Tu n'as vraiment pas frappé le gros lot avec eux.

— Là-dessus, tu sembles avoir eu plus de chance que moi.

— Effectivement ! Mon parrain fait le commerce du bois. C'est le plus jeune frère de mon père. Dans cette famille, il est le seul qui soit allé au collège. Au départ, mes grands-parents voulaient en faire un homme de Dieu, mais ça n'a pas marché. Il est très ratoureux, mon parrain. Un jour, alors que toute la famille était réunie, il a annoncé qu'il n'avait jamais eu l'intention de devenir prêtre. Vu que c'était le cadet de la famille, il avait vite compris que c'était la seule façon pour lui d'étudier au collège puisque personne de la famille n'y était encore allé, alors il avait joué le jeu. Imagine, il avait même réussi à convaincre les frères qu'une fois reçu prêtre il aimerait tenir les comptes de la communauté. Étant donné que cette tâche n'intéressait pas grand monde, ils lui ont permis de suivre tout le programme portant sur les affaires. Son dernier examen réussi, mon parrain a dit à son père qu'il n'était pas question qu'il prononce ses vœux, ni à ce moment-là ni jamais. Il lui a avoué que tout ce qui l'intéressait, c'était les affaires. Mon grand-père a piqué une colère noire comme jamais – et il était plutôt du genre colérique. Il s'est mis à lancer tout ce qui lui tombait sous la main. Mon parrain s'est protégé du mieux qu'il le pouvait avec ses bras, et il n'a pas bougé. Il connaissait assez bien son père pour savoir que ce dernier finirait par se calmer. Au bout de quelques minutes, mon grand-père a ordonné à mon oncle de prendre ses affaires et de s'en aller.

— Il n'était pas reposant, ton grand-père…

— Pas vraiment. Mais mon oncle ne s'est pas laissé faire. Il est allé voir sa mère et lui a tout raconté. Après avoir versé quelques larmes, car elle tenait mordicus à avoir un prêtre dans la famille, elle lui a conseillé d'aller passer quelques jours chez sa grand-mère en attendant qu'elle parle à son mari. Au bout d'une semaine, mon grand-père est allé le chercher. Mon oncle a commencé à travailler pour Price la semaine d'après comme responsable des achats pour la région. Il était jeune mais très convaincant. Dix ans plus tard, il a quitté son emploi pour se lancer en affaires. Il faisait le même travail, sauf que c'était plus payant. Il a ramassé beaucoup d'argent au fil des années. Tu devrais voir sa maison, elle est vraiment belle.

— Et il habite où, ton parrain ?

— À Alma, mais il est souvent parti.

— Est-ce qu'il a des enfants ?

— Non, c'est un vieux garçon. Il m'a promis de m'aider à démarrer mon commerce et de m'envoyer des clients. Il connaît tout le monde. Je suis certain que tu vas l'aimer. Il ressemble beaucoup à mon père, mais avec dix ans de moins… et quelques cheveux de plus !

* * *

Aujourd'hui, à l'exception de Samuel, tous les hommes travaillent à la maison d'Esdras. Le mariage du jeune homme et de Louisa aura lieu dans moins d'un mois, et il reste encore passablement de travaux à effectuer. Monter le carré n'a pas été long, mais c'est tout le reste qui prend du temps : poser les fenêtres, installer le poêle, tapisser les murs de journaux, dresser la cheminée, traiter le plancher… Dès qu'ils ont cinq minutes, tous mettent la main à la pâte. C'est d'ailleurs pour prendre livraison des fenêtres que Samuel est allé à Péribonka aujourd'hui.

La veille, Maria a enfin pu parler d'Alma-Rose avec son père. Quant au fait d'appeler Hermance «maman», il a vite tranché la question en disant : « Je croyais bien faire en lui demandant ça. Je pensais que ça lui ferait plaisir et du bien. Mais je vais parler à Hermance ce soir, ne t'inquiète pas. Tu peux dire à ta sœur d'arrêter de s'en faire. » Par contre, quand elle lui a mentionné le souhait d'Alma-Rose de vivre avec elle à Saint-Prime, il a vu rouge.

— Il n'est pas question que ta sœur vive ailleurs qu'ici. Sa place est avec moi. J'espère que ce n'est pas toi qui lui as mis ça dans la tête, parce que si c'est le cas c'est loin d'être drôle. À l'âge qu'elle a, ce n'est pas à Alma-Rose de décider de l'endroit où elle vivra.

— Ce n'est pas la peine de vous fâcher comme ça ! s'est écriée Maria. Mon intention n'est pas de vous dicter quoi faire. Je voulais seulement vous informer qu'Alma-Rose croit dur comme fer qu'elle serait plus heureuse si elle vivait dans une paroisse. Et je la crois, parce que chaque fois que je vais à Saint-Prime, je me sens revivre. Je ne veux pas vous faire des remontrances, mais vivre au beau milieu de nulle part, ce n'est pas fait pour tout le monde. La décision vous revient, c'est sûr. Je vous demande de prendre le temps d'y réfléchir. Si vous l'observez un peu, vous verrez que depuis la mort de maman elle a le cœur gros pour un rien. Et puis, vous ne seriez pas le premier père qui laisse partir un de ses enfants pour aller vivre avec un des plus vieux. Ce n'est quand même pas comme si vous la donniez en adoption. De toute façon, il faut d'abord que j'en discute avec Adrien.

— Toi non plus, tu n'es plus la même depuis que tu sais lire et écrire. Avant, il fallait t'arracher le moindre mot de la bouche, mais là c'est tout le contraire. Des fois, j'ai l'impression d'avoir quelqu'un d'autre devant moi.

— Rassurez-vous, papa, je resterai toujours votre Maria. Le fait de savoir lire et écrire m'a donné confiance en moi, c'est vrai. Vous devriez en être content au lieu de chercher la vieille Maria qui vivait dans un autre monde, où seuls les interdits existaient. La mort de maman nous a tous marqués, mais encore plus Alma-Rose. Je sais qu'Hermance est très gentille avec elle, elle l'est avec tout le monde, mais ça ne suffit pas pour ma petite sœur. Vous le savez, elle veut chanter dans la chorale, aller à l'école, avoir des amis de son âge… Saint-Prime, ce n'est quand même pas le bout du monde. Mais je ne lui ai rien promis, rassurez-vous. La seule promesse que je lui ai faite, c'est de vous en parler. Dans le cas où Adrien refuserait qu'elle vienne habiter avec nous, ce qui m'étonnerait beaucoup, j'espère que vous lui permettrez au moins de venir se promener aussi souvent qu'elle le souhaitera.

— Je vais jongler à tout ça.

* * *

Aujourd'hui, Maria a promis à Alma-Rose de lui faire des brioches parce que c'est son anniversaire. Elle a neuf ans. Il règne une chaleur torride dans la maison, mais une promesse est une promesse. Hermance a demandé à Alma-Rose si elle aimerait manger quelque chose de particulier. La petite a répondu : «Pas de bouilli de légumes. Pas de tourtière. Pas de crêpes.» Maria et Hermance la regardaient en souriant en attendant qu'elle daigne leur donner la bonne réponse. L'index sur les lèvres, Alma-Rose réfléchissait, les yeux en l'air. «Je mangerais des patates fricassées avec une montagne de grillades», a-t-elle finalement déclaré.

Depuis qu'elle a goûté les brioches de Maria, Hermance seconde sa belle-fille chaque fois qu'elle en prépare. Elle s'est risquée à en cuisiner toute seule quelques fois, mais elle n'a pas connu un très grand succès. Elles étaient soit trop dures, soit pas assez cuites, soit trop molles. Une chance qu'elle entend à rire parce que personne ne la ménage quand elle dépose fièrement une assiette de brioches sur la table. Chacun en prend une, mais c'est par pure politesse.

La dernière fois, Samuel a dit gentiment à sa femme :

— Tu sais, tu n'es pas obligée de nous faire des brioches. Des tartes feraient parfaitement l'affaire.

— Très drôle, a-t-elle répondu, le regard noir. Je te jure que je vais finir par y arriver.

— Tu pourrais peut-être te contenter d'une demi-recette la prochaine fois. Comme ça, on souffrirait moins longtemps.

— Tu n'es pas drôle, Samuel Chapdelaine! s'est-elle exclamée en lui lançant une brioche au visage. Je promets de réussir d'aussi bonnes brioches que Maria avant qu'elle se marie.

— Ouille! s'est écrié Da'Bé. Mon idée est qu'on n'a pas fini de se priver de dessert plutôt que de manger des brioches.

À ces mots, Hermance s'est levée d'un seul coup. Elle a vivement ramassé l'assiette de brioches et a lancé celles-ci dans le bois. Quand elle est revenue dans la maison, tous ont déployé des efforts surhumains pour arrêter de rire. Elle s'est laissée tomber sur sa chaise et a croisé les bras sur sa poitrine. D'habitude, elle aimait plaisanter, mais elle trouvait difficile d'être la cible d'autant de grands gaillards en même temps.

Le lendemain, Esdras a même poussé l'offense jusqu'à déposer une brioche au milieu de la table avant de déclarer :

— Vous voyez, même les bêtes n'en ont pas voulu.

Furieuse, Hermance s'est précipitée sur lui et l'a roué de petits coups de poing. Tout le monde a ri aux éclats.

— Pitié! a crié Esdras. Empêchez-la de me frapper. Il ne faut pas que je sois couvert de bleus le jour de mon mariage. Arrêtez, Hermance, je vais vous dire toute la vérité.

Mais Hermance n'entendait pas à rire à ce moment. Elle a continué de frapper allègrement le jeune homme. Esdras est si musclé qu'elle avait l'impression de frapper sur une roche.

— En sortant de table hier, a-t-il poursuivi en parant les coups du mieux qu'il le pouvait, je me suis dépêché d'aller chercher une brioche et je l'ai cachée dans ma chambre. Elles ne sont pas si mauvaises que ça, vous savez. Je suis certain que les bêtes les ont toutes mangées. Cessez de me frapper, vous me faites mal! a-t-il ajouté en riant.

À bout de force, Hermance a arrêté. Quand elle s'est assise, tous riaient à gorge déployée. Elle a regardé tout le monde avec des yeux sévères, mais au bout de quelques secondes elle a éclaté de rire. Entre deux hoquets, elle a dit :

— Je vous jure que je vais y arriver avant que Maria parte.

Cette simple petite phrase a déclenché une nouvelle vague de fous rires. Les Chapdelaine riaient beaucoup quand Laure était des leurs, mais avec Hermance ils rient encore plus. Elle est tellement spontanée que tous sont portés naturellement à la taquiner, ce qui marche à chaque fois.

* * *

Maria sort tous les ingrédients nécessaires à la préparation des brioches et suit religieusement les étapes de la recette que sa mère lui a transmise. D'ailleurs, il faudra qu'elle l'écrive pour Hermance. Alma-Rose cuisine avec elle. Elle mesure pendant que Maria mélange. Elle se souvient à quel point Laure insistait sur l'importance de bien mélanger, ni trop ni pas assez. Assise au bout de la table, Hermance ne perd rien des opérations. Elle se revoit en train de faire des brioches et jusqu'à maintenant il lui semble qu'elle procède exactement de la même façon que Maria. Elle se gratte la tête. «Alors pourquoi je ne réussis pas mes brioches ?»

Une fois la pâte prête, Maria la dépose dans le four en prenant soin de s'assurer que celui-ci ne chauffe pas. Bien à l'abri des courants d'air, la pâte pourra gonfler à souhait, ce qui devrait nécessiter un peu plus de trois heures. Maria propose à

Alma-Rose d'aller se baigner à la chute. Il fait si chaud que cela leur ferait le plus grand bien.

— Je vais y aller avec vous, annonce Hermance. Il y a longtemps que je n'ai pas eu aussi chaud.

— Pas de problème ! opine Maria.

— Le temps d'aller chercher Télesphore et je serai prête. Avez-vous une idée de l'endroit où il peut être ? Il y a au moins une heure que je ne l'ai pas vu.

— Non, répond Maria. Mais vous n'avez pas à vous inquiéter. Depuis que vous êtes ici, il n'a pas fait un seul mauvais coup, ce qui tient du miracle.

Au moment où Hermance ouvre la porte pour sortir, on entend piailler les poules comme si un coq venait d'être lancé parmi elles. Maria s'essuie vite les mains sur son tablier et, Alma-Rose sur les talons, elle suit Hermance. Les bruits viennent de l'étable. Plus elles approchent, plus les bruits s'intensifient. Les poules se taisent soudainement. Les femmes entendent alors crier Télesphore.

— Tu n'as pas le droit de me frapper ! Arrête, sinon je vais le dire à maman.

Hermance, Maria et Alma-Rose entrent dans le poulailler. Elles voient Da'Bé lever la main sur Télesphore.

— Maudit innocent, tu dois bien savoir qu'on ne lave pas les poules. Voir si ça a du bons sens de faire peur à ces bêtes ! Disparais de ma vue avant que je ne sois plus capable de me…

Mais Hermance ne le laisse pas finir sa phrase. Elle s'avance, le prend brusquement par le bras et lui dit d'un ton ferme qui ne tolère aucune réplique :

— Tu as intérêt à laisser Télesphore tranquille, sinon c'est à moi que tu auras affaire. Je t'interdis de lever la main une seule autre fois sur lui, et ce, pour quoi que ce soit. À ce que je sache, il a des parents pour l'éduquer. Je peux te garantir que ton père n'appréciera pas du tout ton comportement.

Puis, à l'adresse de Télesphore, elle ajoute :

— Viens, mon garçon, on va se baigner avec Maria et Alma-Rose à la chute.

— Tu es méchant, Da'Bé ! crie Alma-Rose. Télesphore, il n'est pas comme toi et moi, c'est un bébé. Et les bébés, il ne faut pas les frapper. Je vais le dire à papa.

Une fois dehors, Télesphore s'essuie les yeux et explique à Hermance :

— Je voulais laver les pattes des poules parce qu'elles étaient pleines de boue.

— Je sais, Télesphore. Mais la prochaine fois, il vaudrait mieux que tu les laisses se nettoyer toutes seules. Même si elles sont petites, ce sont de grandes filles, nos poules. Est-ce que tu comprends, mon garçon ?

— D'accord, maman, je ne laverai plus jamais les pattes des poules. Mais est-ce que je pourrais laver celles de notre vache ?

— Non, non, c'est trop dangereux ! s'exclame Hermance. Quand tu auras envie de laver quelque chose, viens me voir avant. C'est d'accord ?

— Oui ! lance Télesphore. Tu viens, Alma-Rose ? Le premier rendu au pied de la chute donnera une brioche à l'autre.

— Non, pas aujourd'hui, car c'est ma fête et c'est Maria qui fait les brioches.

— Un carré de sucre à la crème alors ?

— Il n'y en a même pas ! jette Alma-Rose.

— Je vous en ferai en revenant, dit Hermance.

— Youpi! s'exclame Télesphore. Un, deux, trois… *go*!

* * *

Comme prévu, Samuel revient un peu avant le souper. Dès qu'elle entend Cadeau trottiner, Maria se précipite à la porte. Elle a hâte de savoir si Adrien lui a écrit. Dès qu'il la voit, son père lui sourit. Elle comprend qu'il a quelque chose pour elle. Sitôt la calèche arrêtée, elle s'avance jusqu'à Samuel et s'informe:

— Alors, il y a du courrier?

— Oui, ma belle fille. J'ai trois lettres pour toi.

— Trois lettres? s'écrie Maria d'un air surpris. Mais de qui?

— Je te laisse la surprise. Tiens, prends-les. Moi, il faut que j'aille dételer Cadeau.

Maria saisit les lettres que son père lui tend. Elle est curieuse de savoir qui, à part son amoureux, a bien pu lui écrire. Elle a deux lettres d'Adrien et une de Lorenzo. Elle prend cette dernière et la range dans sa poche. Il n'y a aucune urgence pour qu'elle la lise, parce que si c'est pour la demander encore en mariage c'est trop tard. Elle regarde ensuite le cachet de la poste sur les deux autres enveloppes et ouvre celle qui date le plus. Adrien lui a écrit seulement quelques jours après son départ de Saint-Prime. Le cœur de Maria bat à tout rompre. Elle est nerveuse. Elle déplie la lettre et, avant de commencer sa lecture, la porte à son cœur. Elle s'assoit sur la galerie et se met à lire.

Ma chère Maria,

Voilà seulement trois jours que tu es partie et tu me manques déjà. Depuis ton départ, je ne cesse de penser à toi. J'entends ton rire à tout moment dans mes oreilles. Je revois ton sourire dès que je ferme les yeux. Je fais les mêmes choses que lorsque tu étais là, mais aucune ne me procure autant de plaisir. Avec toi, le plus petit geste prenait des airs de fête.

Ta grand-mère m'a appris qu'on pourrait rester à coucher quand on ira au mariage de ton frère, et j'en suis très content. J'ai tellement de choses à te raconter…

Maria arrête sa lecture un moment ; elle est émue. Depuis qu'Adrien est entré dans sa vie, plus rien n'est pareil pour elle non plus. On dirait que le bon Dieu a échappé de la peinture rose sur son monde. Et le meilleur, c'est que même les fortes pluies des dernières semaines n'en sont pas venues à bout.

Le sourire aux lèvres, elle poursuit sa lecture. Adrien lui a écrit une lettre de trois pages ! « Ça paraît que c'est un homme de lettres, songe-t-elle. Moi, ça m'a tout pris pour écrire une seule page. »

Avant de ranger les feuilles dans l'enveloppe, elle relit la fin :

J'ai hâte de te serrer dans mes bras et de respirer ton odeur. J'ai aussi hâte de poser mes lèvres sur les tiennes.

Tu me manques !

Adrien

Chapitre 26

Le jour du mariage d'Esdras est enfin arrivé. Maria porte fièrement sa nouvelle robe. Hermance lui a même offert un petit col de dentelle blanche, ce qui donne encore plus de classe au vêtement. « Tu feras une belle épouse de commerçant », lui a dit sa belle-mère. Droite comme un piquet, Maria attend patiemment Adrien.

Hermance a également pu confectionner une robe à Alma-Rose avec le tissu envoyé par Lorenzo. La petite fille est très contente d'avoir une robe semblable à celle de sa grande sœur. Elle lui tient la main et reste collée à elle malgré la chaleur presque déjà insupportable bien qu'il soit à peine onze heures. Les invités se massent sur le perron de l'église. Plusieurs hommes ont déjà détaché le premier bouton de leur chemise et desserré leur cravate qui, outre le fait de faire partie de leur habit du dimanche, n'a d'autre utilité que celle de les étrangler. Plusieurs femmes se servent de leur sac comme d'un éventail, mais l'air chaud qu'elles brassent ne les aide guère à se rafraîchir.

Tous restent dehors, au gros soleil, jusqu'à ce que monsieur le curé les invite à entrer dans l'église. Sitôt dans l'édifice, tout le monde respire mieux car il y fait frais. Les gens s'assoient en attendant l'arrivée des mariés. Plusieurs s'essuient le front avec leur mouchoir.

C'est le trentième mariage qui sera célébré dans la petite église depuis le début du mois. Il y a eu dix mariages doubles. « Heureusement, sinon je n'aurais fait que ça », songe le curé. Le religieux a été fort occupé ces derniers temps. Entre les mariages, les baptêmes, les derniers sacrements et les visites des paroissiens au presbytère, il ne lui restait que peu de temps pour prier. « Mais tant que la paroisse se développe, je suis content », pense-t-il en souriant.

Resté dehors, Esdras fait les cent pas en attendant Louisa. Il n'a pas fermé l'œil de la nuit. Il n'arrêtait pas de penser à ce qu'il ferait si elle ne se présentait pas. Il est parfaitement conscient que la vie qu'il lui offre est loin d'être cousue d'or. Au moins, ils auront leur propre maison pendant la belle saison, ce qui est déjà beaucoup. Pour ce qui est de l'hiver, c'est à voir. Il faudra isoler la maison parce qu'ici, quand le vent décide de souffler, il n'a pas son pareil. « Je devrais avoir le temps de tout terminer avant de partir pour les chantiers. En tout cas, je vais faire tout ce que je peux. Et si la récolte est aussi bonne qu'elle s'annonce, alors ce sera mon avant-dernière année aux chantiers. »

Lorsque Esdras voit enfin au loin la calèche du père de Louisa, il respire mieux. Comme convenu avec sa future femme, il se dépêche d'entrer dans l'église. Louisa lui a répété tellement souvent que cela leur porterait malheur s'il la voyait avant qu'elle entre dans l'église !

Maria se retrouve donc seule sur le perron avec Alma-Rose. Elle commence à s'inquiéter sérieusement. Ses grands-parents n'ont pas l'habitude d'être les derniers, bien au contraire. « Pourvu qu'il ne soit rien arrivé… »

Louisa est magnifique dans sa robe de mariée. Alma-Rose la regarde avec de grands yeux.

— On dirait une princesse ! s'écrie-t-elle quand elle voit la jeune femme descendre de la calèche.

Pour l'occasion, Louisa a remonté ses cheveux en chignon, ce qui la fait paraître encore plus grande. Elle est radieuse.

— Tu as raison, dit Maria. Elle est vraiment très belle.

Distraite par l'arrivée de la mariée, Maria n'a pas vu qu'une autre calèche approchait. Quand elle s'en rend compte, elle relève la jupe de sa robe et descend en courant les quelques marches avant de s'élancer à la rencontre des arrivants. Si elle ne se retenait pas, elle hurlerait tellement elle est contente. Elle cherche Adrien des yeux, mais elle ne le voit pas. Avant que Maria se mette à pleurer, sa grand-mère la rassure :

— Ne t'inquiète pas, il sera là dans une minute ou deux.

— Mais pourquoi n'est-il pas avec vous ?

— Parce que ses parents ont décidé de venir eux aussi. À six, on aurait été trop à l'étroit dans la même calèche.

— Vous m'avez fait peur. Je commençais à penser qu'il m'avait oubliée.

— Non, non, ma petite fille. Il n'arrête pas de parler de toi. Peux-tu m'aider à descendre ?

— Avec plaisir, grand-maman ! accepte Maria. Je suis désolée, j'oublie mes bonnes manières.

— Ce n'est pas grave, je comprends ça.

— Ah, les femmes ! lance le grand-père. Je n'ai jamais compris pourquoi vous vous en faites autant, pour tout et pour rien.

— Que veux-tu, répond sa femme, c'est plus fort que nous.

Madame Bouchard se tourne ensuite vers sa petite-fille :

— Je te trouve très élégante dans ta robe, Maria.

— Merci, grand-maman. C'est Hermance qui me l'a cousue. Attendez de voir Alma-Rose, elle porte une robe semblable à la mienne.

— Où est-elle ?

— Elle est sur le perron de l'église. Depuis que Louisa est arrivée, elle n'a pas bougé. Je serais même prête à gager qu'elle ne s'est pas aperçue que je n'étais plus à côté d'elle. Et pourtant, je lui tenais la main.

Puis la jeune femme s'exclame : « Les voici ! » et elle abandonne ses grands-parents sur-le-champ.

La calèche des Gagné n'est pas encore totalement arrêtée que Maria est déjà à sa hauteur. En voyant son amoureuse, Adrien saute à terre et, sans que Maria ait le temps de vraiment s'en rendre compte, il la prend dans ses bras, la soulève de terre et la fait tourner. La seconde d'après, ses lèvres se posent douce-ment sur celles de sa bien-aimée.

— Tu m'as tellement manqué, lui souffle-t-il à l'oreille.

— Et toi donc ! lance Maria.

C'est à contrecœur que la jeune femme se libère de l'étreinte d'Adrien. Elle va saluer ses futurs beaux-parents et Anna.

— Mon père et ma belle-mère seront très contents de faire votre connaissance. Et toi, Anna, je suis certaine que tu feras fureur. Il me reste encore deux frères à marier. Venez vite, le mariage est sur le point de commencer.

Une fois dans l'église, Maria avance fièrement au bras d'Adrien jusqu'à l'avant de l'église. Serrée entre lui et Alma-Rose, elle déborde de bonheur. Elle ne pourrait pas être plus heureuse qu'en ce moment. On dirait vraiment que depuis la mort d'Eutrope le vent a tourné pour elle et sa famille.

Son père a enfin décidé de s'installer pour de bon. Il a pris un grand virage pour la culture de ses champs. D'ailleurs, il ne se passe pas une seule journée sans qu'il se félicite d'avoir osé semer du seigle et planter des patates. Ses prières ont-elles été exaucées ? Il n'en sait rien, mais jamais ses champs n'ont été aussi beaux, comme si cette terre était idéale pour faire pousser du seigle et des patates. Chaque fois que Samuel en parle aux autres habitants quand il va au village, ces derniers ne se gênent pas pour rire de lui, mais ça l'importe peu. Son intuition lui souffle qu'il a pris la bonne décision et que ses efforts seront récompensés. Il s'est marié à une femme qu'il aime presque autant qu'il aimait sa Laure. Il ne le criera pas sur les toits, et surtout pas devant les enfants, mais avec elle à ses côtés il serait capable de soulever des montagnes. Il lui arrive même de rêver d'avoir un enfant avec elle ; malheureusement, elle ne peut pas en concevoir.

Dans quelques minutes, Esdras sera marié et, contrairement à ce que Maria croyait impossible il y a à peine quelques mois, lui et Louisa auront leur propre maison. Pourtant, les Chapdelaine ne sont pas plus riches qu'avant. Non, c'est le bonheur qui fait la différence, de l'avis de Maria. Rien n'est plus facile qu'avant pour eux, mais quand on est rempli de joie de vivre, on ne voit pas les choses avec les mêmes yeux. Comme le disait si bien Laure : « Les choses ne peuvent pas toujours mal aller. Quand c'est rendu au bout, ça revire. »

Et l'année prochaine, Maria se mariera à son tour et ira vivre à Saint-Prime. Son père ne lui a pas encore fait part de sa décision concernant Alma-Rose, mais ça ne l'inquiète pas. Elle a une totale confiance en son père. Elle est pratiquement certaine qu'il abordera le sujet avec les parents de Laure aujourd'hui. Et puis, il reste encore bien du temps avant le mois d'avril.

Dans son énervement, Maria n'a pas pris le temps de demander à ses grands-parents pourquoi ils étaient arrivés si tard. « L'important, c'est qu'ils soient là », conclut-elle.

— Je vous déclare maintenant mari et femme, lance le curé. Vous pouvez embrasser la mariée.

À ces mots, Maria sent deux petites larmes poindre au coin de ses yeux. C'est chaque fois pareil, elle ne peut s'empêcher de s'émouvoir quand elle assiste à un mariage. Elle tourne la tête en direction de sa grand-mère et la voit s'essuyer les yeux avec son mouchoir, ce qui fait sourire Maria. Laure avait la même réaction. Prise de curiosité, la jeune femme regarde du côté d'Hermance. Celle-ci range à l'instant son mouchoir dans son sac à main. «Normal, c'est la cousine de maman», pense Maria.

Une fois dehors, les invités offrent leurs vœux de bonheur aux mariés. Esdras semble flotter. Bien posté aux côtés de Louisa, il sourit à pleines dents et se laisse embrasser par toutes les femmes alors que d'habitude il trouve toujours une excuse pour éviter les effusions. Il est tellement beau dans son costume. Louisa lui jette des coups d'œil remplis d'amour et de passion. Ils ont hâte de se retrouver seuls, mais en même temps ils sont contents de voir tous ceux qui se sont déplacés pour partager leur bonheur. Entre les six mois aux chantiers et la distance qui les séparait, les amoureux ne se sont pas vus très souvent depuis le jour où ils ont fait connaissance. Une chose est certaine: un grand amour s'est installé entre eux au fil des mois et ils ont bien l'intention de reprendre le temps perdu dès ce soir.

La présence d'Anna, la sœur d'Adrien, n'a échappé ni à Da'Bé ni à Tit'Bé, ni même à Camil, le frère d'Eutrope. Depuis qu'ils l'ont repérée, les trois jeunes hommes n'ont d'yeux que pour la belle grande fille aux longs cheveux aussi blonds que les blés mûrs.

— Moi, c'est avec une fille comme elle que je veux me marier, lance Tit'Bé.

— Arrête un peu, tu es bien trop jeune pour te marier, rétorque Da'Bé. Tu n'as pas encore de barbe au menton.

— Ne perdez pas votre temps, les gars, intervient Camil. Elle me fait de l'œil depuis un bon moment déjà.

— Depuis quand t'intéresses-tu aux femmes, toi? demande Da'Bé.

— Depuis aujourd'hui. Il faudrait être fou pour rester insensible à autant de beauté. Si elle veut de moi, je suis prêt à la marier dès demain.

— Tu es vraiment vite en affaires ! se moque Da'Bé. Et puis, il me semblait que tu étais encore plus serré que ton frère.

— Laisse mon frère en paix. Que ça te plaise ou non, je vais tenter ma chance. Je ne passerai certainement pas ma vie tout seul comme un coton.

— Elle est bien trop belle pour toi, reprend Da'Bé sur un ton impatient. C'est moi qui vais la marier. Je vous interdis de me suivre, je vais lui parler.

Mais c'est bien mal connaître Camil et Tit'Bé que de penser qu'ils lui obéiront. Son frère et son ami sur les talons, Da'Bé va trouver Anna. Une fois devant elle, il la salue et lui tend la main.

— J'ai cru comprendre que vous étiez la sœur d'Adrien, le futur mari de Maria. Moi, c'est Da'Bé. Je suis le plus vieux garçon de la famille.

— Et moi, je m'appelle Tit'Bé. Je suis le troisième garçon de la famille. Vous êtes vraiment très belle.

— Et moi, c'est Camil. Je suis le seul voisin des Chapdelaine.

Gênée par autant d'attention, Anna rougit jusqu'aux oreilles. Elle ne s'attendait pas à un tel accueil. Elle regarde les trois jeunes hommes tour à tour avant de déclarer :

— Je suis contente de faire votre connaissance. Maria m'a beaucoup parlé de vous.

— Je suis certain qu'elle vous a prévenue que j'étais son frère préféré, lance Da'Bé.

— Mais voyons, tu devrais savoir que c'est moi, son frère préféré ! proteste Tit'Bé.

— Et moi, je suis son voisin préféré, dit Camil.

— Vous êtes très drôles, tous les trois ! s'exclame Anna. Si je me souviens bien, il y en a parmi vous qui allez aux chantiers.

— Oui, répond Da'Bé. J'y vais avec Esdras. Et Camil aussi.

— Moi, je reste pour aider à la ferme, dit Tit'Bé.

— Si tout se passe comme on le souhaite, on devrait bientôt arrêter d'aller aux chantiers, confie Da'Bé. Pas l'année prochaine mais l'autre. Je vous avoue que j'ai très hâte. La vie aux chantiers, c'est loin d'être aussi drôle qu'on pense.

— J'ai cinq frères qui vont aux chantiers, indique Anna. Deux autres travaillent à la ferme et Adrien va au collège.

— Et vous, demande Tit'Bé, allez-vous au couvent?

— Pour le moment, je me contente d'aller à l'école du village. Mais si mon père accepte, j'aimerais bien étudier pour devenir institutrice.

— Est-ce que ça signifie que vous ne voulez pas vous marier? s'enquiert Camil.

— Non, mais ce n'est pas une urgence pour le moment.

— Il faut qu'on y aille, annonce Tit'Bé. Voulez-vous monter avec nous?

— Merci, mais je vais aller rejoindre mes parents. On se revoit chez vous, si vous voulez.

— Avec plaisir, répondent en chœur les jeunes hommes.

Anna ne peut pas faire autrement que de sentir les trois paires d'yeux sur elle pendant qu'elle parcourt la courte distance qui la sépare de la calèche de ses parents. Elle monte et, juste avant que le véhicule se joigne aux autres, elle regarde en direction des garçons. Encore gênée par toute cette attention, elle se retourne vivement et sourit.

Bien serrée contre Adrien dans la calèche de ses grands-parents, Maria tente de parler avec son amoureux. Chaque fois que la jeune femme ouvre la bouche, Alma-Rose lui pose une question. À croire que la fillette est jalouse que sa sœur ait quelqu'un d'autre qu'elle à aimer. Quand madame Bouchard se rend compte du manège d'Alma-Rose, elle dit à la petite fille de venir s'asseoir à l'avant. Mais l'enfant n'y tient pas du tout.

— Allez, viens, insiste la grand-mère. Ton grand-père et moi, on s'ennuie tout seuls. Adrien va te prendre dans ses bras et moi, je vais t'attraper.

— Je suis très bien ici.

— Je n'en doute pas du tout, mais moi je veux que tu viennes t'asseoir à l'avant. Allez! Aide-moi, Adrien, s'il te plaît.

Monsieur Bouchard ralentit sa monture le temps que le jeune homme soulève son précieux paquet et le dépose entre lui et sa femme.

— Bon, dit la grand-mère, comme ça on va pouvoir jaser ensemble, ma petite Alma-Rose. D'abord, j'aimerais que tu me dises qui a fait ta belle robe.

— C'est Hermance. Elle est pareille à celle de Maria, sauf que je n'ai pas de petit col de dentelle.

— Tu es vraiment très jolie.

— Est-ce que vous trouvez que j'ai l'air d'une princesse?

— Tu seras toujours ma petite princesse! lance le grand-père.

— Tu es aussi belle que les princesses des livres que je t'ai donnés, déclare la grand-mère. C'est certain.

Les deux tourtereaux ont profité du départ d'Alma-Rose pour se coller davantage. Ils ont tellement de choses à se raconter qu'ils ne savent pas par où commencer.

— Je voulais te féliciter, dit Adrien. Tu écris très bien.

— Pas aussi bien que toi.

— Sérieusement, tu n'as rien à m'envier. Avec un peu de pratique, tu vas devenir très bonne, assez pour m'assister dans mon travail. Si tu le veux, bien sûr.

— C'est certain que je veux. Es-tu allé voir la maison de mes grands-parents avec ton père ?

— Oui. Et non seulement avec mon père, mais aussi avec mon parrain.

— Pour vrai ?

— Oui ! Il y a deux semaines, mon parrain est passé nous visiter. Quand je lui ai parlé de mon projet, il a insisté pour que je l'emmène sur place.

— Et puis ?

— Quand nous serons chez vous, je te ferai un dessin sur une feuille. Ce sera plus facile à expliquer. En tout cas, tes grands-parents ont trouvé que mon oncle avait eu une excellente idée. Ton grand-père l'a même invité dans la cuisine d'été.

— Si grand-papa a agi ainsi, c'est que ton parrain lui a beaucoup plu.

— Je t'avoue que lorsqu'ils sont réapparus, ils étaient plutôt joyeux.

— C'est la même chose quand mon père y va. Je ne sais pas exactement ce que mon grand-père cache dans son armoire, mais à mon idée ça ne doit pas être des liqueurs douces !

— Est-ce que je t'ai déjà dit à quel point je te trouvais belle ? lui demande Adrien à brûle-pourpoint.

— Pas encore, répond Maria.

— Eh bien, dans mon souvenir, tu étais déjà très belle, mais aujourd'hui tu t'es surpassée. Cette couleur te sied à merveille ; elle fait ressortir la couleur de tes yeux. Et ta coiffure te va très bien. Je suis un homme comblé d'être aimé par une femme comme toi. Chaque soir, avant de m'endormir, je remercie le bon Dieu de t'avoir mise sur mon chemin. Maria… Je t'aime.

À ces derniers mots, Maria sent une grande chaleur l'envahir tout entière. Elle adore entendre ces mots.

— Moi aussi, je t'aime.

Avant d'arriver chez les Chapdelaine, où la fête aura lieu, les tourtereaux s'embrassent avec passion.

Chapitre 27

Sa journée terminée, Samuel fait un petit arrêt à l'étable avant d'entrer dans la maison. Il était grand temps qu'il donne un coup de brosse à Cadeau. La pauvre bête a travaillé fort ces derniers jours et sa robe est maculée de boue et de terre. Da'Bé a offert de s'en occuper, mais Samuel préfère s'en charger lui-même. D'abord parce qu'il trouve que son plus vieux est beaucoup trop rude dans tout ce qu'il fait. Ensuite parce que ce petit moment d'intimité avec son cheval lui fait plaisir. Samuel a pour son dire que Cadeau se donne tellement pour lui qu'il mérite bien un petit brin d'attention de temps en temps de sa part.

Samuel chantonne en brossant son cheval : « Partons, la mer est belle. Embarquons-nous, pêcheurs. Guidons notre nacelle, ramons avec ardeur. Aux mâts hissons les voiles… » Entre deux coups de brosse, il prend le temps de passer sa main sur le cou de son cheval.

— Tu es une bonne bête, lui souffle-t-il à l'oreille. Ce n'est pas pour te faire plaisir que je te dis ça, mais tu abats encore plus de travail que Charles-Eugène et, pourtant, il ne laissait pas sa place. Je te remercie pour tout.

La seconde d'après, Samuel reprend sa chanson là où il l'avait laissée. Au coup de brosse suivant, Cadeau hennit.

— Je te demande pardon, mon vieux. Il y a tellement de boue dans ton poil que ça ne peut pas faire autrement que de tirer un peu, mais je vais faire plus attention.

Samuel commence un autre couplet : « Amis, partons sans bruit, la pêche sera bonne. La lune qui rayonne éclairera la nuit. Il faut qu'avant l'aurore nous soyons de retour. Pour sommeiller encore, avant qu'il soit grand jour… » Voilà qu'en plein milieu de sa chanson il arrête de brosser et se met à parler à son cheval comme s'il s'entretenait avec quelqu'un. Il agissait de la même façon avec Charles-Eugène. Il y a des choses qu'il ne peut confier à personne, pas même à Hermance, alors il prend son cheval comme confident.

— Mon cher Cadeau, j'ai besoin que tu m'aides. Alma-Rose veut aller vivre à Saint-Prime avec Maria. Moi, ça me crève le cœur de laisser partir ma petite fille. Ce n'est pas comme si j'étais incapable de m'en occuper. Elle ne manque de rien ici. Mais, d'un autre côté, à Saint-Prime, elle pourrait aller à l'école du village. Elle aime tellement apprendre, cette enfant, que je pense que je n'ai pas le droit de la priver de ce plaisir. Elle pourrait aussi jouer avec des enfants de son âge. La pauvre petite joue toute seule à longueur de journée. Elle s'amuse bien de temps en temps avec Télesphore, mais ce n'est pas comme s'il avait le même âge qu'elle. Elle veille sur lui comme sur un bébé ; elle est comme une vraie petite mère pour lui. Et au village, Alma-Rose pourrait chanter dans la chorale. Elle sait tous les chants de Noël par cœur. Chaque fois que je l'entends chanter, elle me tire les larmes. Même si je veux la garder avec moi, il faudrait que je sois aveugle pour ne pas voir qu'elle s'ennuie ici. Au mariage d'Esdras, j'en ai glissé un mot à madame Bouchard. Elle est prête à prendre la petite avec elle tout de suite. « Quand Maria sera mariée, la jeune femme pourra prendre la relève », a-t-elle ajouté. Je ne sais pas ce que je dois faire. Je n'ai demandé l'avis de personne avant de venir installer la famille ici, pas même à Laure. Depuis la mort de sa mère, Alma-Rose est triste plus souvent qu'autrement. Je peux comprendre qu'elle ne veuille pas appeler Hermance « maman », elle a bien le droit de ne pas vouloir que quelqu'un remplace sa mère. Dieu sait que ce n'est pas parce qu'Hermance est méchante avec elle, bien au contraire. Elle s'occupe de mes enfants comme s'ils étaient les siens. D'ailleurs, ça me fait un petit quelque chose qu'il n'y ait que Télesphore qui l'appelle « maman ». Tu sais, mon vieux, je ne pouvais pas tomber mieux en me remariant. J'aimais Laure de tout mon cœur et je croyais bien ne jamais plus pouvoir aimer une autre femme autant. Eh bien, je me suis fait avoir. J'aime Hermance autant que j'aimais ma Laure, sinon plus. Tellement que je serais le plus heureux des hommes si elle me donnait un enfant. Pourtant, quand Alma-Rose est née, j'espérais sincèrement que la famille s'arrêterait là. Depuis qu'Hermance est entrée dans ma vie, tout est plus facile. J'ai même trouvé le courage d'abandonner la culture du blé, ce qui n'est pas rien quand on sait la place que cette céréale a toujours eue et a encore dans notre vie à nous, les habitants. Le blé, c'est la base de notre alimentation, et même de celle des gens de la ville. Et à l'église, quand le curé nous donne la communion, c'est un petit morceau de champ cultivé à la sueur de notre front qu'il nous offre. Notre pays s'est construit sur le blé. Sauf qu'ici, au Lac-Saint-Jean, on aime plus le blé que lui nous aime. Pas moyen de le faire pousser comme il faut. Le remplacer par du seigle et des patates, c'était pour moi tout un exploit, à un tel point que ça m'a gardé éveillé plusieurs nuits. Je voudrais pouvoir dire que je l'aurais fait du vivant de Laure, mais je mentirais. Hermance me donne vraiment des ailes. Avec elle à mes côtés, je n'ai peur de rien. Je n'ai même plus envie de partir. Où que je sois, si elle est avec moi, je suis bien.

Samuel dépose sa brosse et sort une carotte de sa poche. Il la frotte sur son pantalon avant de la tendre à Cadeau.

— J'aimerais t'offrir une pomme, mais elles ne sont pas encore prêtes. Des fois, je me demande si on ne pourrait pas essayer de planter des pommiers ici. C'est quand même un fruit qui vient de chez nous, qui vient du Québec. La prochaine fois que j'irai voir Charles, je lui demanderai s'il a une revue dans laquelle on parle de cette culture. On ne perdrait sans doute rien à planter quelques-uns de ces arbres fruitiers.

Il passe la main sur le museau de Cadeau et reprend sa brosse.

— Courage, mon vieux, dit-il en le brossant sur le flanc, on achève. «Un Canadien errant, banni de ses foyers. Parcourait en pleurant, les pays étrangers. Parcourait en pleurant, les pays étrangers…» Il y a quelque chose d'autre dont j'aimerais te parler. C'est à propos de Da'Bé. Je suis un peu inquiet pour lui. Je le trouve très colérique. Parfois, j'ai l'impression d'avoir mon frère aîné devant moi. S'il y a une chose que je ne voulais pas, c'est bien qu'un de mes enfants lui ressemble. Il va encore falloir que je parle à Da'Bé. Chaque fois que quelque chose ne fait pas son affaire, il a la fâcheuse manie de lancer ce qu'il a entre les mains, ou alors il se met à jurer. Quand Télesphore est en cause, il se permet de le frapper. Il est chanceux de ne jamais s'être échappé devant moi parce que je t'assure que ce serait la dernière fois qu'il lèverait la main sur son jeune frère. Je n'ai jamais frappé mes enfants et je ne permettrai pas que quelqu'un d'autre le fasse. Le père chez nous a passé son temps à nous fesser dessus et je me suis juré de ne jamais faire endurer ça à mes enfants. L'autre jour, Da'Bé a poussé la vache parce qu'elle lui avait marché sur le bout d'un pied. Il l'a poussée si fort que pendant une seconde j'ai cru qu'elle allait tomber à la renverse. Je veux bien croire qu'il était fâché, mais une vache reste une vache. Il ne faut pas lui en demander trop. Moi, je suis rendu à quarante-deux ans et jamais une vache ne m'a marché sur un pied. Ce n'est pas comme si on avait cinquante vaches à traire matin et soir, on en a juste une. Ce n'est quand même pas si compliqué de ne pas se mettre dans ses pattes. Arrête de bouger un peu, Cadeau, il m'en reste à peine pour une minute. «Isabeau s'y promène, le long de son jardin. Le long de son jardin, sur le bord de l'île. Le long de son jardin, sur le bord de l'eau, sur le bord du vaisseau…» Tiens, c'est fini. Ta robe est parfaite. Elle brille comme un sou neuf. Je te laisse, il faut que j'aille manger. Repose-toi, on a une grosse journée demain.

Quand Samuel entre dans la maison, tous sont déjà assis à la table, la fourchette à la main.

— Une chance que je sais que vous mangez à chaque repas, s'écrie-t-il d'une voix joyeuse, parce qu'à vous voir vous m'avez tous l'air très affamés !

— C'est le cas aussi, dit Da'Bé. Il y a un bout de temps que le dîner est juste un souvenir. Vous allez être content, le père, Hermance a fait cuire deux grosses poules.

— J'espère que tu n'as pas tué les deux seules poules qui donnaient des œufs bruns au moins?

— Malheureusement, on ne le saura que demain, répond Hermance avec le sourire aux lèvres.

— Est-ce que je vous ai déjà raconté que mon père nous avait acheté deux lapins, à mon frère et à moi, quand on était jeunes? demande Samuel.

— Moi, je n'ai jamais entendu cette histoire, en tout cas, répond Alma-Rose.

— Comment se fait-il que tu ne la connaisses pas? s'exclame Tit'Bé. Moi, je l'ai entendue au moins vingt fois.

D'une voix espiègle, Samuel commence son récit.

— Ça faisait des mois qu'on achalait notre père pour avoir des lapins, mon frère et moi. On était allés visiter un de nos oncles et on avait passé l'après-midi à jouer avec les siens. Tanné de se faire casser les oreilles, notre père est arrivé une bonne journée avec deux petits bébés lapins.

— Chanceux! s'écrie Alma-Rose.

— On les avait baptisés « Charlot » et « Charlotte ». On a passé tout l'été à les traîner partout avec nous. À l'automne, ils étaient énormes, tellement qu'ils avaient de la misère à marcher. Un beau jour, on a cherché nos lapins partout, mais on ne les a pas trouvés. Le soir, pour souper, ma mère nous a annoncé qu'on mangeait du lapin. Au moment où maman allait nous servir, on s'est levés de table en même temps et on a dit qu'il n'était pas question qu'on mange une seule bouchée de lapin parce qu'on connaissait Charlot et Charlotte. Mon père a éclaté de rire, et ma mère aussi.

— En tout cas, le père, si vous croyez que votre petite histoire va m'empêcher de manger ce soir, c'est peine perdue, déclare Da'Bé.

— Ils étaient méchants vos parents! s'écrie Alma-Rose.

Du poêle, Hermance demande à la petite fille :

— Veux-tu de la viande blanche ou brune?

— Ni l'une ni l'autre, je vais manger seulement des patates et des carottes.

À ces mots, tout le monde éclate de rire. La petite histoire de Samuel a fait plus d'une victime depuis le temps qu'il la raconte. Seul Télesphore mange comme si de rien n'était chaque fois qu'il l'entend.

Hermance gronde son mari :

— Samuel, arrête un peu avec tes histoires. À cause de toi, Alma-Rose aura faim dans une heure.

— Eh bien, tu n'auras qu'à lui donner un morceau de poule!

— Ma foi du bon Dieu, tu es pire qu'un enfant! clame Hermance en prenant un air sévère.

Aussi dodues qu'étaient les deux poules, les Chapdelaine et Edwige leur ont fait honneur en peu de temps.

— Qu'est-ce qu'il y a pour dessert? s'informe Alma-Rose.

— Du pouding à la poule! répond Tit'Bé en riant.

— Ce n'est pas à toi que je parle, proteste la fillette, mais à Hermance.

— Maria a fait un pouding aux bleuets et aux framboises. Et je vais t'en servir un gros morceau, si tu veux.

— Oui! s'écrie Alma-Rose. Et avec beaucoup de jus!

— Pour moi, ce sera la même chose, émet Da'Bé.

— Toi, tu vas prendre ce que je vais te donner, lance Hermance.

— Ce n'est pas juste, se plaint Da'Bé en faisant semblant de pleurer.

— Arrête de faire le bébé, le serine Alma-Rose, le regard fâché.

Après le souper, Maria prend de quoi écrire et s'installe à la table. Il est grand temps qu'elle réponde à la lettre de Lorenzo si elle ne veut pas qu'il débarque à l'improviste. Cette fois, elle ne mettra pas de gants blancs pour lui signifier de la laisser tranquille une fois pour toutes. Elle ignore qui l'informe, mais il était au courant de la mort d'Eutrope. Certes, il a commencé par lui offrir ses condoléances, mais le ton de sa lettre a vite changé. Une fois de plus, il lui a demandé de devenir sa femme. Même si Adrien n'était pas dans sa vie, Maria aurait refusé sa demande. Son envie de s'expatrier s'est envolée depuis longtemps.

Bonjour Lorenzo,

Excuse-moi pour le délai à répondre à ta lettre. J'irai droit au but. Il est inutile de revenir à la charge avec ta demande en mariage. Je vais me fiancer à Noël et me marier en avril prochain. Je te souhaite d'être heureux.

Maria

Elle glisse sa lettre dans l'enveloppe, qu'elle colle et sur laquelle elle écrit l'adresse de Lorenzo. Elle va ensuite déposer le pli sur le petit meuble près du poêle. Elle prend une autre feuille de papier et se remet à écrire. Cette fois, un large sourire illumine son visage.

Mon cher Adrien,

Depuis que tu m'as parlé des travaux que nous allons faire à la maison de mes grands-parents, je souhaite me retrouver en avril sur-le-champ. C'est tellement beau tout ce qui nous arrive que j'ai parfois l'impression de rêver. Imagine un peu : on s'aime, on va se marier, on a déjà une maison et un bureau. J'ai de la difficulté à croire que tout ça est pour nous. Depuis que tu es entré dans ma vie, le vent a tourné. C'est comme si c'était toujours l'été. Peu importe le temps qu'il fait dehors, il fait beau parce que tu es là, dans mon cœur.

J'imagine que tu es déjà retourné au collège. En tout cas, j'espère que tes parents te feront suivre mes lettres. Ici, tout va bien. Les hommes sont sur le point de faire les récoltes. Mon père est fou de joie à l'idée de faire des affaires avec ton parrain. On dirait un petit garçon. Lui qui a mis tant de temps à se décider à cultiver autre chose que du blé, voilà qu'il est prêt à défricher toute la forêt pour planter plus de patates. C'est très généreux de la part de ton père de lui avoir présenté son frère.

Papa ne m'a pas encore donné sa réponse pour Alma-Rose, mais il a bien du temps devant lui.

Je ne sais pas comment je vais faire pour patienter jusqu'à Noël avant de te revoir.

Je t'embrasse très fort et je t'aime,

Ta Maria

Elle répète ensuite le même scénario que pour la lettre précédente. Avant de se rasseoir à la table, elle prend le journal au passage et l'ouvre à la page 7. Elle se racle la gorge pour réveiller son père qui somnole dans sa chaise, puis elle lui demande :

— Aimeriez-vous que je vous lise un petit article ? C'est sur les pommiers.

À ces mots, Samuel se redresse.

— Avec plaisir, ma belle fille. Je t'écoute.

Quand Maria termine sa lecture, Samuel lui demande si elle pourrait lui relire l'article. La jeune femme s'exécute sans rechigner.

— J'aurais bien envie d'acheter quelques pommiers, avance Samuel en se frottant le menton. Qu'en penses-tu, Hermance ?

— Ce n'est certainement pas moi qui vais t'en empêcher, car j'adore les pommes. Mais es-tu bien certain que ça peut pousser par ici ?

— Si on se fie à ce qui est écrit dans l'article, ça n'a pas l'air d'être un arbre si capricieux. C'est certain qu'il fait plus chaud dans le coin de Montréal qu'ici, mais on ne perd pas grand-chose à essayer. Dans le pire des cas, on se servira du bois pour chauffer le poêle.

— Alors on paiera les pommiers avec mon argent, lance Hermance.

— Garde ton argent pour toi, dit Samuel. Je suis capable de faire vivre ma famille.

— Je le sais bien, Samuel. Mettons que ce sera ton cadeau de Noël.

— Si tu le prends comme ça, j'accepte. Demain, j'irai voir Charles pour lui demander de m'en commander une douzaine.

— Où as-tu l'intention de les planter ? s'enquiert Hermance.

— Je pense que l'endroit idéal serait près de la grange. Au moins, ils seraient à l'abri du vent, en tout cas en partie. Si tu n'y vois pas d'objection, j'en profiterai pour amener Alma-Rose à Saint-Prime.

— Est-ce que j'aurais manqué quelque chose ? interroge Hermance.

— Non. Je viens juste de décider d'accepter l'offre de mes beaux-parents de la prendre avec eux jusqu'à ce que Maria aille vivre là-bas. Comme ça, elle pourra aller à l'école, faire partie de la chorale et jouer avec ses cousines. À moins que la petite n'ait changé d'idée…

En entendant ces mots, Maria ne peut s'empêcher d'aller embrasser son père.

— Merci, papa ! Je vais la réveiller pour lui apprendre la bonne nouvelle. Elle sera folle de joie.

— Laisse-la dormir. Elle aura tout le temps de se préparer, car je n'ai pas l'intention de partir avant le milieu de l'après-midi.

— C'est une bonne décision, Samuel, le félicite Hermance.

Ce soir-là, avant de s'endormir, Maria récite un chapelet complet pour remercier le bon Dieu une fois de plus de sa grande bonté.

Chapitre 28

Il y a déjà un bon moment que Maria attend qu'Alma-Rose se réveille pour lui apprendre la bonne nouvelle. Dès qu'elle voit sa sœur bouger un peu, elle s'appuie sur un coude et fixe attentivement le visage de la petite pour être certaine de ne rien manquer de sa joie. Quand Alma-Rose ouvre enfin un œil, elle se frotte le visage.

— Qu'est-ce que tu fais là, Maria ? Pourquoi tu me regardes dormir ? Tu aurais dû me réveiller au lieu de m'espionner !

— Tu sais à quel point j'ai horreur de me faire réveiller, alors il n'était pas question que je te fasse le coup. J'ai une bonne nouvelle à t'apprendre. Est-ce que tu es prête ?

— Si c'est pour m'annoncer qu'on ira encore cueillir des bleuets aujourd'hui, tu peux la garder pour toi, ta nouvelle.

— Laisse faire les bleuets. Ce que je vais t'apprendre te rendra folle de joie.

— Vas-y, je t'écoute, lâche Alma-Rose sans grande conviction.

— Ne fais pas cette tête-là. Écoute-moi bien. Papa va t'emmener à Saint-Prime avec lui cet après-midi.

— Et puis après ? Il me ramènera avec lui dans deux jours, c'est ça ? Si ce n'est pas pour y rester, alors j'aime mieux demeurer ici.

— Tu ne comprends pas. Il est d'accord pour que tu ailles vivre chez grand-papa et grand-maman. Tu pourras aller à l'école, chanter dans la chorale et jouer avec nos petites cousines tous les jours.

Alma-Rose regarde sa sœur. Elle a certainement mal entendu. Peut-être est-elle en train de rêver ?

— Elle n'est pas drôle, ta farce, lance-t-elle en se cachant la tête sous les couvertures. Laisse-moi tranquille.

— Mais c'est loin d'être une blague, jette Maria en soulevant les couvertures. Papa va t'emmener à Saint-Prime cet après-midi avec toutes tes affaires. Et quand je serai mariée, tu resteras avec Adrien et moi.

— Pour toujours ?

— Je pensais que c'était ce que tu voulais.

— Oui, oui. C'est vrai ? Attends, il faut que je remercie la Sainte Vierge de m'avoir exaucée. Merci, Marie ! Merci à toi aussi, Maria, ajoute-t-elle en sautant au cou de sa sœur. Est-ce que tu peux m'aider à ramasser mes affaires ? Il ne faut pas que j'oublie quelque chose. Je vais enfin aller à l'école ! Je suis si contente ! On part à quelle heure ?

— Juste à la fin de l'après-midi. Viens manger, on a tout le temps de préparer tes choses.

— Non, j'aime mieux le faire tout de suite. Tu es certaine que papa ne changera pas d'idée ?

— Absolument. Allez, viens manger, je t'aiderai après.

— Je vais aller à l'école ! Et chanter dans la chorale ! Et jouer souvent avec mes cousines ! Youpi ! Sais-tu où est papa ? Il faut que je le remercie.

— Il travaille avec les autres dans le nouveau champ, près de celui des patates.

— Je vais le voir.

Sans même prendre le temps de se changer, Alma-Rose sort pieds nus, avec pour tout vêtement sa robe de nuit. Maria court derrière elle pour lui donner ses chaussures.

— Alma-Rose, lui crie-t-elle, viens ici! Tu n'as rien dans les pieds, ce n'est pas le temps de te blesser.

— Tu as raison, répond Alma-Rose en riant.

Elle revient sur ses pas, s'assoit sur la galerie et glisse ses pieds dans ses souliers, sans toutefois prendre le temps de les attacher. Elle file voir son père. Essoufflée, elle se place derrière lui et lui tape sur l'épaule pendant qu'il s'échine à enlever une grosse souche. Dès que Samuel se retourne, elle lui saute au cou et lance :

— Vous êtes le meilleur papa du monde entier! Je ne peux pas rester longtemps, il faut que j'aille me préparer si je ne veux pas être en retard. Merci!

La seconde d'après, elle repart en courant en direction de la maison. Cette brève visite ne laisse pas Samuel indifférent. Appuyé sur sa pelle, son regard est fixé au loin. Même s'il sait qu'il a pris la bonne décision, son cœur de père est en miettes. De grosses larmes coulent sur ses joues. Quand il revient enfin à la réalité, quatre paires d'yeux sont fixées sur lui. Gêné, il s'essuie vite du revers de sa manche et reprend le travail.

Edwige, à quelques pieds de lui, s'informe :

— Est-ce que ça va, Samuel?

— Oui, oui, tout va bien. Il faudra mettre les bouchées doubles si on veut finir avant de faire les récoltes.

— Tu n'es pas sérieux, j'espère? s'exclame Edwige. On a prévu faire les récoltes dès que tu reviendras de Saint-Prime et on en a au moins pour deux grosses semaines de travail pour venir à bout de ce champ-là.

Mais Samuel ne répond pas. Il met un pied sur sa pelle et appuie de tout son poids pour que celle-ci se glisse sous une partie de la souche qu'il essaie désespérément de retirer de la terre depuis deux jours.

— Je t'aurai, ma maudite ! siffle-t-il entre ses dents. Je te le garantis.

Au dîner, Alma-Rose babille tellement que personne n'arrive à placer un mot. Elle raconte tout ce qu'elle fera quand elle vivra à Saint-Prime. Heureusement, pour une fois, tous lui laissent le plancher. Elle est bien trop belle à voir pour l'empêcher de parler.

Avant que les hommes retournent travailler, Tit'Bé fait une offre à son père :

— Si vous voulez, je peux aller à Saint-Prime avec vous. Je pourrais vous aider à transporter les pommiers.

Samuel se demande pourquoi Tit'Bé lui fait cette proposition. Il le regarde du coin de l'œil et réfléchit. D'un seul coup, tout devient clair pour lui. Il sourit à son fils. Il mettrait sa main au feu que la belle Anna n'est pas étrangère à tout ça. D'habitude, Tit'Bé préfère rester à la maison avec Télesphore, même pendant les Fêtes de Noël. Alors que Da'Bé s'apprête à agacer son frère, Samuel répond :

— C'est une bonne idée, mon garçon. J'apprécie beaucoup que tu prennes soin de moi. On va partir vers quatre heures, ce qui nous laisse trois bonnes heures pour travailler.

— Je serai prêt.

— J'y compte bien.

Une fois dehors, Da'Bé et Esdras ne manquent pas de taquiner Tit'Bé.

— Tu n'as aucune chance avec la belle Anna, se dépêche de lancer Da'Bé en donnant un coup de poing à son frère sur l'épaule. Je te l'ai déjà dit : c'est à moi qu'elle faisait de l'œil.

— C'est donc pour ça que tu tiens tant à te faire brasser le derrière jusqu'à Saint-Prime ? se moque Esdras.

— Vous n'y êtes pas du tout, répond Tit'Bé. C'est juste pour aider le père.

— Oui, oui! se moque Da'Bé. Il ne faut quand même pas nous prendre pour des imbéciles.

Jusque-là, Edwige ne s'est pas encore mêlé de la discussion. Voyant que les Chapdelaine n'ont pas l'intention de lâcher leur frère de sitôt, il prend la défense du jeune homme:

— Je n'ai pas de conseil à te donner, Tit'Bé. Mais même si je suis un vieux garçon endurci, j'ai pour mon dire qu'on n'a pas le droit de laisser passer une belle fille sous son nez. Tu fais bien d'aller à Saint-Prime. Si j'étais à ta place, c'est ce que je ferais. Je n'en laisserais pas une seule m'échapper.

— Pourquoi croyez-vous que j'y vais?

— Je savais bien que le chat sortirait du sac! s'écrie Da'Bé en éclatant de rire. J'ai hâte de raconter ça à Camil. Le petit frère amoureux de la belle Anna! Qui aurait cru ça?

Tit'Bé prend sa hache et se dirige vers le champ que lui et les autres sont en train de nettoyer. Il les connaît, ses frères. Quand ils commencent à s'en prendre à lui, ils ne lâchent pas facilement le morceau. Une fois sur place, il décide de s'éloigner le plus possible de l'endroit où ses frères travaillaient ce matin. Il les entendra ricaner dans son dos, mais comme il ne sera pas à leur portée, ils ne pourront pas l'asticoter tout l'après-midi.

* * *

À la maison, Alma-Rose a vite fini de rapatrier le peu de choses qu'elle possède. Elle a tout déposé au beau milieu de la table.

— Mais dans quoi je vais transporter mes affaires? demande-t-elle à Maria.

— Tu pourrais prendre la vieille valise de maman; elle est au grenier. Papa n'aura qu'à la rapporter avec lui.

— J'ai mieux que ça, intervient Hermance. Je reviens tout de suite.

Assise au bout de la table, Alma-Rose attend patiemment, la tête appuyée sur ses mains. Quand Hermance revient, elle tend à la petite fille un sac de toile rouge vif.

— Tiens, c'est pour toi. Je comptais te l'offrir à Noël.

— Il n'a jamais appartenu à personne ?

— Jamais ! Je l'ai acheté juste pour toi au magasin général la dernière fois que je suis allée à Saint-Félicien. Quand j'avais ton âge, j'aurais tellement aimé avoir un tel sac.

— Merci beaucoup, Hermance ! s'exclame Alma-Rose. C'est le plus beau sac que j'ai jamais vu.

— Tu pourrais embrasser Hermance, suggère Maria.

— Oui, tu as raison, répond la fillette.

Alma-Rose se lève et, une fois devant sa belle-mère, elle la regarde quelques secondes avant de lui sauter dans les bras. Déstabilisée par ce geste aussi brusque qu'inattendu, Hermance ne sait pas trop comment réagir. Elle rêve pourtant de ce moment depuis qu'elle s'est installée chez les Chapdelaine. Au moment où Alma-Rose s'éloigne d'elle, elle se reprend et serre à son tour l'enfant dans ses bras.

— Tu es vraiment une petite fille adorable. Dommage que tu t'en ailles.

— Mais on va se revoir ! s'écrie Alma-Rose. À Noël, à Pâques et aux vacances d'été ! Si vous croyiez pouvoir vous débarrasser de moi aussi facilement, c'est manqué !

Une fois ses choses rangées dans son nouveau sac, Alma-Rose dépose celui-ci près de la porte. Elle s'assoit ensuite dans la chaise berçante de son père et chantonne en attendant l'heure de partir.

Quand Tit'Bé et son père rentrent pour se préparer, elle continue à se bercer tranquillement en songeant que le temps pourrait s'écouler un peu plus vite pour une fois.

Un peu plus tard, installée au milieu de la banquette avant, son sac sur ses genoux, elle prend son mal en patience. Son père et son frère sont allés chercher quelque chose à la grange. Une fois que les deux hommes sont assis de chaque côté d'elle, elle respire plus à son aise. Ils vont enfin partir. Au moment où Samuel s'apprête à lancer Cadeau, Alma-Rose crie :

— Attendez, papa, il faut que je dise quelque chose à Maria.

Tit'Bé la dépose par terre. Elle court jusqu'à sa grande sœur et se jette dans ses bras. Puis elle lui murmure à l'oreille :

— Je t'aime beaucoup, Maria. Dis à Télesphore que je l'aime beaucoup lui aussi.

La seconde d'après, Tit'Bé l'aide à remonter dans la calèche.

— On peut y aller maintenant, Alma-Rose ? demande son père.

— Oui, je suis prête.

* * *

Au souper, Télesphore refuse de manger. Le départ d'Alma-Rose semble l'affecter au plus haut point. Pourtant, ce n'est pas la première fois que la petite fille part, mais il semble avoir compris que, là, c'est pour de bon. Il est allé se cacher dans la grange au moment où elle est partie. Alors que tout le monde le cherchait, il est resté terré dans le foin. Avec qui va-t-il jouer maintenant que sa petite sœur est partie ? Certainement pas avec Maria. Même si elle est plus gentille avec lui depuis un moment, ce n'est pas elle qui va courir après les écureuils ou bâtir une maison dans les arbres. Alma-Rose veillait sur lui, comme une mère oiseau veille sur ses oisillons. Qui le protégera contre Da'Bé et Esdras maintenant ? Heureusement qu'il lui reste son père, Tit'Bé et Hermance. Elle, c'est une vraie maman. Elle lui passe la main dans les cheveux et l'embrasse dans le cou, et ça le chatouille. Elle lui fait du sucre à la crème et elle ne crie jamais après lui. Quant à son père, il l'aime, mais pas lorsqu'il prend sa grosse voix. Et Tit'Bé, il le fait rire, et Télesphore aime ça.

Voyant l'air penaud de Télesphore, Hermance lui propose de faire du sucre à la crème.

— Non, maman, pas ce soir, répond le garçon. J'aimerais mieux aller me coucher.

Hermance s'approche de lui et le prend dans ses bras. La seconde d'après, il se met à pleurer comme un bébé.

— Pourquoi elle est partie, Alma-Rose ? Je ne voulais pas qu'elle s'en aille à Saint-Prime.

— Ne pleure pas, mon grand, le console sa belle-mère. On ira la voir à Noël.

— C'est trop loin, Noël. Regardez, il n'y a même pas encore de neige dehors.

— Alma-Rose voulait aller à l'école.

— Mais elle sait déjà lire et écrire ! proteste Télesphore.

— Et chanter dans la chorale aussi.

— Je ne comprends rien. Elle connaît déjà toutes les chansons de Noël par cœur. Je le sais parce qu'elle n'arrêtait pas de les chanter quand on allait dans notre maison dans les arbres. Elle n'avait pas le droit de partir sans moi !

— Ne dis pas ça, apaise doucement Hermance en caressant une joue du garçon. Qu'est-ce que je deviendrais, moi, si tu t'en allais vivre ailleurs ? Je mourrais de chagrin.

— Ne vous inquiétez pas, maman, la rassure Télesphore, je ne partirai jamais.

— As-tu changé d'idée ? Veux-tu qu'on fasse du sucre à la crème ?

— Oui, mais avant je voudrais manger.

— Va t'asseoir, je te sers de la sauce à la poche.

— Avec deux œufs à la coque, s'il vous plaît. Je suis affamé.

Maria a observé la scène en silence. Elle a été touchée par la manière dont Hermance s'est occupée de Télesphore. Elle ne veut pas faire de comparaison avec sa mère, elle l'aimait beaucoup trop pour ça, mais elle ne peut s'empêcher de penser qu'Hermance est vraiment une personne exceptionnelle. En tout cas, il serait difficile de trouver mieux pour s'occuper de Télesphore. Avec lui, elle est toujours d'une patience d'ange, et l'amour qu'elle porte au garçon saute aux yeux. Maria croit qu'Hermance n'aimerait pas davantage Télesphore s'il était son propre fils.

* * *

Pendant ce temps, à Saint-Prime, Alma-Rose finit de s'installer dans sa nouvelle chambre, à l'étage de la maison de ses grands-parents. Elle est folle de joie. Elle a pris soin de plier ses quelques vêtements et les a rangés dans les tiroirs de la commode. Elle a ensuite déposé son sac dans la garde-robe et s'est jetée sur le lit. Les bras en croix, elle regarde le plafond et se dit qu'elle a vraiment de la chance d'être ici. Demain, elle fera son entrée à l'école du village. Sa grand-mère lui a fait une surprise. Elle lui a acheté un sac d'école, des cahiers et des crayons. Elle lui a même donné un coffre à crayons et un aiguisoir.

Lorsqu'Alma-Rose redescend, sa grand-mère sirote tranquillement un thé à la cuisine.

— Où est passé papa ? demande-t-elle à madame Bouchard.

— Il est dans la cuisine d'été avec ton grand-père.

— Et Tit'Bé, il est avec eux ?

— Non ! Je l'ai envoyé porter quelque chose aux parents d'Adrien.

— Tu peux m'en parler, grand-maman. Ce n'est un secret pour personne que Tit'Bé trouve Anna de son goût.

— Comment se fait-il que tu saches ça, toi ? Tu es bien trop jeune pour ces affaires-là.

— C'est facile ! Comme dirait papa : « Ça crève les yeux. » Vous devriez entendre Tit'Bé, il n'arrête pas de parler d'Anna. Et les grands se mettent toujours sur son dos. Je pense bien qu'ils sont jaloux. Pas Esdras, juste Camil et Da'Bé.

— Ce Camil, c'est bien votre voisin ?

— Oui. C'est le frère d'Eutrope. Je suis contente que Maria ne se soit pas mariée avec Eutrope, car je ne l'aimais pas beaucoup.

— Et Adrien, est-ce que tu l'aimes ?

— Oui. Il est beau et, surtout, il est très gentil avec moi.

Quand monsieur Bouchard et Samuel rejoignent les deux femmes, ils ont les joues rouges, ce qui n'échappe pas à Alma-Rose.

— Pourquoi avez-vous les joues rouges, papa ? Il ne fait pas si froid que ça, il n'y a même pas de neige dehors.

Les hommes se jettent un coup d'œil et éclatent de rire. Au moment où Samuel s'apprête à répondre à sa fille, la porte s'ouvre sur un Tit'Bé tout sourire.

— Alors, tu as bien remis les lettres de Maria à la mère d'Adrien comme je te l'ai demandé ? s'enquiert madame Bouchard.

— Oui, grand-maman. Elle m'a juré de les faire porter à Adrien dès demain.

— À voir l'air que tu as, je pense que tu n'as pas vu seulement madame Gagné. Est-ce que je me trompe ?

— Non, grand-maman, reconnaît Tit'Bé. J'ai vu toute la famille… et Anna aussi, ajoute-t-il d'un air gêné.

— Bon, je suis bien contente pour toi. Comment va-t-elle ?

— Très bien. On s'est donné rendez-vous à neuf heures demain matin. On ira jusqu'à Saint-Félicien à bicyclette.

— N'oublie pas qu'on part à deux heures, intervient Samuel. Il faut arrêter chercher les pommiers avant de retourner chez nous.

— Tu vas te lancer dans cette culture maintenant ? s'informe monsieur Bouchard.

— Pas exactement. J'ai commandé juste une douzaine de pommiers. Hermance adore les pommes et j'ai envie de voir si ça peut pousser chez nous.

— À mon avis, ça devrait bien pousser. Tu m'en reparleras.

— Avec plaisir. Bon, vous allez m'excuser, mais je vais dormir. Je commence à avoir ma journée dans le corps. Et toi, ma belle fille, il faudrait que tu penses à aller te coucher si tu veux être en forme pour ta première journée d'école.

— J'y vais tout de suite, papa.

Puis la petite se tourne vers sa grand-mère :

— N'oubliez pas de me réveiller, grand-maman. Je ne veux pas être en retard.

— Dors en paix, ma petite fille.

Une fois seul avec ses grands-parents, Tit'Bé prend le temps de s'informer de leur santé.

— On vieillit, mon garçon, dit son grand-père. Chaque jour, on a un nouveau petit bobo. Mais depuis qu'on sait que Maria va s'installer ici avec Adrien, on est plus rassurés, ta grand-mère et moi. Et un peu de vie dans la maison, ça ne nous fera pas de tort.

— Êtes-vous certain que vous serez capables de vous occuper tous les deux d'Alma-Rose jusqu'à ce que Maria arrive?

— Oui, ne t'inquiète pas, répond madame Bouchard. Ta petite sœur est un vrai rayon de soleil. Ça nous fera du bien de l'avoir avec nous. Selon moi, ça risque juste de nous faire prendre un coup de jeune. Elle est tellement contente de pouvoir aller à l'école.

— Ah ça, c'est sûr! Depuis qu'elle sait lire, c'est encore pire. Elle va me manquer.

— Tu n'auras qu'à venir la voir, mon garçon, propose le grand-père. Tu sais bien que tu es toujours le bienvenu chez nous.

— Oui, mais je ne peux pas venir aussi souvent que les filles. Il faut que j'aide le père sur la terre.

— Tu pourrais au moins venir passer les Fêtes de Noël avec nous, suggère monsieur Bouchard.

— Qui va s'occuper des animaux?

— Vous avez un voisin, dit la grand-mère. Je suis certaine qu'il se ferait un plaisir de vous rendre service. Tu devrais en parler à ton père en retournant chez vous.

— C'est une bonne idée, mais pour ça il ne faudrait pas que Camil aille aux chantiers. J'ai l'impression que c'est lui qui risque de me demander de m'occuper de ses bêtes durant l'hiver.

Puis sur un ton de confidence, Tit'Bé ajoute:

— Il faudrait que j'apprenne à lire et à écrire aussi.

— Tu n'as qu'à demander à Maria. Ça l'occupera un peu en attendant de se marier.

— Vous avez raison, approuve Tit'Bé. Bon, c'est à mon tour d'aller dormir.

— Fais de beaux rêves, mon garçon ! lance sa grand-mère pour le taquiner.

Chapitre 29

Le temps des récoltes est enfin arrivé. Samuel a décidé que les siens et lui ramasseraient les patates avant de s'attaquer au seigle. Il ne tient plus en place depuis qu'il sait combien va lui rapporter sa récolte. D'après lui, cela devrait prendre trois jours pour venir à bout du champ. Pendant que les autres se chargeront de récolter le seigle, il ira porter les poches de patates chez Charles. Il lui a même emprunté sa plus grande charrette. De chez Charles, les patates seront acheminées à Alma où elles seront vendues dans les marchés du coin. Il a discuté longuement avec le parrain d'Adrien et, d'après leurs calculs, cette façon de faire est plus payante que si Samuel allait les vendre lui-même au marché.

Quand les hommes remplissent une poche, ils vont la placer dans la charrette. Plus la journée avance, moins Samuel est certain de pouvoir tout apporter en une seule fois.

— C'est difficile de savoir si la récolte est bonne ou non, dit Edwige, mais dans mon souvenir je n'ai jamais vu autant de patates après un seul pied dans le jardin des parents.

— Plus on en déterre, plus je suis content ! s'écrie Samuel. Il fallait toujours bien que le vent finisse par tourner de notre bord.

— Tu as bien raison, acquiesce Edwige. Regarde le seigle ! Encore là, mon expérience est bien courte, mais si on le compare avec le blé des années passées, il semble avoir bien poussé.

— Oui, je suis d'accord avec toi. Dans un article du journal, on expliquait qu'on peut semer partout ce qu'on veut, mais que si on ne sème pas ce qui convient, on n'aura pas de bons résultats. Il paraît que chaque région est faite pour certaines cultures, mais pas pour d'autres. Si j'ai bien compris, ça dépend de la sorte de terre qu'on a.

— En tout cas, le blé ne réussit pas tellement bien à ta terre. Mon idée est qu'il vente trop par ici. Mon père a toujours prétendu que le blé était fragile. Tu n'as qu'à regarder celui qu'on a semé entre l'étable et la grange. Je n'en ai jamais vu d'aussi beau, mais il est complètement à l'abri du vent.

— Il y a des fois où je me demande pourquoi je me suis entêté autant d'années à semer du blé. Franchement, j'aurais dû comprendre bien avant qu'il fallait cultiver autre chose.

— Tu ne pouvais pas le savoir.

— Da'Bé et Esdras ne perdent pas une occasion de faire étriver Tit'Bé parce qu'il veut apprendre à lire et à écrire. Mais plus ça va, plus je pense que l'instruction, en plus d'être utile, est également nécessaire.

— En tout cas, si c'était à refaire, j'apprendrais à lire et à écrire. Au lieu de passer mes veillées à jouer aux cartes aux chantiers, et à gager le peu que je gagne, je pourrais lire. Tu as de quoi être fier de tes enfants, car ils sont remplis d'ambition.

— C'est vrai que j'ai de bons enfants, et une bonne femme aussi.

— Ça c'est vrai !

Leurs tâches terminées, Maria, Louisa et Hermance viennent aider les hommes. Elles ont beau être habituées aux gros travaux, ramasser des patates n'est pas de tout repos. Heureusement, les hommes retournent la terre pour elles, mais leur dos en prend un coup à force de se pencher.

Le travail physique ne fait pas peur à Maria, il lui fait même du bien, surtout depuis qu'Alma-Rose vit à Saint-Prime. Elle trouve la maison bien grande sans la fillette. Il lui arrive de se demander pourquoi les gens réalisent toujours trop tard la grande place que tenait quelqu'un dans leur vie. Évidemment, tout le temps que sa petite sœur la suivait partout, il lui arrivait d'avoir envie de se sauver. Maintenant, elle donnerait cher pour l'avoir sur les talons. Elle aimerait être un petit oiseau pour voir comment Alma-Rose se débrouille à l'école. S'est-elle inscrite à la chorale pour chanter avec ses cousines ? S'est-elle fait des amis ? Maria n'est pas inquiète pour Alma-Rose, c'est seulement que celle-ci lui manque terriblement. Elle préfère ne pas trop penser à ce que son père doit ressentir. Hier soir, elle a écrit une lettre à sa sœur. Samuel en profitera pour la poster en allant porter ses poches de patates. C'était la première fois que Maria rédigeait une aussi longue lettre. Trois pages où elle raconte à Alma-Rose tout ce qui s'est passé à la maison depuis son départ. Elle lui parle de Télesphore, qui passe de longues heures assis sur la galerie à l'attendre ; de Tit'Bé, qui est amoureux de la belle Anna ; de Louisa et d'Esdras ; de Da'Bé ; d'Hermance et de son père ; et d'Edwige aussi. Maria espère de tout son cœur que son père lui rapportera une lettre d'Alma-Rose.

Louisa essaie de suivre la cadence de Maria et d'Hermance, mais elle peine à y arriver. Elle sue à grosses gouttes et se tient le ventre. Sa belle-mère la surveille du coin de l'œil. Elle voit bien qu'il y a quelque chose qui ne va pas, mais elle ne sait pas quoi. Tout à coup, la jeune femme est prise d'un haut-le-cœur et vomit tout ce qu'elle a avalé au dîner. Hermance se précipite à ses côtés. Elle la prend par les épaules et lui dit :

— Viens t'asseoir sous un arbre.

Maria vient vite rejoindre les deux femmes.

— Ma pauvre Louisa, tu es verte ! s'inquiète-t-elle. Est-ce que ça t'arrive souvent de vomir comme ça ?

— D'habitude, non, mais c'est la troisième fois depuis ce matin.

Hermance et Maria s'écrient en même temps :

— Serais-tu enceinte, par hasard ?

— Tout ce que je sais, c'est que je n'ai pas eu mes règles le mois passé.

— Je vais être grand-mère ! s'exclame Hermance. Quelle belle surprise !

— Et moi, j'aurai un neveu ou une nièce ! se réjouit Maria. Es-tu contente, Louisa ?

— Certain que je suis contente ! Esdras va être fier. On en parlait justement hier soir.

— Esdras, viens vite ! crie Maria.

Quand son frère arrive à sa hauteur, elle lui saute au cou et lui dit :

— Félicitations ! Quand tu vas revenir des chantiers, vous serez trois.

Le jeune homme met quelques secondes à comprendre. Quand il saisit enfin, il s'approche de sa femme, la prend dans ses bras et la fait tourner avec lui.

— Arrête, Esdras ! crie Louisa. Arrête ! J'ai trop mal au cœur. Pose-moi vite par terre, je t'en prie.

— Tu ne pouvais pas me faire plus plaisir ! jubile le jeune homme en déposant doucement Louisa. Je vais vite annoncer la nouvelle aux autres. Toi, tu devrais rentrer à la maison et t'étendre.

— Ce n'est pas nécessaire, répond-elle. Je ne suis pas malade, j'ai seulement mal au cœur. Retourne travailler et ne t'inquiète pas pour moi.

Tout en ramassant des patates, les trois femmes passent l'après-midi à élaborer des plans pour la venue du bébé.

— Si tu veux, je vais lui tricoter une grande couverture, propose Maria.

— J'ignorais que tu savais tricoter, s'étonne Hermance.

— Maman me l'a montré quand j'avais cinq ans. J'ai même appris à faire les pouces des mitaines et les talons des bas.

— Il va falloir que tu m'apprennes parce que tout ce que je sais tricoter, c'est une tuque, avoue Hermance. Et je n'ai jamais réussi à faire un pompon qui a de l'allure. Mais pourquoi tu ne tricotes plus ?

— Parce que j'ai passé à un cheveu de crever un œil à ma mère. Je devais avoir douze ans. Ç'a été la dernière fois que j'ai tricoté.

— Comment est-ce arrivé ? demande Hermance.

— J'avais échappé une maille et ma mère essayait de m'aider à la reprendre. J'ignore ce qui s'est vraiment passé ; tout ce que je sais, c'est que j'ai planté une de mes broches à tricoter dans le coin de son œil droit. J'étais tellement malheureuse que j'ai lancé mes broches par terre et je n'ai plus jamais voulu m'en servir. Je revois maman essayer de me faire comprendre que c'était un accident. Moi, j'étais incapable d'arrêter de pleurer. La pauvre, elle a eu un œil au beurre noir pendant un sacré bout de temps.

— Au moins, elle n'a pas perdu son œil, dit Louisa.

— S'il avait fallu, je ne me le serais jamais pardonné.

— Et là, pourquoi as-tu envie de te remettre au tricot ? veut savoir sa belle-mère.

— Il va bien falloir que je passe par-dessus ce malheur un jour. Et puis ça va m'occuper. Les soirées d'hiver sont longues et le mois d'avril est bien trop loin.

— Je ne suis pas certaine de comprendre pourquoi les soirées d'hiver seraient plus longues que celles d'été, commente Hermance.

— Vous allez comprendre assez vite, je vous assure, répond Maria. Ici, il n'est pas question d'aller piquer une jasette chez la voisine pour se changer les idées. À part les rares virées à Saint-Prime ou à Péribonka – et on a trop de doigts sur une main pour les compter –, on ne peut pas dire que la vie soit palpitante.

— J'ai hâte de voir! s'exclame Hermance d'un ton enjoué.

— Moi aussi, renchérit Louisa.

— On s'en reparlera. Moi, c'est tout ce que j'ai connu depuis que je suis née, et plus je vieillis, plus je trouve ça difficile. J'ai parfois l'impression d'être un ours et d'entrer en hibernation dès que la neige couvre le sol. Je sais que je serai plus heureuse à Saint-Prime.

— C'est normal, car tu vas vivre avec Adrien, dit Louisa.

— Oui, mais ce n'est pas seulement pour ça. Moi, j'aime quand la maison est pleine de monde.

— Mais ici, elle l'est toujours, réplique Hermance.

— Je ne parle pas des habitants de la maison, mais des visiteurs. Quand on est chanceux, on reçoit deux fois de la visite durant tout l'hiver.

— Si c'est vraiment aussi pire que tu le dis, reprend Hermance, il faudra qu'on se serre les coudes et qu'on trouve des manières de se désennuyer. J'ai une idée: on pourrait coudre des courtepointes, une pour chacune de vous. Qu'en pensez-vous?

— C'est une très bonne idée, approuve Maria. Mais vous devrez me montrer comment faire.

— À moi aussi, il faudra me montrer, déclare Louisa. J'ai cousu un peu avec ma mère, mais je n'ai jamais fait de courtepointes.

— Ne vous inquiétez pas, toutes les deux, je vous apprendrai, promet Hermance. J'ai fait plusieurs courtepointes.

— Je suis loin d'être certaine qu'on ait assez de tissus, remarque Maria.

— J'en ai apporté une pleine poche avec moi. Je l'ai mise au grenier. J'irai la chercher après le souper. Si vous voulez, on pourrait commencer à tailler nos carrés dès…

Mais Hermance ne termine pas sa phrase. Elle se met à vomir. Les deux jeunes femmes se précipitent auprès d'elle.

— Est-ce que ça va, Hermance ? demande Maria. Vous êtes toute pâle.

— Ça va aller. Je ne sais pas ce qui m'a pris, je n'ai pourtant rien mangé de spécial.

— Vous êtes peut-être enceinte ? se risque à lancer Maria.

— Je serais la première étonnée. J'ai été mariée pendant de nombreuses années et ça n'a jamais marché.

— Mais qui vous dit que c'était à cause de vous ? formule Louisa.

— Mais j'y pense, je n'ai pas eu mes règles le mois dernier. Vu mon âge, j'ai cru que c'était normal. Vous pensez vraiment toutes les deux que je pourrais être enceinte ?

— Pourquoi pas ? lance Maria. Vous n'êtes pas à bout d'âge à ce que je sache.

— Je serais tellement heureuse ; j'ai toujours voulu avoir des enfants. Oui mais ton père, Maria, comment va-t-il réagir ?

— La meilleure façon de le savoir, c'est de le lui demander.

Maria se tourne vers son père :

— Papa, venez ici une minute !

Une fois son père devant elle, Maria ne passe pas par quatre chemins. Elle lui pose directement la question :

— Aimeriez-vous avoir un autre enfant ?

Les yeux de Samuel brillent autant que des diamants. Il regarde Hermance avant de répondre.

— Tu ferais de moi l'homme le plus heureux.

— Eh bien, toutes mes félicitations ! lance Maria. Vous aurez un autre enfant en même temps qu'Esdras deviendra père. C'est quand même drôle !

— C'est vrai ?

Samuel prend sa femme dans ses bras et l'embrasse tendrement.

— Tu ne pouvais pas me faire un plus beau cadeau. Il faut qu'on fête ça ce soir. Je vais demander à Tit'Bé de tuer deux poules pour le souper.

— Si c'est pour moi, dit Louisa, le teint toujours aussi vert, ce n'est pas nécessaire. Je ne mangerai pas, j'ai trop mal au cœur.

— Moi non plus, laisse tomber Hermance.

— Je ne vous laisserai pas vous en tirer aussi facilement ! proteste Samuel en souriant. Il faut que vous mangiez pour avoir des beaux gros bébés en santé. Je compte sur toi pour tout préparer, Maria. Bon, il faut que je retourne travailler si je veux être capable de nourrir deux bouches de plus !

— Tit'Bé n'aura qu'à m'avertir quand les poules seront prêtes à mettre à cuire.

Maria songe à quel point la vie est remplie de surprises. Alors que tout le monde ramassait bêtement des patates, voilà que deux bébés ont annoncé leur venue prochaine au beau milieu du champ. Le plus étrange, c'est que Samuel et Esdras auront un enfant en même temps. Qui aurait cru que Samuel aurait un autre enfant? Et Maria n'avait même jamais imaginé que son frère Esdras se marierait un jour. « Pourquoi les gens qui vivent près de nous sont souvent ceux qu'on connaît le moins? Est-ce parce qu'on croit qu'on sait tout d'eux sans leur poser la moindre question? Est-ce parce qu'on ne s'intéresse qu'à ce qui est nouveau? À moins que ce ne soit par pure paresse qu'on ne prenne pas le temps de prêter attention à nos proches? » Maria n'a pas de réponses à toutes ces questions.

Le départ d'Alma-Rose a pour résultat que Maria passe plus de temps avec Hermance, soit dans la cuisine, soit au jardin. À son grand étonnement, plus elle connaît sa belle-mère, plus elle l'apprécie. Avant, elle l'aimait bien, mais sans s'en rendre vraiment compte elle s'empêchait de l'aimer plus. En quelque sorte, elle gardait ses distances avec elle. Était-ce pour rester fidèle à sa mère? Elle l'ignore, mais le souvenir de Laure avait probablement quelque chose à voir avec son attitude. Quand elle voit avec quels yeux son père regarde Hermance, ça la rend heureuse. Grâce à cette femme, Samuel a retrouvé la joie de vivre et le goût de l'aventure, et il est en train de s'installer définitivement. La partie n'était pas gagnée d'avance. Samuel a toujours eu la bougeotte. Depuis qu'Hermance est entrée dans sa vie, il ne semble plus envisager la vie de la même façon.

Pendant bien des années, la vie n'a pas ménagé la famille Chapdelaine. Jusqu'à la mort de Laure, rien n'était facile. Ils devaient payer au centuple le moindre petit plaisir. Ils allaient de mauvaise récolte en mauvaise récolte. Comme si ce n'était pas suffisant, la mort d'Eutrope s'est ajoutée à la liste de leurs malheurs. C'est là que les choses ont réellement basculé. Il y a eu le mariage de Samuel, celui d'Esdras, les projets de mariage de Maria, le départ d'Alma-Rose pour Saint-Prime. Et maintenant la famille accueillera deux membres au printemps prochain. La vie est drôlement faite. Au moment où on s'y attend le moins, elle nous réserve des surprises.

Chapitre 30

Maria a tellement lu la dernière lettre d'Adrien qu'elle pourrait la réciter par cœur.

Ma belle Maria,

Tu habites toutes mes pensées, de mon réveil à mon coucher. J'ai hâte aux vacances de Noël pour être avec toi. J'espère que tu as prévu rester tout le temps que je serai à la maison. J'aimerais qu'on aille faire de la raquette dans le bois derrière la ferme. Je pars de plus en plus souvent dans la lune. L'autre jour, le professeur de français m'a dit d'arrêter de rêver. S'il savait à qui je rêve, il m'enverait, j'en suis certain!

J'ai hâte de te serrer dans mes bras. Tu me manques tellement…

Je t'aime,

Adrien

Maria serre la feuille sur son cœur avant de la ranger avec ses autres lettres. Jamais elle n'aurait cru qu'on pouvait aimer autant. Il ne se passe pas cinq minutes sans que le visage d'Adrien lui apparaisse. Où qu'elle soit, quoi qu'elle fasse, il est toujours près d'elle. Dire qu'il s'en est fallu de peu qu'elle se marie avec quelqu'un pour qui elle ne ressentait rien ! Avant de connaître l'amour avec Adrien, elle ignorait à quoi elle s'exposait. Maintenant, elle sait que sa vie aurait été insupportable. C'est pourquoi chaque soir elle remercie Dieu de l'avoir libérée de son engagement, même si cette libération a été on ne peut plus brutale. Il lui arrive aussi de croire que son mariage avec Eutrope l'aurait tuée, pas tant physiquement que moralement. Avec lui, elle se serait renfermée encore plus sur elle-même pour se protéger et vivre sa vie de misère.

* * *

Les hommes sont partis aux chantiers. Camil a fermé sa maison pour toute la durée de son absence. Il a espéré jusqu'à la dernière minute que son cousin Jean s'installe chez lui, mais celui-ci lui a annoncé qu'il viendrait seulement au printemps. Camil a donc dû se résoudre à emmener ses bêtes chez Samuel. Tit'Bé souhaitait ardemment que son ami décide de rester, mais ce n'est pas arrivé. Camil n'a pas les moyens de cracher sur l'argent que les chantiers rapportent. Alors que Samuel a changé ses cultures, Camil, lui, a encore semé du blé, et sa récolte a été deux fois plus désastreuse que celles des années passées. Les dés sont jetés maintenant pour Tit'Bé. À moins d'un miracle, il ne pourra pas aller à Saint-Prime à Noël pour voir Anna. Il essaie de ne pas laisser paraître sa grande déception, mais il y arrive mal. Assis à la table avec Maria, il ne porte pas une grande attention aux propos de sa sœur.

— Tit'Bé, lance Maria d'un ton sévère, si tu veux apprendre à lire et à écrire, il va falloir que tu sois plus attentif.

— Je suis désolé. J'ai l'esprit ailleurs.

— Je te comprends. Si je ne pouvais pas aller voir Adrien à Noël, je ne sais pas comment je réagirais. Il y a sûrement moyen de faire quelque chose. Papa et Hermance pourraient aller à Saint-Prime pour Noël et toi pour le jour de l'An, ou bien le contraire. Peut-être bien qu'ils n'ont même pas l'intention de s'y rendre cette année. Arrête de te tracasser avant de savoir.

— Je sais, mais c'est plus fort que moi. Je n'arrive pas à me faire à l'idée que je ne verrai pas Anna pendant les Fêtes. Des fois, j'en veux au père de nous avoir installés au beau milieu de nulle part. Si on restait plus proches, je pourrais faire l'aller-retour, mais en plein hiver c'est trop risqué.

— Il n'y a rien qui t'oblige à passer le reste de tes jours ici. Tu pourrais travailler pour des habitants à proximité de Saint-Prime, ou encore à la pulperie de Val-Jalbert.

— C'est vrai! Je n'y avais jamais pensé.

— Je pourrais même t'héberger un bout de temps. Mais on va commencer par le commencement. Quand papa et Hermance reviendront de leur marche, on leur demandera ce qu'ils ont l'intention de faire pour les Fêtes. Bon, tu es prêt pour notre leçon, maintenant ?

— Oui, je t'écoute. Si je veux être capable de lire un jour, aussi bien continuer.

Lorsque Samuel et Hermance rentrent, ils sont frigorifiés. Cette année, le mois de novembre n'a rien à envier à celui de décembre en matière de froid. En plus, depuis plus d'une semaine, l'humidité est toujours au rendez-vous, ce qui donne l'impression qu'il fait encore plus froid. Le temps de se réchauffer, Samuel et sa femme restent près du poêle, bien collés l'un contre l'autre.

— Voulez-vous que je vous prépare un thé ? leur demande Maria.

— Ce ne serait pas de refus, répond Samuel. Je suis gelé jusqu'aux os.

— Moi aussi, jette Hermance. Je ne sais pas si c'est l'âge, mais on dirait que je gèle plus qu'avant.

— Ce ne sont pas des froids ordinaires, lance Samuel. On est juste en novembre et il fait aussi froid qu'en plein cœur de janvier.

— J'ai quelque chose à vous demander, formule Maria.

— Vas-y, ma petite fille, l'encourage Samuel. On t'écoute.

— Avez-vous l'intention d'aller passer Noël à Saint-Prime ?

— On vient justement d'en parler, répond Samuel. Franchement, on a envie de rester bien tranquilles ici et de se chauffer les pieds sur la bavette du poêle. Je sais bien que tu tiens absolument à y aller et je te comprends. Je te conduirai à Saint-Prime quelques jours avant Noël et je retournerai te chercher après le jour de l'An.

— Tit'Bé pourrait venir avec moi. Qu'en pensez-vous ?

— C'est une excellente idée. Comme ça, vous pourrez rester le temps que vous voudrez. On va garder Télesphore avec nous.

S'il ne se retenait pas, Tit'Bé sauterait au cou de son père. Alors qu'il croyait qu'il serait obligé de demeurer tout seul à la ferme avec les animaux comme il le fait depuis plusieurs années, voilà que non seulement il pourra voir Anna mais il aura tout le temps qu'il voudra. Le sourire aux lèvres, il dit :

— Ne vous en faites pas, le père. Je vais m'occuper d'emmener Maria à Saint-Prime. J'en profiterai pour fêter Noël avec les grands-parents. Ça fait un sacré bout de temps que cela ne m'est pas arrivé.

— Mon idée est que tu en profiteras aussi pour voir la belle Anna ! le taquine Samuel. Je ne suis pas aveugle, tu sais. Va en paix, mon garçon, c'est de ton âge.

— J'aurais juste un petit service à te demander, Tit'Bé, déclare Hermance.

— Tout ce que vous voudrez, répond promptement le garçon, prêt à aller lui décrocher la lune.

— J'aimerais que tu ailles porter un petit cadeau à mes parents de ma part. Ce sera la première fois que je passerai Noël loin d'eux et de mes frères et sœurs.

— Vous pouvez encore changer d'idée, déclare Tit'Bé d'une petite voix, je comprendrais.

— Non, rassure-toi, c'est tout pensé. Samuel et moi, on a décidé de rester ici parce que c'est ce qu'on veut. Je ne te l'ai pas encore dit, mais je suis très contente pour Anna et toi.

— Vous savez, j'ignore encore où cela va nous mener. Mais je suis tellement bien quand je suis avec elle que, si je pouvais, je la marierais sur-le-champ.

— Prends ton temps, mon garçon, conseille Samuel. Avec les créatures, il ne faut pas être trop entreprenant si on ne veut pas qu'elles se sauvent.

— Tu peux bien parler, Samuel Chapdelaine! s'écrie Hermance en rigolant. Il vaut mieux entendre ça qu'être sourd. Tu recommandes à ton fils de ne pas aller trop vite alors que la première fois qu'on s'est vus tu m'as clairement laissé entendre que tu voulais du sérieux. Tu as même ajouté que si je n'étais pas intéressée, c'était le temps de le dire.

— Je ne me souviens pas de ça, marmonne Samuel.

— Je pense plutôt que tu te souviens seulement de ce qui fait ton affaire. Laisse Tit'Bé procéder à sa manière, il est assez grand maintenant.

— Le pire, c'est qu'il est même assez grand pour se marier. Tantôt, cette maison sera complètement vide, à moins que Da'Bé fasse un vieux garçon.

— Veux-tu bien arrêter de râler? commande Hermance sur un ton moqueur en poussant son mari de l'épaule. C'est normal que les enfants finissent par partir. Et puis, la maison ne sera pas si vide. Il y aura nous deux, le bébé et Télesphore. Quant à Da'Bé, j'ai peut-être quelqu'un à lui présenter, mais pour ça il va falloir que tu sois prêt à construire une autre maison pour lui.

— Dans le temps comme dans le temps. On va commencer par terminer celle d'Esdras et après on verra.

— Celle d'Esdras ne doit pas être si mal sinon Louisa viendrait passer l'hiver avec nous, observe Maria.

— Je suis loin d'être sûr qu'il fasse assez chaud dans cette maison, lance Samuel. On n'a pas fini de l'isoler. D'ailleurs, ajoute-t-il en se tournant vers Maria, j'aimerais bien que tu ailles faire un tour demain pour voir si Louisa va bien. Ce n'est pas le temps qu'elle gèle.

— J'irai demain matin, promet Maria. Mais je ne peux pas croire que Louisa se laisserait geler quand elle sait qu'elle peut venir habiter avec nous.

— Tu as raison, dit Hermance, mais je comprends Louisa de vouloir rester chez elle, dans ses affaires. Il faudrait peut-être lui offrir d'aller dans sa famille pour les Fêtes.

— Surtout qu'elle nous a avoué qu'elle s'ennuyait d'eux, reprend Maria. C'est tout un changement pour elle. Tant qu'Esdras était là, c'était différent, mais maintenant qu'il est parti aux chantiers pour l'hiver, ce n'est pas la même chose. Je vais lui en parler.

— Bon, vous pouvez veiller si vous voulez, mais moi je vais me coucher, annonce Samuel. Une chance qu'on a récité le chapelet tout de suite après le souper, parce que là je pense bien que je m'endormirais.

— Ce n'est pas ce que vous faites chaque soir ? demande Tit'Bé en souriant.

Mais Samuel ne relève pas le commentaire de son fils. Il a bien assez de s'en vouloir chaque fois qu'il s'endort pendant le chapelet.

— N'oubliez pas que demain on fait boucherie, rappelle Samuel aux siens.

— Le temps de finir de boire mon thé et je te rejoins, indique Hermance.

— Moi, j'aimerais bien continuer mes leçons, formule Tit'Bé.

— Pas de problème pour moi, déclare Maria, j'ai tout mon temps. Bon, je vais te montrer de nouvelles lettres. Pendant que tu t'exerceras à les reproduire, je vais lire.

* * *

Maria ne prend même pas la peine de déjeuner. Elle enfile son manteau et ses bottes et court jusque chez Esdras et Louisa. Elle frappe à la porte, mais comme c'est ouvert, elle n'attend pas que sa belle-sœur vienne lui répondre et entre. Il fait un froid de canard dans la maison et pourtant le poêle chauffe à pleine capacité. Pas question que Maria enlève ses bottes. Elle se secoue les pieds avec énergie avant d'avancer en direction de la chambre. Son petit doigt lui dit qu'il y a quelque chose d'anormal. Ce n'est pas dans les habitudes de Louisa de traîner au lit, surtout qu'il est presque sept heures. Maria commence à s'inquiéter sérieusement. « Pourvu qu'il ne soit rien arrivé à Louisa », pense-t-elle. Elle appelle une première fois :

— Louisa, c'est moi, Maria. Est-ce que tout va bien ?

Mais elle n'obtient aucune réponse. Elle ouvre la porte de la chambre et s'approche du lit. Il est vide. Elle cherche, mais sa parente est introuvable. Maria prend ses jambes à son cou et retourne vite à la maison familiale.

Essoufflée, elle entre en coup de vent et, sans reprendre son souffle, elle s'écrie :

— Louisa n'est pas dans la maison ! Le poêle chauffe à plein et il fait quand même froid.

— Où peut-elle bien être ? demande Samuel. Après le déjeuner, j'irai voir.

— Elle est peut-être simplement allée marcher, suggère Hermance.

— À sept heures du matin ? s'exclame Maria.

311

— Pourquoi pas ? répond Hermance. Moi, je pense qu'on devrait attendre un peu avant de s'inquiéter.

— Tu as probablement raison, se calme Samuel.

— Je ne suis pas d'accord, proteste Maria. Je m'habille chaudement et je vais tenter de repérer des traces dans la neige.

— Je serais bien étonné qu'il y en ait, mentionne Samuel, car tout est gelé bien dur. Ouais, à bien y penser, on est peut-être mieux d'attendre un peu avant de tuer le cochon. Une fois qu'on a commencé à faire boucherie, on ne peut pas tout laisser en plan.

— Bon, j'y vais, annonce Maria.

— Arrête à l'étable et demande à Tit'Bé de t'accompagner, suggère Samuel. On ne sait jamais.

— Je suis certaine que vous vous en faites pour rien, répète Hermance.

— Je veux en avoir le cœur net, s'impatiente Maria. À plus tard !

Maria et Tit'Bé n'ont pas besoin d'aller très loin. Alors qu'ils s'apprêtent à entrer dans le bois, Louisa en sort. Chargée comme un baudet, elle porte une bonne dizaine de lièvres sur ses épaules. Dès qu'elle aperçoit les Chapdelaine, elle s'écrie :

— Je n'ai jamais vu ça : il y avait un lièvre dans chacun des pièges ! Je mourais justement d'envie d'en manger. Maria, crois-tu qu'on pourra en mettre à cuire pour le dîner ?

— C'est sûr ! s'exclame Maria d'une voix joyeuse. Louisa, il faut que je te raconte quelque chose. Je suis allée chez toi ce matin, et quand j'ai vu que tu n'étais pas là, j'ai eu peur qu'il te soit arrivé quelque chose. La prochaine fois, pourrais-tu nous avertir avant d'aller lever tes collets ?

— Je veux bien, mais à l'heure que je suis partie, vous dormiez encore.

— Tu pourrais peut-être laisser un mot sur ta table ?

— Oui, si tu veux. Mais vous n'avez pas à vous inquiéter pour moi, je vais très bien.

— J'ai trouvé qu'il faisait bien froid chez toi. Tu sais que tu peux venir t'installer à la maison quand tu veux.

— C'est ma faute ; j'ai laissé mourir le poêle cette nuit. D'habitude, avec un châle sur les épaules, je m'en tire très bien.

— Veux-tu aller passer les Fêtes chez tes parents ? lui demande Tit'Bé. Moi, je vais à Saint-Prime avec Maria.

— Je ne sais pas trop. Les Fêtes, chez nous, c'est assez ordinaire. Je vais y réfléchir. Pourrez m'aider à arranger les lièvres ?

— Je m'en charge, si tu veux, propose Maria. Tit'Bé va aider papa à faire boucherie.

— J'avais oublié que c'est aujourd'hui qu'on tue le cochon, lance Louisa. Faites-vous du boudin ?

— Dans le temps de maman, on en faisait, indique Maria. Mais là, je ne sais pas. En tout cas, pour ma part, qu'on en fasse ou pas, ça ne changera pas grand-chose dans ma vie. Je déteste le boudin. Les rares fois où j'en ai pris une bouchée, j'ai eu des haut-le-cœur. Je n'ai jamais compris comment les gens font pour en manger.

— Tu ne sais pas ce que tu manques ! s'écrie Tit'Bé. Il n'y a rien de meilleur qu'un bon bout de boudin frais fait.

— Moi, je suis comme Tit'Bé, j'adore le boudin, confie Louisa.

— Tant mieux pour vous autres ! s'exclame Maria. Moi, je mangerai le lièvre au souper.

— Est-ce qu'on s'installe à la grange pour arranger les lièvres ? demande Louisa.

— Comme tu veux, dit Maria. Papa attendait d'avoir de tes nouvelles pour tuer le cochon, mais le temps qu'il s'installe on aura sûrement fini.

Chapitre 31

Avec trois femmes aux fourneaux, Samuel n'a jamais été aussi heureux. Aujourd'hui, elles ont décidé de tenir un concours de pâtés à la viande. Une fois les règles établies, elles se mettent au travail. Leur objectif étant de cuisiner chacune cinq pâtés à la viande, elles ont sorti la quantité nécessaire de viande la veille et, même s'il n'est que huit heures du matin, elles s'activent déjà. Hermance et Maria commencent par faire cuire la viande alors que Louisa fait sa pâte à tarte. Au dîner, un test à l'aveugle sera fait par les autres membres de la famille, et la gagnante aura congé de vaisselle pendant trois jours. C'est Hermance qui a lancé l'idée. Elle a déjà lu un article là-dessus dans le journal et elle a trouvé l'idée amusante.

Maria apportera trois pâtés à Saint-Prime, soit un de chacune des cuisinières. Elle pourra ainsi relancer le concours avec un autre trois jours de congé de vaisselle pour la gagnante. Chaque concurrente est prête à tout pour remporter la victoire.

Pendant que les hommes s'occupent des animaux dans l'étable, les trois femmes font leurs pâtés. La maison s'imprègne vite de l'odeur d'oignon et de porc haché cuits. Aucune ne peut résister à cette odeur. Même Hermance qui a toujours mal au cœur ne cesse de prendre des grandes respirations pour se remplir les poumons de ce merveilleux parfum. D'une simplicité enfantine à préparer, la viande à pâté n'a pas son pareil sur le plan de l'arôme et du goût. Évidemment, les cuisinières possèdent leurs petits secrets pour réussir les meilleurs pâtés. Étant donné qu'elles ont peu d'épices à leur disposition, leur originalité repose plus sur la pâte que sur la garniture.

Afin de savoir qui a fait chacun des pâtés, elles ont convenu que Maria mettrait des petits ronds sur chacune des pointes des siens, Hermance, un triangle, et Louisa, un carré. Bien qu'elles prennent le concours au sérieux, elles ne s'empêchent pas de discuter en travaillant.

— Je vous avertis, lance Louisa en coupant la graisse pour la mêler à la farine, j'ai bien l'intention de gagner. Depuis qu'on a instauré ce concours, je rêve de ne pas laver la vaisselle pendant trois jours.

— Je ne savais pas que tu détestais cela à ce point! la taquine Maria.

— Tu n'as même pas idée. De toutes les tâches à effectuer dans une maison, c'est de loin celle qui me pue le plus au nez. Je déteste tellement ça que, si je vivais seule, je laverais la vaisselle seulement quand il ne resterait plus une seule assiette propre.

— Pourtant, tu aimes cuisiner, remarque Hermance.

— Oui, j'adore cuisiner, mais pas faire la vaisselle.

— Mais dis-moi donc, Louisa, est-ce que tu as grossi ou ce sont mes yeux qui me trompent? demande Maria. Tu m'as l'air bien à l'étroit dans ta jupe.

— Oui, j'ai grossi. En fait, il n'y a plus rien qui me fait.

— C'est pareil pour moi, soupire Hermance. Si tu veux, Louisa, je pourrais nous coudre quelques hauts.

— Ce serait bien, mais je n'ai pas de beau tissu.

— Quand on aura fini nos pâtés, je te montrerai ceux que j'ai et tu en choisiras quelques-uns.

— Mais je ne suis pas pour prendre vos tissus, vous allez en avoir besoin.

— Si je te l'offre, c'est parce que ça me fait plaisir.

— D'accord, mais il faudra me montrer à coudre. Il serait grand temps que j'apprenne si je veux confectionner les vêtements de mes enfants un jour.

— Je peux vous aider, si vous voulez, offre Maria. À trois, ça ira plus vite.

— Mais j'y pense, on pourrait en coudre pour toi aussi! s'écrie Hermance.

— Pourquoi? demande Maria d'un air surpris. Je ne suis pas enceinte et je ne risque pas de l'être avant plusieurs mois.

— Je sais bien, reprend Hermance. Mais comme tu n'habiteras plus ici, il me sera plus difficile de t'aider. J'ai assez de tissu pour nous trois.

— D'accord, accepte Maria en souriant. Vous savez, Hermance, vous êtes vraiment quelqu'un de bien. J'adorais ma mère et je croyais que personne ne pourrait jamais la remplacer, mais plus je vous connais et plus je m'attache à vous. Pour tout vous avouer, si j'étais plus jeune, je finirais sûrement par vous appeler «maman».

Touchée par les mots de Maria, Hermance arrête de brasser sa viande. Elle a les yeux pleins d'eau, tellement que sa vue s'embrouille. Regardant sa belle-fille à travers un voile de larmes, elle explique:

— Ce que tu viens de me dire me va droit au cœur, et je t'en remercie, mais je n'ai pas de mérite. Ta famille et toi, vous êtes faciles à aimer. Vous m'avez accueillie chez vous à bras ouverts et je me sens bien avec vous. Je ne pensais jamais me remarier un jour. Quand j'ai rencontré ton père, je l'ai tout de suite aimé. J'avais fait mon deuil pour les enfants et me voilà enceinte. Que pourrais-je ajouter, sinon que depuis que vous êtes tous entrés dans ma vie, celle-ci est cent fois plus belle qu'avant.

— Hermance, dépêchez-vous de brasser avant que la viande prenne au fond! s'écrie Maria.

La seconde d'après, les trois femmes éclatent de rire.

— Comptez-vous chanceuse, lance Maria d'un ton moqueur, car je ne vous avertirai pas toujours que votre viande est en train de coller au fond. Je vous rappelle que je veux gagner le concours parce que moi non plus je n'aime pas faire la vaisselle.

— Eh bien, contrairement à vous deux, moi j'aime laver la vaisselle. J'ai toujours trouvé que c'était relaxant. En plus, si j'ai trop mangé, ce qui m'arrive régulièrement, cela me permet de digérer.

— Êtes-vous en train de nous dire que vous ne souhaitez pas gagner?

— Non, non, détrompez-vous. Je veux gagner autant que vous deux. J'en profiterais pour jouer aux cartes avec Télesphore.

— Vous n'avez pas idée à quel point vous lui faites du bien, confie Maria. Il vous aime de toutes ses forces.

— Moi aussi, je l'aime beaucoup. C'est un charmant garçon au cœur d'or. Quand il est près de moi, je n'ai qu'une envie : le bécoter dans le cou.

— Vous lui faites vraiment du bien, reprend Maria. Et jamais je ne vous ai entendue élever la voix avec lui, même s'il venait de faire une bêtise.

— Je l'aime trop pour ça.

Quand les hommes rentrent pour dîner, les trois pâtés sont déjà coupés en pointe. Un gros plat de patates pilées trône en plein centre de la table.

— Ça sent vraiment très bon! s'écrie Tit'Bé. Et je suis affamé !

— Je veux un morceau du pâté à la viande avec les ronds, décide Télesphore.

— Si tu es d'accord, je vais t'en donner un morceau avec les ronds, un avec les carrés et un avec les triangles, propose Hermance d'une voix douce.

— Oui, maman, c'est une bonne idée. Moi aussi, je suis affamé, comme Tit'Bé.

— En tout cas, si on se fie à l'odeur de vos pâtés, on va se régaler, lance Samuel. Je veux la même chose que Télesphore, s'il vous plaît.

— Moi aussi, renchérit Tit'Bé.

— N'oubliez pas, rappelle Hermance, que vous devez dire quel pâté est le meilleur, selon vous.

Pendant que Télesphore mange avec ardeur, Samuel et Tit'Bé prennent le jeu au sérieux. Ils savourent chaque bouchée en mâchant doucement.

Une fois leur assiette vidée, ils annoncent leur préférence.

— Moi, mon premier choix est celui avec les carrés, annonce Samuel. Il a un petit quelque chose de plus…

— Moi aussi, c'est mon préféré, déclare Tit'Bé.

— Moi, indique Télesphore en pointant le pâté avec les carrés, c'est celui-là que j'ai trouvé le meilleur.

Dès que Télesphore se tait, Louisa s'écrie :

— Je suis si contente ! Grâce à vous, j'aurai trois beaux jours de congé de vaisselle. J'espère que je gagnerai aussi le concours de Saint-Prime.

— Ne t'enfle pas la tête aussi vite ! la taquine Maria d'un air espiègle. Il n'y a rien qui te garantit que tu vas encore l'emporter. Les gens de la ville n'ont peut-être pas les mêmes goûts que ceux de la campagne.

— Voyons, Maria, ne sois pas si mauvaise perdante! s'exclame Samuel. Les pâtés étaient tous bons, mais celui de Louisa était une coche au-dessus des deux autres.

Puis il interroge sa belle-fille :

— Au fait, Louisa, dis-moi donc quel est ton secret.

— J'ai juste ajouté un peu d'ail coupé très fin comme ma mère me l'a montré.

— En tout cas, reprend Samuel, il est vraiment bon, ton pâté, même que j'en reprendrais bien une pointe. Bravo, Louisa! Je reprendrais une pointe des deux autres aussi.

— Moi aussi! lance Tit'Bé en tendant son assiette à Louisa.

* * *

Le lendemain matin, les femmes décident d'aller déjeuner chez Louisa. Alors que les hommes reviennent à peine de traire les deux vaches, on frappe à la porte de la maison familiale. Tous sursautent. Assis, ils s'écrient en chœur :

— Entrez, c'est ouvert!

Surpris de voir Charles de si bonne heure, Samuel se lève pour l'accueillir. L'inquiétude s'empare de lui. Il est sûrement arrivé quelque chose pour que son ami soit venu jusqu'ici si tôt.

— Quel bon vent t'amène? lui demande Samuel d'un ton faussement détaché alors qu'il se sent déjà troublé sans savoir pourquoi.

— Je ne t'apporte pas une bonne nouvelle.

— Vas-y, je t'écoute.

— Esdras a eu un accident hier.

— Est-ce que c'est grave?

— Il paraît qu'il s'est taillé une cuisse avec sa hache.

— Il est vivant au moins ?

— Oui, mais il faudrait que tu viennes le chercher. Ils vont l'amener à Péribonka pour l'heure du dîner.

— Sais-tu s'ils lui ont fait voir un docteur ?

— J'imagine que oui, mais je n'en sais pas plus. Tu vas m'excuser, il faut que je retourne chez nous. Ma femme est seule pour servir les clients.

— Merci d'être venu jusqu'ici.

— De rien. J'espère que ce n'est pas trop grave pour ton fils.

— S'ils prennent la peine de sortir Esdras du bois, à mon avis ça risque de ne pas être trop beau. Mais on verra bien.

Une fois Charles parti, Samuel se frotte les mains. Il faut qu'il aille avertir Louisa. Elle voudra sûrement venir avec lui à Péribonka. Resté silencieux jusque-là, Tit'Bé dit :

— Il faudrait le dire à Louisa.

— Oui, je le sais. Mais je ne suis pas certain que ce soit une bonne idée qu'elle vienne jusqu'à Péribonka.

— Si j'étais à sa place, je tiendrais à y aller.

— Mais elle est enceinte.

— Je ne pense pas que cette raison soit suffisante pour l'empêcher de vouloir vous accompagner. Voulez-vous que j'y aille avec vous ?

— Si on peut convaincre Louisa que c'est mieux qu'elle reste ici, oui. Bon, je vais la voir. Il vaut mieux que je parte le plus vite possible au cas où Esdras arriverait plus tôt que prévu à Péribonka. Si tu pouvais aller atteler Cadeau, ça me rendrait service.

* * *

Samuel n'a pas terminé sa phrase que Louisa devient toute pâle. Elle a peine à se tenir debout. La jeune femme sent que ses jambes ne la supportent plus. Au moment où elle s'effondre, Maria la rattrape de justesse. Samuel aide sa fille à coucher Louisa sur son lit.

— Hermance, apportez-moi vite un peu d'eau froide et un linge, demande Maria. Louisa a perdu connaissance.

— J'arrive ! s'écrie sa belle-mère.

Quand Maria asperge d'eau froide le visage de Louisa, cette dernière revient vite à elle. Elle regarde tout autour et, pendant quelques secondes, se demande ce qui vient de se passer. Au moment où elle s'en souvient, de grosses larmes se mettent à couler sur ses joues.

— Monsieur Chapdelaine, êtes-vous bien certain qu'Esdras n'est pas mort ?

— Charles m'a dit qu'il s'était blessé à une cuisse, avec sa hache, mais pour l'instant, c'est tout ce que je sais. Je ne traînerai pas plus longtemps, il faut que j'aille chercher Esdras à Péribonka. Je devrais être de retour au plus tard au milieu de l'après-midi.

— Attendez ! implore Louisa. Donnez-moi le temps de reprendre mes esprits et je vous accompagne.

— Dans ton état, ma belle fille, glisse doucement Samuel, je pense qu'il serait préférable que tu restes ici avec Maria, Hermance et Télesphore.

— Il n'en est pas question. Donnez-moi une minute et j'arrive.

— Je vais t'attendre dehors.

Voyant qu'il est inutile d'insister, Samuel sort de la maison. « J'espère que ce n'est pas trop grave », pense-t-il. Le traîneau est prêt. Debout près de Cadeau, Tit'Bé l'attend. Samuel s'approche de son fils et annonce :

— Louisa tient absolument à venir avec moi.

Chapitre 32

— Alors, Maria et Tit'Bé, vous avez tout ? demande Samuel.

— Je crois bien que oui, répond Maria.

— On a même le sucre à la crème ! plaisante Tit'Bé.

— Je le tiens à deux mains pour que tu ne me le voles pas ! lance Maria en donnant un petit coup de coude à son frère.

— Moi aussi, j'ai du sucre à la crème ! clame Télesphore. Un gros plat rien que pour moi !

— Avez-vous une idée du moment où vous allez revenir ? questionne Hermance.

— On devrait être partis une couple de semaines, répond Maria. C'est le temps des congés scolaires d'Adrien, d'Anna et d'Alma-Rose.

— N'oublie pas d'embrasser Alma-Rose très fort pour moi, rappelle Samuel.

— C'est promis, dit Maria. Joyeux Noël et Bonne Année à vous tous ! On y va, Tit'Bé ?

Au premier commandement de Tit'Bé, Cadeau s'élance sur la neige. La température est très clémente pour un 22 décembre. Une petite neige folle tombe du ciel, ce qui donne des airs de fête au paysage déjà tout blanc. Les branches des arbres sont très chargées. C'est comme si quelqu'un avait collé de la neige sur chacune d'elles pour lui donner de la consistance. Maria est heureuse. Enfin, elle va revoir Adrien. Elle pensait que Noël ne viendrait jamais tellement elle a trouvé le temps long. Pourtant, elle a été fort occupée. Entre la confection de courtepointes, les soins à prodiguer à Esdras, les leçons à donner à Tit'Bé et le quotidien, elle était contente quand l'heure d'aller se coucher arrivait. Plus souvent qu'autrement, elle s'endormait en faisant sa prière. Avant de connaître Adrien, elle passait son temps à prier alors que maintenant elle se contente de réciter le chapelet en famille et de remercier Dieu pour toutes les belles choses qui lui arrivent, puis elle s'endort.

Esdras a été chanceux dans sa malchance. Il a raconté qu'il avait glissé sur un tronc. Il avait sa hache à la main, prête à frapper une grosse branche. Puis tout à coup, il s'est retrouvé les quatre fers en l'air, sa hache plantée dans sa cuisse droite. « Esdras a eu un bon Dieu pour lui. Il a eu plus de peur que de mal », a répété Samuel à plusieurs reprises. Longue d'environ six pouces et profonde d'un pouce, la coupure est quand même superficielle, selon le médecin. « Interdiction de forcer avec votre jambe tant et aussi longtemps que la plaie ne sera pas complètement cicatrisée », a-t-il recommandé. Louisa était si désespérée de voir son mari dans cet état qu'elle était incapable de changer le pansement. Maria a pris la relève. Si tout va bien, Esdras pourra retourner aux chantiers avant la fin de janvier, ce qui est loin de faire l'affaire de sa femme. Le jeune homme n'est pas content de lui. Il sait à quel point sa famille a besoin du peu qu'il gagne aux chantiers pour passer l'année. Samuel a beau lui seriner que tout ce qui compte pour le moment est qu'il se soigne, si son contremaître ne l'avait pas obligé à descendre chez lui Esdras serait resté en haut. En se tenant sur son autre jambe, il aurait au moins pu faire des petits travaux ou couper des légumes, et il aurait été payé.

Il y a beaucoup de neige sur le chemin, tellement qu'à plusieurs endroits Tit'Bé doit encourager Cadeau à avancer.

— J'espère que le chemin sera plus beau une fois à Honfleur, commente-t-il.

— Une chose est certaine, il ne pourra pas être pire, répond Maria. J'ai fait souvent ce chemin avec papa à cette période de l'année, mais c'est la première fois qu'il est aussi mauvais. J'espère qu'on réussira à se rendre chez nos grands-parents.

— Ne t'inquiète pas, la sœur. Ce n'est pas un peu de neige qui va nous arrêter. Fais-moi confiance, on sera à Saint-Prime au plus tard en début d'après-midi.

Maria a tellement hâte de voir Adrien qu'elle irait en courant si ça lui permettait d'aller plus vite. Depuis qu'ils ont décidé de se marier, c'est la plus longue période qu'ils ont passée sans se voir. Les lettres, c'est bien beau, mais ce n'est pas suffisant. Son amour pour son fiancé grandit de jour en jour. Au fond de son cœur, elle sait qu'ils seront bien ensemble. Il ne peut pas en être autrement. Elle est si heureuse que les mots lui manquent. En arrivant à Saint-Prime, elle filera aussitôt chez Adrien.

Elle a aussi hâte de revoir Alma-Rose et ses grands-parents. Elle a cuisiné un tas de choses pour eux : des pâtés à la viande, des beignes, des tartes au sucre, du sucre à la crème, un ragoût de pattes de cochon et des brioches. Elle a pris quelques carrés de tissu avec elle au cas où elle aurait un peu de temps libre. Si tout se passe comme prévu, la courtepointe de Louisa et la sienne devraient être terminées d'ici deux mois tout au plus. Elle savait que la confection d'une courtepointe demandait beaucoup de travail, mais jamais elle n'aurait cru que cela en exigeait autant. Elle est très énervée à l'idée de retourner dans la maison de ses grands-parents, cette maison qui sera la sienne dans moins de quatre mois. Elle a encore de la difficulté à croire que tout ce qui lui arrive de beau est réel.

Parfois, elle pense à sa cousine Blanche. Le jour du mariage d'Esdras, celle-ci lui a fait la tête. Juste avant de partir, elle est venue la voir. Elle lui a lancé, les yeux remplis de colère : « Tu n'avais pas le droit de me faire ça. Tu n'avais pas le droit de me le voler. Adrien, il était pour moi. Je lui aurais fait une bien meilleure femme que toi. Même si je dois aller me confesser pour cela, je vais te le dire quand même : je ne te souhaite pas d'être heureuse. » Ces quelques phrases ont mis Maria tout à l'envers, tellement qu'elle en a glissé un mot à Adrien le soir même. Il a souri et l'a rassurée : « Ne t'en fais pas avec ça. Moi, c'est toi que j'aime et c'est avec toi que je veux passer toute ma vie. » Ils se sont ensuite embrassés avec passion.

Plus Tit'Bé et Maria approchent de Saint-Prime, plus la neige tombe abondamment. De gros flocons pesants s'accumulent sur le chemin.

— On devrait arriver à Saint-Prime d'ici une demi-heure, annonce Tit'Bé.

— En tout cas, on en aura mis du temps pour faire le voyage.

— Ouais ! Au moins, on restera chez les grands-parents un bon moment. Quand on voyage l'hiver, on n'est jamais certains du temps qu'il va faire.

— Tu as bien raison. Adrien et moi, on est censés faire de la raquette. Anna et toi, vous pourriez venir avec nous.

— J'ai justement apporté une paire de raquettes avec moi, au cas où…

— Tu as bien fait. Moi, je vais prendre celles de grand-maman. Je les ai vues dans le hangar la dernière fois que j'y suis allée.

— J'ai bien réfléchi à ton idée de venir travailler par ici.

— Et puis ?

— Ça m'intéresse. J'ai envie de voir autre chose que des arbres et d'avoir du monde autour de moi. Je comprends que le père puisse aimer vivre en retrait, mais moi j'ai besoin d'autre chose. Si j'ai une chance, je vais commencer à chercher un travail pour le printemps.

— C'est une bonne idée. Si j'étais à ta place, j'en parlerais au parrain d'Adrien. Il connaît beaucoup de personnes, sûrement qu'il pourrait t'aider à trouver quelque chose. Tu le verras probablement pendant les Fêtes, car il vient souvent chez son frère.

— Le père était pas mal content de ce que le parrain d'Adrien a fait pour lui au sujet de ses récoltes de patates et de seigle. Il n'a jamais gagné autant d'argent en vendant du blé.

— Papa aurait dû arrêter bien avant de semer du blé. C'est écrit noir sur blanc dans le journal que le blé ne pousse pas bien au Lac-Saint-Jean. La terre n'est pas bonne pour lui.

— C'est difficile de changer quand on ne sait pas.

— Tu as raison. Si j'ai bien compris, papa a l'intention de défricher un nouveau champ pour planter encore plus de patates.

— Oui. Ça devrait nous occuper tout le printemps et une partie de l'été.

— Sauf si tu viens travailler par ici.

— Je ne sais pas si c'est moi qui suis mal fait : je veux partir mais ça me coûte. Après tout ce que le père a fait pour moi, tu ne trouves pas que c'est méchant de l'abandonner avec toute la besogne sur les bras ?

— Si tu penses comme ça, tu es aussi bien d'abandonner tout de suite ton projet de venir t'installer en ville. C'est sûr que tu vas priver papa d'une paire de bras solides, mais en même temps il n'aura plus à te nourrir ni à t'habiller. Et puis il est en train de se faire une nouvelle vie avec Hermance et le bébé à venir. Esdras est installé pour rester. Quant à Da'Bé, je serais étonné qu'il parte. Le jour où il décidera de se marier, papa va sûrement lui construire une maison comme il l'a fait pour Esdras. Moi, je pense que tu devrais parler à papa quand on va retourner chez nous.

— C'est une bonne idée. Encore deux grandes courbes et on devrait voir la maison des grands-parents.

— Et celle d'Adrien…

Le traîneau est à peine arrêté que Maria est prête à sauter en bas. Elle voit Alma-Rose et ses grands-parents à la fenêtre qui lui font de grands signes de la main. Pendant qu'ils attirent son attention, la porte de la maison s'ouvre sur Adrien. Quand elle l'aperçoit, Maria relève ses jupes et court jusqu'à lui. Son cœur bat la chamade. Enfin, son bien-aimé est là, juste devant elle. Elle se jette dans ses bras et se serre contre lui. Quelques secondes plus tard, ils s'embrassent doucement comme si c'était la première fois. Tit'Bé passe à côté d'eux, mais ils n'y prêtent aucune attention. Le jeune homme sourit. Comme il s'approche de la porte, celle-ci s'ouvre sur Alma-Rose. La fillette s'écrie :

— Viens, Tit'Bé, viens voir le sapin de Noël ! J'ai fait plein de décorations avec grand-maman. Je suis si contente de te voir ! Anna va venir manger avec nous ce soir. J'espère que ça ne te dérange pas.

Tit'Bé est heureux de revoir sa petite sœur. Elle lui a manqué. Il laisse tomber les bagages et prend Alma-Rose dans ses bras avant de la faire tourner comme une toupie. Elle hurle de toutes ses forces, tellement que les Bouchard accourent pour voir ce qui la fait crier ainsi. Avant de la poser par terre, Tit'Bé l'embrasse sur les deux joues.

— Je suis vraiment content de te voir, espèce de maringouin !

— Moi aussi, espèce de grosse mouche !

Tit'Bé salue ensuite ses grands-parents.

— Donne-moi les bagages, propose le grand-père, je vais les rentrer.

— Laissez faire, je m'en charge. Occupez-vous plutôt de faire rentrer Adrien avant qu'il attrape son coup de mort.

— Ne t'inquiète pas pour nos deux tourtereaux. L'amour, ça garde au chaud !

* * *

Maria avait raison. Alma-Rose avait tellement de choses à raconter que personne d'autre qu'elle n'a réussi à placer un mot au souper, ce qui les a tous fait beaucoup rire.

— Alma-Rose, il est temps d'aller dormir maintenant, lance sa grand-mère.

— Mais je n'ai même pas eu le temps de tout raconter à Maria !

— Tu continueras demain. Allez, au lit ! Fais de beaux rêves.

— Je veux que Maria vienne me border.

Prise entre le plaisir d'être avec sa petite sœur et avec Adrien, Maria hésite. Quand ce dernier s'en rend compte, il lui dit :

— Vas-y, je vais t'attendre. On pourrait aller marcher après, si tu veux.

— Oui, c'est une bonne idée, accepte Maria.

Puis à l'adresse de Tit'Bé et d'Anna, Adrien ajoute :

— Si vous voulez vous joindre à nous, pas de problème.

— Avec plaisir, répondent-ils en chœur.

Chapitre 33

L'église de Saint-Prime est pleine à craquer. Malgré l'absence de quelques-uns des frères d'Adrien partis aux chantiers, sa famille occupe plusieurs bancs. Derrière les Gagné se trouvent Maria, Adrien, Tit'Bé et Anna. Et, de l'autre côté, la famille Bouchard. Maria ne tient pas en place. Elle et Adrien vont se fiancer pendant le *sanctus,* tout comme plusieurs couples présents à la messe de minuit. Quand son amoureux lui a montré les joncs, elle s'est mise à pleurer tellement elle était contente.

Alma-Rose est allée rejoindre la chorale au jubé. Elle n'a pas cessé de fredonner des chants de Noël jusqu'à ce que la famille parte pour l'église.

— Et si j'oubliais les mots ? s'est-elle écriée, prise de panique, juste avant le départ.

— Si par malheur tu les oublies, tu n'auras qu'à les lire sur ta feuille, l'a rassurée Maria.

— C'est vrai, j'avais presque oublié que je sais lire. Mais si je fais une fausse note ?

— Je ne sais pas, moi, tu n'auras qu'à faire semblant que ce n'est pas toi, que c'est ta voisine. De toute façon, tu sais par cœur tous les chants, alors cesse de t'inquiéter. Et dépêche-toi de mettre ton manteau, sinon il n'y aura plus de place à l'église.

Dès que la chorale entonne la première note, Maria se tourne et essaie d'apercevoir Alma-Rose, mais ils sont si nombreux là-haut qu'elle n'arrive pas à la trouver. Elle se retourne et prend la main d'Adrien. Il lui sourit. Maria adore assister à la messe de minuit. Quand l'église résonne au son des chants de Noël, elle se sent transportée. Quand le curé envoie des nuages d'encens, elle respire à pleins poumons cet arôme. Elle aime l'ambiance qui règne dans une église. Ici, tout respire la piété, et ça lui plaît au plus haut point.

Pour l'occasion, tous portent leurs vêtements du dimanche. Certains ont mis de la lotion ou du parfum. Même si le mélange d'encens et d'odeur de ferme peut surprendre, au moins les gens ont fait leur possible pour sentir bon. Cela a toujours surpris Maria que plusieurs habitants accrochent leurs vêtements de ferme au même endroit que leurs vêtements du dimanche. Chez elle, son père prend le temps de se changer avant de revenir à la maison. Il faut dire que Samuel préfère de loin l'odeur du bois à celle des animaux.

Devant l'autel, une crèche a été dressée. Elle rappelle aux paroissiens que Dieu est né dans une étable entre l'âne et le bœuf. Maria explore du regard les lieux. Elle n'a pas assez de ses deux yeux pour tout voir. Bien qu'elle soit venue plusieurs fois dans cette église, elle a l'impression qu'elle ne l'avait encore jamais vue. Il est vrai que c'est la première fois qu'elle y vient avec l'intention de se fiancer.

Au moment où le curé fait son sermon, de nombreux hommes cognent des clous. Maria sourit ; elle se rappelle que son père fait exactement la même chose. Elle, les sermons ne l'endorment pas, bien au contraire. Ils la portent à réfléchir, non seulement durant la messe mais après aussi. Elle aime se rappeler les paroles de la Bible qui ont été citées. Elle jette un coup d'œil à Adrien. Celui-ci ne cesse de bâiller, ce qui lui donne envie de le pincer un peu. Peut-être que dans dix ans ses petits travers l'agaceront, mais pour l'instant tout ce qu'il fait lui plaît.

Au moment du *sanctus*, le curé mentionne que c'est le moment de se fiancer pour tous ceux qui le désirent. Adrien et Maria se regardent dans les yeux et écoutent attentivement les paroles du religieux. Tout se passe très vite. Alors que la chorale entonne un autre chant, Maria fait tourner son jonc sur son doigt. Elle voudrait tellement que sa mère soit là pour voir à quel point elle est heureuse. Elle en profite pour remercier Dieu pour tout.

À côté, Tit'Bé et Anna se tiennent par la main. Ils ne l'ont dit à personne, c'est leur secret, mais ils se sont fiancés eux aussi en même temps que les autres couples. Hier soir, ils ont parlé de leur avenir ensemble quand ils sont allés marcher au village. Ils s'aiment et ils ont décidé de se marier dans deux ans, histoire de laisser le temps à Tit'Bé de se trouver un emploi dans le coin et de s'établir. Ainsi, Anna aura le temps d'enseigner au moins un an. Peut-être que d'ici là le règlement aura changé et qu'elle pourra continuer à travailler tant qu'elle n'aura pas eu son premier enfant. Elle aime suffisamment Tit'Bé pour courir le risque même si devenir maîtresse d'école est son rêve le plus cher.

Le curé conclut la messe par ces mots :

— Allez en paix, mes bien chers frères, au nom du Père, du Fils et du Saint-Esprit. Je vous souhaite un très joyeux Noël.

Après s'être signé, tout le monde sort de son banc. Instantanément, l'église se transforme en ruche d'abeilles. Les gens se saluent et prennent des nouvelles des uns et des autres. Le soir de Noël, on met les vieilles chicanes de côté, on se serre la main et on s'embrasse.

Les membres de la famille Gagné félicitent Maria et Adrien. Ce soir, c'est chez eux que le réveillon a lieu. Les Bouchard ont averti leurs enfants qu'ils ne retourneraient pas à la maison après la messe de minuit. Il n'est pas question qu'il manque la fête organisée pour les fiançailles de Maria et d'Adrien. Madame Bouchard a insisté pour participer au repas. Elle a fait une grosse bûche de Noël fourrée à la confiture de fraises des champs. Elle a ensuite recouvert le gâteau d'une généreuse couche de glaçage au sucre en poudre.

Les parents d'Adrien tiennent à souligner dignement l'événement. Ses frères qui ne travaillent pas aux chantiers et ses sœurs seront là. Le parrain d'Adrien a promis de venir lui aussi.

À mesure que tout le monde arrive chez les Gagné, Marie-Paule, la cadette de la famille, prend les manteaux et les dépose sur le lit de ses parents. Dès qu'elle a fini de s'acquitter de sa tâche, elle rejoint Alma-Rose. Bien qu'elles n'aient pas tout à fait le même âge, elles s'entendent à merveille. Elles effectuent le trajet pour l'école ensemble. Elles font également leurs devoirs et leurs leçons ensemble. Et elles chantent dans la chorale toutes les deux. Chaque fois qu'on en voit une, on est à peu près certain que l'autre n'est pas très loin. Alma-Rose s'est vite adaptée à sa nouvelle vie. Il arrive que son père lui manque, c'est certain, mais les personnes dont elle s'ennuie le plus, ce sont Télesphore et Maria. Heureusement, il ne reste que quelques mois avant qu'elle vive à nouveau avec sa grande sœur. Quant à Télesphore, elle ira le voir pendant les vacances d'été.

Installés au salon en attendant de passer à table, les hommes allument leur pipe alors que monsieur Gagné leur sert un petit remontant. Pendant ce temps, les femmes s'affairent à la cuisine. Pour l'occasion, madame Gagné a mis une grosse dinde au four ; celle-ci embaume la maison depuis midi. Des pâtés à la viande – ceux de Maria, Hermance et Louisa – serviront d'accompagnement. Adrien a convaincu Maria de lancer le concours visant à choisir la meilleure cuisinière. Elle lui a d'abord répondu qu'il n'en était pas question, qu'elle était trop gênée. À force d'argumenter, le jeune homme est arrivé à ses fins. Comme les convives sont nombreux, les pâtés à la viande ont été coupés en plus petites pointes.

— Je lève mon verre à Adrien ! s'écrie le père de celui-ci.

— À Adrien ! répondent tous les hommes.

— Je ne te le dis pas souvent, reprend monsieur Gagné, mais je suis très fier de toi, mon garçon.

— Moi aussi, renchérit le parrain d'Adrien. Et j'ai un cadeau pour toi afin de souligner tes fiançailles. Je ne l'ai pas avec moi, mais je peux te révéler de quoi il s'agit. Je t'offre un cheval et une calèche. Ils seront devant chez toi le jour de ton mariage.

Adrien est très content. Il s'avance vers son parrain et lui serre la main avec ardeur.

— Merci beaucoup ! Vous n'étiez pas obligé d'en faire autant, vous savez.

— Laisse-toi gâter un peu. J'ai un cadeau pour Maria aussi.

— Attendez, je vais la chercher, dit Adrien, la voix chargée d'émotion.

Pendant que le jeune homme se rend auprès de sa fiancée, son oncle en profite pour aller prendre la boîte de carton qu'il a laissée près de la porte en arrivant. Il place ensuite le colis à côté de lui.

Quand Adrien revient, il lance à son parrain :

— Attendez, parrain, j'aimerais annoncer moi-même à Maria ce que vous venez de m'offrir pour nos fiançailles.

Il se tourne vers sa fiancée et reprend :

— Il nous donne un cheval et une calèche.

À ces mots, Maria a les yeux pleins d'eau. Il n'en faudrait pas beaucoup plus pour qu'elle se croie au paradis.

— Merci, c'est très généreux de votre part, souffle-t-elle

— Mais ce n'est pas tout. J'ai un cadeau pour toi aussi.

— Pour moi ? Je ne sais pas quoi dire.

— Alors ne dis rien et accepte mon présent. Tiens, il est dans cette boîte.

Maria regarde la boîte sans oser l'ouvrir. Elle n'a pas l'habitude de recevoir des cadeaux. Elle se demande ce que le colis contient.

— Allez, ouvre vite la boîte ! clame Adrien. J'ai hâte de savoir ce qu'il y a dedans.

La boîte à peine ouverte, elle se dépêche de toucher la fourrure qu'elle a sous les yeux. Elle ne sait pas ce que c'est, mais ça lui plaît déjà. Quand elle sort son cadeau du paquet, elle réalise vite que c'est un manteau de castor comme elle n'en a jamais vu. De grosses larmes coulent maintenant sur ses joues. Jamais on ne lui a offert un si magnifique cadeau.

— J'ai hâte de savoir si j'ai eu l'œil ! s'écrie le parrain. J'aimerais que tu mettes le manteau, Maria.

Le vêtement va comme un gant à la jeune femme. Elle remonte le col sur ses oreilles et promène la tête d'un côté et de l'autre pour sentir la fourrure sur ses joues. Elle rit et pleure à la fois. Le parrain d'Adrien vient de lui offrir le plus beau des manteaux de fourrure et elle est ravie.

— Je dois rêver ! s'exclame-t-elle. Ce manteau ne doit pas être réel, il est bien trop beau.

— Viens te voir dans le miroir, lui propose Adrien. Tu as l'air d'une grande dame.

— Attends, avant je veux remercier ton parrain.

Maria prend les mains de l'homme dans les siennes et lance :

— Je vous remercie de tout mon cœur. Chaque fois que je porterai mon manteau, j'aurai une pensée pour vous.

— Tout le plaisir est pour moi, ma belle fille. Tout ce que je te demande, c'est de rendre Adrien heureux.

— C'est bien mon intention. Encore merci. Je vais maintenant aller montrer mon cadeau à ma grand-mère.

Quand elle entre dans la cuisine, tous les regards se tournent vers elle.

— Regardez, grand-maman ! Le parrain d'Adrien m'a offert ce beau manteau.

— Il te va à ravir. Je peux te l'avouer maintenant, c'est moi qui ai servi de modèle.

— C'est vrai ? Vous êtes une grande cachottière !

— Il n'était pas question que je vende la mèche. Toi qui te plaignais de geler avec ton petit manteau de drap, tu seras au chaud désormais. Tu en as de la chance, j'ai toujours voulu avoir un tel vêtement, mais on n'a jamais eu les moyens.

— Je pourrai vous le prêter, si vous voulez.

— C'est très gentil, mais je suis certaine qu'il te va mieux qu'à moi. Va l'enlever maintenant et viens nous aider.

— Je vais le mettre sur votre lit, madame Gagné.

— Pas de problème, ma belle fille, tu connais le chemin. À ton retour, on va passer à table.

Pendant tout le repas, les conversations sont animées. Les nouveaux fiancés sont heureux. Assis l'un près de l'autre, ils se cherchent du regard. Tout le monde mange avec appétit. Cette fois, c'est le pâté de Maria qui remporte le concours, ce qui fait un immense plaisir à la jeune femme.

Au moment de retourner à la maison de ses grands-parents, Maria enfile fièrement son nouveau manteau et met son vieux vêtement de drap dans la boîte du cadeau. Elle sent instantanément une grande chaleur envahir tout son corps. Elle n'a jamais été aussi heureuse qu'aujourd'hui. Elle s'est fiancée à l'homme qu'elle aime et elle a reçu le plus beau manteau qu'elle ait jamais vu. La famille et le parrain d'Adrien l'apprécient. Elle est contente de passer du temps avec Alma-Rose et ses grands-parents. Que demander de plus sinon que le mois d'avril arrive vite pour qu'elle puisse enfin se marier et s'installer à Saint-Prime ?

Elle embrasse Adrien avant de partir. Elle salue tout le monde et prend le chemin de la maison avec Alma-Rose, Tit'Bé et ses grands-parents. Elle tremble de joie.

Une fois à la maison, elle salue tout le monde et monte vite à sa chambre. Elle a envie d'être seule un peu pour savourer son bonheur. Elle enlève son manteau et le dépose sur son lit. Demain, elle va demander à Tit'Bé de poser un crochet derrière sa porte. Elle pourra y accrocher son manteau après avoir pris soin de le mettre sur un cintre de bois.

Elle se déshabille, met sa jaquette et se glisse sous les couvertures. Le poêle s'est éteint pendant l'absence de la maisonnée. Il fait froid. Elle décide de garder ses bas le temps que la demeure se réchauffe. Emmitouflée jusqu'au cou, elle remercie Dieu de sa grande bonté à son égard et à l'égard d'Adrien. Un cheval et une calèche en cadeau de fiançailles ! C'est fabuleux ! Quand elle va annoncer la nouvelle à son père, il y a des chances pour qu'il ne la croie pas. C'est un cadeau somptueux. Elle n'a qu'à penser à la vieille calèche de sa famille, celle-là même avec laquelle Tit'Bé et elle sont venus à Saint-Prime. À tout moment, il y a une roue qui risque de prendre le large. Cette mésaventure est arrivée au moins trois fois à son père. La calèche a de l'usure : avant, elle appartenait à ses grands-parents paternels.

Maria repense à chaque moment important de la soirée. Mais avant d'arriver à l'épisode du manteau de fourrure, elle sombre dans un sommeil profond où tous ses rêves deviennent réalité.

Chapitre 34

Quand Tit'Bé revient chez ses grands-parents, il est fou de joie. Il avait rendez-vous avec le parrain d'Adrien. Il salue joyeusement sa grand-mère et s'assoit à la table avec elle.

— Tu m'as l'air de bien belle humeur, mon garçon ! s'exclame madame Bouchard.

— Vous ne pouvez pas vous imaginer ce que le parrain d'Adrien vient de m'offrir.

— Qu'attends-tu pour me le dire ?

— Eh bien, il m'a proposé de travailler avec lui. Il est prêt à tout me montrer. J'ai de la misère à le croire. Il veut que je prenne un jour sa relève.

— Mais il a pourtant de nombreux neveux…

— Je lui en ai fait la remarque. Mais il m'a répondu qu'aucun n'était intéressé par les affaires. Il a aussi ajouté qu'il fallait certaines qualités pour réussir et qu'il croyait que je les possédais.

— Lui as-tu avoué que tu ne sais ni lire ni écrire ?

— Je lui ai dit que j'étais en train d'apprendre et que, dans quelques mois tout au plus, je saurais.

— Je ne connais rien au commerce, mais j'imagine qu'il faut savoir compter pour travailler dans ce domaine.

— Il est prêt à me montrer. Je lui ai demandé pourquoi il voulait que je travaille avec lui. Il m'a répondu que c'est parce que j'ai une bonne tête, que je suis honnête et intelligent, et que j'ai de l'ambition. Il a ajouté que c'est aussi parce qu'Anna m'aime. Il m'a confié qu'elle et Adrien étaient ses neveu et nièce préférés dans la famille de son frère. Je me suis quand même étonné qu'il ne prenne pas le fils d'un autre de ses frères. À cela, il a dit que c'était avec moi et Adrien qu'il voulait travailler, et personne d'autre.

— Et puis?

— Je lui ai dit que j'allais prendre quelques semaines pour réfléchir à sa proposition. Ce n'est pas parce que je ne suis pas intéressé, bien au contraire. J'adorerais travailler avec lui. C'est une chance en or. C'est juste que c'est une grosse décision à prendre. Si j'accepte son offre, c'est comme si j'abandonnais le père. Après tout ce qu'il a fait pour moi, j'avoue que j'ai un peu de difficulté à lui faire un tel coup.

— Tu t'inquiètes pour rien. Samuel est capable de comprendre. Tu n'es plus un enfant, tu as le droit de décider quoi faire de ta vie.

— Maria pense comme vous. Mais j'ai quand même besoin de réfléchir un peu. Je ne voudrais pas que le père croie que je renie mes origines et que les sacrifices qu'il a faits pour ses enfants n'étaient pas suffisants. Je suis bien placé pour savoir qu'il n'a pas ménagé ses efforts pour nous élever, parce que j'ai toujours été là, à côté de lui. Depuis que je suis tout petit, je l'aide du mieux que je peux. Je suis certain qu'il ne vous a jamais raconté tout ce par quoi il est passé.

— J'en ai une bonne idée, car ta mère était ma fille. Mais la question n'est pas là. C'est tout en ton honneur, mon garçon, de penser à ton père comme tu le fais, mais tu n'as pas le droit de passer à côté d'une telle chance. La vie est souvent difficile, alors quand elle nous offre un emploi sur un plateau d'argent et que cet emploi nous plaît, il vaut mieux sauter dessus. Mais ce n'est que l'avis d'une vieille grand-mère. Au bout du compte, la décision te revient. Je vais quand même te rappeler une phrase de la Bible: «Aide-toi et le ciel t'aidera.» Si Anna et toi vous vous aimez autant que je le pense, alors la décision sera facile à prendre. Si vous vous mariez un jour et partez vivre à la ferme, vous serez condamnés à habiter la même maison que ton père, au beau milieu de nulle part. Ne va pas croire qu'il va te construire une maison. Tu es le troisième de la famille et, d'après moi, quand il en aura fait une pour Da'Bé, à la condition bien sûr que celui-ci se marie, il ne pourra pas faire plus, en tout cas pas pour le moment. Par contre, si tu as un emploi bien payé par ici, je ne vois pas comment il pourrait être mécontent. Samuel est un bon père. Fais-lui confiance et parle-lui à cœur ouvert quand tu retourneras chez toi. Mais j'aimerais savoir une chose… Est-ce qu'il y a un mariage dans l'air pour Anna et toi ?

Surpris par la question de sa grand-mère, Tit'Bé rougit jusqu'à la racine des cheveux. Il fait son possible pour se reprendre avant de répondre :

— Nous n'en sommes pas encore là pour le moment.

Il n'a pas besoin d'en dire plus. Sa grand-mère a compris que c'était sérieux entre les tourtereaux. Mais elle aime assez son petit-fils pour accepter qu'il ne se confie pas davantage pour le moment.

— Savez-vous où est Maria ? demande Tit'Bé.

— Elle est allée glisser avec Alma-Rose. Au froid qu'il fait, elles devraient revenir bientôt. Il y a déjà plus d'une heure qu'elles sont parties.

— Et grand-papa ?

— Il est allé voir son ami Eugène. Mais lui, je n'ai aucune idée de l'heure à laquelle il va rentrer !

— Est-ce que Maria vous a dit qu'on pensait partir lundi prochain ?

— Oui, et c'est bien dommage ! Je me console en pensant que dans trois mois Maria va venir habiter ici.

— Vous êtes toute pâle, grand-maman. Y a-t-il quelque chose qui ne va pas ?

— Ne t'inquiète pas pour moi. Je suis vieille et mon cœur est fatigué, mais à part ça tout va bien.

— Vous seriez peut-être mieux d'aller voir le docteur.

— Pour qu'il me donne un sirop ? Non. Quand mon heure sera venue, je partirai, un point, c'est tout.

— Je n'aime pas quand vous parlez ainsi.

— Que ça te plaise ou non, on va tous mourir un jour. S'il y a une justice sur la terre, c'est bien celle-là. Mon vœu n'est pas de mourir demain, mais j'ai déjà soixante-dix ans bien sonnés et j'ai eu une belle vie. Un mari que j'aime encore après plus de cinquante ans de mariage. Des bons enfants qui sont toujours là quand j'ai besoin d'eux. Et des beaux petits-enfants que j'aime de tout mon cœur. J'ai toujours été au chaud et j'ai toujours mangé à ma faim, ce qui est loin d'être le cas de tout le monde. C'est certain que la vie n'a pas toujours été facile, mais je doute qu'elle le soit pour qui que ce soit. Je me souviens quand ton grand-père et moi on s'est mariés, on avait le strict minimum. On avait une petite chambre dans la maison de mes beaux-parents. Ce n'était pas des gens méchants, mais ils étaient si rigides, surtout le père, que ton grand-père et moi, on ne pouvait même pas se regarder si on était en présence de quelqu'un de la famille. Un jour, ton grand-père s'est risqué à me passer la main sur la joue devant son père et, je m'en souviens comme si c'était hier, celui-ci l'a empoigné par un bras en lui disant qu'il ne tolérerait pas de nous regarder nous «licher». Ce soir-là, quand on s'est retrouvés dans notre chambre, ton grand-père m'a juré qu'on ne passerait pas notre vie chez ses parents.

— Qu'est-ce qu'il a fait ?

— Il a travaillé jour et nuit. Le jour, il s'échinait sur la ferme avec son père, et le soir, il faisait le taxi. Moyennant un peu d'argent, il conduisait les gens qui n'avaient ni cheval ni calèche où ils le voulaient. Et crois-moi, ils étaient nombreux à cette époque. C'est d'ailleurs comme ça qu'il a pu acheter sa première calèche.

— Il ne nous en a jamais parlé.

— Ton grand-père n'est pas du genre à se laisser attendrir par le passé. Mais laisse-moi te raconter cette histoire. Ton grand-père avait réussi à convaincre le marchand de calèches de lui prêter un véhicule, et un cheval, bien sûr. Si je me rappelle bien, le marchand s'appelait Herménégilde Tremblay. Pour chaque voyage fait, ton grand-père remettait la moitié de la somme reçue à monsieur Tremblay pour la location du cheval et de la calèche. L'autre moitié était versée en acompte parce que son intention était claire : il voulait acheter une calèche et un cheval au plus vite. Chaque soir, beau temps, mauvais temps, ton grand-père partait tout de suite après le souper et se rendait à pied au village. Même s'il devait se lever à quatre heures du matin pour faire le train, il ne rentrait jamais avant minuit. Au bout d'une semaine, son père a commencé à me poser des questions sur ces sorties. Il était si insistant que j'ai fini par tout avouer. Ce soir-là, quand ton grand-père est rentré, son père l'attendait, assis dans sa chaise berçante. Alors qu'il venait d'enlever ses chaussures et qu'il se dirigeait vers notre chambre sur la pointe des pieds, monsieur Bouchard lui a lancé, de sa voix rauque et autoritaire :

« — Est-ce que tu as vu l'heure qu'il est ?

« — Je suis désolé, papa, je ne voulais pas vous réveiller.

« — Tu ne m'as pas réveillé, je t'attendais. Je suis au courant. Ta femme m'a tout raconté. Je ne tolérerai pas plus longtemps que tu fasses le taxi pour le compte d'Herménégilde Tremblay. Nos deux familles se détestent, tu devrais le savoir.

« — Je ne fais rien pour le compte de monsieur Tremblay. Je lui loue seulement un cheval et une calèche.

« — Peu importe. C'est l'homme le plus malhonnête que la terre ait porté. À la première occasion, il va te voler ton argent.

Je t'interdis de faire affaire avec lui. À ce que je sache, tu n'as jamais manqué de rien ici.

« — Vous avez raison. Mais, sauf votre respect, tant que je fais ce que j'ai à faire sur la ferme, le reste de mon temps m'appartient. Vous allez m'excuser, mais je dois me lever tôt demain matin. Bonne nuit ! »

Madame Bouchard poursuit son histoire.

— Mon beau-père était furieux. Il tempêtait si fort qu'il a réveillé toute la maisonnée. Quand tous les membres de la famille ont su le fin fond de l'histoire au déjeuner, ils ont encouragé ton grand-père à tenir tête à son père. Ce n'est pas que celui-ci était un mauvais homme, mais il voulait toujours tout contrôler. Au bout de six mois, ton grand-père avait payé son cheval et sa calèche. Tu aurais dû le voir, il était fier comme un paon. Non seulement monsieur Tremblay avait respecté leur entente, mais il lui avait offert de travailler pour lui. Ce soir-là, au souper, avant que son père se lève de table, ton grand-père lui a dit : « Vous avez devant vous le nouveau propriétaire d'un cheval et d'une calèche. J'ai réussi. Et dans un mois, deux tout au plus, ma femme et moi on aura quitté la maison. Je vais vendre des calèches et des chevaux pour monsieur Tremblay. » Son père est devenu rouge comme une tomate. Il s'est levé de table, a pris son manteau au passage et a claqué la porte tellement fort en sortant que les fenêtres ont tremblé.

— Wow !

— Attends, ce n'est pas terminé. Le lendemain matin, monsieur Bouchard nous a jetés à la rue sans aucune explication.

— Qu'est-ce que vous avez fait ?

— On est allés frapper à la porte de la maison de mes parents qui n'habitaient pas très loin. On leur a expliqué qu'on avait besoin d'un toit, le temps de trouver une place où rester. Mon père et ma mère nous ont accueillis à bras ouverts en avouant qu'ils se doutaient bien que les choses finiraient ainsi un jour ou l'autre. Ils connaissaient très bien monsieur Bouchard. D'ailleurs, dans la paroisse, tous parlaient de son mauvais caractère. Ton grand-père a emmené son cheval et sa calèche chez mes parents et, le lendemain, il a commencé à travailler pour monsieur Tremblay le jour. Et le soir, il faisait encore du taxi. La vie était beaucoup plus facile chez mes parents. Au bout de deux mois, mon père a entendu dire que le vieux Dionne voulait vendre sa ferme ; c'était l'ancien propriétaire de cette maison. Cet homme n'avait pas d'enfants ni de famille. Ton grand-père est allé le voir et lui a raconté qu'il était intéressé à acheter sa ferme, mais qu'il n'avait pas les moyens de la lui payer. Au début, le vieux a refusé et l'a chassé. Ton grand-père est têtu comme une mule, ce qui fait qu'il est retourné voir monsieur Dionne chaque semaine. Le vieil homme a fini par se prendre d'affection pour lui. Il le connaissait depuis qu'il était petit, mais il connaissait surtout son père, et comme tout le monde il détestait le paternel. Au bout de trois mois, il a laissé entrer ton grand-père dans la maison et lui a annoncé qu'il acceptait de lui vendre sa ferme à la condition que nous l'hébergions. Sur le coup, ton grand-père a refusé. Alors qu'il allait partir, monsieur Dionne lui a conseillé de prendre le temps de penser à sa proposition : « Dis à ta femme de venir me voir demain. Tu verras bien ce qu'elle en pense. »

— Y êtes-vous allée ?

— Bien sûr. J'avais demandé à ma mère de m'accompagner, cependant. Elle connaissait un peu monsieur Dionne, mais pas plus. Ton grand-père m'avait bien avertie que rien ne m'obligeait à accepter l'offre. Je tremblais de peur, mais en même temps j'étais curieuse de rencontrer le fermier. Il n'était pas question que je me retrouve à vivre à longueur de journée avec un homme comme mon beau-père. En mettant les pieds dans la maison, j'ai tout de suite su que c'était ici que je passerais ma vie. J'ai serré la main du vieux et je l'ai aimé tout de suite. Il avait les yeux aussi bleus que le lac Saint-Jean par jour de grand soleil. Il m'a confié, en me tenant la main : « Tu pourras faire ce que tu veux avec la maison, ma belle fille. Moi, tout ce que je demande, c'est de finir mes jours ici. Tu vas voir, je ne prendrai pas beaucoup de place. » J'ai jeté un coup d'œil à ma mère avant de répondre au vieux : «Je suis certaine qu'on va bien s'entendre, vous et moi. Quand peut-on déménager ? » Une semaine plus tard, ton grand-père et moi, on emménageait dans notre nouvelle maison.

— Mais comment ça s'est passé après ? C'était quand même un étranger pour vous.

— Au début, c'est certain qu'on a dû s'habituer à vivre ensemble, mais sincèrement ç'a été très facile. Monsieur Dionne était un homme absolument charmant. Il a vécu deux ans avec nous avant de mourir dans son sommeil. Un matin, comme il ne descendait pas pour déjeuner, je suis allée frapper à la porte de sa chambre. Je l'ai trouvé mort sur son lit. J'ai pleuré pendant des jours. J'étais inconsolable. Je venais de perdre une des personnes que j'ai aimées le plus dans toute ma vie. Cet homme-là m'a tellement appris. J'étais jeune et je ne connaissais rien de la vie. On passait des heures à discuter ensemble.

— Mais de quoi parliez-vous ?

— De tout : de la vie, du bonheur, de l'amour, de la mort, de la religion, des curés, de la vie moderne… Tu aurais dû le voir quand ta mère est venue au monde. Il pleurait à chaudes larmes quand je l'ai déposée dans ses bras. Il ne disait pas un mot, il se contentait de la regarder et de la bercer. C'est alors qu'il m'avait avoué que ne pas avoir eu d'enfants était la seule chose qu'il regrettait.

— Il ne s'est jamais marié ?

— Non. Quand il avait ton âge, il est tombé follement amoureux d'une fille de la paroisse, nouvellement arrivée. Deux mois plus tard, il la demandait en mariage. Au moment de prononcer ses vœux, la fiancée a laissé tomber son bouquet, a relevé la jupe de sa robe de mariée et est partie en courant. Ce jour-là, il a décidé qu'aucune femme ne le ferait plus souffrir. Il n'a jamais su pourquoi elle avait subitement changé d'idée et il n'a jamais cherché à le savoir non plus.

— Pauvre vieux !

— S'il était ici, il te dirait qu'il ne veut pas que personne le plaigne parce qu'il a mené la vie qu'il a choisie. Pour lui, il était moins difficile de vivre seul que de prendre le risque de souffrir en aimant une autre femme. Toi aussi, tu dois faire tes choix. En parlant à ton père de ton intention d'accepter l'offre du parrain d'Adrien, rien ne te garantit qu'il comprendra, mais au moins tu auras la satisfaction de suivre ton chemin, à la condition bien sûr que tu y tiennes.

Mais Tit'Bé n'a pas le temps de répondre. La porte s'ouvre brusquement sur Alma-Rose et Maria. Elles sont si enneigées qu'elles ont l'air de bonshommes de neige.

— Grand-maman, savez-vous combien de fois on a descendu, Maria et moi ?

— Dix ?

— Bien plus que ça. On a descendu dix-neuf fois.

— Toi, tu es descendue dix-neuf fois avec moi, mais tu n'as pas remonté la traîne sauvage une seule fois, précise Maria.

— Mais c'est normal, je suis trop petite.

— À ton âge, je remontais moi-même ma traîne sauvage. C'était la condition pour que je puisse aller glisser.

— Ce n'est pas tout à fait vrai, intervient Tit'Bé. Moi, je me rappelle très bien que chaque fois que j'allais glisser avec toi tu te dépêchais de remonter pendant que je forçais comme un bœuf pour tirer la traîne sauvage.

— À ce que je vois, je ne suis pas la seule ratoureuse dans la famille ! s'exclame Alma-Rose.

Tout le monde éclate de rire.

— Je boirais bien une grande tasse de lait chaud avec un peu de vanille dedans, reprend Alma-Rose.

— Moi aussi ! s'écrie Maria. Et avec un peu de sucre, pour toutes les remontées que j'ai faites.

— D'accord ! répond Alma-Rose. Je veux bien te rendre ce petit service.

Chapitre 35

Adrien est retourné au collège la veille. Il aura son prochain congé à Pâques et, le samedi suivant, Maria et lui se marieront. Ils disposeront alors de deux jours après leur mariage pour être ensemble puisque le jeune homme a déjà avisé le collège qu'il ne rentrerait que le lundi soir. Ses parents lui ont demandé pourquoi il n'attendait pas la fin de ses études pour se marier, ce à quoi il a répondu qu'il avait suffisamment attendu. Il a bien l'intention de demander quelques congés en mai et en juin pour venir rejoindre Maria. Après tout, Roberval n'est pas si loin de Saint-Prime. Comme le couple aura un cheval et une calèche, Maria se fera un plaisir d'aller chercher Adrien le vendredi soir et de le ramener le dimanche après-midi. Ces petites visites permettront aussi au jeune homme de suivre l'évolution des travaux pour l'installation de son bureau. Il souhaite l'ouvrir au plus tard en août.

Alma-Rose a repris l'école ce matin. Quand elle a entendu Marie-Paule frapper à la porte, elle s'est dépêchée de venir embrasser Maria et Tit'Bé. La fillette s'est écriée avant de sortir :

— Vous saluerez tout le monde pour moi à la ferme. Bonne journée, grand-maman !

Maria et Tit'Bé ont fait leurs bagages après le déjeuner. Puis ils ont pris le chemin de la maison. Bien emmitouflée dans son manteau de fourrure, Maria est perdue dans ses pensées. Elle vient de passer deux semaines de rêve avec Adrien, ce qui la rassure quant à l'avenir. Ils sont bien ensemble. Ils se sont vus chaque jour : ils ont marché en raquettes, ils ont fait de longues promenades, ils ont joué aux cartes, ils sont même allés pêcher sur la glace. Et ils ont aussi reparlé des travaux à faire dans la maison à quelques reprises. Chaque fois qu'elle y pense, Maria ne peut s'empêcher de sourire. Dans à peine trois mois, elle habitera à Saint-Prime avec ses grands-parents et Alma-Rose. Elle aura de quoi s'occuper jusqu'à ce qu'Adrien termine ses études. Mais elle sait d'avance que les mois de mai et de juin lui paraîtront très longs. Elle a demandé à ses grands-parents si elle pouvait agrandir le jardin. Ils ont répondu que, dès qu'elle serait mariée, elle pourrait faire tout ce qu'elle veut à la condition qu'elle ne leur demande pas de sarcler. Maria a toujours adoré ses grands-parents maternels, mais jamais elle n'aurait osé espérer vivre un jour avec eux, encore moins qu'ils lui donneraient leur maison.

Tit'Bé n'est pas plus bavard que sa sœur. Il est triste de devoir quitter Anna. Depuis qu'il a rencontré le parrain d'Adrien, il ne cesse de penser à la proposition que ce dernier lui a faite. Il se sent toujours aussi mal à l'aise d'en parler à son père, mais il refuse de voir Anna seulement deux ou trois fois par année. S'il travaille à Saint-Prime, ce sera beaucoup plus facile de supporter les deux ans qu'ils se sont fixés avant de se marier. Et si l'offre de Maria tient toujours de l'héberger un moment, il n'aura pas long à marcher pour aller voir sa belle.

— On fait dur à voir, tu ne trouves pas? s'exclame Maria. On croirait quasiment qu'on s'en va à un enterrement.

— Entre nous, répond Tit'Bé, on peut bien avouer qu'on est mieux à Saint-Prime que dans le fond du bois. Chez le père, tout ce qu'on entend, c'est le grondement de la chute.

— Des fois, je me dis qu'on est rendus bien capricieux. Pauvre papa! Alma-Rose est partie vivre chez les grands-parents, et moi, je vais quitter dans trois mois. Ça ne doit pas être facile pour lui. Heureusement qu'Hermance est enceinte. Et toi, as-tu décidé ce que tu vas faire?

— Je ne sais pas trop. Une chose est sûre: si je reste avec le père, je serai aussi malheureux que les pierres. Par contre, si je pars, j'ai peur que ce soit lui qui le soit, et ça, je ne le voudrais pas.

— Moi, je pense que tu t'en fais pour rien. En arrivant, va lui parler. Tu en auras le cœur net et tu pourras arrêter de te morfondre. Tu ne peux pas continuer à jongler comme ça bien longtemps. Je vais te poser une question. Serais-tu content d'emmener Anna vivre à la ferme après votre mariage ?

— D'abord, il faut que tu saches qu'il n'est pas question de mariage entre nous pour le moment. Mais si c'était le cas, je ne voudrais pas qu'elle vienne vivre dans le bois. J'aurais peur de la tuer. Elle est loin d'avoir le même caractère qu'Hermance ou que Louisa.

— Alors ne cherche pas plus loin. Tu l'as, ta réponse.

— Quand j'en parle avec toi, tout est simple. C'est quand je pense au père que les choses se compliquent.

— Veux-tu que je sois avec toi quand tu vas lui parler ?

— Tu ferais ça pour moi ?

— Oui, avec plaisir. Après le souper, on va l'avertir qu'il faut qu'on lui parle.

— Mais avant, est-ce que ton offre de m'héberger un bout de temps tient toujours ?

— Tu devrais savoir que je n'ai qu'une parole.

— Je n'aime pas tellement t'entendre dire ça. Je me souviens d'un homme à qui tu avais donné ta main. Je me rappelle aussi à quel point tu souffrais plus la date du mariage approchait. Toi aussi, tu as le droit de changer d'idée.

— Mais je n'ai pas changé d'idée, d'autant que toi aussi tu risques de travailler pour le parrain d'Adrien.

— Est-ce qu'Adrien est au courant ?

— Son oncle lui en a parlé.

— Et puis ?

— C'est tout. Adrien n'a pas à s'en mêler. Son oncle a le droit d'engager qui il veut. Tant mieux si c'est toi.

— Je te remercie, Maria, ça me fait du bien de parler avec toi. Depuis que tu es amoureuse d'Adrien, tu as changé. Et moi, j'ai l'impression de retrouver la petite sœur avec qui j'aimais jouer et inventer toutes sortes d'histoires quand j'étais petit. Un jour, tu t'en allais sur tes douze ans, tout d'un coup ma petite sœur enjouée a fait place à une jeune fille renfermée. J'ai tout essayé pour te retrouver, mais je me frappais toujours contre un mur. Le pire, c'est l'année où tu as été fiancée à Eutrope. Dieu ait son âme, le pauvre, mais je ne pouvais pas me faire à l'idée que tu passerais toute ta vie avec lui. Il était d'un tel ennui qu'il faisait peine à voir. En tout cas, tu l'as échappé belle.

— Tu as raison. J'étais tellement désespérée à l'idée de vivre avec lui que j'ai prié pour qu'il meure. Le jour où Camil est venu m'annoncer la mort de son frère, j'aurais voulu pouvoir prendre la place d'Eutrope.

— J'espère au moins que tu ne penses pas qu'il est mort à cause de toi.

— Plus maintenant. Pour être franche, je n'arrive même plus à me souvenir de son visage.

— C'est mieux comme ça. Il faut laisser les morts avec les morts.

Quand Tit'Bé et Maria arrivent à la ferme, Télesphore sort de la maison en bras de chemise. Il saute au cou de Maria alors qu'elle a à peine posé les pieds par terre. Il est si content qu'il la prend dans ses bras et la fait tourner. Ce n'est que lorsque Hermance se pointe sur la galerie et crie au garçon de laisser sa sœur tranquille qu'il arrête. Maria est étourdie ; il s'en faut de peu pour qu'elle tombe. Télesphore salue ensuite Tit'Bé.

— J'en connais un qui va être content de vous voir ! s'écrie Hermance. Votre père commençait à s'inquiéter.

— Mais on lui avait dit qu'on reviendrait juste après la rentrée des classes, lance Maria.

— Tu le connais, il est pire qu'une mère poule. Le chemin était beau au moins ?

— Oui, répond Tit'Bé. Mieux qu'à l'aller, en tout cas. On a mis deux fois moins de temps pour revenir.

— Et puis, comment ça s'est passé ? demande Hermance.

— Très bien ! s'exclame Maria. Tout le monde vous salue.

— Tu as l'air d'une vraie madame avec ton beau manteau de fourrure. Qui te l'a donné ?

— C'est le parrain d'Adrien. Il a aussi offert un cheval et une calèche à Adrien. C'était nos cadeaux de fiançailles. J'ai un tas de choses à vous raconter.

— Entrez, je vais préparer du thé.

— Où est le père ? s'informe Tit'Bé.

— Il doit être en train de replacer le foin dans la grange.

— Et Esdras, comment va-t-il ?

— De mieux en mieux. Si votre père ne le retenait pas, il serait déjà retourné aux chantiers, mais le docteur a été très clair là-dessus. Si Esdras n'attend pas que sa plaie soit complètement refermée, il risque d'avoir de sérieux problèmes.

— Et Louisa ? s'inquiète Maria.

— Elle va bien. Elle est deux fois plus grosse que moi et elle mange comme un ours.

— Et vous ?

— Ça va, sauf que j'ai toujours mal au cœur. Je suis vraiment contente que vous soyez revenus. La maison était bien grande sans vous deux.

Ces simples paroles suffisent à rendre Tit'Bé nerveux. Alors qu'il était bien décidé à parler à son père, voilà maintenant qu'il se remet à douter.

Samuel revient quelques minutes plus tard. Il se dépêche d'enlever son manteau, puis il offre à Tit'Bé et à Maria ses meilleurs vœux pour la nouvelle année.

— Allez-vous vouloir nous bénir, papa ? s'enquiert Maria.

— Tu sais à quel point je déteste ça. Mais si c'est pour te faire plaisir, ma petite fille, pas de problème. Racontez-moi tout votre nouveau, maintenant.

— Moi, dit Tit'Bé, je vais commencer par aller dételer Cadeau, si vous n'y voyez pas d'objection.

— Vas-y, mon garçon, mais reviens vite. J'ai hâte de t'entendre.

Maria commence par faire savoir aux siens que tout le monde les salue.

— Et Alma-Rose, comment va-t-elle ? s'enquiert Samuel.

— La petite va très bien et est toujours aussi bavarde. Elle obtient de très bonnes notes à l'école et chante dans la chorale. Elle s'est fait une nouvelle amie : Marie-Paule, la sœur cadette d'Adrien. Elles sont toujours ensemble. Alma-Rose vous embrasse très fort.

— Et tes fiançailles, comment c'était ? interroge Hermance.

Maria raconte tout dans les moindres détails. Sa belle-mère et son père l'écoutent sans l'interrompre.

— Et ici, quelle sorte de temps des Fêtes avez-vous passé ? s'informe Maria.

— Des Fêtes tranquilles mais belles, répond Hermance.

— Avez-vous eu de la visite ?

— Imagine-toi donc que Lorenzo a retenti ici le surlende-
main de Noël! lance Samuel. Il venait pour te voir.

— Il n'a pas reçu ma lettre?

— Il paraît que oui, mais il voulait s'assurer que tu n'avais
pas changé d'idée. Je lui ai confirmé que tu allais te marier en
avril et que tu t'installerais à Saint-Prime avec ton mari. La face
lui a changé d'un coup. Je ne sais pas ce que tu lui as fait, mais
une chose est sûre : tu l'as marqué.

— C'est quand même un gentil garçon, commente
Hermance. On a passé une belle veillée avec lui et son beau-
frère.

— Mais là, êtes-vous bien sûr qu'il a compris que ça ne
donnerait rien qu'il revienne encore? questionne Maria.

— D'après moi, oui, répond Samuel. À mon avis, il t'aimait
pas mal.

— Il a le droit, mais moi je ne l'ai jamais aimé, émet Maria.
J'aime Adrien et je préfère aller vivre à Saint-Prime plutôt
qu'en Nouvelle-Angleterre.

— Tu as bien raison, ma petite fille, dit Samuel. On a aussi
eu la visite de Charles et de sa femme le soir du jour de l'An. On
a passé la soirée à jouer aux cartes.

— Ton père a gagné toute la soirée, annonce Hermance.
Mais je pense qu'il a triché un petit peu.

— Ce ne serait pas la première fois! s'écrie Maria. Il est bon
pour ça!

Quand Tit'Bé revient, Maria jette un coup d'œil à son frère.
Puis elle annonce :

— Papa, Tit'Bé veut vous parler de quelque chose
d'important.

— Je t'écoute, mon garçon.

Le jeune homme prend une grande respiration et se lance.

— Qu'est-ce que vous diriez si j'allais travailler à Saint-Prime ?

— Pour un bout de temps ? demande Samuel.

— Non, pour tout le temps. Le parrain d'Adrien veut m'engager pour travailler avec lui. Il va m'apprendre à faire du commerce.

— Pour une surprise, c'est toute une surprise, laisse tomber Samuel en se grattant le menton. J'étais bien loin de m'attendre à te voir partir un jour. Si ça continue, Hermance et moi, on va se retrouver seuls avec Télesphore avant que le bébé arrive.

— Est-ce que Da'Bé et Esdras ont parlé de s'en aller ? s'étonne Maria.

— Non, répond Samuel. Mais j'avais pensé que je pourrais au moins garder mes garçons avec moi sur la terre.

— Si vous ne voulez pas, le père, dit Tit'Bé, on a juste à ne plus en parler.

— Maintenant que je sais que tu veux partir, je ne peux pas faire semblant. Je comprends que tu veuilles autre chose, et c'est normal. Tout le monde n'est pas obligé d'aimer vivre au fond des bois, isolé de tout et de tous.

Samuel respire profondément. Il se frotte ensuite les mains et réfléchit. Personne n'ose briser le silence. Au bout d'un moment qui a semblé une éternité à Tit'Bé, il reprend :

— Si c'est ce que tu veux, mon garçon, ce n'est pas moi qui vais t'en empêcher. S'il y a une chose que j'ai comprise dans la vie, c'est bien qu'on doit faire ce qu'on veut. Et puis, aller travailler avec le parrain d'Adrien n'est pas une si mauvaise idée que ça. Il va te montrer tout ce que tu aurais dû apprendre à l'école. Quand penses-tu partir ?

— Je n'y ai pas encore vraiment pensé. Je voulais vous parler avant.

— Si tu pouvais rester jusqu'à ce que les gars reviennent des chantiers, je serais bien content.

— Ça doit pouvoir s'arranger. Merci, le père.

— Tu n'as pas à me remercier. C'est tout ce qu'il y a de plus normal que tu vives ta vie. Tu n'es plus un enfant après tout. Êtes-vous allés saluer Esdras et Louisa, Maria et toi ?

— Non, répond Maria, on vient juste d'arriver. Est-ce qu'on a le temps d'y aller avant le souper ?

— Bien oui, répond Hermance. Ils seront contents de vous voir.

* * *

Quand Maria se retrouve dans son petit lit, elle regarde au plafond et essaie de se convaincre que les trois prochains mois passeront vite. Elle était contente de revoir les siens, mais elle est déjà ailleurs. Sa vie est à Saint-Prime maintenant, comme pour Alma-Rose et Tit'Bé. Elle pense à Adrien et sourit.

Allongé sur son lit près du poêle à bois, Tit'Bé se tient à peu près le même discours. Il est content de la tournure des événements. Il faudra qu'il remercie Maria demain d'avoir lancé la discussion avec Samuel. Sans l'aide de sa sœur, il serait encore en train de se ronger les sangs. Somme toute, son père a mieux réagi qu'il l'espérait. Tit'Bé a bien vu dans ses yeux qu'il avait de la peine, mais au moins il a accepté son choix. Alors que le jeune homme cherche le sommeil, Samuel se met à ronfler comme un train. Une chose est sûre : son père va lui manquer, mais certainement pas ses ronflements !

Chapitre 36

Janvier tire à sa fin. Jamais Maria n'a trouvé un mois aussi long. Elle est comme une âme en peine. Elle vaque à ses occupations comme d'habitude, mais une partie d'elle-même est là où personne d'autre ne peut la rejoindre. Elle pense sans arrêt à Adrien. L'autre jour, Hermance lui a demandé s'il y avait quelque chose qui n'allait pas. Elle s'est dépêchée de lui dire que tout allait bien, sauf qu'elle trouvait le mois d'avril bien loin. Hermance a souri et s'est ensuite confiée :

— Je te comprends très bien. J'ai vécu la même chose avant de me marier avec ton père. Je croyais que le mois de juin ne viendrait jamais. Je travaillais du matin au soir, tout comme toi, mais rien n'arrivait à m'occuper totalement. Mon esprit était toujours ailleurs. J'avais beau me concentrer sur ce que je faisais, au moment où je m'y attendais le moins, le visage de ton père m'apparaissait. Rassure-toi, c'est normal. On appelle ça l'amour. Il a bien de la chance, ton Adrien.

— Moi aussi, j'ai beaucoup de chance d'être aimée par lui. Je ne pouvais pas espérer mieux comme mari.

— C'est pareil pour moi, intervient Louisa. Esdras est un homme dépareillé. À part le fait qu'il tient mordicus à retourner aux chantiers, il est parfait.

— Mon frère est un homme de parole. Il s'était engagé auprès du père à aller aux chantiers. Il se sent mal d'être à la maison au lieu d'être en train de bûcher.

— J'ai réussi à le retenir jusqu'à maintenant, mais j'ai bien peur que la semaine prochaine il va demander que quelqu'un l'amène à Péribonka. Si on refuse, il est bien capable de s'en retourner à pied aux chantiers !

Louisa fait une courte pause avant de poursuivre :

— Si on continue à ce rythme-là, on va finir nos courtepointes bien avant le temps prévu.

— On est très efficaces ! s'écrie Maria. Mais j'ai une idée : lorsqu'on aura terminé les nôtres, on pourrait en faire deux autres et essayer de les vendre.

— À qui veux-tu qu'on vende des courtepointes ? demande Louisa. En tout cas, moi, je ne connais personne qui soit prêt à payer pour ça.

— Moi non plus, seconde Hermance.

— Je crois que si j'en parle au parrain d'Adrien, il pourrait nous trouver des clients.

— Ça ne coûte rien d'essayer ! s'exclame Hermance. Plus j'y pense, plus je trouve que c'est une bonne idée.

— Il faudrait penser à un prix, indique Maria.

— Si on calcule le nombre d'heures nécessaires pour confectionner une courtepointe, personne n'aura les moyens d'en acheter, argumente Louisa.

— Tu oublies qu'il y a des gens qui ont beaucoup d'argent, émet Maria.

— Je veux bien croire, lance Louisa, mais il y a des limites à tout.

— Si vous voulez, je vais faire des petits calculs et je vous en reparlerai, propose Hermance.

* * *

C'est aujourd'hui qu'Esdras retourne aux chantiers. Tit'Bé s'est levé aux aurores pour aller le conduire à Péribonka. La navette viendra le chercher à huit heures. Louisa est dans tous ses états. Elle donnerait le peu qu'elle a pour que son mari reste, mais elle comprend sa décision. Au moins, Esdras a attendu que sa plaie soit totalement refermée. Les quelques semaines passées à ne rien faire ou presque ont semblé très longues au jeune homme. Un soir, il a dit à Louisa qu'il avait maintenant la confirmation qu'il était fait pour les gros travaux. Quand il tient une hache dans ses mains ou qu'il travaille avec un godendard avec Da'Bé, il est heureux. En fait, rien à part sa femme ne le rend plus heureux. Il aime travailler de ses mains.

Louisa est restée dans la maison. Elle n'aurait pas supporté de voir partir son époux. C'est plus fort qu'elle, elle est morte de peur à l'idée qu'il se blesse encore. Esdras l'a rassurée de son mieux, mais sans succès. Il n'a cessé de lui répéter que c'était un accident, qu'il allait faire très attention, mais rien n'y a fait. Louisa demeure convaincue qu'il va revenir blessé.

Quand Maria et Hermance vont visiter la jeune femme après le déjeuner, elles la trouvent en larmes.

— Voyons, ma belle Louisa, dit Hermance, il va bien falloir que tu prennes sur toi parce qu'Esdras est parti pour presque quatre mois. Pense à votre bébé.

— Je n'arrête pas d'y penser, gémit Louisa. J'ai un mauvais pressentiment. Ça fait trois nuits que je rêve qu'il revient parce que sa cicatrice s'est ouverte.

Maria tente de consoler sa belle-sœur :

— Ce n'est pas parce qu'Esdras a eu un accident qu'il en aura un autre. Ma mère disait : « Même si tu as attrapé la grippe, tu n'es pas obligé de l'avoir tout l'hiver. »

— Je sais tout ça, mais c'est plus fort que moi.

— Habille-toi chaudement, on va aller marcher, jette Hermance d'un air décidé.

— Vous m'excuserez, mais je préfère rester ici.

363

— À broyer du noir ? s'exclame Hermance. Pas question ! En réalité, on ne te donne pas le choix, on est venues te chercher, Maria et moi. Allez, mets ton manteau.

* * *

Un jeune homme vient d'arrêter son traîneau devant la maison de Samuel. Il cogne à la porte, mais il n'obtient aucune réponse. Après avoir frappé une seconde fois, il se décide à entrer. Il crie pour signaler sa présence. En voyant qu'il n'y a personne, il retourne dehors. Au moment où il s'apprête à se diriger vers l'écurie, Hermance, Maria et Louisa l'aperçoivent. Surprises, elles figent sur place. Quand on vit en retrait comme elles, les inconnus qui viennent frapper aussi tôt le matin à la porte se font rares.

L'effet de surprise passé, Hermance demande à l'inconnu :

— Est-ce qu'on peut vous aider ?

— Je m'appelle Jean Desbiens et je cherche mon cousin, Camil Gagnon. On m'a dit qu'il habitait de ce côté-ci de la rivière.

— Il est aux chantiers, répond Hermance, et il ne reviendra pas avant le mois de mai. Savait-il que vous deviez passer ?

— Oui, mais je ne devais arriver qu'en juin. Comme j'ai perdu mon emploi juste après Noël, j'ai pris le temps de régler mes affaires et me voilà.

— J'ai bien peur que vous soyez obligé de repartir.

— Ça m'embêterait beaucoup. J'ai tout vendu pour venir m'installer avec mon cousin. Si vous n'y voyez pas d'objection, j'habiterais sa maison.

Hermance se tourne vers ses deux belles-filles :

— Faites-le entrer chez nous et offrez-lui quelque chose de chaud. Je vais aller chercher Samuel.

Ce n'est pourtant pas avec Samuel qu'elle revient, mais avec Tit'Bé.

Ce dernier prend la parole :

— Bonjour, Jean. Je m'appelle Tit'Bé. Camil m'a expliqué quoi faire si vous arriviez avant lui. D'abord, il faut que vous sachiez que ses animaux sont ici depuis qu'il est parti aux chantiers. Je pourrais vous aider à les ramener chez Camil. Êtes-vous allé à la maison de votre cousin avant de venir ici ?

— Non, car je ne sais pas très bien où elle est. C'est un certain Charles, à Honfleur, qui m'a conseillé de d'abord venir vous voir. Mais avant d'aller plus loin, est-ce qu'on pourrait se tutoyer ? J'ai à peine quelques années de plus que vous. Et comme on risque de se voir souvent, du moins le temps que je m'installerai, ça serait plus facile.

— Pas de problème en autant que c'est correct pour toi. Bon, je vais t'accompagner jusqu'à la maison de Camil.

— Maintenant ?

— Dès qu'on sera prêts. Je vais aussi prendre avec moi la liste des choses à faire qu'il a laissée pour toi.

— À ce que je vois, il a pensé à tout, le cousin ! plaisante Jean.

— Si tu ne veux pas mourir d'ennui, il vaut mieux que tu t'occupes. C'est une bonne affaire que tu sois arrivé aussi tôt. Pour être franc, Camil aurait été bien mal pris en arrivant des chantiers sans bois de chauffage prêt pour l'hiver prochain, sans le moindre pot de conserve de gibier et ainsi de suite.

— J'ai une grande volonté, mais je suis loin de tout savoir. J'ai toujours travaillé dans les pulperies ; c'est loin du travail de ferme. Remarque que j'ai été élevé sur une ferme et que j'ai déjà chassé, mais tout ça remonte à une bonne dizaine d'années.

— Tu vas voir, ça revient vite. Veux-tu manger quelque chose avant de partir ?

— Non, ce n'est pas nécessaire. J'ai acheté quelques boîtes de conserve au cas où il n'y aurait pas grand-chose dans le garde-manger de Camil.

— Je pense que tu as bien fait. On a les conserves de Camil ici. Je te suggère de venir les chercher seulement une fois que tu seras installé.

Restées en retrait jusque-là, les trois femmes prennent part à la conversation.

— Tu peux venir souper avec nous, invite Hermance. On mange à cinq heures. Au fait, je m'appelle Hermance. Je suis la femme de Samuel, le père de Tit'Bé et de Maria.

Cette dernière se présente, puis c'est au tour de sa belle-sœur.

— Je suis Louisa, la femme d'Esdras, un des frères de Tit'Bé. Mon mari est parti aux chantiers avec Camil et Da'Bé, le plus vieux des garçons de la maison.

— Au souper, reprend Hermance, tu feras la connaissance de Samuel et de Télesphore, le cadet des garçons. Alma-Rose, la petite dernière de la famille, est à Saint-Prime. Je te souhaite la bienvenue ! J'espère que la place te plaira. Passer d'une pulperie à une ferme, c'est tout un changement.

— Oui, mais je n'aimais pas tellement mon emploi. Je préfère travailler sur une ferme ; toutefois, étant donné que j'étais le cinquième garçon de la famille, il n'y avait plus de place pour moi. Je trouve ça bien triste, ce qui est arrivé à Eutrope, mais je suis content de venir m'installer ici.

— Tant mieux, dit Tit'Bé. On pourrait y aller tout de suite, si tu veux. On n'aura pas trop de la journée pour réchauffer la maison. Ça fait au moins trois mois qu'elle est fermée, ça doit être très humide là-dedans. Si tu n'as pas d'objection, on va emmener Chien avec nous. Comme ça, s'il y a des souris qui se sont installées dans la maison, on va vite le savoir.

Les hommes partis, les femmes passent leurs commentaires sur le nouveau voisin.

— Il est plutôt bel homme, avance Louisa. Pas aussi beau qu'Esdras, mais pas mal quand même.

— C'est vrai qu'il est beau, approuve Hermance. Et il m'a l'air très débrouillard.

— Et vivant! lance Maria. Je ne veux pas comparer, mais il ne ressemble pas du tout à ses cousins.

— Comme tu es sévère! s'écrie Hermance. Camil est quand même plus dynamique que ne l'était Eutrope.

— Admettez que ce n'est pas difficile de faire mieux, ose Louisa. Moi, la première fois que j'ai vu Eutrope, j'ai plaint la femme qui allait se marier avec lui. Quand Esdras m'a appris que c'était toi, Maria, j'étais découragée même si je ne te connaissais pas encore.

— C'est gentil, mais je dois reconnaître que je n'étais pas beaucoup plus enjouée que lui à ce moment.

— Quand même, tu ne vas pas me faire accroire que la Maria que je connais a déjà été aussi morne qu'Eutrope!

— Presque, avoue Maria. Il y a des jeunes dont le visage se couvre de boutons quand ils passent de l'adolescence à l'âge adulte; moi, je me suis renfermée à double tour. Je parlais le moins possible. Je priais à cœur de jour. Il m'est même arrivé de réciter mille *Ave* de suite pour obtenir une faveur. On était à quelques jours de Noël et j'avais jusqu'à la veille de Noël, avant minuit, pour les réciter.

— Mille *Ave*? Es-tu sérieuse?

— Oui, répond Maria d'un air gêné.

— As-tu obtenu ta faveur, au moins? s'informe Louisa.

— Non, même pas.

— En tout cas, tu es plus courageuse que moi, avoue Louisa. Je prie, mais jamais je ne réciterais mille *Ave* d'affilée pour obtenir une faveur. J'ai de la misère à écouter une grande messe sans m'endormir.

— Moi non plus, je ne serais pas capable, admet Hermance. Ma foi du bon Dieu, tu devais déparler à la fin.

— Oui. Je me rappelle que j'en récitais sans arrêt. En faisant à manger. En faisant la vaisselle. En faisant le ménage.

— Mais comment arrivais-tu à les compter ? demande Louisa, intriguée.

— Quand j'avais mon chapelet dans les mains, tout allait bien. Pendant la journée, j'essayais de les compter, mais ce n'était pas facile. Alors, pour être sûre que le compte y était, j'en ai récité une centaine de plus.

— J'ai mal au cœur juste à t'entendre ! s'écrie Louisa. Est-ce que tu serais prête à le refaire ?

— Je ne crois pas, répond Maria.

— Bon, assez parlé ! clame Hermance. Je vous rappelle qu'on allait marcher avant que le beau Jean se plante devant nous.

Les trois femmes éclatent de rire. Elles remettent leur manteau et leurs bottes, remontent leur col et prennent leurs mitaines au passage. Hermance ferme la porte de la maison derrière ses compagnes et elle.

* * *

Tit'Bé et Jean arrivent à l'heure du souper. Ils ont passé la journée à nettoyer la maison et à préparer le retour des animaux. Ils ont chauffé le poêle sans arrêt et, au moment de partir, ils ont ajouté encore quelques bûches pour s'assurer que le feu tiendra jusqu'à ce que Jean revienne. Ils ont enlevé les couvertures du lit d'Eutrope pour que la paillasse se réchauffe. Ils ont aussi fait l'inventaire de tout ce qui manque dans le garde-manger.

— Le père, croyez-vous qu'on pourrait donner un peu de café à Jean en attendant qu'il aille à Honfleur ? demande Tit'Bé.

— Bien sûr. Est-ce qu'il te manque autre chose, le jeune ?

— Sauf votre respect, monsieur, il n'y a rien d'autre qu'un peu de sel et de poivre dans la maison.

— Le contraire m'aurait surpris. Camil savait qu'il partait pour six mois. Il n'y a pas grand-chose qui résiste au froid et aux petits rongeurs. Hermance va te préparer une boîte avec des pois à soupe, des fèves, des oignons, des carottes, des patates, un peu de mélasse, un peu de sucre. Tu ajouteras un lièvre et un morceau de porc, dit-il à l'intention de sa femme. Demain, on t'emmènera les animaux. Au moins, tu pourras avoir du lait et des œufs.

— Merci beaucoup. Je ne sais pas ce que je ferais sans vous.

— Tu n'as pas à nous remercier, lance Samuel. C'est normal qu'on s'aide entre voisins. Maintenant, parle-moi de toi. Tout ce que je sais, c'est que tu es le cousin de Camil.

Jean raconte son histoire aux Chapdelaine. Tous l'écoutent avec grande attention. Il est issu d'une famille nombreuse et pauvre. Il a été élevé dans un rang près de Jonquière. Peu de temps après le souper, le jeune homme remercie ses hôtes et retourne à la maison de son cousin. Vu qu'il chauffe le poêle à plein régime, il préfère être sur place.

Les Chapdelaine trouvent Jean très gentil. Tous sont contents de sa venue car Camil aura enfin de la compagnie. Pendant le souper, Jean a raconté à ses hôtes comment il voyait l'agriculture d'aujourd'hui. Tout comme Samuel, il pense qu'on devrait abandonner le blé au Lac-Saint-Jean. Il croit aussi que les patates font partie des cultures d'avenir de la région. Samuel était fier comme un paon d'annoncer que, pour sa part, il a déjà pris le virage et que les résultats obtenus ont été au-delà de ses espérances.

Chapitre 37

Le regard perdu, Maria est assise au bout de la table. Sans s'en rendre compte, elle fait tourner son jonc autour de son doigt. Elle trouve que le temps ne passe pas assez vite. Pourtant, la vie est plus agréable que jamais à la ferme. Hermance est une organisatrice-née. Quand ce n'est pas un concours de soupe aux pois qu'elle met en branle, c'est un concours de petits points de broderie. Elle a toujours quelque chose en réserve pour occuper son monde et chasser la morosité. L'autre jour, Maria lui a demandé si elle trouvait l'hiver long. Hermance s'est alors lancée dans une longue explication :

— Pas vraiment. Tu sais, moi je suis bien là où je suis. J'essaie de tirer le meilleur de tout ; enfin, j'y arrive la plupart du temps. Que ce soit l'hiver, le printemps, l'été ou l'automne, chaque saison a ses avantages et ses inconvénients. J'adore l'hiver pour la blancheur des paysages, mais je le déteste pour son froid. Mon père m'a toujours dit qu'il devait y avoir de l'eau à la place du sang dans mes veines. Dès que je sors dehors, je gèle, et ce, peu importe le nombre d'épaisseurs que je mets. J'adore le printemps parce que la terre renaît, mais je le déteste pour toute la pluie qui nous tombe dessus. Une pluie bien chaude me fait toujours plaisir, mais pas les pluies froides du printemps. J'adore l'été parce que le soleil brille de tous ses feux, mais je déteste au plus haut point tout ce qui me pique dès que je mets le nez dehors. S'il y a une mouche noire ou un maringouin, c'est sur moi qu'ils foncent. J'adore l'automne pour toutes ses couleurs, mais je déteste les grands vents qui emportent tout sur leur passage. En réalité, j'ai horreur de me faire dépeigner. Alors, pour répondre à ta question : non, pour moi, l'hiver ne paraît pas plus long que les autres saisons. Mais toi, tu as l'air de t'ennuyer. Est-ce que je me trompe ?

— Oui et non. Depuis que vous vivez ici, la vie n'a jamais été aussi agréable et aussi facile. Je ne sais pas ce que vous faites exactement, mais votre joie de vivre est contagieuse. Mais en même temps, j'aimerais tellement qu'Adrien soit avec moi que ça me mine. Ma vie n'est pas complète sans lui et ça fait des mois que ça dure.

— Comme je te l'ai déjà dit, c'est normal. Mais pour moi, c'est différent. Je vis avec l'homme que j'aime et dans trois mois je donnerai naissance à notre enfant. J'ai aussi la chance d'avoir des beaux-enfants en or. En plus, je serai bientôt grand-mère. Je ne vois pas ce que je pourrais demander de plus.

— Merci, Hermance. Je n'ose même pas imaginer la vie ici sans vous.

Maria a aussi développé une belle complicité avec Louisa. Elles ne passent pas une seule journée sans se voir. Maria a découvert une amie en sa belle-sœur. Plusieurs points les unissent. Pour une, c'est un mari parti aux chantiers. Pour l'autre, c'est un fiancé enfermé dans un collège. Au bout du compte, même résultat : les deux femmes se morfondent à attendre leur homme. En parler ensemble les aide à mieux supporter l'absence. Esdras est retourné aux chantiers depuis plus d'un mois, mais ni lui ni Da'Bé n'ont donné signe de vie. Avant, personne n'en espérait, mais maintenant qu'Esdras est marié, la famille se serait attendue à recevoir des nouvelles. Même si les deux jeunes hommes ne savent pas écrire, ils peuvent demander à Camil de rédiger une lettre pour eux.

Maria n'a pas de félicitations à se faire. Alors qu'elle devrait profiter à plein de ses dernières semaines chez son père, elle se pourrit la vie à attendre ce qu'elle n'aura pas avant la fête de Pâques de toute façon. Après avoir réfléchi, elle conclut que son attitude est loin d'être correcte pour les siens. Elle n'est pas désagréable avec eux, mais elle est souvent perdue dans ses pensées. Prise soudainement d'une force jusque-là inconnue, elle décide de changer d'attitude. Il est grand temps qu'elle fasse tout ce qu'elle peut pour être bien chez son père parce que c'est l'endroit où elle vit actuellement. Elle en a assez de vivre à moitié. Elle se lève et s'écrie :

— C'était la dernière fois que vous me voyiez avec un air de chien battu. À compter de maintenant, je serai là à cent pour cent.

— Ça c'est une bonne nouvelle ! se réjouit Hermance. Tu vas voir, le temps passera bien plus vite.

Tit'Bé prend la même résolution que sa sœur :

— Je vais faire la même chose. À partir de maintenant, j'ai bien l'intention de profiter de chaque instant passé en votre compagnie. Ce n'est pas quand je serai installé à Saint-Prime que ce sera le temps d'avoir des regrets.

— Sage décision, commente Samuel. Je suis bien content de vous retrouver, mes enfants.

Télesphore ne comprend pas très bien ce qui vient de se passer, mais il sourit. Même Chien a l'air content : il remue la queue comme s'il venait de recevoir un gros os en cadeau.

— Je pense qu'il faut fêter ça ! s'exclame Hermance. Que diriez-vous d'un petit verre de brandy ?

— On pourrait mettre le brandy dans le café, suggère Maria. C'est comme ça que les parents d'Adrien le prennent et il paraît que c'est très bon.

— D'accord, dit Hermance. Je m'occupe du café.

— Et moi du brandy, lance Samuel.

Maria est contente. Elle a l'impression d'avoir perdu cinquante livres. Elle pourra profiter du temps qu'il lui reste à vivre avec les siens, et partager dans la joie leur quotidien. Elle sait déjà qu'ils vont lui manquer une fois qu'elle sera installée à Saint-Prime. La vie est ainsi faite. On vit avec nos proches, mais plus souvent qu'autrement on ne s'intéresse pas assez à eux. On est avec quelqu'un alors qu'on voudrait être avec un autre. Il fait chaud, on a hâte que le soleil se couche. Il fait froid, on a hâte que l'été arrive. Les jours raccourcissent, on a hâte qu'ils rallongent. On est enceinte, on a hâte d'accoucher. À force de toujours vouloir autre chose que ce qu'on a, on passe à côté de l'essentiel. Le moment présent n'est-il pas le plus important? Maria se rappelle que sa mère affirmait que tout ce qui devrait exister, c'est ce qu'on est en train de faire ou de dire parce que le reste, ce que l'on souhaite, n'existera peut-être jamais.

Alors que les Chapdelaine achèvent de boire leur café au brandy, Jean arrive. Il revient de Péribonka. Comme convenu avec Samuel, celui qui va au village rapporte le courrier de l'autre.

— Je n'ai jamais vu une famille recevoir autant de courrier! s'écrie-t-il. Maria, il y a trois lettres pour toi. Et il y en a une pour Tit'Bé. Et une aussi pour Louisa.

— J'espère qu'on va enfin avoir des nouvelles d'Esdras! s'exclame Samuel.

— Il y a juste l'adresse sur l'enveloppe, indique Jean. Je peux aller porter la lettre chez Louisa, si vous voulez.

— C'est gentil, dit Maria, mais elle va venir manger avec nous ce soir. On la lui remettra à ce moment.

— Mais attendez, j'allais oublier! s'écrie Jean. J'ai un paquet pour vous, Hermance. Il est dans ma poche.

Hermance est surprise, car elle n'a rien commandé. Elle se dépêche de prendre le paquet. Elle adore recevoir du courrier et encore plus des colis. Tout le monde attend qu'elle ouvre la boîte. Mais Hermance annonce:

— Je suis désolée, mais je veux faire durer le plaisir un peu. Je vais l'ouvrir plus tard.

Déçus, tous se tournent vers Jean.

— Alors, demande Samuel au jeune homme, quoi de neuf de l'autre côté de la rivière ?

— Pas grand-chose, à part le fait que tout le monde en a assez du froid. Il y avait un vieux au magasin général qui racontait que ça faisait au moins trente ans qu'on n'avait pas eu des températures aussi froides.

— Je suis assez d'accord avec lui, dit Samuel. Ce ne sont pas des froids ordinaires. Même les animaux ont de la misère à se réchauffer.

— C'est certain que si au lieu d'avoir seulement une vache on en avait une dizaine, il ferait bien plus chaud dans l'étable, reprend Jean.

— Oui, mais ici il n'est pas question d'avoir des vaches laitières en quantité. Ce serait tout un aria d'aller porter le lait au village. Je pense qu'on a plus de chance d'améliorer notre sort en cultivant la terre.

— Vous avez raison, convient Jean. Mais je veux quand même essayer de faire du fromage.

— Tu es sérieux ? s'étonne Tit'Bé. Moi, je n'ai aucune idée de comment on fait du fromage.

— Je ne suis pas trop certain moi non plus, avoue Jean. Mais je ne perds rien à tenter le coup. De toute façon, je ne bois jamais assez de lait pour écouler tout ce que la vache donne. Pour le moment, je le congèle, mais il va falloir que je fasse quelque chose avec. Le coffre de bois est plein à ras bord. Quand je suis allé à la fromagerie, j'ai demandé s'il existait des recettes pour faire du fromage. J'ai expliqué que c'était pour ma propre consommation. Le propriétaire m'a donné un livret en m'assurant que je devrais y trouver mon compte.

Jean sort de sa poche le petit ouvrage et le montre aux Chapdelaine.

— Est-ce que tu sais lire ? demande Tit'Bé.

— Assez pour comprendre. Mon père m'a retiré de l'école avant que je finisse ma troisième année, mais je n'ai jamais cessé de lire depuis.

— Pourquoi t'a-t-il retiré de l'école ? s'enquiert Tit'Bé.

— Pour aider aux travaux. Les plus vieux allaient aux chantiers et moi je travaillais avec lui sur la terre.

— Est-ce que tu aimais l'école ? s'informe Maria.

— Oui, beaucoup. J'aimais apprendre de nouvelles choses. C'est pour ça que j'ai envie d'essayer de faire du fromage.

— Si tu as besoin d'aide, tu n'as qu'à me le dire, déclare Maria.

* * *

Depuis que Maria est revenue à la ferme, Hermance l'aide à monter son trousseau. Étant donné que ses grands-parents ont déjà tout ce qu'il faut, la jeune femme n'a pas besoin de grand-chose. Mais posséder ses propres draps et serviettes lui ferait vraiment plaisir. Elle aimerait aussi avoir une ou deux nappes neuves. Elle a remarqué que celles de sa grand-mère sont trouées ou commencent à s'effilocher. Vu que la maison de Samuel n'est pas assez grande pour y installer un métier à tisser, Hermance a entreposé le sien dans la grange. Mais tant que le froid tiendra, il n'est pas question de travailler dessus. En attendant, Hermance aide Maria à coudre des draps et des taies d'oreiller. Dès que la température sera plus clémente, elles iront tisser des linges à vaisselle. Maria a beaucoup appris avec sa belle-mère ces derniers mois.

— Alors, demande Maria, allez-vous enfin nous révéler l'identité de la personne qui vous a offert ce beau bijou ?

— Tu es donc bien curieuse !

— C'est normal, réplique Louisa, car on l'a dans la face depuis au moins une demi-heure et on ne sait même pas qui vous l'a donné. Vous n'allez pas nous faire patienter longtemps, j'espère !

— Je peux bien vous le dire si vous y tenez tant. C'est ma tante Alice qui m'a envoyé cette broche. Celle-ci a appartenu à ma grand-mère paternelle. Quand j'étais petite, j'allais souvent voir les bijoux de ma tante. Vous auriez dû voir ça ! Son tiroir était rempli de boîtes bleues de différentes grosseurs. Certaines étaient carrées ; d'autres, rectangulaires. C'était magique. À l'intérieur de chacune des boîtes, il y avait un collier avec des boucles d'oreilles ou une broche. Les bijoux reposaient sur du satin blanc. Au fil du temps, celui-ci avait jauni, mais c'était chaque fois un pur plaisir pour moi de prendre les bijoux dans mes mains et de les mettre ensuite. Les oreilles me faisaient mal tellement la pince était serrée, mais j'oubliais vite la douleur quand je me regardais dans le miroir de la coiffeuse. Ma tante passait des commentaires chaque fois que j'ouvrais une nouvelle boîte. Chaque bijou avait son histoire. J'avais mes préférences, que je faisais valoir aussi souvent que je le pouvais. Il n'était pas question que ma tante m'oublie le jour où elle se déferait de ses bijoux. Après je me suis mariée et je n'ai plus vu ma tante pendant plusieurs années. En fait, je l'ai revue seulement quand j'ai épousé Samuel. Vous avez sûrement remarqué ma tante Alice : grande et mince, elle a de beaux cheveux aussi blancs que la neige.

Maria est fascinée par l'histoire d'Hermance. Son jonc est le seul bijou qu'elle possède, mais elle adorerait en avoir beaucoup. Son regard a toujours été attiré par tout ce qui brille. Dans sa famille, peu de gens possèdent des bijoux car personne n'est assez riche pour s'en payer, mais c'est bien différent dans la famille d'Adrien. Les parents du jeune homme portent tous les deux une bague avec plusieurs petits diamants. Quand au parrain de son fiancé, il possède une chevalière en or avec une énorme pierre rouge vin. Au fond de son cœur, Maria espère avoir un jour un tiroir rempli de bijoux, renfermés dans des petites boîtes doublées de satin blanc.

— Je ne m'en souviens pas, avoue Louisa.

— Moi non plus, dit Maria.

— Mais pourquoi votre tante vous a-t-elle envoyé ce bijou ? veut savoir Louisa.

— Parce qu'elle me l'avait promis quand elle est venue à mon mariage. Je pensais bien qu'elle m'avait oubliée.

— Est-ce qu'il y avait un mot avec le présent ? demande Louisa.

— Non. Ma tante Alice ne sait ni lire ni écrire. Mais le fait de m'avoir envoyé cette broche signifie qu'elle va me donner tous ses autres bijoux. C'est ce qu'elle m'avait dit. Il faut juste que j'aille lui rendre une petite visite.

— Vous en avez de la chance ! s'exclame Maria. Mais allez-vous porter ces bijoux ?

— Certainement, et ce, tous les jours.

— Moi, j'aurais bien trop peur de les perdre, déclare Louisa.

— Tant pis si j'en perds un ou deux. Au moins, j'aurai eu le plaisir de les porter.

Chapitre 38

La température s'est radoucie depuis une semaine. Les falaises de neige ont diminué de moitié. Les Chapdelaine savent très bien que l'hiver n'est pas fini. Demain, il pourrait faire un froid à vous casser en deux. Mais pour le moment, il fait bon être dehors sans devoir s'habiller avec plusieurs pelures. Évidemment, ce temps doux complique les déplacements. Le chemin est rempli de trous et, au passage du traîneau, la glace s'affaisse. Samuel s'est quand même risqué à aller au village. Maria lui a remis deux lettres pour Adrien et une pour Alma-Rose. Tit'Bé a enfin réussi à écrire seul une lettre. Elle ne contient que quelques lignes, mais au moins c'est lui qui l'a écrite au complet. Quand il l'a montrée à Maria, il était fier de lui. Elle l'a aidé à corriger quelques fautes et il s'est ensuite dépêché de la glisser dans une enveloppe et de la remettre à son père. Tit'Bé, qui refusait d'apprendre à lire et à écrire sous prétexte que ce n'était pas nécessaire pour vivre au fond des bois, se dit souvent qu'il aurait dû apprendre en même temps que ses sœurs.

Cette fois, Hermance accompagne Samuel. Ce dernier a bien essayé de la décourager. « Dans ton état, je pense qu'il serait préférable que tu restes ici. Le chemin est rempli de trous. Je t'avertis d'avance, ça va brasser. » Mais elle tient absolument à aller chercher les bijoux chez sa tante Alice avant d'accoucher. Étant donné que celle-ci habite maintenant à Saint-Félicien, Samuel et sa femme en profiteront pour aller voir Alma-Rose et les grands-parents Bouchard.

Une fois son père et sa belle-mère partis, Tit'Bé invite Téles-phore à venir chasser avec lui. En moins de deux minutes, son jeune frère l'attend sur le bord de la porte.

— Tu es bien trop vite pour moi! lance Tit'Bé en riant. Tu serais mieux de sortir dehors en attendant que je sois prêt, sinon tu risques d'avoir chaud.

— J'aime mieux t'attendre ici, répond Télesphore.

— C'est comme tu veux! Je vais me dépêcher.

Tit'Bé remplit une gourde d'eau. Il prend ensuite quelques galettes à la mélasse qu'il fourre dans son sac à dos après les avoir enveloppées dans un linge à vaisselle. Quand il voit son frère enfiler son manteau et ses bottes, Télesphore se met à trépigner d'impatience.

— Viens, lui dit Tit'Bé après avoir pris le fusil, Jean nous attend.

Tous deux enfoncent dans la neige à chacun de leurs pas. Les deux milles qu'ils ont à parcourir jusque chez Camil risquent de leur sembler bien longs. Tit'Bé est très impressionné par leur nouveau voisin. Depuis son arrivée, Jean a déjà abattu beaucoup de besogne, même qu'il s'est mis en frais de dresser une demi-cloison pour séparer les lits du reste de la maison. Il poursuit aussi ses essais pour faire du fromage. Chaque fois, il apporte chez les Chapdelaine les résultats de ses expériences et chacun y va de son commentaire. Bien que ça commence à ressembler à du fromage, ce n'est pas encore tout à fait ça. Tout compte fait, Jean a beau suivre religieusement la recette, il s'avère que ce n'est pas si simple. La prochaine fois qu'il ira au village, il retournera voir le propriétaire de la fromagerie et lui expliquera en détail comment il procède. Il espère que celui-ci l'aidera. Il ne l'a pas avoué encore, mais son intention est de faire du fromage pour le vendre. Dès que la recette sera au point, il utilisera ses économies pour acheter quelques vaches laitières, à la condition bien sûr que Camil soit d'accord. Il aurait juste besoin d'une petite annexe à l'étable pour faire son fromage. Mais pour le moment, la maison lui suffit.

Dès que Tit'Bé et Télesphore arrivent, Jean s'habille. Les trois compagnons prennent ensuite le chemin du bois. Leur objectif est de tuer un orignal. Ces dernières semaines, ils ont vu des traces chaque fois qu'ils ont fait le tour de leurs collets.

— Moi, je crois qu'on devrait aller voir du côté de la chute, expose Jean.

— Je pense la même chose que toi, approuve Tit'Bé. Prends les devants, je vais suivre avec Télesphore.

* * *

Pendant ce temps, Louisa et Maria ont les deux mains dans la farine. Elles font du pain et des brioches. Elles ont commencé aux aurores parce qu'aucune d'elles n'aime attendre que le pain soit cuit pour pouvoir enfin aller se coucher. Après la mort de sa mère, Maria s'est fait prendre quelques fois à devoir se bercer en attendant que les pains finissent de cuire. Un jour, elle s'est juré que c'était la dernière fois. Rien ne l'obligeait à faire comme sa mère. Si elle se levait une heure plus tôt et qu'elle faisait cuire le pain à la fois dans le four à pain et dans celui du poêle de la maison, elle pouvait terminer un peu avant le souper. Pour les mois d'été, ce qui représente au plus deux mois de grosses chaleurs, elle a résolu son problème en faisant moins de pain à la fois. Même si ça l'oblige à en faire plus souvent, elle préfère cette méthode. D'ailleurs, tous les membres de la famille s'accordent à dire que c'est mieux ainsi car, le pain séchant plus rapidement à cause de la chaleur, de cette façon ils mangent toujours du pain frais.

Louisa a beaucoup grossi ces dernières semaines, et pas seulement du ventre. Elle est ronde de partout, tellement qu'Hermance lui a conseillé d'aller voir le docteur. Mais Louisa ne s'est jamais sentie aussi bien. Elle mange avec appétit et bénéficie d'un sommeil réparateur. Depuis un mois, son bébé bouge. Maria est ébahie chaque fois qu'elle voit le ventre de sa belle-sœur monter et descendre au gré du bébé.

— Moi, je mettrais ma main au feu que je porte un garçon.

— Qu'est-ce qui te fait croire ça ? demande Maria.

— Rien de particulier. J'ai un pressentiment, c'est tout.

— As-tu choisi un prénom pour ton bébé ?

— Si c'est un garçon, on va l'appeler Georges. Et si c'est une fille, ce qui m'étonnerait beaucoup, ce sera Béatrice.

— Tu ne trouves pas que Georges, ça fait vieux ?

— Non, moi j'aime bien.

— Et Esdras ?

— On a choisi ensemble les deux prénoms. Tu aurais dû nous voir. Un jour de tempête, on a énuméré les prénoms de tout le monde qu'on connaît. On a ri comme des fous.

— Moi, si j'ai une fille un jour, j'aimerais bien l'appeler Rosanna. J'ai toujours aimé ce prénom.

— Moi, je n'aime pas tellement ça parce que la seule Rosanna que je connais a toujours été une vieille malcommode.

— Pour ma part, je n'en connais aucune, mais ce prénom sonne doux à mon oreille. Et si j'ai un garçon, j'aimerais l'appeler Raymond.

— Je préfère Raymond à Rosanna. Adrien est-il d'accord ?

— On n'en a pas parlé encore.

— Vous n'avez jamais parlé d'avoir des enfants ?

— Oui, mais pas de leur prénom. Je te ferai remarquer qu'on ne s'est pas vus si souvent depuis qu'on a décidé de se marier.

— C'est vrai. Il m'arrive d'oublier qu'avant de nous marier Esdras et moi on s'est vus moins de dix fois. Pas besoin de te dire qu'on avait bien du temps à rattraper. On savait qu'on s'aimait, mais c'était à peu près tout.

— Des fois, il m'arrive de penser qu'il faut être un peu fou pour accepter de se marier avec quelqu'un qu'on connaît à peine.

— J'imagine qu'il y en a plusieurs qui ont des méchantes surprises une fois qu'ils ont emménagé ensemble. Je pense à mon oncle Xavier. Il devait se marier, mais il n'avait jamais vu sa femme avant le jour du mariage. Tout avait été arrangé pendant qu'il était aux chantiers.

— Tu n'es pas sérieuse, j'espère?

— Malheureusement oui. Quand il a vu sa promise à l'église, il s'est dépêché de se sauver. Chaque fois que ma mère nous raconte l'histoire, elle rit aux larmes. Il paraît qu'elle était laide comme un pichou. Si je me souviens bien, c'était la sœur d'un des hommes qui bûchaient avec mon oncle. La pauvre est restée plantée sur le perron de l'église pendant que Xavier disparaissait à l'horizon. Il a couru jusqu'à ce qu'il soit assez loin pour que personne ne puisse le rattraper et le ramener de force. Il ne s'est pas présenté au village pendant cinq ans. Le jour où il est revenu, il venait de se marier avec une belle femme qu'il adorait.

— Ce n'est pas pour te relancer, mais dans la famille de mon père, il est arrivé quelque chose d'assez particulier. Imagine-toi donc que le fils d'un des frères de mon père a ramené une fille chez lui. Il l'a présentée à toute la famille en annonçant qu'ils allaient se marier deux mois plus tard. Tu te souviens de ce que le curé dit avant de procéder au mariage?

— Oui, c'est quelque chose comme: «Si quelqu'un veut empêcher ce mariage, qu'il le fasse maintenant ou qu'il se taise à jamais.»

— Ça ressemble à ça. Eh bien, au moment où le curé finissait sa phrase, un homme est entré en coup de vent dans l'église et s'est écrié : « Le mariage ne peut pas avoir lieu, car les futurs mariés sont cousins germains. » Tout le monde a regardé l'homme qui venait de parler. C'est alors qu'il a ajouté : « Mon vrai nom est Edgar Chapdelaine, et c'est ma fille. »

— Comment se fait-il que personne ne savait qu'ils étaient cousins ?

— C'est simple : le frère de mon père avait été donné en adoption à sa naissance à des gens de Chicoutimi. Ses nouveaux parents avaient changé son nom et ils s'étaient bien gardés de lui révéler la vérité. Edgar savait que sa fille se mariait, mais vu qu'il travaillait aux chantiers, il n'était pas censé venir au mariage. Les grands-parents avaient rencontré le futur mari de leur petite-fille, mais ils n'ont rien dit jusqu'à la veille du mariage. Pris de remords, ils ont envoyé chercher leur fils aux chantiers et lui ont avoué toute la vérité.

— Tu parles d'une affaire plate.

Alors que les filles sortent leur dernière fournée de pains et de brioches du four, Tit'Bé et Télesphore font leur entrée dans la maison.

— Tit'Bé, c'est le meilleur ! s'écrie Télesphore. Il a tué un orignal aussi gros que notre vache. Vous devriez le voir, il est tellement énorme qu'on a eu toute la misère du monde à le sortir du bois.

— C'est vrai, Tit'Bé ? s'informe Maria.

— Tout ce qu'il y a de plus vrai, répond fièrement le jeune homme. Tu devrais voir la bête. Sérieusement, je n'en ai jamais vu d'aussi grosse.

— As-tu besoin d'aide pour le dépecer ? questionne Maria.

— Oui, mais seulement demain. On a saigné l'orignal et on l'a suspendu dans la partie où Camil met son foin. D'après moi, il devrait être juste un peu gelé demain, ce qui va nous faciliter les choses pour le débiter.

— Je suis bien contente. Ça fait un sacré bout de temps qu'on n'a pas mangé de viande rouge. En plus, l'orignal est ma viande préférée. Je salive déjà ! J'espère juste que le temps ne se radoucira pas davantage, car on n'aura jamais assez de pots de verre pour tout mettre en conserve. Il faudrait pouvoir en ranger une bonne partie dans le coffre de bois.

— Ne t'inquiète pas pour rien, on verra tout ça demain. Mais d'après moi, le froid va revenir pour un bout encore.

— Moi aussi je peux vous aider si vous me montrez comment faire, offre Louisa.

Ce soir-là, le souper se résume à du pain chaud, recouvert d'une bonne couche de beurre et de mélasse, et à des brioches. La maison sent si bon que Maria ne cesse de prendre de grandes respirations. De toutes les odeurs de cuisine, celle du pain frais est sans contredit celle qu'elle préfère. Pourtant, elle n'aime pas outre mesure le pain. Elle en mange un peu, mais pas autant que les autres membres de sa famille. Ce qu'elle aime, c'est faire le pain et en respirer la bonne odeur.

Depuis que Maria a décidé de changer d'attitude, le temps passe bien plus vite. Dans moins d'un mois, elle prendra le chemin de Saint-Prime pour s'occuper des derniers préparatifs de son mariage. Elle a convaincu son père que ce serait préférable qu'elle se marie à Saint-Prime. Elle lui a présenté les nombreux avantages de ce choix : ses grands-parents et toute la famille d'Adrien n'auraient pas à se déplacer jusqu'à chez eux, ni le reste de la parenté, puisque la plus grande partie vit aux alentours de Saint-Prime. Puis, elle a ajouté qu'elle tenait à montrer sa nouvelle maison à tout le monde. Son père lui a souri avant d'acquiescer à sa demande, d'autant que cela éviterait beaucoup de travail à Hermance et à Louisa qui seront toutes les deux à moins d'un mois de leur accouchement.

Maria ignore encore ce qu'elle servira aux invités. Elle veut en parler avec ses grands-parents. Vu que Tit'Bé vient de tuer un orignal, elle pourrait préparer une grosse tourtière.

Plus le temps passe, plus Maria a hâte de revoir Adrien. Ce dernier lui écrit chaque semaine. Elle est impatiente aussi de retrouver Alma-Rose. Dans sa dernière lettre, la petite a annoncé qu'elle avait eu cent pour cent dans sa dictée. Maria n'a pas manqué de lui écrire pour la féliciter. Elle peut comprendre à quel point ça a dû être difficile pour le père d'accepter que sa benjamine s'en aille vivre ailleurs, mais Maria reste convaincue que c'était la solution idéale pour Alma-Rose.

* * *

Dès qu'il termine de faire le train, Tit'Bé vient déjeuner. Il prévient Maria qu'il aimerait partir chez Jean le plus tôt possible car la veille celui-ci lui a prêté le cheval et le traîneau de Camil pour rentrer à la maison.

— Je suis prête quand tu veux. Est-ce qu'on emmène Télesphore ?

— Bien sûr, on a besoin de lui.

— Je vais aller le réveiller. Et Louisa ?

— Si elle veut venir, pas de problème.

Quelques minutes plus tard, tout le monde prend place dans le traîneau de Camil. Une fois à destination, ils se rendent à l'étable, du côté où le foin est entreposé. Jean y est déjà. Deux gros quartiers d'orignal sont suspendus au plafond par un crochet.

— Quelles pièces de viande ! s'écrie Maria en entrant. On pourrait faire de la viande hachée avec les parties plus raides.

— Excellente idée, approuve Jean. Mais je n'ai pas de moulin.

— J'aurais dû apporter le nôtre, lâche Maria d'un air déçu.

— Ce n'est pas la seule chose qui manque ici. Camil vit vraiment avec rien.

— Je peux aller chercher le moulin, suggère Maria sans prendre la peine de relever le commentaire de Jean. Ce serait moins compliqué que de transporter la viande.

— Fais comme tu veux, répond Tit'Bé.

— As-tu pensé à prendre un bon couteau, Tit'Bé ? demande Jean.

— Oui. J'en ai même deux, et j'ai aussi la scie à viande. Bon, si on veut finir, il vaut mieux qu'on commence. On va d'abord transporter la première moitié sur la table de bois dehors. Il faudrait mettre une toile cirée dessus.

— Au moins, j'en ai une. Le temps d'aller la chercher dans la maison et de l'essuyer et je reviens vous aider à transporter la viande.

L'heure du dîner est largement dépassée quand les hommes hachent le dernier morceau de viande. Le coffre de bois de Camil déborde tellement il est plein. Dans la cuisine, Louisa et Maria mettent les derniers pots de verre à bouillir. Elles ont rempli tous les pots qu'elles ont trouvés dans la maison. Elles ont fait les choses simplement : un peu d'oignon au fond du pot, de la viande en cubes, du sel, du poivre et de l'eau jusqu'à un pouce du bord.

Avant que les Chapdelaine retournent chez eux pour empoter leur viande, Jean leur donne un morceau de fromage.

— Moi, je ne peux pas m'empêcher d'y goûter tout de suite ! s'exclame Louisa.

Elle prend un gros morceau. Dès la première bouchée, elle ferme les yeux et prend le temps de savourer. Ce n'est qu'après qu'elle passe ses commentaires :

— Ce n'est pas pour te flatter, mais c'est le meilleur fromage que j'ai jamais mangé. Il ne faut pas me le laisser entre les mains parce que je vais le dévorer !

Intriguée par la réaction de Louisa, Maria prend le bloc des mains de sa belle-sœur, en casse un morceau et le porte à sa bouche.

— Je suis d'accord avec Louisa. Le fromage est vraiment excellent. Bravo, Jean !

— Hé, laissez-en pour Télesphore et pour moi ! s'écrie Tit'Bé. Donnez-le-moi, je ne vous fais pas confiance, les filles !

— Et tu as bien raison ! lance Maria.

— Merci, les filles, pour les conserves, dit Jean. Vous ne pouvez pas savoir à quel point vous m'avez rendu un grand service.

— Ce n'est rien ! répond Maria. Si tu veux venir souper avec nous, tu es le bienvenu. Mais je t'avertis, on risque de manger de l'orignal ! À plus tard !

Chapitre 39

Cette nuit, la température a chuté. Elle est passée en dessous du point de congélation, ce qui a eu pour effet de geler toutes les surfaces. La cour a l'air d'une patinoire. Maria et Louisa avaient prévu aller marcher dans le bois, elles en auraient profité pour faire le tour des collets, mais Maria se rend vite compte qu'il est préférable de remettre ce projet. Elle a peine à parcourir la courte distance entre la maison de son père et celle de Louisa. Elle passe à un cheveu de se retrouver les quatre fers en l'air à plus d'une reprise. Même les grands vents se mettent de la partie. Tous les éléments semblent s'être donné rendez-vous pour obliger les Chapdelaine à passer la journée au chaud. Quand Maria arrive enfin chez sa belle-sœur, elle entre sans se donner la peine de frapper. Le vent est si fort qu'elle a de la difficulté à refermer la porte derrière elle.

— Depuis quand le vent s'est-il levé ? demande Louisa d'un air surpris.

— Je ne sais pas exactement, répond Maria, mais il a dû se lever bien avant nous. Tu ne vas quand même pas me faire accroire que tu ne l'entendais pas siffler ?

— Je n'y ai pas vraiment porté attention.

— Il fait froid comme en plein cœur de janvier et on a du mal à mettre un pied devant l'autre tellement le sol est glacé.

— Si je comprends bien, on est mieux de ne pas aller marcher, laisse tomber Louisa d'un air déçu.

— Tu as tout compris. À moins que tu tiennes à te casser un membre…

— Non, ce n'est vraiment pas le temps pour moi.

— Ni pour moi. Si tu veux, je peux aller chercher les carrés de tissu pour la courtepointe et on pourrait coudre.

— Tu n'as pas besoin d'y aller, j'en ai pris une bonne pile avec moi la dernière fois qu'on a travaillé avec Hermance. Les soirs où je n'arrive pas à dormir, ça m'occupe.

— Es-tu en train de me dire que tu t'ennuies ?

— Ça m'arrive des fois, mais juste quand je me retrouve seule dans la maison. Autrement, tout est parfait.

— Ta solitude achève, au moins pour un bout de temps. Dans deux mois au plus, Esdras va revenir des chantiers.

— J'espère qu'il sera présent quand j'accoucherai. J'ai tellement entendu ma mère se lamenter chaque fois qu'elle mettait un enfant au monde que, plus le moment de la délivrance approche, plus j'ai peur. Dans la paroisse où j'ai été élevée, plusieurs femmes sont mortes en couches.

— Tu ne devrais pas t'inquiéter comme ça. Et puis, tu ne seras pas toute seule. Hermance va t'aider.

— Mais si on accouche en même temps ? Tu sais comme moi que le docteur n'est pas à la porte.

— C'est vrai, mais la majorité des accouchements se déroulent sans problème. Quant au docteur, jamais je n'oublierai qu'il n'a rien fait pour soulager ma mère alors qu'elle souffrait le martyre. Je le vois encore remettre à mon père une fiole de sirop, payée à gros prix, en lui conseillant d'en donner seulement à petites doses à maman. La pauvre, elle s'est lamentée jusqu'à son dernier souffle. Et on ne pouvait rien faire pour elle, sauf la regarder souffrir.

— Je suis désolée pour ta mère.

— Tu n'as pas à être désolée. En tout cas, pour ma part, je fais plus confiance à la sage-femme qu'au docteur pour un accouchement.

— Est-ce qu'il y a une sage-femme dans le coin ?

— Je sais que la femme de Charles assiste à des accouchements à l'occasion. On en parlera à mon père quand il reviendra.

— Je vais chercher mes carrés de tissu.

Les deux jeunes femmes passent l'avant-midi à coudre. Quand Maria réalise que l'heure du dîner approche, elle se dépêche de mettre son manteau. Il faut qu'elle aille préparer le repas pour Télesphore et Tit'Bé. Quand Maria met les pieds sur la galerie, un coup de vent la soulève. La seconde d'après, elle se retrouve sur le postérieur. Tout s'est passé si vite qu'elle n'a pas eu le temps de réagir. Témoin de la scène, Louisa vient vite jusqu'à la porte.

— Est-ce que ça va ? demande-t-elle d'un ton anxieux.

Prise d'un fou rire, Maria est incapable de répondre. Comme elle se trouve dos à sa belle-sœur, celle-ci commence à s'inquiéter sérieusement. Elle est certaine que Maria pleure.

— Veux-tu que j'aille chercher Tit'Bé ?

À ces mots, Maria fait un effort pour se tourner vers Louisa. Quand cette dernière constate que la jeune femme rit comme une folle, elle respire mieux.

— Tu m'as fait une de ces peurs ! s'écrie-t-elle. Tu es sûre que tu n'as rien de cassé ?

— Absolument certaine. J'ai eu plus de peur que de mal. Jure-moi que tu ne sortiras pas de la maison aujourd'hui.

— Tu n'as pas à t'inquiéter. S'il fallait que je tombe sur la glace, je ne suis même pas certaine que je serais capable de me relever. Je pourrais crier à Tit'Bé de venir te chercher, par contre.

— Je n'ai pas besoin de Tit'Bé. La maison n'est pas loin, je vais finir par y arriver même si je dois avancer à genoux. Ne t'en fais pas pour moi. Allez, referme vite la porte avant de prendre froid.

Maria prend son courage à deux mains et commence par se mettre à genoux. Le vent siffle si fort qu'on jurerait qu'il est fâché. Elle profite d'une petite accalmie pour se lever ; elle avance doucement jusqu'à la maison familiale. Elle a à peine ouvert la porte qu'elle a envie de hurler. Elle réussit difficilement à se contenir. Télesphore est assis à la table. Devant lui, il y a une dizaine de pots de confiture de fraises, de framboises, de bleuets, de masco bina et des pots de marinades. Aucun n'a son couvercle. Pire encore, aucun n'a plus la cire qui permet de conserver les aliments. Télesphore a de la confiture sur le visage et sur les mains, et il sent le vinaigre à plein nez. Maria est dans tous ses états. Elle se dépêche d'enlever ses bottes et son manteau et s'approche de la table. Télesphore a pris chaque rond de cire et, avec son couteau de poche, il les a tous sculptés en surface. Il a fait un cheval, une vache, un orignal, une fleur, un trèfle, un cœur, une poule, un cochon… Il y a une minute, Maria avait envie de frapper son frère, mais là, à cet instant, elle a envie de le prendre dans ses bras et de lui dire que ses œuvres sont très belles.

— Regarde tout ce que j'ai sculpté, lance fièrement Télesphore en bombant le torse. J'ai cherché partout des barres de cire, mais je n'en ai pas trouvé. C'est là que je me suis souvenu qu'on cachait la cire dans les pots de confiture et de marinades. Tu n'es pas fâchée au moins ? Est-ce que tu aimerais que je te donne mon cheval ? C'est Cadeau.

— Avec plaisir, accepte Maria. Il est vraiment très beau. La prochaine fois que papa ira au village, on lui demandera de t'acheter des blocs de cire pour que tu n'aies pas à prendre ceux des pots de confiture.

— Ça ne me dérange pas, tu sais, car j'adore la confiture. J'ai léché tous les morceaux de cire avant de les sculpter.

Maria se retient de rire.

— Si tu veux, on va nettoyer la table avant que Tit'Bé vienne dîner. Moi, je m'occupe des pots de confiture et de marinades. Toi, pendant ce temps-là, tu pourrais passer tes sculptures sous l'eau et te laver les mains et le visage.

— J'y vais tout de suite. Est-ce que je pourrai faire d'autres sculptures cet après-midi ?

— Non, mais si tu veux je jouerai aux cartes avec toi.

— Est-ce qu'on va pouvoir jouer à la dame de pique ?

— Oui, à la condition que tu me laisses gagner de temps en temps.

— Tu sais bien que je ne triche jamais.

Quand Tit'Bé rentre dîner, Télesphore se dépêche de lui montrer ses œuvres. Tit'Bé le félicite. C'est alors que celui-ci remarque que les sculptures ont toutes la même forme, ce qui pique sa curiosité.

— Mais pourquoi sont-elles toutes rondes ? demande-t-il à son frère.

— Bien voyons, c'est facile à comprendre ! C'est parce que maman et Maria avaient caché tous les blocs de cire dans les pots de confiture et de marinades.

— Tu veux dire que…

Maria ne le laisse pas compléter sa phrase.

— Tu as tout compris, Tit'Bé. Compte le nombre de sculptures et tu vas savoir exactement combien de pots Télesphore a dû ouvrir. Regarde sur l'évier, ils sont tous alignés.

C'est plus fort que lui, Tit'Bé se met à rire. Maria le regarde et se retient de faire de même. Il est plutôt ingénieux, son frère Télesphore. Jamais elle n'aurait pensé à faire ça. Tit'Bé rit tellement que de grosses larmes coulent maintenant sur ses joues. N'y tenant plus, Maria éclate de rire à son tour. La seconde d'après, ils sont imités par Télesphore. Ils rient si fort qu'ils n'entendent pas les hurlements de leur père ordonnant à Cadeau de stopper avant de se retrouver dans les aulnes. Mais le cheval ne peut s'arrêter à cause du sol glacé. Plus les secondes passent, plus Cadeau sait lui aussi qu'il risque de finir sa course dans les broussailles. Entre deux éclats de rire, Maria croit entendre crier. Elle fait signe à ses deux frères de cesser de rire et d'écouter. Dès qu'ils reconnaissent la voix de leur père, ils se précipitent dehors. C'est alors qu'ils voient passer à toute vitesse un cheval et un traîneau avec à son bord trois passagers morts de peur.

Tout se passe si vite que personne n'a le temps d'intervenir. Cadeau fait son entrée dans les broussailles, ce qui ralentit passablement sa course. Le traîneau se met à valser sur la glace de tous les côtés. Mû par on ne sait quelle force, Cadeau réussit à exécuter quelques pas de plus dans les broussailles même si celles-ci lui entaillent la peau, ce qui permet au traîneau de s'immobiliser enfin. De la galerie, Maria, Télesphore et Tit'Bé se remettent à rire aux éclats. La scène qui s'est jouée sous leurs yeux était tout sauf réelle. Les cris de Samuel les ramènent vite sur terre.

— Venez vite nous aider au lieu de rire. Je ne suis pas seul dans ce traîneau. Il y a une femme enceinte et un blessé. Dépêchez-vous.

Alertée par les cris et les rires, Louisa ouvre la porte de sa maison. Quand elle réalise qu'Esdras est dans le traîneau, il s'en faut de peu pour qu'elle s'élance sur la glace. Elle crie :

— Qu'est-ce qui est arrivé à Esdras ?

C'est Hermance qui lui répond :

— Rentre chez toi, Louisa. Esdras va bien, il s'est juste démis une épaule. Tit'Bé et Samuel vont l'amener chez vous dans quelques minutes.

Il faudrait être naïf pour croire que ces quelques paroles suffiront à rassurer la jeune femme. Louisa court chercher son châle et revient à son poste. Elle reste là jusqu'à ce que son mari franchisse le seuil de la porte.

C'est ensuite au tour d'Hermance d'entrer chez elle. Elle n'a pas encore enlevé son manteau que Télesphore lui saute au cou. Maria essaie de lui faire lâcher prise, mais il s'agrippe à sa belle-mère comme une sangsue.

— Laisse-le faire, dit Hermance. Va plutôt aider ton père et Tit'Bé à sortir Cadeau des broussailles. La pauvre bête a tout pris sur elle. Tu devrais apporter une couple de carottes à Cadeau pour le récompenser. J'espère qu'il n'aura pas trop de coupures.

— J'y vais. Si vous avez besoin d'aide, vous n'aurez qu'à m'appeler.

Dès que Samuel voit Maria, il lui demande de venir se placer à la tête de Cadeau pour que l'animal ne bouge pas le temps que Tit'Bé et lui détachent le traîneau. Ce sera plus facile de sortir le cheval de sa mauvaise posture s'il est libéré de sa charge. Les deux hommes forcent comme des bœufs pour retirer le traîneau des broussailles. Une fois sur la glace, ils lui font faire un tour sur lui-même pour l'éloigner. Pendant que Maria flatte Cadeau, Samuel et son fils s'affairent à couper les aulnes qui encerclent la bête pour la sortir de là. De grandes coulées de sang maculent la robe du cheval. En les voyant, Samuel songe qu'il faut vite libérer Cadeau.

— Va chercher du sable dans l'écurie, lance-t-il à Tit'Bé, et étends-en sur la largeur d'un cheval jusqu'ici. Je n'ai pas envie de prendre le risque que Cadeau se casse une patte en plus.

— J'y vais tout de suite.

Pendant ce temps, Samuel prend la place de Maria. Il murmure à l'oreille de son cheval :

— Ce ne sera pas long, mon vieux, on va rentrer à l'écurie.

Dès que Tit'Bé termine de répandre le sable sur la glace, Samuel tire sur les rênes. Il souffle à Cadeau :

— Viens avec moi, on va aller te soigner.

Samuel fait tourner son cheval sur lui-même et, lentement, il l'emmène à l'écurie. Ce n'est qu'une fois à l'intérieur qu'il peut voir l'ampleur des blessures. S'il ne se retenait pas, il se mettrait à pleurer. Il ne faut surtout pas qu'il perde son sang-froid, ce n'est pas le moment. Cadeau a besoin de lui.

— Maria, va me chercher le mercurochrome à la maison, ordonne-t-il. Et toi, Tit'Bé, apporte-moi l'onguent gris. Il doit être au-dessus de la chaudière à lait.

Le cœur gros, Samuel flatte son cheval. La journée a été éprouvante. Alors qu'Hermance et lui revenaient de Saint-Prime, Charles les a avisés qu'il fallait qu'ils aillent chercher Esdras à Péribonka parce qu'il s'était encore blessé. Hermance a eu beau essayer de changer les idées de Samuel en chemin, celui-ci se rongeait les sangs quand même. « Pourvu que ce ne soit pas grave », pensait-il sans relâche. Ce n'est qu'en voyant son fils qu'il a pu respirer à son aise. Esdras leur a raconté qu'il avait perdu pied et qu'il s'était démis l'épaule droite en tombant sur un tronc d'arbre. Le docteur la lui a replacée avant de lui annoncer qu'il s'était probablement fêlé une ou deux côtes au passage. Il lui a ensuite immobilisé l'épaule. Esdras avait les larmes aux yeux en racontant l'épisode, non pas tant à cause de la douleur mais surtout parce que sa saison aux chantiers est bel et bien finie pour cette année. En voyant dans quel état son fils se trouvait, Samuel s'était dépêché de le rassurer :

— Tu n'as pas à t'en faire, ce n'est pas ta faute.

— Je ne suis bon à rien cette année.

— Je t'interdis de parler comme ça. Tu es un bon homme et je suis très fier de toi. Pour le reste, on verra ça un autre jour. Viens, j'en connais une qui sera très contente de te voir.

* * *

Samuel a mis plus d'une heure pour soigner les blessures de Cadeau. Il a fait tout ce qui était en son pouvoir. La mine basse, il rentre à la maison. Après avoir enlevé son manteau et ses bottes, il s'assoit dans sa chaise berçante.

— Tu dois avoir faim, lui dit Hermance.

— Pas vraiment.

— Maria a fait un bon bouilli avec du porc et de l'orignal. Il est vraiment très bon, tu sais.

— J'en mangerai pour souper. Pour l'instant, je prendrais plus un petit verre de brandy.

— Je t'en sers un tout de suite.

Maria avait été à même de voir à quel point son père tenait à Charles-Eugène, mais elle ignorait qu'il était autant attaché à Cadeau. Essayant de faire diversion, elle demande à son père :

— Alors, comment vont Alma-Rose et les grands-parents ?

Voyant le manque d'entrain de son mari à répondre, Hermance prend la parole :

— Ta sœur est en grande forme. Elle réussit très bien à l'école et elle chante toujours dans la chorale. Ta grand-mère va moins bien, par exemple.

— Comment ça ? s'inquiète immédiatement Maria.

— Elle a eu une attaque. Le docteur lui a dit que son cœur était fatigué et lui a conseillé de se ménager. Mais tu la connais, elle n'arrête pas une minute.

— Et grand-papa ?

— Il va bien, mais il s'inquiète pour ta grand-mère. Il fait son possible pour l'aider, mais un homme dans une maison, ce n'est jamais comme une femme.

— Croyez-vous que ce serait une bonne idée si j'allais m'installer chez eux dès maintenant ?

Cette fois, Samuel trouve la force de répondre :

— À la condition que tu ne me demandes pas de t'amener à Saint-Prime tant que la température ne sera pas meilleure, je trouve que ce serait une bonne idée que tu ailles les aider. Après tout ce qu'ils font pour toi et Adrien, ce serait la moindre des choses.

— Avez-vous du courrier pour moi ?

— Oui, répond Hermance. J'ai deux lettres à te donner. Il y en a une d'Adrien, et l'autre vient d'Alma-Rose.

— Mais j'y pense, êtes-vous allée chercher vos bijoux ? questionne Maria.

— Bien sûr ! s'exclame Hermance. Aimerais-tu les voir ?

— Certain que je veux les voir !

Chapitre 40

Quelques jours plus tard, Samuel attelle Cadeau et avance le traîneau jusque devant la porte de la maison. C'est aujourd'hui que Tit'Bé va conduire Maria à Saint-Prime. La jeune femme n'a pratiquement pas dormi de la nuit. Elle est folle de joie à l'idée d'aller s'installer dans sa nouvelle maison, mais en même temps elle a le cœur gros de quitter les siens. Elle est allée saluer Louisa et Esdras. Sa belle-sœur s'est jetée dans ses bras et s'est mise à pleurer. Maria va s'ennuyer d'elle, c'est certain. Depuis que Louisa vit tout près, il ne s'est pas passé une seule journée sans que les deux femmes se voient. Habituellement plutôt discret, Esdras l'a embrassée sur les deux joues en lui faisant promettre de ne pas les oublier. Comment le pourrait-elle ? Elle a tant de souvenirs avec eux.

Quand est arrivé le moment de saluer Télesphore, celui-ci lui a remis une autre de ses sculptures de cire. Il a déclaré : « Je te donne mon cœur pour que tu l'emportes avec toi, Maria. » Elle a regardé son frère dans les yeux et lui a pincé une joue en lui souriant. Elle s'est ensuite approchée d'Hermance et lui a dit qu'elle partait l'esprit tranquille. « Ma famille est entre bonnes mains. » Elle a ajouté qu'Hermance était une personne dépareillée et qu'on n'aurait pu souhaiter une meilleure femme pour son père et une meilleure maman pour Télesphore. « Et pour moi aussi », a-t-elle murmuré assez fort pour qu'Hermance l'entende. C'est alors que sa belle-mère a pris ses mains dans les siennes. C'était un moment émouvant.

Avant de quitter, Maria s'est placée devant son père et lui a souri. Ils sont restés ainsi sans parler pendant quelques secondes. Samuel a pris la parole le premier : « Je suis très fier de toi, ma fille, et je te souhaite tout le bonheur possible dans ta nouvelle vie. Prends bien soin de ta sœur et de tes grands-parents. » Ne résistant plus à l'envie de sentir les bras de son père autour de ses épaules, elle s'est approchée davantage et Samuel a fait exactement ce qu'elle espérait. Ils sont restés collés jusqu'à ce que Tit'Bé annonce qu'il était temps de partir.

Dans trois semaines, Maria commencera sa vie de femme mariée. Cela lui fait drôle de songer qu'il y a un an, à la même date, elle était malheureuse comme les pierres. Elle se sentait alors comme une petite souris prise au piège et attendait sans pouvoir l'accepter vraiment que le destin suive son cours. Elle passerait le reste de ses jours avec Eutrope. Elle ressentait du dédain chaque fois qu'il posait ses lèvres sur les siennes. Elle redoutait de toutes ses forces sa nuit de noces alors qu'aujourd'hui elle la souhaite de tout son être. Elle ne sait pas plus ce qui l'attend. La seule personne qui lui en a dit quelques mots, c'est Louisa, mais pas suffisamment pour qu'elle puisse se faire une idée précise. Mais avec Adrien, tout est différent. Elle aime qu'il l'embrasse. Elle aime sentir la chaleur des mains de son fiancé sur sa peau. Il n'a qu'à poser son regard sur elle pour que le corps de Maria s'embrase. Chaque fois qu'ils s'embrassent, elle voudrait que cela ne s'arrête jamais. Un soir, aux vacances de Noël, ils étaient si collés tous les deux qu'elle a senti quelque chose de dur dans l'entrejambe d'Adrien. Gênée, elle a tout de suite reculé. Voyant qu'elle était mal à l'aise, le jeune homme lui a dit qu'il s'excusait, mais que c'était parce qu'elle le rendait fou. Sur le coup, elle n'avait aucune idée de ce que cela signifiait. Ce n'est qu'en parlant avec Louisa qu'elle a cru comprendre, mais elle n'en est pas totalement certaine. Dans sa famille, tout ce qui touche l'intimité des hommes et des femmes est un sujet tabou dont personne n'ose parler, sauf à mots tellement couverts qu'au bout du compte on n'apprend jamais rien. Mais les découvertes ne lui font pas peur avec Adrien à ses côtés.

Bien installée dans le traîneau, ses bagages déposés derrière elle, Maria salue les siens d'un geste de la main en leur souriant. Quand Cadeau prend le premier virage, elle lance haut et fort :

— Je suis prête pour ma nouvelle vie.

— Et dans deux mois, ce sera mon tour, se réjouit Tit'Bé.

Il ne s'est pas fait prier pour conduire sa sœur à Saint-Prime. Il va en profiter pour aller voir Anna. Il y a trop longtemps qu'il ne l'a vue. Même s'il se débrouille bien en lecture, il ne peut pas prétendre que recevoir une lettre le contente. Non, il aime bien trop sentir le doux parfum de la peau de sa belle pour se satisfaire d'une feuille de papier. Il aime passer ses mains dans les cheveux et sur le cou d'Anna. Mais ce qu'il aime le plus, c'est poser ses lèvres sur les siennes. Il n'a aucun point de comparaison, car Anna est la première fille qu'il embrasse, mais chaque fois il se sent transporté et il trouve difficile de s'arrêter. Quand sa raison se réveille enfin, il s'éloigne brusquement de sa fiancée et lui lance qu'ils devraient éviter de se retrouver seuls. Anna répond qu'elle est prête à courir le risque. Tit'Bé n'en sait pas vraiment plus que Maria sur le sujet. Comme il n'est jamais allé aux chantiers, il n'a pas eu la possibilité d'en discuter avec des gars de son âge. Ce qu'il sait, c'est que dès qu'il voit sa belle, il perd tous ses moyens et n'a qu'une envie : la prendre dans ses bras et l'embrasser jusqu'à perdre la tête. Dans la dernière lettre qu'il a envoyée à Anna, il lui a écrit qu'ils devaient parler sérieusement de leur avenir. Lorsque Maria lui a offert de relire sa lettre, il a dit qu'il avait déjà cacheté l'enveloppe. Il y a des choses qu'il ne veut pas partager, même avec sa grande sœur.

Cadeau est complètement rétabli ; toutes ses blessures ont bien cicatrisé. Vu qu'il a neigé pendant trois jours, le chemin est nettement plus beau que lorsque Samuel a ramené Esdras à la maison. Même si la route n'est pas totalement lisse, le traîneau glisse aisément, d'autant plus que la majorité des trous sont remplis de neige.

Le frère et la sœur sont peu bavards. Chacun est prisonnier de ses pensées. Maria sourit à l'idée de surprendre ses grands-parents et Alma-Rose par son arrivée prématurée. Elle est contente. Ça lui donnera plus de temps pour achever de préparer son mariage et mettre la maison à sa main. Son intention n'est pas de tout changer, bien au contraire, mais elle veut quand même apporter quelques petites modifications mineures. Elle en parlera évidemment avec ses grands-parents avant de modifier quoi que ce soit. Ils sont si bons avec elle qu'elle ne voudrait pas leur faire de la peine ni les brusquer. Elle va s'occuper de la chambre qu'Adrien et elle ont choisie à l'étage. Elle a apporté sa nouvelle courtepointe avec elle. Elle fera d'abord le tour de toutes les chambres, sauf celle de ses grands-parents, bien sûr, et noter ce qu'il y a dans chacune d'elles. Après, elle déplacera quelques meubles au besoin. Elle profitera de la présence de son frère, qui pourra lui donner un coup de main. Les problèmes de santé de sa grand-mère la peinent beaucoup. Maria s'occupera de tout afin que la vieille dame puisse se reposer. Elle sait déjà que la partie n'est pas gagnée si elle veut que son aïeule cesse de travailler. Si au moins elle arrive à la convaincre d'en faire moins, ce sera déjà une petite victoire.

Tit'Bé veut faire la surprise à Anna, qui ne s'attend pas à sa visite. Il a pensé qu'il pourrait aller l'attendre chez ses parents ou, mieux encore, se rendre à l'école pour la fin des classes. Il ignore encore ce qu'il va faire, mais il a le temps d'y penser. S'il se souvient bien, elle finit l'école à trois heures et demie. Il profitera de son passage au village pour aller voir le parrain d'Adrien. Ainsi, ils pourront convenir ensemble de sa date d'arrivée à Saint-Prime. Tit'Bé est content de changer de travail, mais en même temps il est nerveux. Il veut bien croire son futur patron quand ce dernier dit qu'il a tout pour réussir, mais tant qu'il n'aura pas fait ses preuves, il aura des doutes sur ses capacités. Il est comme ça. Il aime apprendre de nouvelles choses, mais à son rythme. Il n'a pas l'intention de vivre très longtemps chez Maria. Il ne veut pas exercer de pression sur Anna, mais il a du mal à comprendre pourquoi ils devraient attendre encore un an et demi avant de se marier. Il sait qu'Anna veut enseigner, mais il s'explique mal pour quelle raison c'est si important pour elle.

Tit'Bé et Maria arrêtent à Honfleur pour déposer une lettre d'Hermance à la poste et pour remettre un bloc de fromage à Charles de la part de Jean.

— Il m'a l'air encore meilleur que le dernier ! s'exclame Charles. Je vais le faire goûter aux clients, ce fromage-là.

— Vous me ferez part des commentaires de la clientèle quand je repasserai, lance Tit'Bé.

— Pas de problème, mon jeune. J'ai reçu les graines que ton père a commandées.

— Je les prendrai au retour.

— C'est parfait !

Dès que les voyageurs s'engagent sur la grande route, ils constatent une différence notable. Instantanément, ils cessent d'être secoués comme des pruniers. À ce moment, Maria songe que s'il y a une chose qu'elle ne regrettera pas, c'est bien de vivre en dehors du monde.

— S'il y a une chose que je ne regretterai pas, s'écrie Tit'Bé, c'est bien de vivre en dehors du monde !

Maria éclate de rire avant d'avouer :

— Je me disais justement la même chose. Quand on y est, on fait avec, mais j'aime bien mieux vivre parmi le monde.

— Moi aussi ! Et j'ai très hâte !

— Ça va passer vite, tu verras. Tu vas venir à mon mariage dans trois semaines et après ça, la prochaine fois que tu viendras à Saint-Prime, ce sera pour y rester.

— Mon intention n'est pas d'habiter chez vous trop longtemps.

— Ne t'en fais pas, je l'ai très bien compris. Je sais que tu préférerais habiter avec la belle Anna plutôt qu'avec moi, et je te comprends très bien, mais sache que tu auras toujours une place chez nous tant et aussi longtemps que tu voudras.

— Merci. J'espère que je gagnerai assez bien ma vie pour m'acheter une petite maison avec un bout de terre.

— Est-ce que la terre te manque déjà, avant même que tu aies commencé ton nouveau travail ?

— Ce n'est pas qu'elle me manque, c'est juste que je veux au moins avoir un jardin et quelques animaux. J'aime avoir accès à tout ce qu'un village offre comme avantages, mais je ne veux pas rester au beau milieu d'une agglomération.

— Moi non plus. Je suis vraiment contente de savoir qu'on va demeurer près l'un de l'autre.

— Moi aussi, la sœur. Mais, changement de sujet, est-ce que l'état de santé de grand-maman t'inquiète ? La seule pensée qu'elle peut mourir me donne des frissons dans le dos.

— À Noël, elle m'a avoué que son cœur était fatigué. Franchement, ça n'avait pas l'air de l'affecter tant que ça. Elle en parlait comme si c'était normal à son âge.

— Ma peur, c'est que le jour où l'un des deux va mourir, l'autre va suivre de près. Nos grands-parents sont si unis que j'ai de la misère à les imaginer séparés.

— C'est vrai. Mais au moins ils ont eu une vie heureuse et bien remplie.

— Et ils ont travaillé encore plus fort que nous. Imagine un peu : quand ils avaient notre âge, toute la terre était en bois debout. Aujourd'hui, lorsqu'on regarde un champ cultivé, il ne nous vient pas à l'idée qu'il n'y a pas si longtemps on ne voyait pas à dix pieds devant nous. Les gens de la génération de nos grands-parents ont travaillé très fort. Ce n'est pas surprenant qu'ils aient le cœur fatigué.

— C'est vrai qu'on oublie vite. Prends l'exemple de la terre chez nous. Quand on est arrivés, il n'y avait rien d'autre que des arbres. Cinq ans plus tard, il y a deux maisons, une grange, une écurie, une étable, deux champs cultivés.

— Et bientôt un troisième ; ce n'est quand même pas rien. Entre toi et moi, il fallait que le père y croie fort pour y arriver.

— Maman disait que ce qui a toujours permis à papa de réussir, c'est que pour lui tout est possible.

— En tout cas, j'ai beaucoup d'admiration pour lui. Je ne me vois pas partir avec femme et enfants pour m'installer au fond des bois. Ce serait vraiment trop me demander.

— Ce qui m'a surprise au plus haut point, c'est que papa renonce à aller s'installer ailleurs. Avant que maman meurt, ça commençait à le démanger pour vrai de déménager tout le monde encore une fois.

— Elle était bien bonne, la mère, de le suivre sans jamais dire un mot.

— D'autant plus que c'était loin d'être son rêve à elle de vivre au milieu de nulle part et de toujours repartir à zéro. Maman a toujours souhaité vivre dans une paroisse. Quand arrivait le temps des Fêtes et qu'au jour de l'An personne ne venait nous rendre visite tellement il faisait tempête, elle s'installait à la fenêtre et regardait dehors jusqu'à ce qu'elle trouve la force de dire que ce n'était pas si grave alors qu'elle était désespérée. Maman était faite pour vivre entourée de gens.

— Une chance qu'elle aimait le père.

— Ah oui ! Elle adorait son Samuel, assez pour faire tous les sacrifices qu'il lui imposait.

— Moi, je trouve qu'il a été bien chanceux de tomber sur une bonne femme comme la mère.

— Il n'est pas mal tombé non plus avec Hermance. Je pense qu'elle l'aime assez qu'elle le suivrait n'importe où elle aussi.

— En tout cas, ça m'a l'air que le père est installé pour de bon.

— C'est ce que je pense aussi et je suis bien contente pour Hermance. Elle mérite un peu de confort.

— Veux-tu me dire quelles femmes ne le méritent pas ? La vie est déjà assez difficile pour ne pas la compliquer davantage, tu ne trouves pas ?

— C'est bien vrai.

Une fois devant la porte de la maison de leurs grands-parents, Maria et Tit'Bé se dépêchent de descendre du traîneau. Même si les petits-enfants ont fait vite, deux beaux vieux leur ouvrent la porte et s'écrient en les voyant :

— Quelle belle surprise ! Entrez vite, les enfants !

Chapitre 41

Maria ne sait plus où donner de la tête. Dans un peu plus d'une heure, elle sera mariée avec Adrien. Elle a terminé de coiffer Alma-Rose et lui a dit qu'elle pouvait aller rejoindre son amie Marie-Paule. Et là, sa grand-mère s'apprête à lui remonter les cheveux en chignon. Elle portera un voile ; c'est sa belle-mère qui le lui a offert en lui assurant que cette petite touche ajoutera beaucoup à sa toilette.

— Alors, ma petite fille, tu es prête pour le grand saut ? lui demande sa grand-mère.

— Oui, répond Maria, le sourire aux lèvres. Il y a si longtemps que j'attends ce jour que je ne pourrais pas être plus heureuse. Chaque soir, je remercie Dieu d'avoir mis Adrien sur mon chemin. C'est un homme merveilleux.

— J'aime beaucoup t'entendre parler de la sorte. C'est tellement différent de la conversation que tu tenais lorsque tu devais épouser ton voisin. Je suis si contente pour toi.

— Ma chère grand-maman, dans ce temps-là, je n'avais pas de conversation. J'étais aussi morte qu'un bout de bois. C'est grâce à Blanche si j'ai réussi à me sortir de ma torpeur.

— Tu ne m'as jamais raconté ça ! Qu'est-ce que Blanche vient faire là-dedans ?

— Je n'en ai jamais parlé à personne. Quand papa s'est remarié, ma cousine m'a déclaré que si je ne voulais pas d'Adrien, elle tenterait sa chance avec lui. C'est après que j'ai décidé de partir avec vous. Et vous connaissez la suite de l'histoire.

— Je ne savais pas que Blanche avait des vues sur le bel Adrien, mais je la comprends. C'est un bon parti !

— Je suis bien placée pour le savoir, croyez-moi. Qui aurait cru qu'un jour je marierais un professionnel, moi, la petite fille du fond des bois de l'autre côté de la rivière Péribonka ? Je me suis réveillée ce matin en Maria Chapdelaine et ce soir, quand j'irai dormir, je serai Maria Gagné, la femme d'Adrien Gagné.

— Si j'étais toi, ma petite fille, dit la grand-mère sur un ton espiègle, je ne m'attendrais pas à dormir beaucoup cette nuit.

— Que voulez-vous dire ?

— Tu verras bien ! Après tout, ce soir, c'est ta nuit de noces.

— Comment pourrais-je l'oublier ? s'écrie Maria en riant. Tout le monde m'en parle avec le sourire aux lèvres ces derniers jours, mais personne ne m'explique rien. J'ai bien ma petite idée, mais je suis loin de tout savoir.

Sa grand-mère ne prolonge pas la discussion sur le sujet. Elle revient vite à la coiffure de sa petite-fille.

— Est-ce que ton chignon est à ton goût ?

— C'est parfait, répond Maria après s'être examinée dans un miroir. Vous avez des doigts de fée, grand-maman. Savez-vous à quel point je suis contente de vivre ici ?

— Si je me rappelle bien, la dernière fois que tu me l'as dit, c'était au déjeuner. Mais tu peux le répéter aussi souvent que tu en as envie. Moi aussi, je suis contente que tu t'installes ici avec Adrien. Ta présence et celle d'Alma-Rose me donnent un coup de jeunesse.

— Vous n'essayez tout de même pas de me faire accroire que demain vous allez retourner la terre du jardin ?

— Non, non, rassure-toi, je te laisse les gros travaux. J'ai compris qu'il faut que je me ménage si je veux vivre encore longtemps. J'ai bien l'intention de connaître mes arrière-petits-enfants. Veux-tu que je t'aide à enfiler ta robe ?

— Ça va aller, grand-maman. Vous avez juste le temps de vous habiller. Papa doit être sur le point d'arriver.

— J'espère pour toi, s'il veut te servir de témoin !

— N'en rajoutez pas, je suis déjà assez énervée comme ça !

— Tu ne devrais pas, c'est le plus beau jour de ta vie. Imagine un peu : tu vas épouser l'homme que tu aimes.

— Et j'ai la meilleure grand-maman du monde.

— Allez, file, ce n'est pas le moment d'être en retard.

Au moment où Samuel entre dans la maison, Maria descend l'escalier. En voyant sa fille, un large sourire fleurit sur ses lèvres et deux petites larmes perlent au coin de ses yeux. Il est aussi ému que le jour de son propre mariage.

— Tu ressembles à ta mère comme deux gouttes d'eau. J'ai l'impression de me retrouver le jour de mon premier mariage. Tu es très belle, ma fille. Viens, il faut y aller. Tout le monde t'attend.

— Merci, papa ! Je suis prête.

Quand Maria fait son entrée dans l'église, tous les regards se tournent vers elle. Elle a demandé à Alma-Rose d'ouvrir la marche. Celle-ci avance lentement, comme sa sœur le lui a montré. Plus Maria approche de l'avant de l'église, plus son cœur bat vite. Elle tient le bras de son père fermement et se concentre pour ne pas marcher sur sa robe. Elle est resplendissante dans sa robe blanche. Adrien n'a d'yeux que pour elle, et elle pour lui. Une fois à l'avant, Samuel confie sa fille à son promis. Les futurs mariés se sourient.

Dès que le curé ouvre la bouche, Maria commence à mieux respirer. Elle regarde droit devant elle. Elle est enfin en train de se marier avec Adrien. Il est là, juste à côté d'elle. Il est si proche qu'elle pourrait le toucher.

— Maria, acceptez-vous de prendre Adrien pour époux, de le…

Mais elle n'entend pas la suite, trop pressée qu'elle est de dire « oui ». Elle est si heureuse qu'elle a l'impression de flotter sur un nuage.

— Je vous déclare mari et femme, lance le prêtre. Vous pouvez embrasser la mariée.

Jamais Maria n'oubliera cet instant. Adrien et elle se sont d'abord regardés dans les yeux pendant quelques secondes, puis ils ont uni leurs lèvres dans un chaste baiser.

Quand ils ont descendu l'allée, ils étaient si beaux à voir qu'ils ont suscité bien des commentaires. Alors qu'ils s'apprêtaient à sortir de l'église, Blanche s'est avancée vers Maria et a soufflé :

— C'est moi qui devrais être à son bras, pas toi. Tu ne le mérites pas !

Avant même que Maria réalise ce que sa cousine venait de lui dire, celle-ci s'était éclipsée.

— Comment a-t-elle pu oser dire ça ? s'exclame Adrien.

— Ne t'occupe pas d'elle, répond Maria, pas aujourd'hui.

— Tu as raison.

Dès que les mariés se pointent dehors, un homme tout de noir vêtu s'avance vers eux. Il annonce :

— Je vais vous prendre en photo avec vos invités et après je ferai quelques clichés de vous deux.

— Mais je ne comprends pas, dit Adrien. On n'a pas réservé de photographe.

— C'est un cadeau de votre oncle, explique le professionnel.

Adrien sourit. Son parrain ne cessera jamais de le surprendre. Ils auront des photos de leur mariage. Quel bonheur ! Adrien est fou de joie et Maria aussi. Elle sait que la photo existe depuis plusieurs décennies, mais au Lac-Saint-Jean, c'est loin d'être pratique courante. D'ailleurs, elle mettrait sa main au feu que le photographe vient de Chicoutimi.

Le capteur d'images regroupe tous les invités – même Blanche tient à être sur la photo – et il leur demande de le regarder en souriant. Le temps qu'il s'installe, quelques personnes se sont mises à bouger ou encore ont oublié de sourire, alors qu'un petit garçon a décidé de s'avancer devant les mariés. Patiemment, le photographe replace tout le monde.

— Là, c'est mieux, indique-t-il. Merci à vous tous !

Il propose ensuite aux mariés de le suivre dans le petit parc près de l'église. Il fait quelques clichés d'eux. Lorsqu'il libère enfin Maria et Adrien, tous les invités ont eu le temps de se rendre chez les Bouchard où a lieu la fête.

C'est Tit'Bé qui ramène les mariés à la maison. Leur bonheur fait mal aux yeux. Il est content pour sa sœur, mais il a hâte que ce soit son tour. À l'arrière de la calèche, les nouveaux mariés en profitent pour s'embrasser, mais cette fois leur baiser n'a rien de chaste. Il dure tout le temps du trajet entre l'église et la maison.

Quand Tit'Bé immobilise le véhicule, Adrien descend et donne la main à Maria.

— Madame Gagné, nos invités nous attendent, formule-t-il.

Maria lui sourit. Elle est si heureuse qu'elle croit rêver. Alors que son mari et elle s'apprêtent à entrer dans la maison, le parrain d'Adrien leur crie :

— Venez donc par ici, j'ai quelque chose à vous montrer.

Une calèche flambant neuve et un beau cheval brun caramel avec une boucle blanche autour du cou se trouvent dans l'allée de l'autre côté de la maison. Les nouveaux mariés sont fous de joie.

— Merci! s'écrient-ils en chœur.

— Aimeriez-vous faire une balade avant de rentrer?

— Bien sûr! accepte Adrien. À la condition que vous montiez avec nous.

— Si tu me le permets, je vais m'asseoir à l'arrière avec Maria.

— Je vous ai à l'œil, rigole Adrien d'un ton taquin. Que je ne vous vois pas essayer de me voler ma femme!

— Je suis bien trop vieux pour ça, tu n'as pas à t'inquiéter! Après, je m'occuperai de ranger la calèche et de dételer votre cheval. Savez-vous comment vous allez l'appeler?

— On pourrait le nommer «Caramel», comme la couleur de sa robe, suggère Maria. Qu'en penses-tu, Adrien?

— C'est parfait pour moi, acquiesce le jeune homme. Allez, Caramel, hue! ajoute-t-il.

Quand les nouveaux mariés entrent dans la maison, tout le monde les acclame. Étant donné que plusieurs invités n'habitent pas Saint-Prime, la table des cadeaux déborde. C'est Alma-Rose qui se charge de les poser sur la table à mesure que les gens les offrent à Maria et Adrien. Si la petite fille ne se retenait pas, elle les ouvrirait tous, mais elle sait qu'elle n'a pas le droit. Maria lui a promis qu'elles les déballeraient ensemble, après la noce.

L'odeur de la tourtière et des pâtés à la viande embaume la maison. Maria a fait la tourtière la veille au soir avec Anna. Orignal, lièvre, porc, poulet: de quoi réussir la meilleure des tourtières. Le mets a cuit toute la nuit, une moitié dans le four de la maison et l'autre dans celui de la mère d'Adrien. Hermance a pris la cuisine d'assaut avec Louisa en arrivant chez Maria. Elles sont drôles à voir avec leur gros ventre. Alors qu'Hermance a seulement grossi du ventre, Louisa est ronde de partout. Elle a les joues aussi pleines qu'un écureuil quand il se régale de noisettes à l'automne.

Pour l'occasion, madame Bouchard a sorti toute la vaisselle qu'elle possède, même son beau set avec une bordure en or que son mari lui a offert pour leur cinquantième anniversaire de mariage. Elle a dû emprunter de la vaisselle aux voisins et à la mère d'Adrien aussi. La coutellerie en argent des Bouchard rivalise avec celle des Gagné sur les tables. Plusieurs assiettes de service ont été remplies de betteraves au vinaigre. Des petits pots de ketchup maison trônent ici et là devant les couverts. Plusieurs paniers de pain garnissent les tables. C'est madame Gagné et ses filles qui ont fait le gâteau de mariage. C'est le plus beau que Maria ait jamais vu. Il est si gros que la jeune femme est convaincue que les invités ne pourront pas le manger en entier, ce qui la réjouit.

La fête va bon train. Les mariés ne peuvent avaler qu'une bouchée de temps à autre, car les invités se font un malin plaisir à cogner leur cuillère sur leur verre. Chaque fois, Maria et Adrien se lèvent et s'embrassent, ce qui leur fait très plaisir, évidemment.

Les conversations sont animées. Les oncles de Maria enchaînent les histoires. Les rires fusent de partout.

— Il y a bien longtemps que je ne me suis autant amusé! s'écrie le parrain d'Adrien. Je lève mon verre aux nouveaux mariés.

— Aux nouveaux mariés! reprennent en chœur tous les invités.

Avant le dessert, un des oncles de Maria sort son violon et un autre sa musique à bouche. On pousse les tables et les chaises pour faire de la place. Les mariés ouvrent la danse. Ils sont aussitôt suivis par plusieurs couples. Il est passé trois heures quand Maria s'approche de la table où a été déposé son gâteau.

— Il est temps de le servir si on veut que tout le monde en mange, dit-elle à Adrien. Dans moins d'une demi-heure, plusieurs devront partir pour aller faire le train.

— Tu as raison. Veux-tu que je t'aide ?

— Je veux surtout que tu restes près de moi.

— Ça adonne bien, parce que je n'ai pas du tout l'intention de m'en aller. Je t'aime, Maria.

— Moi aussi, je t'aime, Adrien.

Alors qu'ils s'apprêtent à s'embrasser, Alma-Rose tire sur le bras de sa sœur. Elle ronchonne :

— Est-ce qu'on va finir par le manger, ton gâteau, ou si c'est juste une parure ?

Maria et Adrien éclatent de rire.

— En veux-tu un gros morceau ou un petit ? demande Maria à la fillette.

— Un gros, voyons, ça fait assez longtemps que j'attends après ! Même que j'ai l'intention d'en reprendre.

À cinq heures, tout le monde est parti. Maria et Adrien montent se changer. Alors qu'elle essuie la vaisselle avec Anna et Marie-Paule, Alma-Rose passe un commentaire : elle trouve que ça prend beaucoup de temps aux mariés pour revenir.

— Je vais voir pourquoi ils ne descendent pas.

— Laisse-les tranquilles un peu, demande sa grand-mère. Ils vont finir par arriver.

— Oui, mais on a besoin d'aide pour la vaisselle.

— Il n'est pas question que Maria touche à un torchon de vaisselle aujourd'hui. Voir si on fait la vaisselle le jour de son mariage ! Allez, arrête de parler et essuie.

— Mais ce n'est pas normal que ça leur prenne autant de temps ! Peut-être qu'ils ont besoin d'aide. Moi, j'ai hâte d'ouvrir les cadeaux.

— Mais veux-tu bien arrêter ! lance sa grand-mère. Maintenant qu'ils sont mariés, ils peuvent prendre tout le temps qu'ils veulent pour se changer. Et ce n'est pas toi qui vas aller les déranger.

* * *

Il est à peine huit heures et demie quand Maria et Adrien montent se coucher. Maria met la robe de nuit qu'Hermance lui a offerte puis elle se glisse sous les couvertures malgré la chaleur qui règne dans la pièce. Même si elle sait un peu plus ce qui l'attend – car Adrien lui en a donné un petit aperçu quand ils se sont changés après le mariage –, elle est nerveuse. Tout ce dont elle a envie, c'est de se coller sur lui et de s'abandonner totalement à tout ce qui va suivre. Avec lui, elle se sent en confiance.

Quand Adrien la rejoint, elle se serre contre lui et le regarde. Ils restent ainsi, les yeux dans les yeux, pendant quelques secondes avant que leurs lèvres se soudent dans un long baiser rempli de passion. Ils s'arrêtent uniquement pour reprendre leur souffle et recommencent la seconde d'après. Entre deux baisers, Adrien relève doucement la jaquette de Maria et laisse traîner ses mains partout sur le corps de son épouse. Elle sursaute à chacune des caresses. Elle adore ça. À son tour, elle explore le corps de son mari. Elle aime sentir sa peau sur la sienne. Elle aime son odeur. Sa chaleur la rend folle de désir. Lorsqu'il glisse une main entre ses jambes, elle pousse un petit cri. Jamais elle n'a ressenti un tel plaisir. Au moment où il s'apprête à retirer sa main, Maria s'en saisit et la remet à l'endroit même où elle était. Encouragé, Adrien prend une de ses mains à elle et la dépose sur son sexe dressé. D'abord surprise, Maria se laisse vite emporter par toute la passion qui prend possession de son corps à cet instant même. Elle n'a jamais touché quelque chose d'aussi doux. Même le plus soyeux des satins n'a rien à voir avec ce qu'elle tient. Instinctivement, elle promène doucement sa main dans un mouvement d'aller-retour sur l'objet de son désir. C'est alors qu'Adrien introduit doucement un doigt en elle. Elle laisse sortir un autre petit cri, mais Adrien ne retire pas son doigt. Un deuxième doigt emprunte le même chemin. Maria est au septième ciel. Les époux sont de plus en plus excités. Le sexe en feu, Maria en veut encore plus. Adrien retire ses doigts et pénètre doucement sa bien-aimée. La jeune femme est en sueur. Elle adore sentir bouger son mari. Commence alors un va-et-vient qui ne cesse qu'après qu'Adrien se fut répandu en elle. Puis il se retire et s'allonge sur le côté. C'est alors que Maria lui chuchote à l'oreille :

— Est-ce que tu crois qu'on va pouvoir recommencer ?

Il éclate de rire avant de lui répondre :

— Quand tu veux, mon amour ! Donne-moi juste un peu de temps pour reprendre des forces.

— Aimerais-tu que j'aille te chercher un morceau de notre gâteau de mariage ?

— Non ! s'esclaffe-t-il. Surtout, ne bouge pas d'ici. Je t'aime tellement.

— Et moi donc !

Ce samedi de la fin d'avril restera gravé dans la mémoire de chacun des invités, mais surtout dans celle des nouveaux mariés.

Chapitre 42

Adrien vient à peine de sauter en bas de la calèche. Il avance vers la porte du collège, mais ses pas sont pesants. S'il n'en tenait qu'à lui, il reviendrait vite vers Maria. Ils ont passé une grande partie de la journée à chercher des endroits pour pouvoir se bécoter en toute intimité. Quand il est monté récupérer son sac, Maria l'a suivi. C'est pourquoi il est rentré une bonne trentaine de minutes en retard au collège. Postée au pied de l'escalier, Alma-Rose criait qu'il était l'heure de partir, mais ni Maria ni Adrien n'y portaient attention. Leur nouveau jeu plaît énormément à Maria, même qu'elle se demande comment elle fera pour s'en passer jusqu'à la prochaine visite de son mari. Les frères ont accepté qu'Adrien vienne à la maison aux deux semaines. Maria et lui se sont entendus sur l'heure à laquelle elle devait venir le chercher.

Sur le chemin du retour, Maria rit toute seule. Elle n'a jamais été aussi heureuse de toute sa vie. Tout est si facile avec Adrien. À son prochain séjour, ils commenceront les travaux d'emménagement du bureau. Le parrain d'Adrien et monsieur Gagné leur donneront un coup de main. Le grand-père de Maria a bien l'intention de les aider lui aussi, mais la jeune femme hésite. Elle n'a pas envie qu'il en fasse trop ; à son âge, il vaut mieux y aller doucement.

Quand elle lui a fait part de ses inquiétudes, il lui a lancé, sur un ton qui n'admettait aucune réplique :

— Tu sauras, ma petite fille, que j'aime mieux mourir en travaillant. Tu n'as pas le droit de refuser mon aide. Je mettrai la main à la pâte, que ça te plaise ou non.

Au fond d'elle-même, Maria espère que Tit'Bé arrivera avant le début des travaux. Selon ses calculs, c'est assez probable. Si les hommes ne sont pas revenus des chantiers, ça ne devrait pas tarder. Et Samuel avait demandé à son fils de rester jusqu'à leur retour. Avec Tit'Bé en plus, son grand-père se reposera, c'est du moins ce qu'elle espère.

En passant devant la maison de Blanche, Maria est prise d'une envie soudaine d'aller rendre une petite visite à sa cousine. Elle ralentit la cadence de Caramel et le fait revenir sur ses pas. Elle entre dans la cour, descend de la calèche et attache son cheval au gros peuplier près de la balançoire. Après avoir relevé sa jupe, Maria marche jusqu'à la porte d'en avant. Elle frappe et attend qu'on vienne lui répondre.

C'est Blanche qui se présente. En voyant Maria, son visage s'assombrit.

— Qu'est-ce que tu fais ici ? lance-t-elle d'un air sévère.

— Il faut que je te parle une minute. Viens dehors.

— Je ne peux pas, il faut que je surveille ma petite sœur. Elle est couchée.

— Est-ce que je peux entrer ?

— Si tu veux, répond Blanche en haussant les épaules.

Adossée au mur, les bras croisés sur sa poitrine, Blanche regarde Maria sans broncher.

— Écoute, Blanche, je suis venue te dire que j'accepte de passer par-dessus la remarque que tu m'as faite à mon mariage.

— Pour qui te prends-tu ?

— Pour la cousine avec qui tu t'es toujours bien entendue. Je trouve ça trop bête qu'on ne se parle pas alors qu'on habite tout près l'une de l'autre maintenant.

— Tu oublies que tu m'as volé Adrien.

— Je ne t'ai rien volé du tout et tu le sais très bien. Adrien m'aimait déjà avant que tu jettes ton dévolu sur lui. Arrête de prendre tes rêves pour des réalités et reviens sur terre. Je suis mariée avec lui et tu ne peux rien y changer. Tout ce que je te demande, c'est de penser à tout ça. Tu sais où je demeure, alors si l'envie te prend de tirer un trait sur cette histoire, tu n'auras qu'à venir me voir. Tu vas m'excuser, il faut que je retourne auprès de grand-maman.

Maria sort de la maison. Blanche ne fait pas le moindre geste pour la retenir. Au moment où la visiteuse ordonne à son cheval d'avancer, elle entend une petite voix derrière elle :

— Attends, Maria !

Blanche avance à sa hauteur et souffle :

— Tu as raison, c'est de l'enfantillage de ma part. On fait la paix ?

— Oui. Tu viendras me voir ?

— C'est promis ! Embrasse les grands-parents pour moi, et Alma-Rose aussi.

Satisfaite, Maria commande à Caramel d'avancer. Elle adore ce cheval. Il est doux et obéit toujours au premier ordre. Comme dirait Samuel, c'est une bonne bête.

De retour à la maison, Maria raconte à sa grand-mère les derniers événements.

— Tu as bien agi, ma petite fille. Cette situation ne pouvait pas durer. Je suis loin d'être d'accord avec ce que Blanche t'a lancé à ton mariage, car c'était méchant, mais il faut savoir passer l'éponge des fois. C'est ce que tu as fait et je suis très fière de toi.

— Où est Alma-Rose ?

— Elle est chez Marie-Paule. Ces deux-là sont inséparables. Quand elles ne sont pas ici, elles sont chez les Gagné. J'ai demandé à Alma-Rose de rentrer à sept heures, car elle a de l'école demain. Mais dis-moi… On n'a pas encore eu le temps de se parler vraiment depuis ton mariage. Comment as-tu trouvé ta journée ?

Le visage de Maria s'illumine instantanément.

— J'ai tout aimé, grand-maman. Franchement, tout était parfait.

— Même ta nuit de noces ?

— Surtout ma nuit de noces, répond Maria en rougissant.

— Tu es bien la fille de ta mère et la petite-fille de ta grand-mère. Tant mieux ! Comme ça, le temps sera moins long pour toi.

— Que voulez-vous dire ?

— Imagine un peu si tu t'étais mariée avec ton voisin…

— Non merci ! Un simple petit bec de sa part me donnait la nausée.

— Imagine un peu une nuit de noces maintenant…

À ces mots, les deux femmes éclatent de rire.

* * *

Alma-Rose rentre à l'heure prévue. Comme d'habitude, elle a des tas de choses à raconter. Quand elle monte enfin se coucher, Maria soupire un bon coup. Elle est adorable, sa petite sœur, mais tellement vivante qu'elle essoufflerait la plus coriace des sœurs ou des grands-mères. Maria prend le temps de relaxer un peu avant d'aller dormir à son tour. Au moment où elle soulève les couvertures, l'odeur d'Adrien lui monte au nez. Elle se glisse sous les draps et se rappelle le moindre petit détail depuis qu'elle est devenue madame Adrien Gagné. Heureuse, elle s'endort. Ses rêves sont doux et agréables.

Chapitre 43

Alors que Maria, Alma-Rose et ses grands-parents s'apprêtent à dîner, une calèche s'arrête devant la porte de la maison, avec Tit'Bé à son bord. Le conducteur aide le jeune homme à décharger ses bagages et repart avant même que son passager soit parvenu à la porte. Contente de voir son frère, Alma-Rose va lui ouvrir. Elle se jette dans ses bras.

— Tit'Bé, enfin tu es là ! s'écrie-t-elle.

— Et c'est pour de bon, cette fois. Veux-tu m'aider ? demande-t-il en lui tendant un de ses sacs.

— Oui. Je peux même aller le porter dans ta chambre, si tu veux.

— Ce n'est pas nécessaire. Tu peux le laisser au pied de l'escalier, je vais m'en occuper tantôt.

Tit'Bé rejoint les autres dans la cuisine. Il salue ses grands-parents et Maria.

— Alors, c'est le grand jour ? lance son grand-père.

— On peut formuler ça comme ça, répond Tit'Bé. Je me sens tout drôle.

— Tu vas vite t'habituer, le rassure sa grand-mère. Viens t'asseoir, tu arrives juste à temps pour manger.

— Ce n'est pas de refus. Mon déjeuner commence à être un peu loin.

Maria sort un couvert supplémentaire et remplit une assiette de hachis au poulet.

— En plus, je ne pouvais pas mieux tomber car j'adore le hachis ! s'écrie Tit'Bé.

— Tant mieux, mon jeune, déclare le grand-père en trempant un bout de pain dans le bouillon qui reste au fond de son assiette. As-tu une idée du moment où tu dois commencer à travailler ?

— Je suis censé commencer dans deux jours. Demain, je vais aller voir le parrain d'Adrien… enfin, à la condition que quelqu'un me prête une calèche et un cheval.

— Tu peux prendre ma calèche, avec mon cheval, offre monsieur Bouchard. Black va être bien content de sortir un peu.

— Tu peux aussi prendre Caramel et ma calèche, si tu veux, propose Maria.

— Il va falloir qu'on parle d'argent, ma sœur.

— Pourquoi ?

— Parce qu'il n'est pas question que je vive à tes frais.

— Attends un peu, mon garçon, intervient monsieur Bouchard. J'ai encore mon mot à dire ici. Tant que je serai vivant, c'est moi qui nourrirai la maisonnée et qui ferai tourner la maison. Après, Maria fera ce qu'elle voudra.

— Ça n'a pas de sens, grand-papa ! s'objecte Maria.

— Je ne veux rien entendre, lâche le vieil homme. Vous vous occupez de votre grand-mère et de moi, et en échange on paie les dépenses de la maison. Sauf les travaux, bien sûr.

— Vous êtes trop bons, grand-mère et vous, dit Tit'Bé. Si je restais ailleurs, il faudrait que je paie.

— Maria et toi, profitez-en pour mettre de l'argent de côté, déclare la grand-mère.

— Merci beaucoup ! émet Tit'Bé d'une voix émue. Il ne faudrait pas que Da'Bé sache ça.

— Ton père ne te construira jamais de maison, mais à Da'Bé, oui, expose le grand-père. C'est toujours dangereux de comparer ce que l'on a à ce que les autres ont.

— Mais j'y pense, je ne vous ai même pas raconté mon nouveau ! s'exclame Tit'Bé. Louisa a accouché jeudi dernier d'une belle fille de huit livres.

— Et Hermance ? se dépêche de demander Maria.

— Dans la nuit de lundi à mardi, elle a donné naissance à un gros garçon de neuf livres. Vous auriez dû voir le père ! Il pleurait comme un enfant tellement il était content.

— Ça signifie que je suis tante et que j'ai un nouveau frère ! se réjouit Alma-Rose.

— Ça m'a tout l'air que oui ! lui répond Tit'Bé.

— Comment se sont passés les accouchements ? s'informe madame Bouchard.

— Tout ce que je sais, c'est ce qu'Esdras et mon père ont dit. Il paraît que Louisa et Hermance ont accouché comme des chattes.

— Elles vont bien ? questionne Maria.

— Quand je suis parti ce matin, elles étaient en grande forme toutes les deux.

— Je suis tellement contente ! laisse tomber la grand-mère. J'ai enfin ma première arrière-petite-fille. Mais ils doivent avoir des noms, ces deux bébés ?

— Je suis désolé, je ne m'en souviens plus. Laissez-moi le temps d'y penser un peu.

— Tu es bien le fils de ton père ! se moque le grand-père en éclatant de rire. Ça lui prenait au moins six mois chaque fois pour se rappeler le prénom de son nouveau bébé.

— Alma-Rose, jette soudain Maria, il est temps que tu retournes à l'école.

* * *

Voilà déjà près de deux semaines que Tit'Bé habite à Saint-Prime. Il a commencé son nouveau travail à la date prévue, et cet emploi lui plaît de plus en plus. Monsieur Gagné est vraiment quelqu'un de bien, et il s'acquitte consciencieusement de son rôle de mentor. Chaque fois qu'il montre quelque chose de nouveau à Tit'Bé, il prend son temps et n'élève jamais la voix. Au début, le jeune homme revenait épuisé à la maison. Il mangeait et montait se coucher. Mais maintenant, il reprend du poil de la bête et il est suffisamment en forme pour donner un coup de main aux travaux.

Maria est contente que Tit'Bé habite chez ses grands-parents, car il a toujours été son frère préféré. Elle aime Esdras, Da'Bé et Télesphore, mais avec Tit'Bé ça n'a jamais été pareil. Ils ont plus de points communs et partagent les mêmes rêves. Anna vient souvent chez les Bouchard. Maria a toujours beaucoup de plaisir avec elle. Quand Anna arrive avant que Tit'Bé revienne de son travail, les deux jeunes femmes s'installent au salon et piquent une bonne jasette. Maria a bien essayé de tirer les vers du nez d'Anna quant à ses sentiments pour son frère, mais tout ce que cette dernière a livré, c'est qu'elle aime beaucoup Tit'Bé. Pourtant, cela semble sérieux entre eux. La dernière fois qu'elle a vu Anna, celle-ci lui a confié qu'elle voulait enseigner.

— Tu ne veux pas te marier alors ?

— Je n'ai jamais rien affirmé de tel. Tout ce que j'ai dit, c'est que je veux enseigner.

— Mais c'est pareil puisque tu ne peux pas travailler si tu es mariée.

— Je sais bien, mais je suis sûre qu'il peut y avoir des exceptions.

— Tu crois ?

— J'ai demandé à mon oncle de vérifier.

— Alors, est-ce que tu veux te marier avec mon frère ?

— Tu es trop curieuse, Maria.

* * *

Les travaux avancent bien à la maison. Maria est très contente. Tout devrait être terminé avant qu'Adrien finisse le collège, enfin c'est ce que tout le monde souhaite. Après, il faudra qu'Adrien passe du temps avec son parrain, pour apprendre son métier. Le bureau ne servira pas uniquement pour lui, mais aussi pour Tit'Bé. Si tout va comme prévu, d'ici un an tout au plus, les deux jeunes hommes auront doublé le marché actuel de l'oncle d'Adrien. En même temps, ils pourront développer de nouveaux marchés. Ils envisagent de tâter le terrain du côté des pommes. Actuellement, au Saguenay–Lac-Saint-Jean, il est impossible d'acheter des pommes en dehors du temps des Fêtes. Ils exploreront aussi le marché des patates. Si la région continue à en produire, il faudra les vendre ailleurs.

Chapitre 44

Tout est pour le mieux dans le meilleur des mondes. Adrien a complété ses études avec brio. Il a même reçu une mention pour ses résultats exceptionnels. Maria est très fière de lui. Elle ne cesse de lui répéter à quel point elle l'admire. Il y aura bientôt deux mois qu'ils sont mariés et ils filent le parfait bonheur. Ils sont jeunes et ils s'amusent. L'autre jour, ils se couraient après dans la maison. Les grands-parents de Maria les regardaient faire et riaient. Alma-Rose, pour sa part, poursuivait le jeune couple.

Adrien est content d'en avoir terminé avec le collège. Il aime travailler avec Tit'Bé. Ils ont encore pensé à de nouveaux projets. Ils en parleront à leur patron la prochaine fois qu'ils le verront. En attendant, les journées passent sans qu'ils aient le temps de s'ennuyer. Entre les clients à voir et le travail de bureau, ils n'ont pas une seule minute à eux. Hier, ils ont reçu pour la première fois un client à leur bureau. Ce dernier est venu d'Alma pour les rencontrer. Il leur a demandé de vendre son seigle. Quand l'homme est parti, Adrien s'est précipité au magasin général pour téléphoner à son parrain afin de lui apprendre la bonne nouvelle. En revenant à la maison, il a annoncé à Maria que le téléphone serait bientôt installé dans la maison. Elle l'a regardé d'un drôle d'air avant de s'exclamer :

— Tu es vraiment sérieux ?

— Oui. Si on veut faire des affaires, il faut être de son temps. Je ne peux tout de même pas courir au magasin général pour appeler mon oncle chaque fois que j'ai besoin de lui parler. Demain, j'irai m'informer au sujet du téléphone.

* * *

Maria a tenu promesse. Elle a fait un grand jardin. Elle a semé des carottes, des patates, des choux, des navets, des fèves jaunes, des fèves vertes, des oignons, des échalotes… et même des citrouilles parce qu'elle trouve ça beau. Ici, la terre est beaucoup plus facile à travailler que chez son père. Tit'Bé lui a donné un coup de main pour préparer le jardin et Alma-Rose est censée l'aider à sarcler. Sa grand-mère aussi a tenu parole ; elle n'a pas encore mis les pieds dans le jardin. Chaque fois que Maria y travaille, madame Bouchard s'assoit sur la galerie et la regarde faire. De temps en temps, les deux femmes échangent quelques propos, puis Maria se remet ensuite au travail.

Aujourd'hui, Maria et Adrien ont prévu faire une petite visite chez Samuel. Alma-Rose va les accompagner. Maria a hâte de voir le bébé de Louisa et celui d'Hermance. Elle est aussi impatiente de revoir les siens. L'endroit ne lui manque pas, sauf la chute peut-être, mais elle s'ennuie des membres de sa famille. Il lui arrive souvent de penser à eux. Curieusement, celui qui lui manque le plus, c'est Télesphore. Pas ses mauvais coups – c'est sûr ! –, mais sa naïveté et sa capacité de s'émerveiller devant des riens.

Alma-Rose, Maria et Adrien se sont levés à sept heures. Ils prennent tranquillement leur déjeuner en bavardant. Alors qu'ils se préparent à laver la vaisselle, ils entendent crier monsieur Bouchard.

— Venez m'aider, Lucette ne veut pas se réveiller !

Maria ne prend même pas la peine de déposer la tasse qu'elle a dans les mains ; elle la laisse tomber dans l'évier et court jusque dans la chambre de ses grands-parents.

— Vite, Maria ! s'écrie son grand-père en pleurant. Ça fait cinq minutes que je brasse Lucette, mais elle ne bouge pas.

Maria comprend immédiatement ce qui se passe. Elle s'approche du lit et met son oreille sur la poitrine de sa grand-mère.

— Son cœur a cessé de battre. Grand-maman… est… décédée…

Maria se met à pleurer à chaudes larmes. Témoin de la scène, Adrien s'empresse d'aller réveiller Tit'Bé. Quand celui-ci entre dans la chambre, il prend son grand-père par les épaules et lui dit :

— Venez avec moi, grand-papa, ça ne donne rien de rester ici. Allons dans la cuisine, je vais vous préparer un café.

Adrien entraîne Maria à l'extérieur de la pièce. À contrecœur, la jeune femme suit son mari. Restée en retrait jusque-là, Alma-Rose demande :

— Maria, est-ce que grand-maman a eu mal ?

— Je ne sais pas. Hier soir, quand elle est montée se coucher, tout semblait bien aller. Elle a dû avoir une attaque pendant son sommeil.

De grosses larmes coulent sur les joues des deux sœurs. Faisant un effort suprême pour se ressaisir, Maria émet sur un ton monocorde :

— Il faudrait aller chercher le docteur et le curé.

— J'y vais, lance Adrien.

— Il faudrait aussi prévenir papa.

— Je m'en charge, déclare Tit'Bé.

Après le départ d'Adrien et de Tit'Bé, les deux sœurs s'approchent de leur grand-père. Ce dernier les prend dans ses bras et les serre contre lui. Ensemble, tous trois pleurent la mort de celle qu'ils aimaient tant.

* * *

Les trois jours qui suivent sont tout sauf tranquilles. Les visiteurs abondent à toute heure du jour. La famille Bouchard est connue dans tout le Lac-Saint-Jean et beaucoup de gens tiennent à rendre un dernier hommage à madame Bouchard. De toute sa vie, celle-ci ne s'est pas fait un seul ennemi. Tout le monde aimait Lucette.

La présence des bébés de Louisa et d'Hermance fait du bien à Maria. Elle aurait préféré faire la connaissance de sa nièce et de son frère dans d'autres circonstances, mais quoi de mieux que de toucher la vie quand on côtoie la mort d'aussi près. C'est la deuxième fois que Maria perd un être cher. Ce qu'elle a trouvé le plus dur, c'est quand les marguillers ont descendu la tombe dans le trou. Appuyée sur Adrien, elle a tourné la tête pour ne pas les voir jeter de la terre sur le cercueil.

De retour à la maison, Maria, Adrien, Tit'Bé, Anna, Alma-Rose et monsieur Bouchard s'assoient au salon. Personne n'ose parler. Chacun est perdu dans ses pensées.

Au bout d'un moment, Alma-Rose prend la parole :

— Grand-maman n'aurait pas voulu qu'on se laisse mourir de faim. Qui veut m'aider à préparer le repas ?

Maria regarde sa sœur avant de répondre :

— Tu as raison. Je vais t'aider.

— Moi aussi, lance Anna.

— Et moi, je vais nous servir du brandy, annonce Adrien.

— Je vais chercher les verres, lance Tit'Bé.

— Moi, j'en prendrai une double ration, Adrien ! s'exclame monsieur Bouchard.

Ce soir-là, personne ne mange avec appétit, mais tous s'efforcent d'entretenir la conversation en se disant que les choses iront mieux le lendemain.

* * *

Il y a déjà un mois que madame Bouchard est morte. Chaque jour, une foule de choses rappellent à Maria à quel point sa grand-mère lui manque. Quand elle va travailler dans le jardin, elle la revoit assise sur la galerie aussitôt qu'elle lève la tête. Quand elle met la table, elle l'entend lui répéter qu'on doit mettre le tranchant de la lame du couteau vers l'assiette. Quand elle rentre avec Caramel, personne ne surveille son arrivée à la fenêtre. Quand Alma-Rose revient de l'école et qu'elle crie « Bonjour, grand… » et que la fillette s'arrête subitement. Quand ils sont tous installés à la table pour manger et qu'une chaise reste vide. Quand son grand-père fume sa pipe, installé dans sa chaise berçante et qu'il a le regard voilé. Maria sait qu'elle n'oubliera jamais sa grand-mère. Celle-ci lui a tant donné et tant appris. Les jours où son aïeule lui manque trop, Maria sort sa photo de mariage ou se rend au cimetière. Dans les deux cas, la jeune femme prend le temps de parler à sa grand-mère, de lui raconter ce qui lui arrive. Ça lui fait du bien.

Les affaires vont bien pour Adrien et Tit'Bé. Ils travaillent fort et leurs efforts sont largement récompensés. Chaque semaine, ils trouvent de nouveaux clients. On vient maintenant de toute la région pour traiter avec eux. Ils sont jeunes et ambitieux, mais surtout ils sont honnêtes et dignes de confiance. À compter de la semaine prochaine, ils distribueront le fromage de Jean jusqu'à Chicoutimi. Tit'Bé est particulièrement fier de ce nouveau client.

Blanche a tenu sa promesse : elle est venue visiter Maria trois fois depuis qu'elles se sont réconciliées. Adrien a dit à sa femme qu'il la trouvait bien bonne de vouloir garder le contact avec sa cousine après ce qui s'était passé. À cela, Maria a répondu que tout le monde avait droit à l'erreur, même Blanche.

* * *

Depuis que Maria est levée, la seule vue de la nourriture lui donne des haut-le-cœur. Elle n'a encore rien avalé, ce qui est loin d'être dans ses habitudes.

— Allez, Maria, force-toi un peu, lance Adrien. Tu ne peux pas passer la journée sans manger.

— N'insiste pas. Je t'assure que je ne pourrais pas avaler une seule bouchée.

— Tu commences à m'inquiéter. Tu serais peut-être mieux d'aller voir le docteur.

— Ce n'est pas nécessaire, j'ai juste mal au cœur.

— Mais tu ne peux pas rester comme ça. Tu n'as rien mangé depuis hier soir et tu vomis.

— Je n'ai pas vomi tant que ça.

— Tu pourrais demander à Anna de t'accompagner chez le médecin. Bon, il faut que j'y aille. Bonne journée, mon amour ! ajoute-t-il après avoir embrassé sa femme.

Adrien n'a pas fermé la porte que déjà Maria se remet à vomir. « Adrien a raison, je dois consulter le docteur », songe-t-elle. Elle fait sa toilette et s'habille. Elle sort de la maison et attelle Caramel. Elle pourrait marcher, mais elle ne s'en sent pas la force. Il vaut mieux qu'elle en ait le cœur net. Elle ne pourra pas supporter ces symptômes encore bien longtemps.

Quand elle arrive devant la maison du médecin, elle est tentée de rebrousser chemin. « Si ce n'était que de moi, je m'en irais. Mais si je veux qu'Adrien me laisse tranquille, aussi bien consulter », pense-t-elle. Elle entre et s'assoit dans la salle d'attente. Elle est seule. Elle prend une revue et la feuillette en attendant. Puis, la porte s'ouvre sur madame Tremblay, la voisine des parents d'Adrien. Maria la salue et replonge le nez dans sa revue. C'est ensuite au tour du docteur de sortir du bureau. Il lui dit :

— Bonjour, madame Gagné. Venez avec moi, je vous prie.

Maria le suit. Elle s'assoit devant le bureau du médecin.

— Alors, qu'est-ce qui vous amène ?

— J'ai peur d'être venue pour rien. J'ai mal au cœur et je vomis.

Le docteur pose plusieurs questions à Maria, auxquelles la jeune femme répond du mieux qu'elle peut.

— Venez, je vais vous examiner.

— Je n'ai rien de grave, au moins ? s'inquiète la patiente.

— Vous devriez être guérie dans moins de huit mois.

Maria le regarde sans saisir de quoi il est question. Le médecin sourit.

— Vous êtes enceinte.

— C'est vrai ? lance Maria d'une voix enjouée. Mais j'ai perdu du sang le mois passé comme d'habitude. C'est d'ailleurs pour ça que je n'ai pas pensé que je pouvais être enceinte.

— Ce sont des choses qui arrivent. Mais il n'y a aucun doute : vous êtes bel et bien enceinte. Votre petit bébé devrait arriver en même temps que le printemps.

— Je suis si contente, docteur ! Vous ne pouviez pas me faire plus plaisir.

Maria sort de la maison du médecin le sourire aux lèvres. Elle va être maman ! Elle a de la difficulté à le croire.

Au lieu de rentrer directement à la maison, elle passe par le cimetière. Elle se rend sur la tombe de sa grand-mère. Elle s'agenouille dans l'herbe et raconte :

— Grand-maman, vous ne pouvez pas savoir ce qui m'arrive. Je suis enceinte ! Je voulais que vous soyez la première à le savoir. Je suis si contente et j'ai tellement hâte d'apprendre la bonne nouvelle à Adrien. Imaginez, grand-maman, le printemps prochain, je tiendrai un bébé dans mes bras. Pas celui de Louisa ou d'Hermance, mais le mien ! C'est Adrien qui sera heureux !

Le sourire aux lèvres, Maria récite une dizaine de chapelet avant de partir. Peu de temps après avoir quitté le cimetière, elle passe devant un banc ; elle décide de s'y asseoir quelques minutes. Elle pense à toutes les belles choses qui meublent sa vie. Il y a un an, elle s'entêtait à vouloir devenir vieille fille alors qu'aujourd'hui chaque jour est rempli de bonheur. Elle remercie Dieu de toutes ses bontés, se signe et reprend son chemin, celui-là même qui va la conduire auprès de tous ceux qu'elle aime.